ANDY JONES

LIEBE lieber NICHT

aufbau taschenbuch

ANDY JONES lebt mit seiner Frau und seinen zwei kleinen Mädchen in London. Tagsüber arbeitet er in einer Werbeagentur, am Wochenende und furchtbar früh am Morgen schreibt er. Eigentlich wollte er richtige Männerbücher schreiben – dass dabei immer wieder Liebesromane herauskommen, überrascht ihn selbst ziemlich.
Im Aufbau Taschenbuch ist ebenfalls sein Roman »Zwei für immer« lieferbar.

Was die Liebe angeht, haben Henry und Zoe viel gemeinsam – sie haben alles falsch gemacht: Weil er sich nie überwinden konnte, Klartext zu reden, hat Henry allen Ernstes seine Jugendliebe vorm Altar stehenlassen. Und auch Zoe hat zum wirklich allerschlechtesten Zeitpunkt Zweifel an ihrer Beziehung zu hegen begonnen. Auf der Suche nach Klarheit über ihre Gefühle will sie nun ein Jahr lang um die Welt reisen. Und so haben beide wirklich andere Sorgen, als sich darum zu kümmern, ob sie gerade die Liebe ihres Lebens getroffen haben. Doch es bleibt ihnen nicht viel Zeit, das zu klären, denn schon bald wird Zoe in ein Flugzeug steigen …

»Einer der wenigen Romane, die es verdienen, mit ›Zwei an einem Tag‹ in einem Atemzug genannt zu werden.« *The Sun*

ANDY JONES

LIEBE lieber NICHT

ROMAN

Aus dem Englischen
von Teja Schwaner und Iris Hansen

aufbau taschenbuch

Die Originalausgabe unter dem Titel
The Trouble with Henry and Zoe
erschien 2016 bei Simon & Schuster, London.

MIX
Papier aus verantwortungsvollen Quellen
FSC® C083411

ISBN 978-3-7466-3383-1

Aufbau Taschenbuch ist eine Marke der Aufbau Verlag GmbH & Co. KG

1. Auflage 2018

Published by Arrangement with SIMON & SCHUSTER UK LTD., London
Umschlaggestaltung und Motiv www.buerosued.de, München
Gesetzt aus der Adobe Devanagari durch Greiner & Reichel, Köln
Druck und Binden CPI books GmbH, Leck, Germany
Printed in Germany

www.aufbau-verlag.de

Für Sarah,
die mir immer wieder klarmacht,
was wirklich gut ist

Teil EINS

HENRY

Warum er nicht schlafen kann

Die Frage, die Henry den Schlaf raubt, lautet: *Was ist schlimmer – die falsche Frau zu heiraten oder ihr vor den Augen von hundertachtundzwanzig Gästen für alle Zeit das Herz zu brechen?*

Womöglich ist es auch die Antwort, die ihm Probleme bereitet. Aber das spielt längst keine Rolle mehr. Ein Blick auf seine Uhr verrät Henry, dass es bereits 2:48 Uhr ist und man in weniger als zehn Stunden von ihm erwarten wird, »ja« zu sagen. Er wird Ringe unter den Augen haben, und schon allein deswegen wird seine Mutter – die Friseurin des Ortes und Selfmade-Kosmetikerin – vor Wut rasen. An jedem einzelnen der letzten sechs Sonntage hat sie Henry gezwungen, eine äußerst schmerzhafte, intensive Gesichtsbehandlung über sich ergehen zu lassen, doch von all ihrer Arbeit ist nun nichts mehr zu sehen.

Kurz nach seinem Heiratsantrag kündigte Henry seinen Job in der fünftgrößten Stadt Großbritanniens und kehrte zu den weiten Feldern und engen Straßen seiner Kindheit zurück. Er fand Arbeit in einer örtlichen Zahnarztpraxis und bezog sein altes Zimmer über dem Pub seiner Eltern. Letzten Sonntag ver-

— — — — — — — — — — — — —

passte seine Mutter ihm eine abschließende »besänftigende« Gesichtsmaske.

»Ein Wunder, dass er mit all diesem Getue nicht andersrum geworden ist«, sagte sein alter Herr, der wie ein abgehalfterter Rockstar in der Wohnzimmertür stand – die muskulösen Unterarme vor der Gastwirtswampe verschränkt, schöne Augen, im müden Gesicht stets ein Strahlen, das schüttere, aber unbeirrbar schwarze Haar zu einer makellosen Rockabilly-Tolle gekämmt.

»Was machst du hier oben?«, fragt seine Mutter, während sie eine kalte grüne Schleimschicht auf Henrys Gesicht aufträgt.

»Lokus.«

Seine Mutter seufzt. »Mein Gott. Zu viel Information.«

»Du hast gefragt.«

»Was ist mit dem Herrenklo?«

»Das hatten wir doch schon – da friert man sich was ab.«

»Weil du das Fenster nicht repariert hast, darum.«

»Hab dir gesagt, ich mach das.«

»Ja. Gesagt, aber nicht getan – deine Lebensgeschichte.«

Henrys Vater löst einen Arm aus der Verschränkung und winkt verächtlich ab. Von dort, wo sein Vater, ehemaliger Boxer und einstiger Lokalpromi, steht, kann er nicht sehen, dass auf dem stummgeschalteten Fernsehbild Clark Gable gerade sein Cocktailglas erhebt. Henry beobachtet, wie der Blick seiner Mutter vom Fernseher zu seinem Vater und wieder zurückschnellt, sieht, wie sich der Ausdruck in ihrem Gesicht wandelt – von Verachtung zu Enttäuschung.

Henry, dessen Gesichtshaut sich unter der trocknenden Maske aus Ton spannt, sagt zu seinem Vater: »Sobald ich hier fertig bin, kümmere ich mich um die Fässer.«

»Nicht, dass du dir dabei einen Nagel abbrichst«, antwortet der alte Mann.

»Lass ihn in Ruhe«, faucht seine Mutter.

»Nur wenn du's auch tust.«

Sein Vater schüttelt den Kopf und verschwindet durch den Flur. Henrys Mutter glättet den Ton an seinem unebenen Nasenrücken und seufzt. »Deine arme Nase«, sagte sie. »Deine arme, arme Nase.«

Henry (benannt nach dem britischen Schwergewicht, dem es einst gelang, Muhammad Ali für sehr kurze Zeit auf die Bretter zu schicken) weiß, dass seine Mutter nach seiner Geburt zwei Fehlgeburten hatte, bevor sie sich schließlich damit abfand, niemals ein Mädchen zu bekommen. Anstelle der nicht verwirklichten Tochter – Priscilla Agatha hätte sie heißen sollen – musste also er an der Seite seiner Mutter auf diesem abgewetzten Sofa sitzen und *Verdammt in alle Ewigkeit*, *Das Appartement*, *Sein Mädchen für besondere Fälle* und Dutzende anderer Filme ansehen.

»Du verweichlichst ihn«, sagte sein Vater immer wieder.

»Ich bringe ihm bei, ein richtiger Mann zu sein«, entgegnete Sheila gewöhnlich.

Und während seine Mutter ihn weiter nostalgische Hollywood-Schinken schauen ließ, beschloss sein Vater, ihn ins Boxstudio zu schleppen. Natürlich verzieh keiner seiner beiden Elternteile dem anderen die Schäden, die dem Sohn durch die jeweilige »Erziehung« zugefügt wurden – die gebrochene

Nase, die vernarbte Augenbraue, den albernen Filmgeschmack. Manchmal erledigten sich die Feindseligkeiten in routiniertem Gezänk, manchmal jedoch (wenn seine Mutter zu tief ins Glas geschaut hatte und sein Vater hinter einem leeren Tresen Dienst schob) gipfelten sie in hässlichem Streit.

Henry kannte die alten Fotos seiner Eltern, auf denen Clive »Big Boots« Smith, selbstverliebt und voller Manneskraft, den Arm um die Taille seines Mädchens gelegt hatte. *Wie füreinander bestimmt*, sagten die Leute damals. Und genau so war es auch: Sie schienen wie von ein und demselben Spielzeugmacher geschaffen – allerdings steif und zerbrechlich, ohne bewegliche Teile. Dennoch sahen sie aus wie das perfekte Paar.

Genau wie nun alle sagen, dass Henry und April perfekt zusammenpassen. Wie Braut und Bräutigam aus Zuckerguss auf ihrer dreistöckigen Hochzeitstorte. April und er streiten nicht. Sicher haben sie ihre Meinungsverschiedenheiten, doch nur selten werden ihre Diskussionen hitzig. Und ganz sicher entwickeln sie dabei keine Wut, jenes Gefühl, in das sich seine Eltern nur allzu leicht steigern.

Aber ist die Tatsache, dass man nicht streitet, Grund genug zum Heiraten?

Der Bräutigam wälzt sich in seinem Bett – und fühlt sich wie ein Single mit flauem Gefühl im Bauch in einem gemieteten Schloss, in dem sehr bald die Hochzeitsfeier stattfinden wird. Henry und April wohnen nicht einmal fünf Meilen weiter die Straße entlang, aber sie wollte für diesen Tag ein Schloss, und Aprils Vater ist nicht der Typ, der seiner Prinzessin einen

_ _ _ _ _ _ _ _ _ _ _ _ _ _

Wunsch ausschlägt. Das Gebäude aus dem vierzehnten Jahrhundert (Hochzeiten, Tagungen, Firmenevents) umfasst zwei Flügel: die Angehörigen der Braut in dem einen, die des Bräutigams im anderen, alles sorgfältig arrangiert, so dass die beiden einander vor dem großen Ereignis nicht begegnen.

Wieder stellt er sich die Frage: Solltest du eine Frau heiraten, von der du glaubst, dass du sie … magst? Ein hübsches Mädchen, das du seit deinem fünfzehnten Lebensjahr kennst, das dich liebt. Solltest du diese Person heiraten, wenn du in den Tiefen aller vier Herzkammern und deines Bauches weißt, dass du dieses Mädchen nicht liebst? Zumindest nicht so, wie sie es im Film tun, nicht wie Rhett seine Scarlett geliebt hat oder Rick seine Ilsa. So etwas wie Liebe ist schon irgendwie da, aber hat dieses Gefühl seinen romantischen Zenit erreicht? Ist Liebe womöglich etwas Absolutes? Kann man auch nur ein bisschen lieben, oder muss es immer das ganze Programm sein? Und wie lange könnte *ein bisschen* halten – fünf Jahre oder zehn?

Solltest du sie trotzdem heiraten, weil ihr schon seit (mehr oder weniger) zwölf Jahren zusammen seid, weil niemand die Tochter, die deine Mutter nie hatte, besser ersetzen kann als deine Verlobte, weil sie im Salon deiner Mutter Haare schneidet, weil ihr Vater ein Haus baut, in dem du alt werden und sterben kannst? Solltest du lächeln und sagen »in guten wie in schlechten Tagen«, obwohl du den Verdacht hegst, dass letztere überwiegen werden? Solltest du ihren Schleier heben, deine Braut auf die schönen Lippen küssen und flüstern (natürlich so laut, dass die Versammelten es hören können): »Ich liebe dich so

– – – – – – – – – – – – –

sehr«? Selbst wenn du es nicht tust? Solltest du es tun, weil du in diesem Dorf jeden kennst und sie alle dich kennen und die Alternative einfach ganz und gar unvorstellbar ist?

Aber warum fällt ihm das ausgerechnet jetzt ein? Die letzten zwölf Monate sind ihm die Zeitschriftenausschnitte, Stoffmuster und Listen über Listen nur so um die Ohren geflogen. Seit drei Monaten trägt April keine Hausschuhe mehr, sondern hat beim Fernsehen und beim Teekochen elfenbeinweiße Stilettos an den Füßen, die mit den fünfzehn Zentimeter hohen Absätzen, die in den Teppichen ihrer Mutter Pockennarben hinterlassen, wenn sie die Schuhe einläuft – all das nur für den kurzen Gang zum Altar und eine lange Tanznacht. Beim Gedanken daran muss Henry fast lachen, aber es ist absolut nichts komisch an dem, was ihm durch den Kopf geht.

Was stellt er sich eigentlich vor? Dass er nach dem Frühstück an ihre Tür klopft, sie fragt, wie sie geschlafen hat, und dann sagt: »Hör mal, ich habe nachgedacht …«

Unvorstellbar, denkt er. Es geht nicht, er kann sich beim besten Willen kein Szenario ausmalen, in dem er seiner Verlobten eröffnet, nachdem er noch einmal darüber geschlafen habe, sei er zu der Ansicht gekommen, dass sie beide – langfristig gesehen – sicher glücklicher wären, wenn sie die ganze Geschichte abblasen würden.

Diese düstere Idee kommt ihm nicht zum ersten Mal in den Sinn. Sie gärt dort schon seit Monaten. Vor zwei Wochen, als er bei Mrs Griffith einen Wurzelkanal behandelte und sie, die Finger unter dem Busen verschränkt, dort lag, hatte das Licht der OP-Lampe den Stein in ihrem Verlobungsring funkeln lassen.

– – – – – – – – – – – – –

Und in diesem Moment hatte er auf einmal verstanden: *Das ist es nicht, was ich will.* Und ebenso schnell hatte sein Hirn das Szenario durchgespielt, das er aus Angst lieber gar nicht erst ins Auge fassen wollte. April würde *nein* sagen. Er würde ihr erzählen, dass er nicht überzeugt sei, und April würde seine Bedenken einfach abtun. Sie würde sagen, es sei normal, Zweifel zu haben, aber sie seien füreinander geschaffen. Vielleicht würde sie sein Eingeständnis auch mit hysterischem Schluchzen und Heulen quittieren und dadurch die Brautjungfern und ihre Eltern aus dem Schlaf reißen. Ihren Vater und auch den halbpsychotischen Bruder wecken. Und glaubt Henry wirklich, dass sie ihn einfach so aus dieser Sache rauslassen würden?

Als er auf der Universität war, wurde er immer wieder gefragt, woher er komme. Innerlich seufzend antwortete er und wartete auf das unabwendbare Kopfschütteln. Sie kannten die Region im weitesten Sinne; waren vielleicht sogar schon einmal in einer der zahllosen Städte oder einem der Dörfer gewesen, die diesen fleckigen grünen Streifen in der Mitte Englands bilden. Jedoch niemals in dem Dorf, in dem Henry zur Schule ging, seinen ersten Streit hatte, zum ersten Mal geküsst wurde. Ein Dorf, so klein, dass jeder jeden kennt oder zumindest jemanden kennt, den man auch kennt. In einer Gemeinde von weniger als zweitausend Menschen wird niemand geschieden, ohne dass alle anderen davon erfahren. Deine Tochter hurt herum, dein Sohn hat mit Drogen zu tun, dein Hund scheißt auf den Gehweg – jeder weiß es. Kaufst du neue Schuhe, wird irgendjemand es beim Abendessen jemand anderem gegenüber erwähnen.

– – – – – – – – – – – – – – –

Deine Verlobte vorm Altar stehen lassen …

Unvorstellbar.

*

Zwischen acht und neun frühstückt die Gesellschaft der Braut in der Spülküche, und um neun Uhr dreißig, und keine Minute früher, werden der Bräutigam und die Seinen dasselbe tun. Anschließend bleiben ihm zwei Stunden, um sich zu rasieren, die Manschettenknöpfe anzulegen und rechtzeitig die Kirche zu erreichen – eine dreiminütige Fahrt, die in gemieteten historischen Fahrzeugen etwa sechshundert Pfund kostet. Nach der Trauung wird die Hochzeitsgesellschaft sich wieder zum Schloss begeben, um zu essen, zu trinken, Reden zu schwingen und zu tanzen. Und wenn sie nicht sterben, werden sie bis in alle Ewigkeit glücklich sein. April und er werden in einem Himmelbett schlafen, Liebe machen und als Mr und Mrs Smith aufwachen. Nach dem Frühstück wird April sich ins Gästebuch eintragen, und zwar mit der Unterschrift (breite, nach links geneigte Buchstaben, und das »S« am Ende mit einem Schwung über den Querbalken des »A« zurückgeführt), die sie in den letzten drei Wochen verfeinert hat. Ein paar letzte Fotos, Umarmungen, Händeschütteln, Tränen, »Pass auf mein Mädchen auf«, dann ab zum Flughafen. Zwei Wochen lang farbenfrohe Cocktails und faule Tage am Pool, vielleicht unterbrochen von einem Tagesausflug und einem Abend in einem namhaften Club. Zum Abschluss eine Flasche Champagner am Strand bei Sonnenuntergang und dann zurück in das spießige Backsteinhaus, das Henrys frischgebackener Schwiegervater für sie gebaut hat.

– – – – – – – – – – – – –

April hat eine Vorliebe für alte Lieder und klassische Melodien, was vielleicht daran liegt, dass sie mit dem Sohn eines Gastwirts ausgeht. Als sie noch zu jung waren, um im Pub zu trinken, gab Big Boots ihnen gern eine Handvoll Münzen, mit denen sie die Musikbox füttern durften. Aprils Lieblingslied ist »Sweet Home Alabama«, und wenn man es in gemächlichem Tempo singt und kein Luftgitarrensolo auslässt, dann dauert es vom Auftakt bis zu den letzten Tönen genau so lange, wie man zu Fuß von Aprils Elternhaus bis zum neuen Heim des jungen Paares braucht. Ungefähr fünf Minuten.

Es gibt zwei Schlafzimmer und ein Kinderzimmer. »Oder ein Arbeitszimmer«, hatte Henry gesagt. »Für welche Arbeit?«, fragte April. »Das ist ein Kinderzimmer. Willst du keine Kinder?« – »Doch, klar, aber nicht unbedingt sofort.« – »Wir sind seit zwölf Jahren zusammen. Es ist ein Kinderzimmer.« Und wieder einmal kein Streit. Die Küche ist nagelneu und unbenutzt, neue Betten, neue Tische, neue Stühle, neuer Fernseher. Alles steht still an seinem Fleck und fängt Staub.

April hat die Hochzeitsliste zusammengestellt: Bettwäsche, Pfannen, Messer, Morgenmäntel für sie und für ihn. Henry wollte einen altmodischen Plattenspieler – April suchte einen kabellosen Lautsprecher aus. Es macht ihm nichts aus – das Bedürfnis seiner Verlobten, das Sagen zu haben, kann er nicht für seine Zweifel verantwortlich machen. Daran ist nichts ungewöhnlich. April ist lustig, sportlich, hübsch. Woche für Woche besucht sie ihre Großmutter im Altersheim, bringt Blumen mit, kennt alle Bewohner beim Namen und hört sich deren ausschweifende Geschichten an, ohne den Blick abzuwenden.

Sonntags lackiert sie ihrer Mutter die Fußnägel, unter der Woche bereitet sie ihrem Vater jeden Morgen eine Thermoskanne Kaffee. Sie spricht Henrys Vater mit dessen altem Boxernamen an und versetzt ihm spielerische Faustschläge in den Bauch. Außerdem arbeitet April im *Love & Die*, dem Friseursalon seiner Mutter, und die beiden Frauen fahren zusammen mit der Bahn in die Stadt, um im Einkaufszentrum zu shoppen. Manchmal übernimmt sie eine Schicht im Pub, und wenn Karaoke angesagt ist, springt sie immer als Erste auf. April führt den Hund des Nachbarn aus. Wenn du jemanden brauchst, der sich um die Fische kümmert, während du im Urlaub bist, dann fragst du das hübscheste, süßeste, liebenswerteste Mädchen im Dorf. Wen kümmert es, dass sie Kissen mit Monogramm will. Von Aprils Vater bekamen sie als Verlobungsgeschenk einen Hausziegel mit rosa Schleife. Der ruht jetzt in ihrem Haus mit zwei Schlafzimmern und einem Kinderzimmer auf dem Kaminsims.

Henrys Eltern kauften ihnen Geschirr, zwölfteilig, weiß mit blauem Rand.

»Er baut ihnen ein Haus, wir schenken ihnen Geschirr«, sagte seine Mutter, als sei ihr Mann daran schuld.

»Was erwartest du von mir? Was soll ich deiner Meinung nach tun?«

Sheila Smith lachte. »Gar nichts erwarte ich von dir.«

Was eine Hochzeit kostet, weiß jeder. Inklusive Blumen, Essen, Band, Kleid, Fahrzeuge und aller sonstigen Dinge wird der Tag 17 646 Pfund kosten. Gezahlt wird alles von Aprils Vater. Das Haus ist zehnmal so viel wert.

Henry hätte sich auch über einen Toaster gefreut. Mehr als über ein Haus.

»Wir können uns selbst ein Haus kaufen«, sagte Henry, als die Idee zum ersten Mal auf den Tisch kam. »Ich bin immerhin Zahnarzt.«

»Und mein Dad kann Häuser bauen. Jedem das Seine.«

Es wird nicht geschrien, es wird nicht mit Dingen geworfen, es fallen keine schlimmen Wörter. Und drei Wochen später sehen sie sich die Pläne des Architekten an.

»Wir könnten wegziehen«, sagt Henry.

Wenn April mit etwas nicht einverstanden ist, kräuselt sich ihre Nase. »Wegziehen? Wohin?«

»Keine Ahnung, egal wohin. Chester, Liverpool, irgendwo hin.«

»Irgendwo? Warum sollten wir *irgendwo* leben? Wir leben doch schon am schönsten Fleck der Erde.«

Das Mantra der Alteingesessenen. Doch Henry hat den Eindruck, dass Leute, die fest und steif behaupten, am schönsten Ort der Welt zu wohnen, von dieser meist noch nicht sehr viel gesehen haben.

»Oder Manchester?«, versucht er es. »Du würdest die Läden in Manchester lieben. Alle direkt vor der Haustür.«

»In Manchester regnet es.«

»Hier regnet es auch.«

April küsst ihn, nimmt sein Gesicht in die Hände. »Hey«, sagt sie. »Ich dachte, das hätten wir besprochen.«

»Es ist nur …« Er verstummt. Seufzt.

»Nervös zu sein ist normal«, sagt April. »Es ist ein großer

— — — — — — — — — — — — —

Schritt. Wir werden eine Familie gründen, Kinder haben, und wir werden sie am schönsten Ort der Welt aufziehen. Hunde, Spaziergänge, Familie.« Sie küsst ihn noch einmal, länger als beim ersten Mal.

Sie ist sehr hübsch.

»Das ist er«, sagt April. »Das ist mein attraktiver Mann.« Und wieder küsst sie ihn.

In der Stille des Schlosses springt der Zeiger auf drei Uhr früh, und Henry schwenkt die Beine unter der Decke hervor. Weil es kalt ist, zieht er seine Socken, die Jeans und ein T-Shirt an. Nur weil es kalt ist.

Er geht zum Fenster hinüber, teilt die schweren Samtvorhänge und blickt hinaus aufs Schlossgelände. Das Licht des Mondes, der tief und schwer am Himmel hängt, reicht aus, um die Umrisse der Bäume und der Gipfel in der Ferne zu erkennen. »Sanft geschwungen« sagen die Leute über diese Hügel, aber Henry findet sie eher unruhig und rastlos, als würden sie murren und sich doch nie vom Fleck rühren.

ZOE

Unerwartete Annäherung

Zoe denkt, sie sollte vielleicht aufstehen. Die Küchenspüle ist voller Geschirr, der Teppich braucht dringend einen Staubsaugerbesuch, das Bad muss geputzt werden. Aber sie ist müde, unter Decke ist es warm, und sie genießt den langsam abflauenden Rausch eines unerwarteten Zusammenfindens am Samstagmorgen. Alex ist eine Lerche und Zoe eine Eule, und in letzter Zeit ist ihr Timing besonders ungünstig: Immer wenn der eine in Stimmung ist, ist der andere schon halb weggepennt. Sie fragt sich, wann sie vor heute früh zum letzten Mal Liebe gemacht haben. Seit neun Monaten wohnen sie jetzt zusammen, und sie wäre überrascht, wenn sie die Bettfedern in den letzten drei Monaten öfter als ein halbes Dutzend Mal zum Quietschen gebracht hätten. Heute Morgen hatte er jedoch die Initiative ergriffen, und als Zoe etwas von »müde« murmelte, hatte er ihr Ohr geküsst und geflüstert: »Du brauchst ja die Augen nicht aufzumachen.« Das brachte sie zum Lächeln; sein Atem kitzelte ihr Ohr, und seine Hand, die unter ihrem T-Shirt nach oben geglitten war, kitzelte die Nervenenden weiter unten. Es war schön.

– – – – – – – – – – – – –

Wenn sie recht überlegte, war er ein bisschen zu schnell übers Ziel hinausgeschossen, aber es war … es war schön. Er hatte diese Sache gemacht – *den Enterhaken* nannte sie es –, bei der er seine Hand unter ihr linkes Bein schob. Normalerweise war Zoe auf diese Übung nicht scharf (nicht nur kam sie sich dabei ein wenig albern vor, sie war auch nicht sehr gelenkig, und manchmal schmerzte die Hinterseite ihres Oberschenkels dabei allzu sehr), aber heute Morgen war Alex sanft gewesen, und sie hatte irgendwie das Gefühl … sie weiß nicht genau, wie sie es ausdrücken soll … dass er es ernst meinte. Nein, dieser Morgen war schön, und dann – nach einer ansehnlich langen Nachspielphase des Kuschelns und Streichelns – war er aus dem Bett gesprungen und hatte gesagt, er werde einkaufen gehen. »Schlaf noch ein bisschen«, hatte er gesagt, »ich bring dir dann Frühstück ans Bett.« Was war dagegen zu sagen?

Sex, dachte sie. Kolossaler Spaß, solange man nicht drüber nachdenkt. Denn wenn man darüber nachdenkt, kommt einem das Ganze doch ein bisschen bescheuert vor, oder? Sie kennt Alex' Programm fast auswendig, die Reihenfolge, in der er Hände, Lippen, Finger über ihren Körper wandern lässt.

Ein Teil von ihr weiß: Sobald man anfängt, etwas, eine Person, genau zu untersuchen, stößt man auf winzige Makel, die das Gesamtbild überschatten. *Genau wie bei diesen Wänden*, denkt sie.

Es ist gerade so hell im Zimmer, dass Zoe die Stellen erkennen kann, an denen die alte, dunklere Farbe durch zwei Schichten »Morgennebel« hindurchscheint. Alex behauptet, das nicht zu sehen. Zoe bilde sich das alles nur ein. Er beharrt so überzeugend darauf, dass Zoe sich fragt, ob er tatsächlich recht haben könnte. *Konzentriere dich auf die positiven Dinge*, sagt sie sich.

Und die positiven Dinge sind? Alex ist cool, attraktiv, hat einen schönen Körper, auch wenn dieser mittlerweile etwas weicher ist als am Anfang ihrer Beziehung, und er ist gut (oder ist er nur okay?) im Bett.

Zoe hat mit elf Männern geschlafen. Sechs davon waren Beziehungspartner, die restlichen gehörten zu einer Handvoll von Affären, die eine oder ein paar Nächte andauerten. Noch nie hat sie diese Männer nach ihrer sexuellen Leistungsfähigkeit geordnet, aber bei der Frage, wer die Rangliste anführt, muss sie nicht lange überlegen: Ken Coleman, ein Mathematikstudent im dritten Studienjahr, mit dem sie zwei Semester lang ausgegangen ist. »Ken Wood« war sein Spitzname, den ihm irgendjemand – höchstwahrscheinlich Vicky – verpasst hatte. Auch der Rangniedrigste steht fest (Jacob Kentish, Philosophie, kleiner Penis, Mundgeruch, merkwürdige Geräusche), aber die anderen in eine Reihenfolge zu bringen, war schwierig. Als ihr Kopf unaufgefordert zu sortieren beginnt, hält Zoe plötzlich inne – *was, wenn Alex in der falschen Hälfte der Gruppe landet?* Sie haben jetzt zusammen eine Hypothek aufgenommen – das moderne Äquivalent zum Heiraten –, und daher bringt es nichts, diese schulmädchenhaften Vergleiche anzustellen. Alex ist ein guter Liebhaber: Er ist meistens rücksichtsvoll, meistens sauber, und sie hat meistens einen angenehmen kleinen Orgasmus. Keine berauschenden Tsunamis, die Mark und Bein erschüttern, die sie die Augen verdrehen lassen, keine Orgasmen, wie Zoe sie in

Kens Händen erlebt hat, jedes Mal, aber das kann für ein Mädchen auch zu viel werden.

Obwohl, neuerdings spürt sie etwa eine Woche, bevor ihre Periode fällig ist, manchmal ein … *Lechzen* ist das beste Wort, das ihr einfällt … Lechzen nach Sex. Es geht nicht darum, Liebe zu machen, sondern darum, elementaren, heftigen Sex zu haben. Zoe fragt sich, ob ihre biologische Uhr tickt und auf einen Sprössling lauert. Sie wird erst in elf Monaten dreißig, daher dürfte es ein wenig zu früh sein. Vielleicht liegt es daran, dass sie und Alex ein Haus gekauft haben, sich ihr Nest bauen. *Wer hat das bloß meinen verdammten Eierstöcken verraten?*, denkt sie.

Zoe wird bewusst, dass sie den Atem anhält – eine Gewohnheit, die sie irgendwann im letzten Jahr entwickelt zu haben scheint. Mehrmals täglich erwischt sie sich dabei, wenn sie am Schreibtisch sitzt oder im Bett liegt, bemerkt sie, dass ihr Brustkorb stockt und die Lungen sich prall mit Luft gefüllt haben. Es ist fast angenehm, aber gleichzeitig auch ein wenig seltsam, sich daran erinnern zu müssen, zu atmen. Stress, nimmt sie an.

Ist die Vorstellung, Mutter zu sein, wirklich so stressig? Oder ist es eher die Vorstellung, ein Baby mit Alex zu bekommen? Zoe schüttelt sich innerlich. Lässt die Luft hinaus … atmet.

Im Licht der hellen Oktobersonne denkt Zoe wieder daran, wie zärtlich Alex heute Morgen war, und ermahnt sich, im Jetzt zu leben. Sie zieht die Schublade ihres Nachttisches heraus und fischt den Streifen mit den Antibabypillen heraus. Eine davon drückt sie sich in die Handfläche und schluckt sie trocken hinunter.

*

– – – – – – – – – – – – –

Als Zoe wieder aufwacht, muss sie pinkeln. Im Haus ist es kalt, und das Nachglühen der unerwarteten Fummelei ist verflogen. Unter den nackten Füßen werden sich die Badfliesen anfühlen wie ein zugefrorener See, und sie zieht die Bettdecke hoch, um die Restwärme nicht entweichen zu lassen. Es sind nur noch zwei Monate bis Weihnachten, und sie überlegt, dass sie und Alex einander vielleicht Hausschuhe schenken sollten – günstig, praktisch und …

»Ach du lieber Gott«, sagt sie laut. »Ich verwandle mich in meine Mutter.«

Trotzdem, Hausschuhe wären toll.

Wenn sie sich auf etwas anderes konzentriert als ihre Blase, denkt Zoe, kann sie vielleicht noch zehn Minuten länger im Bett bleiben. Fünf mindestens. Der Boiler hat offenbar wieder beschlossen zu streiken. Er muss erneuert werden, aber in ihrer Kasse herrscht Ebbe; also werden sie einfach ihre blau gefrorenen Daumen drücken müssen, dass der Boiler und seine Rohre noch einen weiteren Winter überstehen, bevor das Ding einen stillen Tod stirbt oder explodiert.

Schlechte Wortwahl, denkt Zoe, und sie spürt ein Ziehen in der Blase. Sie schaut zur Uhr – viertel nach zehn – und fragt sich, wie lange sie gedöst hat. Zehn Minuten? Eine Stunde? Sie lauscht ins Haus hinein, doch es ist still – keine Küchengeräusche, kein brodelnder Wasserkocher. Sie ruft Alex, aber er antwortet nicht. Daher kommt Zoe zu dem Schluss, dass sie nicht lange geschlafen haben kann. Sie schlägt die Bettdecke auf und trippelt auf Zehenspitzen zum Klo.

Als sie ihren Füßen beim Tanzen zuschaut, während sie sich

– – – – – – – – – – – – –

erleichtert, bemerkt sie auf den Fliesen ein Arrangement aus getrockneten Spritzern. Warum nur, fragt sie sich, sind Männer anscheinend nicht in der Lage, ins Becken zu pinkeln? Es ist nicht so, dass das Becken nicht groß genug wäre; bestimmt wäre selbst ein Elefant in der Lage, so in das Ding zu pinkeln, dass Beckenrand und Fliesen trocken bleiben. Bei der Vorstellung, dass ein Elefant in ihrem Bad pinkeln geht, muss sie lächeln. Womöglich wäre das eine gute Idee für ein Bilderbuch, denkt sie. Vielleicht erzählt sie Montag ihrer Chefin davon, mal sehen, ob einer der Autoren etwas daraus machen kann. Oder vielleicht tut sie es selbst – wie schwierig kann es letztendlich sein, achthundert Wörter über die Badezimmerpossen von Tieren zu schreiben? *Das Klo im Zoo* wird sie es nennen; vielleicht dieses Wochenende ein oder zwei Stunden daran werkeln.

Zoe wischt die Spritzer mit einem angefeuchteten Stück Toilettenpapier ab, das sie ins Becken fallen lässt, bevor sie spült. Als sie ihr Gesicht im Badspiegel (dekorativ umrahmt von Zahnpastaflecken) sieht, ertappt sie sich: finsterer Blick und die Stirn in hässliche Falten gelegt, die bleiben werden, wenn sie nicht aufpasst.

»Also, was mache ich jetzt?«, fragt sie ihr Spiegelbild.

Drei Möglichkeiten stehen zur Auswahl: den Badspiegel putzen, unter die Dusche gehen oder wieder ins Bett schlüpfen.

Geh wieder ins Bett und lass dir von dem Jungen Frühstück servieren. Gott weiß, er wird dir nicht helfen, das Haus zu putzen.

»Da hast du allerdings recht«, sagt Zoe.

Ihr Spiegelbild nickt: Ich weiß.

– – – – – – – – – – – – –

Als Zoe wieder ins Schlafzimmer geht und im Flur auf ein knarrendes Dielenbrett tritt, spürt sie einen Stich der Verärgerung. Vor zwei Wochen war sie auf einen herausstehenden Nagel getreten, der ein Loch in eine nagelneue Zwölf-Pfund-Strumpfhose riss. Weil das schon zum zweiten Mal passierte, versuchte Zoe, den Nagel mit einer Schere aus dem Dielenbrett zu ziehen. Sie wusste, dass eine Schere für diese Aufgabe das falsche Werkzeug war, aber das richtige befand sich irgendwo in ihrem kleinen unaufgeräumten Schuppen, und es regnete. Und anstatt wegen ihrer liebenswerten weiblichen Herangehensweise zu lachen, blaffte Alex sie an, weil sie die Schere kaputt gemacht hatte, und sagte, sie solle ihn fragen, wenn etwas zu reparieren war. Zwar entschuldigte er sich schnell genug, aber über seinen Wutausbruch ärgerte sie sich. Und trotz allem ist er immer noch nicht dazu gekommen, das verdammte Ding zu reparieren. Und es geht nicht nur um das eine Dielenbrett; im Gästezimmer ist noch eines und ein drittes unter dem Tisch im Wohnzimmer. Zoe ist versucht, den Hammer zu greifen und sich selbst darum zu kümmern, aber sie hat Angst, sie könnten sich deswegen streiten. Und das ärgert sie noch mehr als das Dielenbrett.

Weil sie mittlerweile zu wach ist, um weiterzuschlafen, öffnet Zoe die Schlafzimmervorhänge, blickt aus dem Fenster in die Reihe der Gärten hinter den Reihenhäusern in ihrer Straße. Es ist ein schöner Tag, und Zoe findet, dass sie an die Themse fahren sollten, um dort zu picknicken, eine Flasche Wein zu trinken und die vorbeigleitenden Ruderer zu beobachten. Die Fahrräder stecken im Schuppen unter einem von Spinnennetzen umwobenen Haufen zusammengefallener Pappkartons, auf denen mehrere Farbdosen balancieren. Der Aufwand ist fast zu groß, aber Zoe glaubt, dass ihnen ein Ausflug in mehr als einer Hinsicht guttun wird.

Als sie in dieses Haus zogen, musste alles neu gemacht werden: von den Teppichen über die Tapeten und das Badezimmer bis zur Küche – alles. Aber nach Anzahlung, Grunderwerbssteuer, Notarkosten, Haushaltsgeräten und einer Ikea-Grundausstattung waren sein und ihr Bankkonto leergeräumt. Zum Einzug bekamen sie Blumen und Champagner im Wert von etwa fünfhundert Pfund geschenkt, doch so geizig es auch klingt, Zoe hätte lieber Gutscheine für John Lewis oder ein anderes Kaufhaus gehabt. Dann hätten sie sich zumindest ein paar schöne Gläser und einen neuen Türklopfer kaufen können.

Letzten Monat schlug Zoe vor, zumindest ein paar kleine Verbesserungen vorzunehmen und mit einer Kreditkarte zu bezahlen, aber Alex weigerte sich. Wollte die Angelegenheit nicht einmal diskutieren. »Vergiss es, Zoe«, und in seiner Stimme lag eine Schärfe, bei der sie Magenkrämpfe bekam.

»Die Zinsen sind doch gar nicht so schlecht«, hatte sie gesagt, in neutralem Tonfall.

»Verdammt, Zoe, das ist genau die Art und Weise, wie Leute sich finanziell in die Scheiße reiten. Eine beschissene Falle ist das.« Das hatte ihr nicht gefallen – das »Scheiße« und das »beschissen« –, aber sie hatte sich gezwungen, ruhig zu bleiben. »Unsere Gehälter werden doch steigen, Alex.«

»Mein Gehalt, meinst du«, sagte er und sah sie herausfordernd an. Ein Schlag unter die Gürtellinie, dachte Zoe und hielt seinem Blick gleichermaßen herausfordernd stand. War nicht er derjenige gewesen, der sie darin bestärkt hatte, ihren gut bezahlten Job zu kündigen?

»Na gut«, hatte sie gesagt. »Ich mache es. Ich besorg mir eine Karte.«

»Nein«, hat Alex zurückgeschossen. »Nein, das tust du nicht. Das geht uns beide an.«

»Dann lass uns darüber sprechen.«

»Da gibt es nichts zu besprechen. Ich bin spät dran.«

Ende der Diskussion. Alex ging Fußball spielen, und in dem Moment, als die Haustür zufiel, hatte Zoe die lose Ecke einer Tapete gegriffen und daran gezogen. Der erste Streifen hatte sich ganz leicht abziehen lassen, doch der nächste klebte so fest an der Schlafzimmerwand, wie sich eine schlechte Idee in einem wütenden Kopf einnistet. Nachdem sie sich den zweiten Fingernagel eingerissen hatte, lief Zoe nach unten und suchte den Pfannenwender, ein scharfes Messer, einen Schwamm und eine Schüssel mit Seifenwasser zusammen. Drei Stunden später waren die Dielenbretter rutschig wie ein Schiffsdeck auf hoher See, und Zoe hatte zwei weitere abgebrochene Nägel samt einer schmerzhaften Blase an der Hand. Mittlerweile stand fest, dass wer immer dieses Zimmer einmal hatte einrichten dürfen, seinen schlechten Tapetengeschmack mit einer unübertroffenen Fertigkeit beim Anbringen derselben wettgemacht hatte. Bislang hatte Zoe vier Bahnen eines zerfledderten Paisleymusters entfernt, es blieben noch acht weitere, und zum ersten Mal seit ihrem Einzug freute Zoe sich, dass das Schlafzimmer so klein war. Als ihre Schätzung ergab, dass sie weitere sechs Stunden brauchen würde, um die Aufgabe abzuschließen, sprang Zoe unter die Dusche und machte sich auf in die Stadt, um ein wenig von dem Geld auszugeben, das sie nicht besaßen.

Als Zoe zurückkehrte, war es dunkel. Schuldbewusst und beklommen steckte sie den Schlüssel ins Schloss. Sie hatte alle Einkäufe (zweihundert Pfund für Schuhe und Jeans, die sie nicht brauchte) in eine einzige Tüte aus dem günstigsten Laden umgepackt, würde aber trotz dieser Vorkehrung liebend gern auf eine Befragung verzichten. Sie schlich sich ins Wohnzimmer und stellte erleichtert fest, dass Alex auf dem Sofa eingeschlafen war. Im Fernsehen lief ein alter Film, eine zur Hälfte ausgetrunkene Flasche Bier stand gefährlich nah an Alex' Füßen. Darauf bedacht, die knarrenden Stufen auszulassen, schlich Zoe auf Zehenspitzen die Treppe hinauf, verstaute schnell ihre Einkäufe im Kleiderschrank und versteckte die Tüte zusammengefaltet unter einem Haufen Schuhe.

Erst als sie die Tür des Kleiderschranks schloss, fielen ihr die Wände auf, alle vier nackt bis auf den Putz; nicht ein einziger Fetzen Paisleytapete war übrig. Der Abfall war weggeräumt worden, der Boden gereinigt und gewischt; sogar das Bett war gemacht, mit den Kissen auf der Bettdecke, wie Zoe es am liebsten hatte.

»Überraschung«, sagte eine leise Stimme dicht hinter ihrer linken Schulter.

Als sie sich jetzt daran erinnert, kommt es ihr kleinlich vor, die guten Seiten in den Schatten der schlechten zu stellen. Sie legt die Hand an die Wand und schiebt sie über die Stellen, von denen Alex behauptet, dass dort keine Farbe durchscheint. An

_ _ _ _ _ _ _ _ _ _ _ _ _

dem Tag, nachdem Alex die Wände von der Tapete befreit hatte, fuhren sie zum Baumarkt, um Pinsel zu kaufen und ein halbes Dutzend Farbdosen in Probiergröße. Als Alex Farbtöne wie Frisches Salbeigrün, Auberginentraum und – in Zoes Augen – *Erdrückendes Blau* vorschlug, hätte sie ihn beinah gefragt, ob er scherzte, aber das war eindeutig nicht seine Absicht, und sie wollte die gute Stimmung nicht verderben, nachdem er am Tag zuvor so galant und romantisch gewesen war. Also ließ Zoe ihn verschiedene Farbtöne aussuchen, die allesamt an Blutergüsse erinnerten, während sie Probiermengen von Kieselgrau, Morgennebel und Altweiß auswählte.

In ungeliebten Jeans und vergessenen T-Shirts hatten sie die Farbproben aufgetragen. Zoe malte kleine Musterstellen in die Zimmerecke, aber Alex beschmierte die Wand mit einem unübersehbaren romantischen Herz in Auberginentraum. Er wollte aus diesem Vorhaben eine lustige Aktion machen, das war ihr klar – verrückt, romantisch, anekdotenhaft –, aber was er damit erreichte, war in erster Linie eine große Sauerei.

»Versuch's mal etwas dezenter«, schlug sie vor. »Für den Fall, dass wir uns für einen helleren Ton entscheiden.«

»Entspann dich, mein kleiner Waldschrat«, sagte Alex und zog die merkwürdige Fratze, die er zu diesem dämlichen Kosenamen stets aufsetzte.

»Sicher«, sagte sie. »Es ist nur … weißt du … falls.«

Dann kam Alex mit dem Pinsel auf sie zu. »Vielleicht könntest du auch ein wenig Farbe vertragen.«

Zoe kannte diesen Gemeinplatz aus unzähligen Filmen und Sitcoms. Beim ersten Mal lustig, vielleicht, jetzt aber zum Kli-

– – – – – – – – – – – – –

schee verkommen; und anstatt amüsiert zu sein, war sie einfach nur genervt.

»Wag es nicht«, sagte sie zu Alex.

»Ein bisschen Lila würde dir gut stehen«, sagte er und hob den Pinsel an.

»Ernsthaft, tu's nicht.«

»Bringt die Farbe deiner Augen besser zur Geltung«, sagte er und schwang den Pinsel in Zoes Richtung.

Zoe spürte, wie die kühlen Klümpchen Auberginentraum sie an Stirn, Wange und Kinn trafen. »Verdammt, Alex!«

»Was?«

»Ich habe mir gerade erst die Haare gewaschen!«

»Mein Gott, da ist heute aber wirklich jemand ein Waldschrat.«

Er sah verletzt aus.

»Tut mir leid«, sagte Zoe. »Müde.«

»Mir tut's auch leid«, sagte Alex. »Aber, na ja, es steht dir nun mal irgendwie.«

Das Lachen darüber hatte die Situation gerettet und Zoe gleichzeitig eine bequeme Überleitung in ihre Farbwahl verschafft.

»Das mag ja sein, Mister, aber ich glaube nicht, dass es der Wand steht.«

»Ich weiß, etwas Dezenteres, stimmt's?«

Sie fuhren noch einmal zum Superbaumarkt, und dieses Mal kehrten sie mit literweise Farbe, Rollen, Abstreichgittern und all dem anderen Renovierungszubehör zurück. Zoe hatte versucht, die Wände zu säubern, bevor sie ernsthaft zu streichen begannen, und das Auberginenherz größtenteils entfernen können, doch es war noch so viel übrig geblieben, dass es durch drei Schichten Morgennebel hindurch zu sehen war. Als die Farbe zur Neige ging und mit ihr auch Alex' Vorrat an Geduld, hatte Zoe vorgeschlagen, noch einmal zum Baumarkt zu fahren, um etwas dunklere Farbe zu kaufen.

»Ich dachte, du wolltest den verdammten Morgennebel haben.«

»Und muss das ›verdammt‹ sein? Es gibt keinen Grund, mich zu beschimpfen.«

Alex holte tief Luft. »Zoe, ich habe die Tapeten abgerissen, wir haben uns für deine Farbe entschieden.« Er lachte: »Mir fällt der Arm gleich ab.«

»Aber …«

»Das bildest du dir ein. Ich sehe nichts.«

»Das liegt daran, dass es dunkel wird.«

»Das ist ein besch…« Ein weiterer beruhigender Atemzug. »Das ist ein Schlafzimmer, Zoe. Es wird so ziemlich jede Minute, die wir hier verbringen, dunkel sein.«

Zoe nahm sich zurück, bevor der nächste Streit vom Zaun gebrochen war.

*

Als sie drei Wochen später im Schlafzimmer steht, ist es nicht dunkel, und wenn sie noch länger die Wand anstarrt, denkt Zoe, könnte es passieren, dass sie ihr einen Faustschlag versetzt. Also geht sie aus dem Zimmer und lässt Badewasser ein.

Während sie Shampoo einmassiert, dreht Zoe eine lange Haarsträhne zu einem straffen Strang und zieht daran. Der altvertraute Schmerz auf ihrer Kopfhaut ist bedenklich angenehm … *Wie lange hat sie es nicht mehr getan?*

Nicht mehr, seit sie den Beruf der Juristin aufgegeben hat und im Verlagswesen arbeitet. Seit drei Jahren also.

Vielleicht sollte ich mir einen Orden verleihen, denkt sie.

Sie weiß noch, dass sie irgendwann an einem Sonntagabend in der Badewanne saß, zutiefst deprimiert und voller Angst vor einer weiteren Woche in einem Job, den sie hasste. Sie zog an einem Büschel Haare und spürte, dass die Kopfhaut sich lösen würde, wenn die Haare nicht ausrissen. Zweimal hatte Zoe tatsächlich zu stark gezogen und plötzlich dicke, lange schwarze Strähnen in der Hand gehabt. Bei einer Online-Recherche fand sie heraus, dass dieser Zwang als Trichotillomanie bezeichnet wird; die sechs Silben bereiteten ihr Kopfjucken, und die begleitenden Bilder beschämt dreinblickender gerupfter Frauen, die sie vom Monitor anstarrten wie verwaiste Puppenköpfe, erwiesen sich als schnelle und wirksame Therapie. *Habe einen kalten Entzug gemacht, bevor ich zum gerupften Huhn wurde,* denkt Zoe, lässt das Haarbüschel los und greift nach der Haarspülung.

Während die Spülung einwirkt, rasiert Zoe sich mit Alex' Rasierer die Beine. Er hasst es, wenn sie ihn für ihre Beine benutzt, aber sie hasst es, dass er ihn auf dem Waschbecken liegen lässt, daher ist es nur gerecht. Als er an diesem Morgen die Hände unter ihre Beine hakte, zuckte sie zusammen, weil sie wusste, ihr Wildwuchs würde an der weichen Haut seiner Hände kratzen. Sie untersucht ihre Schienbeine auf Ekzeme und sieht keine.

– – – – – – – – – – – – –

Und warum sollten da auch welche sein? Das Leben ist gut: Sie arbeitet an einem neuen Buch – keinem »Baby-Buch«, danke vielmals, sondern einer Geschichte für junge Leser. Gut, sie handelt von einer reimenden Katze und einem Gepardengnom, aber es ist ein Buch mit einer wichtigen Botschaft für die Kleinen: Sei froh, so wie du bist. *Auch für die Großen eine wichtige Botschaft.*

Zoe schlägt den Rasierer an der Seitenwand der Badewanne aus, so dass ihre Stoppel mit denen von Alex vermischt in einem Klumpen grünlicher Seife abfließen. Auf irritierende Art fast romantisch. Und Alex kann romantisch sein, wenn es ihn überfällt. Okay, manchmal ist er ein wenig zu sehr Kumpel – ein bisschen vergesslich vielleicht, ein bisschen unordentlich, ein bisschen … was auch immer, ein typisches Mannsbild eben. Aber dafür hat er kräftige Fußballerbeine, Haare auf der Brust, eine dunkle Stimme und ein Grübchen im Kinn. Natürlich ist sie voreingenommen, doch verglichen mit den Männern ihrer Freundinnen schneidet Alex eindeutig am besten ab. Und ist er nicht auch ihr Retter in der Not? Wenn sie ihre neue Arbeit genießt, dann sollte sie Alex dafür danken, dass er sie ermutigt und dabei unterstützt hat, der alten den Rücken zu kehren.

Das Badewasser ist kalt geworden, und überall an der Oberfläche schwimmen Haare von Alex' Bart und Zoes Beinen. Sie hält den Atem an, kneift sich mit einer Hand die Nase zu, taucht den Kopf unter Wasser und fächert mit der anderen Hand das Haar auf. Sie wird duschen müssen, bevor sie sich abtrocknen kann.

Als sie aus dem Badezimmer kommt, ruft sie die Treppe hinunter, aber Alex ist immer noch nicht vom Einkaufen zurück. Es sei denn, er hört sich über Kopfhörer Platten an oder spielt irgendein Xbox-Spiel. Er kann so unglaublich rücksichtsvoll sein. Er weiß, wie sehr sie ihren Schlaf liebt, und hat sich gemerkt, welche Dielenbretter knarren, so dass er »wie ein Ninja« umherschleichen kann. Natürlich wäre es einfacher, er würde die Dielenbretter reparieren, aber vielleicht weniger süß. Wenn er unten ist, dann, so hofft Zoe, hört er Platten und schießt nicht auf Zombies. Sie mag es, wenn er hinter seinen Decks sitzt, die Lippen leicht aufgeworfen, während er zum Beat den Kopf bewegt; einige Männer wirken lächerlich, wenn sie mit dem Kopf nicken und dazu auch noch einen Kussmund machen, doch Alex sieht gut dabei aus. Hinzu kommt, dass er sich nie richtig ernst zu nehmen scheint – ein Glitzern in seinen Augen sagt: *Ich weiß*. Er kann seinen Kopf zur Seite schieben, so wie indische Frauen es beim Tanzen tun, aber anstatt darüber nachzudenken, ob er dabei auch cool aussieht, scheint es ihn einfach nur zu amüsieren. Wann immer sie ihm beim Abspielen eines Sets zusah und er mit dem Kopfwackeln anfing, suchte er in der tanzenden Menge Blickkontakt und zwinkerte ihr zu: *Ich weiß*. In diesen Blick verliebte sie sich und in den Mann dahinter. Er verliebte sich schon, als sie sich zum ersten Mal sahen.

Es war Zoes viertes Sommerfest in der Kanzlei, und nachdem sie sich bei der zweiten und dritten Party danebenbenommen hatte, achtete sie dieses Mal darauf, wie viel und was sie trank.

– – – – – – – – – – – – –

»Darf ich Sie auf ein Getränk einladen?«

»Die Getränke sind gratis«, hatte Zoe gesagt und zurückgelächelt.

Der DJ senkte seine Stimme. »Psst …«, sagte er und zwinkerte. »Tun wir einfach so, als ob.«

Zoe nickte, flüsterte zurück: »Okay.«

»He«, sagte er, als sei Zoe ihm gerade erst aufgefallen. »Darf ich Sie auf ein Getränk einladen?«

»Klar. Ein Glas Champagner, bitte.«

Alex tat so, als löse der teure Geschmack seiner Dame bei ihm Überraschung, Panik und Angst aus. »Champagner? Ich …«

Zoe improvisierte mit. »Ist das ein Problem?«

Nach kurzem Zögern: »Nein, Gott, nein, es ist nur so« – der DJ klopfte seine Taschen ab – »ich glaube, ich habe mein Portemonnaie im Ferrari liegen gelassen.«

»Das ist uns doch allen schon mal passiert«, sagte Zoe. »Ich bezahle, und Sie sind nächstes Mal dran.«

Der DJ zog seine kräftigen Augenbrauen hoch (*Wenn wir Kinder hätten, würden sie mit kräftigem schwarzem Haupthaar geboren*, dachte Zoe). »Nächstes Mal?«

Zoe hielt nichts von allzu frechen Flirts, aber nachdem sie in diesen hineingestolpert war, erlaubte sie sich mitzumachen. »Ist das Ihre übliche Anmache?«

»Noch nicht«, sagte er lachend.

Zoe drehte sich zum Tresen und bestellte zwei Gläser Champagner.

»Und wie spreche ich Sie an?«, fragte Zoe.

»DJ Lexx« – Kopfwackeln und selbstironisches Lächeln –,

– – – – – – – – – – – – –

»wenn Sie mich für ein Set buchen wollen. Alex, wenn Sie Lust hätten, mich nächste Woche auf einen Drink zu treffen.«

Zoe stieß mit ihm an. »Cheers, Alex.«

HENRY

Regionales Glück

Im Schloss bleiben noch neun Stunden, bis Henry einen Ring auf Aprils Finger schieben wird. Sein Zimmer ist mit einem kleinen Wasserkocher, Bechern, Teebeuteln, ewig haltbarer Milch in Tüten und Beutelchen mit billigem Kaffee ausgestattet. Im Badezimmer füllt Henry Wasser in den Kocher und trägt ihn wieder zurück, um es zu erhitzen. In der frühmorgendlichen Stille klingt das kleine Gerät wie eine Dampflok, und noch bevor das Wasser richtig kocht, zieht Henry den Stecker, weil er Angst hat, seinen Trauzeugen zu wecken.

Brian murmelt etwas im Schlaf. Seit dem Tag, an dem Henry ihn von einem Zahn befreite, sind sie beste Freunde, und Brian verhalf Henry damals zu einem neuen Spitznamen. In ihren frühen Teenagerjahren bauten sie Vogelhäuser und verkauften sie an Touristen, nachdem sie ein einfaches Design perfektioniert hatten, für das sie nur ein einziges Brett brauchten. Latten von Holzpaletten waren schön und gut, hätten aber erst abgeschliffen werden müssen, um Splitter zu entfernen. Die Jungs bevorzugten daher stabilere Zaunlatten, weshalb es mehrere Jahre lang im ganzen Dorf keine intakte Umzäunung gab. Zum

– – – – – – – – – – – – – –

Glück der geschäftstüchtigen Vandalen brachte niemand das mysteriöse Phänomen der fehlenden Zaunlatten mit dem florierenden Vogelhaushandel der Jungs in Verbindung – »Handgefertigt und aus lokalem Bestand«.

Henry fragt sich, ob sein Freund Brian glücklich ist. Mit sechzehn ging er von der Schule ab und begann eine Ausbildung, bei der er in einer kleinen Werkstatt Reifen und Öl wechseln durfte. Dort arbeitet er noch heute, fährt ein ganz schönes Auto, wohnt in einem ganz schönen Haus und vögelt, wann immer sich die Gelegenheit dazu bietet, ein ganz schönes Mädchen. Freitags lässt er sich volllaufen, samstags spielt er Rugby, und er schläft – daran zweifelt Henry nicht im Geringsten – sieben Nächte die Woche wie ein Baby. Warum sollte er nicht glücklich sein.

Aus lokalem Bestand, sinniert Henry.

Er weiß noch, wie er Universitätsbewerbungen ausgefüllt hat. Er und April waren damals kaum sechs Monate zusammen, aber keiner von beiden bezweifelte, dass sie ineinander den Richtigen gefunden hatten. April hatte nicht vor, auch nur eine Sekunde länger als nötig in der Schule zu verbringen, und Henry hatte versprochen, sich nur bei »regionalen« Universitäten zu bewerben. Sie würden sich jedes Wochenende und während der Ferien sehen. Und letztendlich, sagten sie beide, wisse doch jeder, dass mit der Entfernung die Liebe nur noch größer wird. Während seine Mutter also zu *Pretty Woman* Aprils Haar flocht, füllte Henry Formulare für Manchester, Sheffield und Leeds aus. London war reizvoller, aber obwohl April sagte, es sei seine Entscheidung, ging aus ihrem Tonfall eindeutig hervor, welche Konsequenzen London gehabt hätte. Und er liebte sie; wenn er sich zwischen April und London entscheiden musste, dann würde er April wählen, und zwar sehr gerne.

»Warum eigentlich Zahnmedizin?«, hatte April gefragt.

Henry hatte natürlich darüber nachgedacht, und er hatte seine Theorien, aber sie klangen unaufrichtig, geldgierig oder – für einen siebzehn Jahre alten Jungen viel schlimmer – dumm.

Seine Familie war gerade noch so rechtzeitig in den Ort gezogen, dass Henry die letzten beiden Grundschuljahre dort absolvieren konnte. Er hatte gedacht, dass er als Sohn eines Boxers beliebt sein würde oder zumindest niemand es wagen würde, ihm sein Essensgeld abzuknöpfen. Daher konnte der neue Junge diese Information gar nicht schnell und oft genug verbreiten. Doch schon am ersten Tag war er in zwei Keilereien geraten (beide verloren) und hatte den Spitznamen Little Boots erworben. In einer der ersten familiären Auseinandersetzungen, an die Henry sich erinnert, ging es um seine Erziehung zum Faustkämpfer. Wäre es nach Big Boots gegangen, hätte Henry Boxhandschuhe getragen, sobald er laufen konnte, aber seine Mutter hatte – unter Androhung von Scheidung – darauf bestanden, dass er jedem Boxclub fernblieb, solange er noch keine elf Jahre alt war. Daher war Henry, obwohl sein Vater ihm gezeigt hatte, wie man eine schnelle Gerade und einen rechten Haken schlägt, alles andere als ein Kämpfer. Und sobald diese Tatsache (die blauen Augen und die aufgeplatzten Lippen) immer offensichtlicher wurde, herrschte kein Mangel an Jungen, die den Boxersohn unbedingt aufs Kreuz legen wollten. Henry verlor diese Schulhofkämpfe öfter, als er sie gewann, war aber stets ein guter Verlierer, der mit Mut wettmachte, was ihm an Talent fehlte. Aller Wahrscheinlichkeit nach wäre Henry auch heute noch als Little Boots bekannt, hätte er nicht Brians Zahn ausgeschlagen und sich dabei einen neuen Spitznamen verdient. Erstaunt über seinen seltenen Erfolg, hatte Henry den ausgeschlagenen Zahn aufgesammelt, ihn an der Vorderseite seines Hemds abgewischt und seinem blutenden, verunsicherten Angreifer zurückgegeben.

»Hält sich für ’nen verdammten Zahnarzt«, hatte einer der im Kreis um sie herum stehenden Jungen gesagt.

Und das hatte schon gereicht.

Natürlich hatte er das Studienfach nicht nach seinem Spitznamen aus der Schule gewählt; dennoch konnte er nicht völlig abstreiten, dass an dem Tag, an dem er mit Abdrücken von Zähnen an den Fingerknöcheln heimkam, der Grundstein gelegt worden war.

»Weiß nicht«, antwortete Henry auf Aprils Frage. »Solange Leute Zähne haben, brauchen sie Zahnärzte.«

»Apropos«, sagte seine Mutter und zeigte auf eine lachende Julia Roberts, »die würde man nicht von seinem Apfel abbeißen lassen.«

Und damit wandte seine Freundin ihre Aufmerksamkeit wieder dem Film zu.

In den ersten dreieinhalb Jahren an der Uni stieg Henry während der Semester jeden Freitagabend, von wenigen Ausnahmen abgesehen, in den Zug. Er kannte den Fahrplan, wusste, wie viele Schritte man von einem Ende des Bahnsteigs zum anderen brauchte, kannte das Muster in den Mauerbögen an der

Außenseite des Bahnhofs ebenso wie sein eisernes Tragwerk. Er konnte die Partys, Spektakel und Verabredungen, von denen er montagmorgens stets hörte, nicht mehr zählen. Die Leute, mit denen er sich im entscheidenden ersten Semester angefreundet hatte, blieben freundlich, hörten aber unweigerlich auf zu fragen, was er Freitagabend vorhatte, beknieten ihn nicht mehr mit schmeichelhaftem Theater, übers Wochenende zu bleiben. Henry spürte, dass sie es leid waren, die Insiderwitze zu erklären (und damit zu ruinieren), die auf ihren Partys floriert hatten, und daher bat er nicht um Erklärung, sondern grinste in stummer Isolation, während die anderen lachten. Er ging in der Woche nicht mehr zum Rugbytraining, weil er an den Spielen am Wochenende nicht teilnehmen konnte; auch die Kinobesuche stellte er ein, denn ging er mit einer Gruppe, fühlte er sich wie ein Eindringling, und ging er allein, kam er sich vor wie ein unheimlicher Sonderling. Er nahm an jeder seiner Vorlesungen teil, studierte fleißig und absolvierte alle Prüfungen mit Ergebnissen von weit über achtzig Prozent.

Im Sommer zwischen seinem dritten und vierten Studienjahr hatte April zum ersten Mal von Verlobung gesprochen. Zwei ihrer Freundinnen hatten jetzt Kinder, eine andere war verlobt, eine weitere verheiratet. Im Alter von neunzehn Jahren sprach April bereits davon, wie das Leben an ihr vorbeizog. Die Unterhaltungen, die sie an den Freitagabenden im Bett führten, waren regelmäßig melodramatischer Natur und oft tränenreich; Anschuldigungen wurden erhoben, Forderungen gestellt. Seine Mutter predigte ihm, »das süße, hübsche Mädchen« nicht als selbstverständlich zu betrachten. »Wag es nicht, so zu wer-

— — — — — — — — — — — — — —

den wie dein Vater«, hatte sie gesagt. Und im Kopf feuerte Henry zurück: *Nur solange sie nicht so wird wie du.*

Nachdem sie einen ganzen Sommer zusammen verbracht – und nicht gerade selten gestritten – hatten, schien das Paar etwas Abstand vertragen zu können. Henry hatte vorgeschlagen, dass es besser wäre, er würde von nun an nur noch jedes zweite Wochenende heimkommen, und dabei die altbekannte Zeile über die Auswirkung der Entfernung auf die Liebe erwähnt. April hatte der Idee umgehend und ohne zu lächeln zugestimmt, und Henry stellte fest, dass ein Wochenende zu überspringen es leicht machte, zwei zu überspringen. Er schloss neue Freundschaften, ging zu Kostümpartys, in schräge Clubs und zu Indie-Konzerten. Er und April telefonierten, schickten sich SMS und E-Mails. Sie vermissten einander, sagten sie, aber Henry hatte den Verdacht, dass Aprils Beteuerungen ebenso leer waren wie seine.

Obgleich es also grundsätzlich traurig war, reagierte Henry weder überrascht, noch drehte sich ihm vor Schmerz der Magen um, als April ihm Mitte des letzten Semesters sagte, dass es aus sei.

An dem Wochenende hatte Theresa Johnston Geburtstag gehabt, und April und er waren mit einer Clique in die Stadt gegangen, um in einer neuen Bar mit Bric-à-Brac-Deko und einer kleinen beleuchteten Tanzfläche zu feiern. Sie tranken süße Cocktails, aßen Chicken Wings, schmierige Ribs und Nachos und hatten mächtig Spaß. Henry unterhielt sich an diesem Abend mehr mit Aprils Freundin Bobbi als mit April. Nachdem Bobbi fast ein ganzes Jahr lang durch Asien, Australien und Neuseeland gereist war, wollte sie ab Herbst an der Universität Edinburgh studieren. Ebenso wie viele ihrer Freundinnen war April mit sechzehn von der Schule abgegangen, und daher bewunderte Henry die fast schon aufsässig anmutende Unerschrockenheit ihrer Freundin Bobbi. Sie saßen am Tresen und schlürften Long Island Ice Teas, während die junge Frau von versteckten Buchten, Inselspinnen und Vollmondpartys erzählte und ihre Anekdoten durch Fragen zu den näherliegenden Rätseln des Campuslebens unterbrach, zur studentischen Kochkunst etwa und zu gemischtgeschlechtlichen Unterkünften. Bei diesem letzten Thema zog sie ihre Augenbrauen anzüglich hoch. Sie fragte Henry, wie er mit der Fernbeziehung zurechtkam, und ihr Gesichtsausdruck wurde ernst und besorgt. »Ist alles in Ordnung?«, fragte sie und legte ihre Hand auf Henrys.

Bobbi war nicht auf dieselbe Weise hübsch wie April, nicht so wie Fußballerfrauen, Mädchenbandmitglieder und blondierte B-Promi-Damen. Zehn von zehn Männern in dieser Bar hätten April als die hübschere der beiden gewählt. An der Universität Edinburgh jedoch wäre das Ergebnis möglicherweise nicht so eindeutig ausgefallen. Mit Sommersprossen, Zahnlücke und widerspenstigen schulterlangen Ringellocken wirkte Bobbi entgegen der konventionellen Ästhetik äußerst anziehend. Sie war interessant. Henry sah ihr in die Augen, als sie ihm von den Modulen erzählte – Kindesentwicklung, Verhaltensökonomie, Persönlichkeit und soziale Kognition –, die sie in ihrem ersten Jahr studieren würde. Er beobachtete, wie sie das Haar hinter die kleinen, ganz leicht abstehenden Ohren schob, und

– – – – – – – – – – – – – –

ahnte, dass sie sich niemals »aufbrezeln« würde. Sie war schlaksig, asymmetrisch, breitnasig und dennoch … selbstsicher und ehrlich und sexy. Und dass Bobbi es wusste, verstärkte die Wirkung.

»Was glaubst du, wie weit es von Edinburgh nach Sheffield ist?«, fragte Bobbi nach einer langen Pause, in der es Henry nicht gelungen war, ihre Frage zu Fernbeziehungen zu beantworten. Henry sah vom Tisch auf (Bobbis Hand lag noch immer unbefangen auf seiner) und lächelte. »Mit dem Zug nur ein paar Stunden«, sagte er. »Eine halbe Flasche Wein vielleicht und ein paar Kapitel über Kindesentwicklung oder was auch immer.«

Bobbi hatte gelacht. »Das könnte genau mein Ding sein«, sagte sie und legte ihren Kopf zur Seite, als würde sie ein aufschlussreiches Detail in einem Gemälde suchen. Und genau so sah sie Henry einen Moment lang an, bis sie unvermittelt in die Hände klatschte und von ihrem Barhocker sprang. »So«, sagte sie. »Ich muss tanzen. Wir sehen uns, okay.«

Für den Rest des Abends unterhielt Henry sich mit Brian. Sie erinnerten sich an alte Zeiten und daran, wie sie zu viel billiges Lagerbier getrunken hatten. Er beobachtete, wie eine Abfolge von Männern zwischen den Mädchen tanzte. Das mit Abstand beliebteste Objekt war April, und er beobachtete weder stolz noch eifersüchtig, wie seine Freundin kokett grinste, scheinbar tadelnd die Stirn in Falten legte, über irgendein Kompliment lächelte und schließlich den Kopf schüttelte. Er fragte sich, wie dieses Szenario in seiner Abwesenheit weitergehen würde, und ertappte sich bei der Überlegung, ob April mit einem anderen nicht vielleicht glücklicher wäre.

– – – – – – – – – – – – –

Als der Abend vorüber war und sie im Taxi nach Hause fuhren, hatte April sich eng an Henry geschmiegt, sich bei ihm eingehakt und den Kopf auf seiner Schulter abgelegt. Aber Henry wusste, was der Taxifahrer, der sie im Rückspiegel beobachtete, nicht sehen konnte. Dass dies eine traurige körperliche Geste war und nicht etwa eine intime. Es gab noch Zuneigung zwischen ihnen, aber sie war müde und resigniert – mit jeder Zelle seines Körpers spürte er, dass zwischen ihnen still und dumpf das Unvermeidliche lauerte.

Erst als sie im Bett lagen und das Licht ausgeschaltet hatten, setzte April sich auf und verkündete in die Dunkelheit hinein: »Ich glaube, wir brauchen eine Pause.« Sie sagte nichts so Endgültiges und Eindeutiges wie *Es ist aus*, aber beide wussten, dass es auf dasselbe hinauslaufen würde. Sie erklärten einvernehmlich, wie traurig sie waren, versicherten einander der fortdauernden gegenseitigen Zuneigung und hatten Sex mit einer Leidenschaft, die es zwischen ihnen schon seit einer Ewigkeit nicht mehr gegeben hatte. Niemand war schuld; sie waren einfach nur erwachsen geworden und hatten sich auseinandergelebt.

Am nächsten Morgen, nachdem April sich mit dem Rücken zu Henry angezogen hatte, gab sie ihm einen Abschiedskuss und sagte ihm, dass sie ihn liebe und er für sie immer etwas Besonderes bleiben würde und dass zwischen ihnen alles stimme, nur das Timing nicht. Nachdem sie das Schlafzimmer verlassen hatte, hörte Henry, wie eine andere Tür geöffnet wurde und seine Mutter und April sich im Flur mit gedämpfter Stimme unterhielten – hörte, wie jemand beruhigt und getröstet wurde, einen Kuss bekam. April arbeitete mittlerweile Vollzeit im Salon seiner Mutter, und das Verhältnis, das sich einst nach außen als affektiertes Getue zwischen Stiefmutter und Ersatztochter dargestellt hatte, war zu einer tiefen Freundschaft herangereift. Und zweifelsohne hatte seine Mutter lange vor ihm gewusst, dass seine Beziehung am Ende war.

*

Weniger als eine Woche brauchte Bobbi nach Henrys und Aprils Trennung, bis sie Kontakt zu ihm aufnahm. In der ersten SMS fragte sie einfach nur, ob es ihm gut gehe, nannte ihn »Honey« und endete mit einem einfachen »x« für Küsschen.

Diese kurze und im Grunde harmlose Nachricht hatte in Henry sofort etwas ausgelöst. Er antwortete, dass es ihm gut gehe, und verwies offen auf seine neue Freiheit. Binnen einer Woche begannen sie zu telefonieren. Dabei sprachen sie nicht mehr über die Trennung von April und Henry – das Thema hatten sie schnell abgehandelt –, sondern über das Leben in der Kleinstadt, das Studentendasein, ihre Examen, die Bücher, die sie gerade lasen, die Farbe des Himmels. Drei Wochen später blieb Bobbi übers Wochenende in Sheffield – zwei Tage mit langen Spaziergängen, Gesprächen bis spät in die Nacht und gierigem Sex. Es war der erste von vielen Besuchen in jenem Sommer, und schon bei ihrem zweiten Zusammensein in Henrys kleinem Studentenzimmer erlaubte Bobbi ihm, etwas zu tun, das April nie zugelassen hätte: Henry durfte ihr die Haare schneiden.

– – – – – – – – – – – – – –

Seit seinem dreizehnten Lebensjahr hatte Henry im *Love & Die*, dem Salon seiner Mutter, geholfen. Vielleicht hatten die Schildermaler noch nie zuvor für einen Haarsalon gearbeitet, vielleicht waren sie einfach schlecht in Orthographie, auf jeden Fall waren sie so zuvorkommend gewesen, das in ihren Augen falsch geschriebene *Dye* für Färben in *Die* für Sterben zu korrigieren. Und daher firmierte der Salon seiner Mutter nicht mit einem Wortspiel zur universellen Verbindung zwischen der Liebe und der richtigen Haarfarbe, sondern ihm haftete jetzt ein Hauch von philosophischer Identität an. Seiner Mutter gefiel es, und außerdem berechnete der Schildermaler ihr nur die Hälfte des Preises.

Zunächst beschränkten sich Henrys Pflichten darauf, zu fegen und mit einem hufeisenförmigen Magnet, der wie ein Gegenstand aus einem *Roadrunner*-Zeichentrickfilm aussah, die heruntergefallenen Haarklammern aufzusammeln. Nach seiner ersten Beförderung durfte er Haare waschen, Lockenwickler legen und Dauerwellenlösung sowie Tönung auftragen. Als er zum ersten Mal die Schere schwang, ging es darum, seiner Mutter die Ponyfransen zu kürzen, damit sie ihm beibringen konnte, wie man die Haare mit den Fingern der freien Hand straffzieht und dann mit selbstsicherem Schwung schneidet. Als Nächstes lehrte sie ihn, mit einer Ausdünnschere umzugehen, anschließend, über einen Kamm zu schneiden. Als er fünfzehn war, ließ sie sich von ihm einen Retro-Kurzhaarschnitt verpassen; er lernte, abgehackte Stufen, scharfe Konturen und federige Strukturen zu schneiden. Mit sechzehn Jahren schnitt er – zur großen Enttäuschung seines Vaters – an den

Sonnabenden zahlenden Kunden die Haare. Zu dieser Zeit war der beliebteste Haarschnitt der Frauen der Gegend ein gestufter Bob. Nicht weil diese Frisur gerade modern war, sondern weil *Love & Die* den Schnitt kostenlos anbot und dazu noch eine Tasse löslichen Kaffees mit Keks reichte. »Wer einen Stufenbob schneiden kann, der kann alles schneiden«, behauptete Henrys Mutter, und daher kannte sie im Sommer zwischen seinem zwölften und dreizehnten Schuljahr nur ein Ziel: ihrem Sohn diesen heiligen Gral der Damenfrisuren beizubringen. Mehr als einmal musste Sheila Smith eingreifen und das Machwerk ihres Sohnes retten, aber als Henry das letzte Schuljahr antrat, konnte er schließlich einen Stufenbob von geometrischer Präzision schneiden, wobei er je nach Kopfform und Haarfülle der Kundin die Frisur scharf anschnitt oder sanft abfallen ließ. Für Damen mit etwas mehr Abenteuerlust hatte er eine asymmetrische Variante entwickelt, die seine Mutter zwar protzig, aber dennoch beeindruckend fand. Und trotzdem ließ April sich von ihm nicht ein einziges Mal die Spitzen schneiden.

Während er mit Bobby in seinem schmalen Studentenbett lag, die Finger in ihren chaotischen Locken vergraben, hatte Henry über die verschiedenen Optionen nachgedacht, die ein solcher Schopf bot. Bobbi, die anscheinend seine Gedanken las, sagte prompt: »Alles, nur nicht so einen Lego-Bob.« In einem Erste-Hilfe-Set in der Gemeinschaftsküche fand Henry eine halbwegs scharfe Schere, und von einem Typen im Stockwerk unter ihm lieh er eine Haarschneidemaschine. Mit diesen nicht gerade perfekten Werkzeugen verpasste er ihr einen punkigen Undercut und einen ultrakurzen Pony. Für den Nightclub auf

– – – – – – – – – – – – – –

dem Campus war die Frisur gerade richtig, doch in ihrem gemeinsamen Heimatort würde sie damit genauso viel Aufsehen erregen wie zwei einander küssende Frauen.

Als das Sommersemester zu Ende ging, blieb Henry zum ersten Mal, seitdem er von zu Hause weggegangen war, in Sheffield. Er fand Arbeit auf einer Baustelle und zapfte an drei Abenden pro Woche in einer rustikalen Kneipe Bier. Bobbi verbrachte mehr Wochenenden bei ihm als zu Hause, und in ihrer Beziehung entwickelte sich eine Ebene behaglicher Intimität und Vertrautheit. Henry genoss Bobbis redselige, verspielte Art, wenngleich er sie ein bisschen aufgesetzt – die romantisch-komische Verrücktheit – und durchaus anstrengend fand: die ständigen Witze und Verdrehungen und das ewige »Glaubst du?«. Der Sex war phantastisch, fast übertrieben befriedigend, hatte jedoch auch theatralische Züge. Donnerstags, wenn sie sich fürs Wochenende verabredeten, schmachtete er noch danach, sonntagnachmittags hatte er ihn satt und sah auf die Uhr, weil er froh war, sie bald zu Fuß zum Bahnhof begleiten zu können.

Ihren Freunden und der Familie zu Hause gegenüber behauptete Bobbi, sie würde an den Wochenenden ein Mädchen besuchen, mit dem sie sich beim Tag der offenen Tür an der Universität Edinburgh angefreundet hätte – eine fiktive Figur namens Penelope, deren Namen sie als Kosenamen für Henry übernommen hatte: *Wann wollen wir essen, Pen? Penn mit mir. Nimm mich, Penelope!*

Wie sie beide vorausgesehen hatten, endete die Affäre, als Bobbi in Edinburgh zu studieren begann. Es gab weiterhin Telefonate, doch im Laufe des Herbstsemesters hörten diese irgendwann auf. Im Oktober fuhr Bobbi gen Süden, um Henry zu besuchen, und im Monat darauf machte er sich auf den Weg in den Norden, aber vom Campus bekam er nicht viel zu sehen. Bobbis Verhalten nach zu urteilen war klar, dass es einen anderen Mann gab. Sie stellte Henry nicht ihren Freunden vor, schlich sich verstohlen mit ihm aus ihrem Zimmer. Sie mieden die Studentenkneipen und gingen in eher touristische Lokale in der Innenstadt. Trotzdem war es ein schönes Wochenende; die Theatralik war aus dem Schlafzimmer verschwunden und unaufdringlicher Intimität gewichen. Vielleicht weil sie beide spürten, dass diese Beziehung – Liebschaft – ihre Schuldigkeit getan hatte und sie damit kein Problem hatten. Auf vielerlei Weise war es eine perfekte Affäre gewesen. Henry wusste, dass Bobbi nicht die Richtige für ihn war; dass sie ihn verrückt machen würde, müsste er länger als eine Woche mit ihr verbringen, geschweige denn ein ganzes Leben. Aber sie hatte ihn aufgerichtet; und alles Nicht-Aprilhafte an ihr, ihr ganzes Wesen hatte ihn die leise Traurigkeit über die Trennung von seiner Kindheitsliebe überwinden lassen.

»Pass auf dich auf, Penelope.« Als sie sich auf dem Bahnsteig küssten, spürte Henry einen kleinen warmen Kloß im Hals.

Über Weihnachten fuhr Henry nach Hause – seit sieben Monaten der erste Besuch in seiner Heimatstadt. Als er irgendwann April über den Weg lief (Supermarkt: Sie kaufte eine Flasche Wein und einen Becher Eis von Ben & Jerry's, er eine Zwölferpackung Toilettenpapier), war die Begegnung weniger unangenehm als erwartet. Sie konnten sich ungezwungen unterhalten; April schien erfreut, ihn zu sehen, und ernsthaft daran interessiert, wie er an der Uni vorankam. Henry nickte in Richtung der Weinflasche in Aprils Hand. »Für einen gemütlichen Abend?«, sagte er, wobei sein forschender Gesichtsausdruck eine andere Frage stellte als seine Worte. »So was in der Art«, sagte sie und errötete. Sie taten die Peinlichkeit mit einem Lachen ab, aber Henry spürte einen Stich der Traurigkeit. Oder vielleicht Eifersucht. Zwar war ihm nie in den Sinn gekommen, dass April in dem halben Jahr seit ihrer Trennung nicht andere Männer treffen könnte, aber hier hatte er nun die Bestätigung – und das zu Weihnachten. Sie tauschten Küsse auf die Wange aus und wünschten einander ein frohes neues Jahr.

*

Dass sie wieder zusammenkamen, ließ sich gar nicht vermeiden, erzählte April den Leuten gern. »Wir brauchten einfach ein wenig Zeit und eine neue Perspektive, um schätzen zu lernen, wie viel Glück wir miteinander hatten, nicht wahr, Henry?«

Drei Jahre waren offensichtlich genug.

Dem Schicksal – gut oder böse – sei Dank wurden sie wieder aufeinanderzugeschubst.

Henry war mittlerweile Zahnarzt und arbeitete in Sheffield, als seine Mutter anrief, um ihm mitzuteilen, dass Big Boots einen Unfall gehabt hatte. Der Anruf kam nach Mitternacht und weckte Henry aus tiefem Schlaf, und noch bevor er den Hörer abnahm, hatte er das Gefühl, dass etwas Schlimmes passiert war. Sein Vater hatte sich beide Handgelenke und drei

— — — — — — — — — — — — — —

Rippen gebrochen, was zu einem Kollaps des rechten Lungenflügels geführt hatte. Er war auf schnellstem Wege ins Krankenhaus gebracht worden. Henrys erster Gedanke war, dass sein Vater überfallen worden sein musste, doch die Realität, ein volltrunkener Sturz die Kellertreppe hinab, war nicht nur deutlich profaner, sondern auch frustrierender. Henry hinterließ in der Praxis eine Nachricht auf dem Anrufbeantworter, um seine Termine abzusagen, sprang ins Auto und raste ins Krankenhaus.

Big Boots' Verletzungen erforderten eine Thoraxdrainage, zwei Operationen und eine intensive Rehabilitation. Und obwohl er fest entschlossen war, die Quacksalber Lügen zu strafen, vermochte der alte Kämpfer kaum, selbstständig zu essen, geschweige denn eine Bar zu führen und Betrunkene hinauszuschmeißen. Zwangsläufig wurde es Henry von neuem zur Routine, jedes Wochenende nach Hause zu fahren, diesmal um im Pub Dienst zu schieben und bei der Pflege seines Vaters zur Hand zu gehen. Weil April immer noch im *Love & Die* arbeitete, lag es nahe, dass sie in dieser schwierigen Zeit im *Black Horse* aushalf. Und so geschah es, dass Henry regelmäßig mit seiner Exfreundin zusammen hinterm Tresen stand und die alte Zuneigung sie wieder umspielte und einander näherbrachte. Und jetzt waren die Gefühle reifer und von größerer Bedeutung. Manchmal begleitete er April am Ende einer Schicht nach Hause und schlich sich gelegentlich auch in ihr Zimmer, bevor er wieder in den Pub ging, um aufzuräumen und am nächsten Morgen Big Boots beim Zähneputzen zu helfen.

Es gab Komplikationen, sowohl medizinischer als auch romantischer Art. April befand sich in einer Beziehung, war jedoch nicht glücklich, und das Ausmaß ihrer Zuneigung zu Henry war ungleichmäßig und nicht vorhersagbar. Der Zustand seines Vaters verschlechterte sich indes, was aber nur Big Boots allein wusste. Er litt unter ständigen, stärker werdenden Schmerzen und spürte jedes Mal, wenn er einatmete, einen Stich in der Brust. Während einer Flaute hinterm Tresen an einem Abend unter der Woche war April nach oben geflitzt, um ihm eine Tasse Tee zu kochen. Als sie zurückkehrte, fand sie den alten Mann auf den Knien sitzend vor, auf der Stirn glasperlengroße Schweißtropfen. Sie fuhr ihn trotz seines Protests ins Krankenhaus, wo man feststellte, dass sich bei ihm ein Emphysem gebildet hatte, eine Ansammlung von Eiter in der Lunge. Noch länger unbehandelt, hätte es sehr wahrscheinlich zum Tode geführt. Big Boots musste sich erneut operieren lassen. Erst gegen Ende Oktober, etwa sieben Monate nach dem eigentlichen Unfall, wurde er endgültig und ohne Auflage entlassen. April, für die seine Eltern schon immer geschwärmt hatten, gehörte mittlerweile genauso zur Familie wie Henry selbst. Und nachdem die Liebe zwischen Henry und ihr ebenso sanft wieder erwacht war, wie sie damals verschwunden war, erwartete man von ihm, die Verbindung offiziell zu machen.

April zapfte nicht nur Biere und flirtete mit den Leuten aus dem Ort, sie kümmerte sich auch mit viel Sorgfalt und Stolz um das, was man die Innendekoration des *Black Horse* nennen könnte: Schneeverwehungen aus der Sprühdose an den Fenstern zu Weihnachten, patriotische Flaggen bei internationalen Länderspielen, Mohnblumen und Fahnen zum Remembrance-

Day, Kokosnüsse und Plastikpalmen im Sommer. Da Big Boots rechtzeitig zu Halloween wieder auf den Füßen war, widmete April sich mit beispiellosem Enthusiasmus ihrer Aufgabe und sammelte Spinnweben, Laternen, Gespenster aus Bettlaken und Kriechtiere aus Plastik. Als Henry eines Wochenendes mit einem Topf Alginat nach Hause kam, womit normalerweise Zahnabdrücke angefertigt werden, erzählte er April, dass er ihr damit Fingerattrappen herstellen könnte. Bereitwillig drückte sie ihre kleinen Hände in die klebrige Masse, ohne auch nur eine Sekunde zu ahnen, dass er ihren Ringfinger wegen eines Diamantrings messen wollte.

Wenn Henry an jenen Halloween-Abend zurückdenkt, lässt ihn die Erinnerung daran nicht so lächeln, wie sie es sollte. Vielleicht spürte April, dass etwas anstand, es waren viel zu viele vertraute Gesichter im Pub; Freunde aus der Schule, beide Elternpaare. Alle waren merkwürdig aufgeregt, wie an Heiligabend. Selbst Aprils Bruder, Mad George, war zugegen. Natürlich wusste sie es. Und als Henry schließlich auf dem klebrigen Teppich niederkniete und das Geschnatter verebbte, wirkten Aprils große Augen eher erwartungsvoll als verblüfft. Die Hände legte sie aufs Herz, wie sie es im Film tun. »Willst du mich heiraten?«, fragte Henry und präsentierte den Ring, der perfekt auf ihren Finger passen würde.

Die Frage hing noch in der Luft, und er beobachtete, wie April einen hastigen Blick auf den Ring warf. Für den Bruchteil einer Sekunde registrierte er in ihrem Gesicht eine Spur der Enttäuschung. Und dann war es vorbei – ihre Augen fanden Henrys, ihr Lächeln wurde breit. »Ja«, sagte sie. »Ja.«

– – – – – – – – – – – – –

Am nächsten Tag nahmen sie einen Zug nach Liverpool, um den Ring gegen einen größeren und teureren umzutauschen. Der Preisunterschied war nicht riesig, und Henry gab das Geld nicht widerwillig aus. Dennoch wurde er das Gefühl nicht los, einen Fehler begangen zu haben.

Und das ist das Problem – er vertraut sich selbst nicht mehr. Er kann sich nicht darauf verlassen, dass er sich in intelligenter Weise mit seinen Gefühlen auseinandersetzt und unter den vielen Lagen von Gedanken und Zweifeln und Unschlüssigkeit die Wahrheit findet. Henry liebte April bis zu dem Moment, als es damit vorbei war. Und dann wieder andersherum – seine Meinung änderte sich genauso schnell wie die eines Kindes im Comicladen. Ebenso taten es seine Gefühle.

Er hat seinen Tee ausgetrunken, und laut Wecker ist es 3:31 Uhr. Morgen früh wird er in einem Himmelbett auf der anderen Seite des Schlosses neben seiner Frau aufwachen. Ihre Koffer sind gepackt, Reisepässe und Sonnencreme stecken in den jeweiligen Fächern ihres Gepäcks. Die Frischvermählten werden nach einer zehnminütigen Taxifahrt den Bahnhof erreichen, dann einen Zug zum Flughafen Manchester nehmen, ein Flugzeug für einen Inlandsflug nach Heathrow besteigen, dort lange warten, bis ihr zweistündiger Flug nach Ibiza ansteht. Auf der Insel angekommen, werden sie kurz vor Mitternacht ihr Hotel erreichen und sich nach der langen Reise ermüdet und verschwitzt fühlen. Es gibt einen früheren Flug, mit dem sie zu einer zivilisierten Zeit ankämen, aber um den zu erreichen, hätten sie den Zug um 5:28 Uhr nehmen müssen – den ersten Zug, der morgens vom Bahnhof des Ortes abfährt. Es ist jetzt Sonn-

_ _ _ _ _ _ _ _ _ _ _ _ _

abendmorgen, und Henry fragt sich, ob die Züge nach demselben Zeitplan fahren wie am Sonntag.

Er schätzt, dass der Bahnhof sechs Meilen vom Schloss entfernt ist, einen kalten Spaziergang entlang dunkler, kurviger Straßen. Zu Fuß würde er neunzig Minuten brauchen, vielleicht auch zwei Stunden. Er blickt auf den Wecker, als dieser auf 3:33 Uhr umspringt.

ZOE

Finger im Reißwolf

Natürlich hatte er eine Freundin.

Zoe hätte beinahe gelacht, als er es ihr erzählte.

Alex war schon im Pub, als Zoe eintraf, und trank etwas, das für sie wie Gin Tonic aussah. Als sie auf ihn zuging, entdeckte er sie und stand sofort auf, um sie winkend zu begrüßen. Sie war überrascht, DJ Lexx im Anzug zu sehen, aber bevor sie die Chance hatte, einen flinkzüngigen Kommentar darüber loszuwerden (*Sie ging die Möglichkeiten durch: Bei Gericht gewesen? Auf einer Hochzeit? Liefen etwa alle DJs an ihren freien Tagen so herum*?), war Alex schon vom Tisch weggetreten, forderte Zoe mit einer Geste auf, sich zu setzen, und fragte sie, was sie trinken wollte.

Der Pub, den Alex vorgeschlagen hatte, entpuppte sich als reizlose Höhle, die in einem Wirrwarr aus Kopfsteinpflasterstraßen mit Namen wie Ludgate oder Newgate versteckt lag – Straßennamen, die Zoe an Dickens und seine Stadt der Schmuddelkinder, Aufstände und viktorianischen Kerker erinnerten. Sie waren nur einen Steinwurf von St. Paul's Cathedral entfernt, und diese miese Spelunke war für eine Gegend voller weitaus ansprechenderer Wein- und Cocktailbars eine sonderbare Wahl.

Als er mit Zoes Getränk an den Tisch zurückkehrte, fühlte er sich sichtlich unwohl. Wären sie schon ein Paar gewesen, dann hätte sie geschworen, er wolle sie abservieren. Sie hatte überlegt, mit welcher Art Kuss sie ihn begrüßen sollte (Wange oder Mund, flüchtig oder eher ausgedehnt, als dezente Vorausdeutung), doch der richtige Moment dafür war vorbei, und Alex' Unbehagen war ansteckend.

»Cheers«, sagte sie und erhob ihr Glas, prostete ihm zu, ohne anzustoßen, und nahm einen Schluck von etwas, das Rotwein sein sollte. »Sag mal, laufen alle DJs an ihren freien Tagen so herum?«

»Sorry, was?«

Zoe strich mit der Hand über ein imaginäres Revers. »Der Anzug.«

»Oh, stimmt. Ich … ich arbeite in der City … Öl und Benzin. Es ist ein bisschen …« Alex zuckte entschuldigend mit den Achseln. »Na ja … es geht um Öl und Benzin.«

Zoe nickte und versuchte, ihre Enttäuschung zu verbergen. »Cool. Ich meine – toll! Das ist … Öl und Benzin brauchen die Leute immer. Oder?«

»Das hoffe ich, sonst habe ich keinen Job mehr.«

»Du könntest immer noch den DJ geben?«

Alex lachte. »Das wäre schön.«

»Und bei unserer Party neulich, was war das?«

»Nur ein Gefallen für einen Freund. Also, ich wurde schon bezahlt, aber … viel gab es nicht.«

- - - - - - - - - - - - - -

»Und kostenlosen Champagner.«

Alex lächelte. »Ja, und kostenlosen Champagner. Aber nicht genug, um den Hauptjob aufzugeben, leider.« Er schien einen Moment zu zögern, bevor er sagte: »Ich habe eine Zeitlang in einem einigermaßen großen Club in Thailand aufgelegt.«

»Thailand?«

Nach bestandenem Examen hatte Alex sich einen Job bei der Firma gesichert, für die er noch heute arbeitet. Es war ihm gelungen, den Arbeitsstart um zwölf Monate zu verschieben, und in dieser Zeit wollte er als DJ durch Asien und Australien bis nach Amerika ziehen und wohin auch immer ihn der Wind tragen würde. Aber Gigs zu finden, für die mehr gezahlt wurde als Freidrinks, war in seiner Vorstellung einfacher als in der Realität. Alex' Reserven an Geld und Optimismus waren beinah aufgebraucht, als der Gott der DJs ihn einem seriösen Set zuführte, bei dem der Lohn in Papier gezahlt wurde. Der Ort war weniger idyllisch als Koh Lanta oder Rai Leh, doch hier bot sich die Gelegenheit, dringend benötigtes Bargeld anzuhäufen. Nachdem Alex vier Wochen in Phuket sesshaft gewesen war, beschuldigte ihn der Clubeigentümer jedoch des Diebstahls, bedrohte ihn mit einer Machete und sagte, dass Alex etwas »Krinitelles« passieren würde, sollte er sich am Wochenende darauf immer noch in Phuket aufhalten.

»Krinitelles?«

»Ich wusste nicht, ober er Kriminelles, Kritisches oder sonst etwas meinte«, fuhr Alex fort. »Ich meine, wenn man bedenkt, dass er mit einer Machete fuchtelte, dann läuft sowieso alles auf dasselbe hinaus, aber – warst du mal in Thailand? – ich hatte

– – – – – – – – – – – – –

einen Haufen Diätpillen intus, also eigentlich Speed, und einen Magic-Mushroom-Milchshake, und, na ja, die Informationen zu verarbeiten fiel mir schwer, Gefahr und so. Daher sagte ich zu ihm: ›Krinitelles? Was heißt das, krinitell?‹ Er hatte fast Schaum vorm Mund und schrie: ›Krinitell. Ich schick dich in eine Krinik. Hast du mich jetzt verstanden?‹«

Irgendetwas an Alex' Geschichte ließ Zoe aufmerken – nicht nur die Story an sich, die verdächtig an Alex Garlands Roman *The Beach* erinnerte –, er spielte nervös mit seiner Uhr und hielt nur widerstrebend Augenkontakt. Andererseits wirkte das Detail (»krinitell«) zu spezifisch, um nicht authentisch zu sein. Aber Alex fuhr fort und erzählte Zoe, wie der Clubeigentümer sich nicht nur weigerte, den noch ausstehenden Lohn für vier Wochen zu zahlen, sondern auch seine Plattensammlung und Kopfhörer »konfiszierte«. Da er nun weder über Geld noch über Musik verfügte, blieb Alex kaum noch eine andere Option, als nach Großbritannien zurückzukehren. Ein Freund ließ ihn auf seinem Sofa übernachten, und durch verschiedene Kontakte konnte Alex ein paar »Achtzig-Mäuse-Gigs« in großen und kleinen Clubs landen.

»Und deine Platten?«, fragte Zoe und bemühte sich, nicht so zu klingen, als würde sie seine fadenscheinige Geschichte hinterfragen.

»Hab von einem Freund welche geliehen.«

Die Antwort wirkte bewusst knapp gehalten. Sie schien sagen zu wollen: *Können wir es dabei belassen?*

Zoe nickte.

Alex lachte. »Sorry, ist 'ne komische Geschichte, ich weiß. Ich vermeide in der Regel, darüber zu sprechen, weil so vieles davon schwachsinnig klingt. Wie *The Beach* mit DJs.«

Zoe lachte. »Auf den Gedanken bin ich gar nicht gekommen.«

Alex nahm einen Schluck von seinem Drink und erzählte weiter. »Also spielte ich ein paar Gigs in London, und als der September kam, hatte ich zweihundert Mäuse auf der Bank, einen Kredit über zehn Riesen, der abgezahlt werden wollte, und ...«, er zog am Revers seines sehr vornehmen Anzugs, »... Öl und Benzin.«

»Immerhin hat es dir eine gute Geschichte eingebracht.«

Alex nickte, als sei dagegen nichts zu sagen. Dann seufzte er. »Es gibt da etwas, das ich dir sagen sollte.«

Zoe schloss die Augen, holte tief Luft. »Wenn du mir sagst, dass du verheiratet bist oder eine Freundin hast, dann, ich schwöre« – sie hob ihr Weinglas –, »wirst du eine Reinigung brauchen.«

Alex lächelte kurz. Er ergriff Zoes Handgelenk und senkte ihre Hand samt Weinglas auf den Tisch.

»Ich glaub's nicht.«

»Es ist nicht ... nicht genau so ...«

»Du steckst ja so voller Überraschungen.«

»La...«

»Ich soll dich erklären lassen? Das wolltest du sagen, stimmt's? Gibt es eigentlich ein Handbuch für Typen wie dich?«

»Zoe ...«

»Du kannst hier nicht den ganzen Abend sitzen und mein Handgelenk festhalten, Alex. Was, wenn deine Freundin hereinmarschiert kommt?«

– – – – – – – – – – – – –

»Kommt sie nicht. Sie ist … ich werde Schluss machen.«

Zoe blickte demonstrativ auf den Tisch, das Glas noch in der Hand, ihr Handgelenk noch fest von Alex' Hand (schöne Uhr, saubere Fingernägel) umklammert.

»Versprichst du mir, den Wein nicht auf mich zu schütten?«

»Ich habe mich noch nicht entschieden. Wenn du besseren Rotwein bestellt hättest, wäre ich eher geneigt, ihn zu trinken. Aber dieser schmeckt wie einer, den irgendeine Oma in einem Wischeimer zusammengepanscht hat.«

»Du bist witzig«, sagte Alex lächelnd.

»Ja, jede Minute ein Lacher, so bin ich. Wie Blasen aus einer heißen Quelle steigen sie in mir auf, die Lacher. Deswegen nennt man mich Zoe Bubbles.«

»Ist das ein Witz?«

»Nein. Und ich weiß nicht, warum ich dir das erzähle. Meine Mitbewohner an der Uni haben damit angefangen; sie nannten mich Zoe Bubbles, ZeeBee. Mein Gott, ich brabbel.«

»Ich mag dich«, sagte Alex dann. Eine blitzartige Erinnerung an die coole Selbstsicherheit, die sie auf dem Sommerfest bei ihm erlebt hatte und bei der man gar nicht anders konnte, als ihr zu verfallen. Sie lächelte zögerlich, während sich ihr Ärger (der ohnehin teilweise vorgegaukelt war) abkühlte.

»Dann machen wir es so: Du gehst zum Tresen und besorgst mir ein annehmbares Glas Rotwein. Anschließend können wir uns ernsthaft mit dem Nicht-meine-Freundin-Thema beschäftigen und entscheiden, wie es weitergeht.«

Alex nickte, stand auf und wollte Zoes Glas nehmen. »Das behalte ich hier«, sagte sie. »Ich könnte es noch brauchen.«

– – – – – – – – – – – – –

Alex kehrte mit einer Flasche und zwei Gläsern vom Tresen zurück; das Wortgewandte war verflogen und durch einen Ausdruck nervöser Aufrichtigkeit ersetzt. Er füllte ihre Gläser und wandte sich dann wieder Phuket zu.

Das *Ding*, das er dem thailändischen Clubeigentümer angeblich gestohlen hatte, entpuppte sich als deutsches Mädchen namens Ines. Ines hatte sich genau wie er nach ihrem Abschluss ein Jahr Auszeit genommen, bevor sie ihre Karriere in London begann. Alex und Ines kamen zusammen, was gut und schön gewesen wäre, hätte es da nicht den Clubeigentümer gegeben, der sich einbildete, dass Ines bereits vergeben sei – an ihn. Zoe hatte viele Fragen, aber Ines (zweifelsohne privilegiert und hübsch) war die Konkurrenz, und sich zu sehr für die andere Frau zu interessieren, brachte nichts. »Zu viel Koks«, viel mehr hatte Alex als Erklärung für das Missverständnis nicht anzubieten, und Zoe beließ es dabei. Fürs Erste zumindest.

Alex hatte kein Geld und Ines keinen Plan, dafür jedoch Freunde in London und ein Haus in einer Seitenstraße der King's Road, das ihr Vater bezahlt hatte (was die Hälfte von Zoes Vermutungen bestätigte). Also flogen sie nach London und vergnügten sich miteinander im pastellblauen Hinterhaus mit zwei Schlafzimmern im Herzen von Chelsea. Ihr Nachbar auf der einen Seite war Investmentbanker; der auf der anderen ein schroffer Gentleman, der in mindestens zwei Bands aus den sechziger Jahren, die Alex ein Begriff waren, den Bass gespielt hatte. Nach zwei Wochen, in denen sie in Restaurants mit schwerem Besteck gespeist und teuren Kaffee aus kleinen Tassen getrunken hatten, stieg Alex in den Zug gen Norden, um seine Mutter und seinen Bruder in einer mittlerweile nicht mehr intakten Bergarbeiterstadt zu besuchen. Auf der Rückfahrt hatte er zwei Koffer voller Kleidung, Bücher und Fotos dabei, und schon ab Sonntagabend wohnten er und Ines zusammen.

Zoe, die ihren Wein ein bisschen zu schnell trank, wollte eigentlich nicht unbedingt wissen, in welchen Members-only-Clubs Alex und Ines regelmäßig zu Gast waren, wie viel Ines für Mode ausgab oder in welchen Kreisen sie Freundschaften schlossen, aber Alex wollte seine Geschichte offensichtlich erzählen und sich auf durchaus reizende Art und Weise ganz langsam der eigentlichen Frage nähern. Und ja, gut, vielleicht war Zoe ein wenig interessiert.

»Hast du jemals das Gefühl gehabt, in einer schlechten Entscheidung gefangen zu sein?«, hatte Alex gefragt.

Zoe dachte an die Ekzeme an ihren Schienbeinen. Sie dachte ans Haareausreißen in der Badewanne und an die Sonntagsdepressionen, die mittlerweile so früh einsetzten, dass sie sich vor dem gesamten Wochenende zu grausen begann und freitags schon deprimiert von der Arbeit nach Hause ging, weil sie nur allzu bald durch die Drehtür zu ihrem Job würde zurückkehren müssen. Heute hatte sie sich, als sie ein Dokument durch den Reißwolf schob, gefragt, wie lange man sie krankschreiben würde, sollte sie versehentlich mit den Fingern in die Mechanik geraten. Zwei Wochen, vermutete sie, und der Deal war ihr beunruhigend verlockend erschienen.

Zoe nickte.

»Im Zug zurück nach London wusste ich, dass ich einen Fehler begangen hatte.«

– – – – – – – – – – – – –

»Warum?«

Alex seufzte. »Ines ist nicht gerade … freundlich.«

»Aber ihr wart doch in allen diesen coolen Clubs und seid in den vielen schicken Restaurants essen gegangen.« Der Sarkasmus war ein wenig zu dick aufgetragen, aber, ach verdammt. »Wie lange hast du schließlich gebraucht, um das zu merken? Einen Monat?«

»Thailand ist bizarr. Alles ist … es ist anders … bizarr.«

»Ist sie hübsch?« *Mist.*

Alex schwenkte sein Glas und beobachtete, wie der Wein an der Innenwand hinunterlief. Er nickte, ohne aufzuschauen. »Schon.«

Ärgerlich. Und plötzlich fühlte Zoe sich unsicher – und zwar wegen ihrer Nase, die allzu oft süß genannt wurde, zuckersüß, aber bei diesem Ausdruck musste sie immer an Törtchen denken. Und nun juckte das verdammte Ding auch noch. Trotzdem war es irgendwie schmeichelhaft, einer hübschen deutschen Frau vorgezogen zu werden.

»Reich, hübsch und … Bankerin hast du gesagt?«

Ein weiteres Nicken von Alex.

Deswegen also saßen sie in dieser finsteren Seitengasse in einer Bierstube. Damit Ines oder einer ihrer Citykollegen uns nicht erwischt.

»Reich, hübsch und intelligent«, sagte Zoe. »So wünscht man es sich doch, oder?«

Alex blickte auf und lachte. »Eigentlich anders: reich, hübsch und dumm.«

»Und was davon bin ich?«

– – – – – – – – – – – – –

Alex lächelte, biss jedoch nicht an.

»Um es kurz zu machen«, sagte er. »Es war falsch – ist falsch –, aber ich bin zu lange geblieben. Es war wohl zu einfach, zu bequem.«

»Wie lange?«

»Ungefähr achtzehn Monate.«

»Und dann quatschst du in Discos Mädchen an …?«

»Discos?«

»Lädst sie in einen schäbigen Pub ein, entblößt deine Seele und nimmst dann die letzte U-Bahn nach Hause zur reichen, hübschen, langweiligen Freundin in der King's Road.«

»Das trifft es wohl ganz gut.«

»Gut …«, Zoe fühlte sich auf einmal müde. »Wie schön, dass ich helfen konnte. Aber ich habe morgen einen schweren Tag, Meetings, bei denen ich so tun muss, als würden sie mich interessieren, Finger im Reißwolf vernichten und all das.«

Zoe schob ihren Stuhl vom Tisch weg.

»Warte«, sagte Alex, offensichtlich amüsiert. »Hast du … Finger vernichten gesagt?«

Zoe schloss die Augen, seufzte. »Dinge«, sagte sie und errötete dabei. »Ich meinte *Dinge* vernichten.«

Zoe musste lachen, so sehr, dass sie zu prusten begann; und daran ist nichts süß. Alex lachte auch, aber nicht so heftig. Er lehnte sich zurück, schlürfte seinen Wein und lächelte, während Zoe versuchte, sich zusammenzureißen, und sich mit den Handballen die Augen rieb. Ihr Champignonnäschen war mittlerweile sicherlich rot geschwollen – die absolute Antithese zu selbstsicherer teutonischer Schönheit.

_ _ _ _ _ _ _ _ _ _ _ _ _

»Geht's dir besser?«

Zoe nickte.

»Hat dir schon mal jemand gesagt, wie hübsch du bist, wenn du lachst?«

»Treib es nicht zu weit. Ernsthaft, sei n…«, und wie eine Verrückte lachte und prustete sie von neuem.

Sie redeten. Über schlechte Entscheidungen, Arbeit, Ambitionen, Enttäuschung, Uni, Familie, Strand und Meer, Moorlandschaften, Kinderserien, die sie noch von früher kannten. Sie sprachen über Liebe und Sex, Zoe und dieser Mann, den sie kaum kannte. Sie hatte aber das Gefühl, ihn zu kennen, oder vielleicht war verstehen das treffendere Wort. Und dieses Gefühl beruhte auf Gegenseitigkeit. Sie hielten sich über den Tisch hinweg an den Händen, während sie über erste Male und komische Male sprachen und Alex' Daumen ihren Handrücken streichelte. Sie streckten die Beine aus, so dass ihre Füße und Unterschenkel sich unter dem Tisch ebenso vereinigen konnten wie oben ihre Hände. Zoe sagte zu Alex, er solle Ines verlassen, und er sagte ihr, sie solle ihren Job kündigen. Du musst tun, was dich glücklich macht, versicherten sie sich gegenseitig; du lebst nur einmal, ließen sie einander wissen. Das Leben sei zu kurz, um es auch nur eine Sekunde mit der falschen Person, im falschen Job, am falschen Ort zu verschwenden. Und als Alex zu Zoe sagte, sie habe ein wundervolles Lachen, ein sexy Lächeln und – ja – eine süße Nase, beschloss sie endlich, ihm zu glauben. Sie küssten sich im Pub, wobei sie die Initiative ergriff, indem sie sich über den Tisch lehnte und ihre Lippen auf seine drückte, während er mit ansteckender Begeisterung

– – – – – – – – – – – – –

über seine Liebe zur Musik sprach. Draußen küssten sie sich erneut, im schwachen Schein der Straßenlaternen jetzt weniger gehemmt; sie pressten die Körper fest aneinander, und flüsternd erklärten sie ihr Verlangen und ihre Entschlossenheit; sie küssten sich an die Glasfassade der Blackfriars Underground Station gelehnt, wo jeder sie sehen konnte. Sie rannten die Rolltreppen hinunter, Zoe wacklig auf ihren Stöckelschuhen, und dann – während der Aufforderung, *von den sich schließenden Türen zurückzutreten* – ein letzter Kuss, bevor sie in ihre Bahn sprang, um in den Norden Londons zu fahren, wo sie sich mit Vicky eine Wohnung teilte; Alex dagegen blieb zurück, um nach Westen zu fahren, wo das Bett stand, das Ines und ihm gehörte.

Es gab weitere Dates, weitere Küsse, weitere letzte Bahnen nach Hause. Auseinandersetzungen, als die Versprechungen und Zusicherungen unerfüllt blieben. »Komplikationen«, sagte Alex. Er sprach das Thema Ausziehen tatsächlich an, worauf Ines nicht mehr aufhörte zu weinen, sich weigerte zu essen, mit Gegenständen um sich warf, damit drohte, Tabletten zu schlucken. Was sollte Zoe dazu sagen: Lass sie; sie lügt; sie manipuliert dich? Was, wenn Ines die Wahrheit sagte? Was, wenn Alex sie verließ und die deutsche Mistkuh von der Waterloo Bridge sprang? »Tu, was du tun musst«, war alles, was Zoe sagen konnte; weder billigte sie damit sein Verhalten, noch stellte sie Forderungen. »Es ist dein Leben, deine Entscheidung.« Sie trafen sich weiterhin in demselben schäbigen Pub, aber die Stimmung hatte sich verändert. Sie fühlten sich immer noch körperlich zueinander hingezogen, flirteten, offenbarten sich einander, lachten und küssten sich manchmal, doch es deutete sich auch Dramatisches an. Auf eine Art war es aufregend, wenn auch anstrengend, und es nagte an der Offenheit und Empathie, die bei ihrem ersten Treffen so besonders erschienen waren. Schließlich kam Zoe sich irgendwann dumm vor, wie eine Ablenkung, ein Seitensprung, während Alex haderte und sein Leben beklagte, bevor er nach Hause ins mietfreie Chelsea mit der hübschen Ines fuhr. Zoe hörte auf, seine SMS und E-Mails zu beantworten. Nicht alle, aber einige. Wenn Alex ein Treffen vorschlug, fand sie Ausreden, sie verabredete sich mit einem anderen Typen und legte ihn – unmittelbares Bedauern – flach, denn auf ihn wartete keine Deutsche, und es war unkompliziert. Alex gegenüber erwähnte sie diese Ablenkung nie; ging ihn nichts an, solange er eine Frau zu Hause hatte. Sie schickten einander E-Mails zu Weihnachten; höflich, knapp und vermutlich abschließend. Und dann, es war Mitte Januar, schickte Alex eine SMS:

Männlicher Single sucht missmutige Anwältin
für schlechten Wein, öffentliches Knutschen,
unanständiges Gequatsche und verächt-
liches Lachen. Hübsches Lächeln bevorzugt.
Bewerbungen von Deutschen werden ignoriert.

Das ist jetzt zwei Jahre und neun Monate her.

*

– – – – – – – – – – – – –

Zoe sitzt in Unterwäsche (einer Garnitur in Pfirsichrosa, keine Ziehfäden) auf der Bettkante und legt Make-up auf. Sie sieht zur Uhr und stellt fest, dass es nach elf ist. Wann immer Alex sich auf den Weg gemacht hat, er ist über eine Stunde weg, vielleicht sogar schon zwei. Zoe fragt sich, ob es da etwas gibt, das sie nicht wahrhaben will.

Alex ist in letzter Zeit … was? … nicht richtig da. Nicht er selbst. Er ist ruhig, abwesend und ungewöhnlich aufmerksam, so fühlt es sich an – kocht, putzt, serviert (»lass mich dir das Frühstück ans Bett bringen«) freiwillig. Fast als fühlte er sich wegen irgendetwas schuldig. Als er letzten Mittwoch aus dem Pub nach Hause kam, wo Zoe gerade die erste Stunde eines Frauenfilms gesehen hatte, über den er sich normalerweise lustig gemacht hätte, war er wider Erwarten weder laut, noch stank er besonders nach Alkohol, und er war nicht zum Knutschen aufgelegt oder fiel ihr sonst irgendwie auf die Nerven. Stattdessen kam er still herein, flüsterte eine Entschuldigung und küsste sie dann auf die Wange, bevor er schließlich in die Küche ging, um sich in der Mikrowelle eine Schüssel mit Resten aufzuwärmen. Zoe hatte den Fernseher lauter gestellt, aber Alex saß ganz still am anderen Ende des Sofas, aß, prüfte in regelmäßigen Abständen sein Handy und war äußerst bemüht, so schien es, sie nicht zu stören. Paradoxerweise fand Zoe das störender als den erwarteten Schwall von Unterbrechungen und abfälligen Kommentaren zum Film. Noch bevor der Abspann lief, hatte Alex das Geschirr gespült und war nach oben gegangen, um sich die Zähne zu putzen. Als Zoe auch nach oben ging, fand sie ihn im Bett, wo er las. Sie unterhielten sich ein paar

– – – – – – – – – – – – –

Minuten, und Alex war zwar nicht völlig abwesend, aber auch nicht besonders mitteilsam. Er antwortete auf ihre Fragen und erkundigte sich nach ihrem Tag, aber er war einfach … *nicht da*. In der Dunkelheit des Zimmers, während Alex neben ihr schlief, erinnerte Zoe sich an eine Szene aus dem Film, in dem die Heldin dahinterkommt, dass ihr zuverlässiger, treu ergebener, geradezu langweiliger Freund sie seit fast einem Jahr betrügt. Der Gedanke präsentierte sich wie ein ungebetener Gast auf einer Party, und Zoe erwischte sich dabei, den Atem anzuhalten, während sie sich alle Mühe gab, den Störenfried zu ignorieren.

Weil das ein Film war und dies ihr Leben und Alex so etwas nie tun würde.

Was tun, Zoe?

Sie sieht zu ihrer Reflexion in dem kleinen Spiegel.

Betrügt Alex mich?

Zoe glaubt nicht, dass er das tut, aber natürlich ist es möglich. Wahrscheinlicher ist, dass er nach fast einem Jahr des Zusammenlebens einfach selbstzufrieden geworden ist. Oder gelangweilt. Das könnte sein; hat Zoe sich nicht auch der Selbstzufriedenheit schuldig gemacht? *Und wir wissen alle, was gelangweilte Männer tun*, sagt der ungebetene Gast.

Und was, wenn er sie doch betrügt? Wie würde sie sich dabei fühlen? Die Wahrheit ist, dass Zoe es nicht genau weiß. Natürlich würde sie sich betrogen fühlen, beschämt, wütend … Aber – und wahrscheinlich wollte sie sich deswegen so ungern mit diesem Gedanken auseinandersetzen – vielleicht wäre sie erleichtert. Weil es keine zweiten Chancen geben würde. Ihr

Hirn – anscheinend unabhängig von seinem Eigentümer – präsentiert die Konsequenzen, auch was die Logistik betrifft: die Hypothek; die Spülmaschine; das Sofa; die Kissen; die Becher mit aufgedruckten Scrabble-Buchstaben, einem einzelnen A und einem alleinstehenden Z. Die Einzelheiten wandern ungehindert durch ihr Bewusstsein, zerstreut und ohne jede Anweisung. *Er hat seine Freundin für dich verlassen. Stimmt nicht: Er hat sie für sich selbst verlassen. Aber für dich hat er sie betrogen, oder?* Sie denkt über die Weinkaraffe nach, ein Einzugsgeschenk von ihren Eltern – sicherlich steht ihr dieser Gegenstand zu, auch wenn nur Alex, nicht sie, sich jemals die Mühe macht, ihn zu nutzen. Die Bettwäsche – einer von beiden muss sie nehmen; um alleine unter den Bezügen zu schlafen, die sie zusammen gekauft haben. Wohingegen der andere neunzig Piepen wird ausgeben müssen, um eine neue Garnitur zu kaufen. Und was wird aus den vier Wänden? Könnte Alex die Hypothek allein bewältigen? Vielleicht; Zoe ganz sicher nicht. Würde er sie auszahlen, oder würden sie verkaufen? Kann sie eine Entscheidung erzwingen, falls er sich sträubt?

Zoe, was ist das hier? Sind es kalte Füße, oder bedeutet es mehr als das? Sie weiß es nicht, und noch schlimmer ist, dass sie nicht weiß, wie sie es herausfinden könnte. Und warum jetzt und nicht bevor sie ein sechsstelliges Hypothekendarlehen mit einer Laufzeit von fünfundzwanzig Jahren unterschrieben hat?

Als Alex damals auf die Idee kam, zusammen ein Haus zu kaufen, war schon ein Jahr vergangen, seit sie den Job gewechselt hatte. Und wieder ruft sie sich in Erinnerung, dass Alex derjenige war, der sie bei dieser Angst einflößenden Veränderung –

finanziell und moralisch – unterstützte. Sie platzte fast vor Stolz und Begeisterung, als sie das erste Buch gedruckt sah, das sie betreut hatte. Auf dem Cover hatte der Autor einen von Zoes Vorschlägen umgesetzt und der Hummel eine Herzchen-Sonnenbrille aufgesetzt. Während der Werbung für das Buch hatte der Autor in mehreren Buchläden und auf Buchmessen gelesen, und sie hatten den Kindern, die zugegen waren, Herzchen-Sonnenbrillen geschenkt. Diese entzückten, pausbackigen Kinder bei diesen Veranstaltungen zappeln, kichern und weinen zu sehen, hatte in Zoe sehr warme Gefühle ausgelöst, und wann immer sie *Die rastlose Hummel* in die Hand nahm, stellte sie sich vor, wie sie dieses Buch ihrem eigenen Kind (einem Mädchen) vorlesen und mittendrin sagen würde: *Die Idee mit der Sonnenbrille stammt von deiner Mami.* Und als Alex gesagt hatte: *Lass uns etwas Eigenes kaufen*, galt ihr erster Gedanke den Kindern, die sie in diesem Haus bekommen würde. Bevor sie an eine Hypothek dachte oder eine Hochzeit oder die Frage, wo sie wohnen würden und welche Art Teller sie kaufen könnten, hatte sie sich ein Kinderzimmer ausgemalt. Denn das ist es doch, was in einem neuen Heim geschieht, oder? Vielleicht war das der Grund gewesen, warum sie so bereitwillig zugestimmt hatte.

Das oder der Geruch.

Sie waren schon seit fast zwei Jahren ein Paar und wohnten zusammen in einer kleinen Dreizimmerwohnung. Das Ehepaar in der Wohnung nebenan stritt jeden Tag und knallte mit den Türen. Die nepalesische Familie in der Wohnung unter ihnen kochte mindestens zweimal wöchentlich Fischkopfeintopf und schwängerte fast jeden Kubikzentimeter der Luft mit einem beinah greifbaren Meeresgestank, der mal stärker, mal schwächer war, aber nie völlig verschwand. Sie vermutete, dass sich der Geruch in ihrer Kleidung festgesetzt hatte, doch weil sie so an den Mief gewöhnt war, konnte sie es nur schwer beurteilen. Und dann hatte Alex eines Abends im November, während durch die Wände Streitlärm dröhnte und der Geruch von Fischinnereien die Treppe heraufwaberte, vorgeschlagen, dass sie sich doch eine eigene Scholle kaufen könnten.

Zoe hatte gelacht, weil sie annahm, dass Alex einfach nur die verschiedenen häuslichen Belästigungen kommentierte.

»Ist das ein Fischwitz?«

»Was?«

»Der Geruch. Fisch, Scholle, eine *eigene Scholle.*«

Alex lachte und küsste sie innig. »Ja, etwas, das uns gehört. Wir sind doch die typischen DEKKs.«

»…KKs?«

»Doppeltes Einkommen, keine Kinder. Wir könnten es schaffen; wir könnten genügend Geld aufnehmen, um eine Wohnung zu kaufen, vielleicht ein kleines Haus.«

»Meinst du das ernst?«

»Ich sag dir, wie es funktionieren könnte. Mein Erspartes reicht für die Hälfte der Anzahlung. Aber …« Er hob die Augenbrauen.

Alex verdiente mittlerweile gutes Geld und erhielt zusätzlich eine jährliche Bonuszahlung, die es in sich hatte. Und vernünftigerweise hatte er vom ersten Arbeitstag an gespart und klug investiert. Zoe dagegen besaß viele schöne Schuhe und teure Handtaschen.

»Ich habe nicht mehr als ein paar tausend.«

»Was ist mit deinen Leuten?«

Zoe holte tief Luft, blies sie ganz langsam und gleichmäßig aus. Sie wusste, dass sie fragen würde und dass ihre Eltern ihr das Geld leihen würden. Es wäre natürlich ein Darlehen, aber die Rückzahlung hätte keine Eile und es gäbe keine Zinsen. Trotzdem kam es ihr richtig vor, zumindest so zu tun, als sei dies keine ausgemachte Sache. Alex war erst zwölf gewesen, als sein Vater starb, und seine Mutter hatte es nicht leicht gehabt, ihn und seinen Bruder allein aufzuziehen. Sie musste mehr als einen Job annehmen, die Wäsche anderer Leute bügeln und abgelaufene Lebensmittel oder solche mit demolierter Verpackung kaufen, um auszukommen.

»Ich frage«, hatte Zoe gesagt.

Aber selbst mit dem Darlehen von ihren Eltern waren die Möglichkeiten beschränkt. Monatelang verbrachten sie die Wochenenden und Abende damit, vernachlässigte Wohnungen und heruntergekommene Häuser an den äußersten Enden der verschiedenen U-Bahn-Linien anzusehen. Die Immobilienmakler sprachen von ungeschliffenen Diamanten, Häusern, denen Paare mit einer Vision »ihren eigenen Stempel aufdrücken« könnten. Und trotz abblätternder Farben, hässlicher Tapeten und verschlissener Teppiche war es eine aufregende Zeit. Sie tranken in zahlreichen bedrückenden Pubs, kritzelten Notizen auf Exposés und arbeiteten weniger an einer Vision als daran, sich eine pragmatische Blindheit für finster dreinblickende Alteingesessene und deprimierende Hauptverkehrsstraßen anzueignen, die gesäumt waren von Billigläden, Buchmachern und weißgetünchten Fensterscheiben. Nachdem sie die Variablen ihrer Gleichung – Größe, Umgebung, Zustand – gegeneinander abgewogen hatten, einigten sie sich auf ein »gemütliches« Haus, das verwohnt, aber durchaus brauchbar war und nur zwei U-Bahn-Haltestellen oder einen ausgedehnten Spaziergang von einer angesagten Gegend mit coolen Bars entfernt lag. Es gab dort kein Starbucks und auch keinen Bioladen, dafür aber ein Sainsbury's Local und zwei Pubs, in denen man mit halbwegs sicherem Gefühl etwas trinken konnte. Was sie außerdem ermutigte, sich für dieses Objekt zu entscheiden, war der hohe Anteil von »LWUs« – Leuten wie uns, wie Alex sie nannte: junge Berufstätige mit schönen Schuhen, die von gut bezahlten Jobs nach Hause kommen und mit ihrem kollektiven Optimismus und dem Verlangen nach gutem Kaffee die Gegend über kurz oder lang auf das Niveau der Nachbarviertel heben würden.

Zu dem Baby war es bislang nicht gekommen. Wie auch? Zuerst musste man die Pille absetzen, und bevor man das tat, sollte man die Angelegenheit höflicherweise mit dem Mann besprechen, der die andere Hälfte des Erbguts spenden würde. Und für diese Unterhaltung war Zoe noch nicht bereit. Die Anflüge von Muttergefühlen hatten sich verflüchtigt und waren durch eher praktisch orientierte Überlegungen ersetzt worden – neue Fenster, Wasserhähne, die nicht tropfen, eine dringend benötigte Gehaltserhöhung. Auch hatten sie noch nie übers Heiraten gesprochen, höchstens indirekt, doch sie wohnten ja auch erst seit neun Monaten zusammen. Und auch diese Unterhaltung war keine, mit der Zoe es besonders eilig hatte.

_ _ _ _ _ _ _ _ _ _ _ _ _

Sie will diese Dinge – einen Ehemann, Kinder, Familie – aber … nun ja, zumindest hätte sie vorher gern das Teppichproblem gelöst.

Sie erinnert sich noch genau an den Tag, an dem sie einzogen, und bei dem Gedanken daran lächelt sie. Sie aßen Fish 'n' Chips und tranken Champagner aus Kaffeebechern. Alex sagte, er würde »das Geschirr spülen«, und zerknüllte dann das Chipspapier und warf es nonchalant über die Schulter. Sie weiß noch, dass sie zwei Wochen lang auf einer aufblasbaren Matratze schliefen, bis ihr Bett geliefert wurde; und jeden Abend lud Alex sie ins »Love Boat« ein. Über Nacht entwich nach und nach die Luft aus dem Gästebett, und wenn sie länger als sieben Stunden schliefen, fanden sie sich beim Aufwachen direkt auf den Holzdielen wieder. Einen halben Tag brauchten sie, um das neue Bett zusammenzubauen, und ihr billiger Schraubendreher hinterließ Blasen bei Alex. An jenem Abend vor dem Fernseher hatte Zoe seine schmerzenden Hände geküsst, und dann hatte das eine ganz wie von selbst zum anderen geführt. Hinterher hatten sie darüber gelacht, wie paradox es war, zuerst vier Stunden lang ein Bett zusammenzubauen und dann auf einem unbequemen Sofa Liebe zu machen. Wenn sie an diese Momente einfacher Zuneigung und spontaner Intimität zurückdenkt, fühlt sie nichts als Liebe. *Konzentrier dich auf das Positive*, sagt sie sich. Vergiss die Stellen, an denen an der Schlafzimmerwand Farbe durchscheint, das knarrende Dielenbrett, die Zahnpasta am Spiegel im Bad – konzentrier dich darauf, wie er dich heute Morgen geküsst hat, wie er dich ansieht, wenn er scharf ist; denk an seine romantischen Gesten (am Valentinstag führte

_ _ _ _ _ _ _ _ _ _ _ _ _

eine M&M-Spur von der Haustür bis ins Schlafzimmer, wo ihr Mann lag und auf sie wartete, auf dem Nachttisch eine Flasche Schampus; kitschig eigentlich, aber sie weiß, dass das Absicht war). Konzentrier dich auf sein Haar, seinen Fußballerhintern und die Tatsache, dass er das Bett verlassen hat, um dir Frühstück an dasselbe zu bringen. Was immer daraus geworden ist.

HENRY

Steinstufen knarren nicht

Er hat Bobbi heute Abend gesehen, draußen, weit entfernt, hinter dem Krocketrasen. Sie lebt jetzt in Spanien, ist aber nach Hause gekommen, um eine von Aprils Brautjungfern zu sein. Henry fragt sich, wie ihr Kleid aussieht; wird sie ihr Dekolleté zur Schau stellen? Ihren gebräunten Rücken und die sonnenverwöhnten Schultern?

Beim Abendessen hatte Brian darauf bestanden, dass der Trauzeuge verpflichtet sei, alles zu trinken, was der Bräutigam nicht trank. Gegen zehn Uhr musste er sich an den Wänden abstützen und hätte beinah seinen Ellenbogen in einer unbezahlbaren Vase versenkt. Henry und sein Vater – Letzterer Meister im Manövrieren von Betrunkenen – eskortierten Brian nach oben ins Bett. Als sie die Treppe wieder hinuntergingen, um sich zum Rest der Partygäste zu gesellen, legte sein Vater einen schweren Arm um Henrys Schultern. Henry weiß noch, wie er als kleiner Junge immer seinen Vater bat, ihm seine Muskeln zu zeigen. Er erinnert sich daran, dass er ehrfürchtig zusah, wie der Bizeps seines alten Herrn sich zu einer harten Masse zusammenzog, die ihn an nichts weniger Beindruckendes und Zerstörerisches erinnerte als an eine Kanonenkugel. Clive Smith strich mit der Hand über die Wange seines Sohnes. Eine Geste, die zu sagen schien: *Das wird schon, Junge. Alles wird gut.*

Als sein Vater einen Schlenker zur Toilette zu machte, war Henry plötzlich für sich, zum ersten Mal seit langer Zeit – so kam es ihm zumindest vor. Den ganzen Tag war er von Leuten umgeben gewesen, hatte für Fotos posieren, organisieren, lächeln müssen. Und dieser kurze Moment des Alleinseins fühlte sich an wie ein Glas kalten Wassers. Anstatt sich unter die Gäste zu mischen, machte er auf dem Absatz kehrt und schlüpfte durch eine Seitentür nach draußen aufs Schlossgelände. Er fragte sich, ob April auf dieselbe Idee kommen könnte, und hoffte, dass dem nicht so war. Eigentlich, so glaubte er, müsste sie mittlerweile im Bett sein, das Gesicht vom Make-up befreit, das Haar geflochten, damit sich keine Knoten bildeten. Es war kalt, und Henry zitterte, als er so lange um den Rasen vor dem Schloss spazierte, bis man ihn weniger gut sehen konnte. Während er sich immer weiter vom Schloss entfernte, fragte er sich, wie lange ein Mensch, der nichts als Jeans und ein T-Shirt trug, in dieser Kälte überleben könnte – es konnte nicht wärmer als zwei oder drei Grad sein. Aber es war erfrischend, und Henry genoss das schneidende Gefühl der Kälte an Kopf und Rücken, ließ sich ganz darauf ein und ging weiter bis zum Koi-Karpfen-Teich am äußersten Ende des Geländes.

Als er jetzt aus dem Fenster blickt, stellt er sich vor, er könnte sich selbst dabei beobachten, wie er über den weiten Rasen schlich, während in einem versteckten Kellergewölbe seines Hirns der Fluchtgedanke Form annimmt. Kalter Wind dringt durch die alten diamantförmigen Scheiben. Neben dem Fenster steht ein Sessel, drauf liegt wie eine graue zusammengerollte Katze Henrys Wollpullover. Er zieht ihn an und starrt weiter in die Dunkelheit.

Als er den Teich erreicht hatte, sah Henry eine Gestalt und hielt inne. Jemand, eine Frau, saß auf einer Bank, und er fragte sich, ob April sich am Ende doch nach draußen getraut hatte. Er stand still, atmete leise, zog einen leisen Rückzug in Erwägung, aber dann hatten seine Augen sich an die Dunkelheit gewöhnt, und die Gestalt nahm die vertraute Form von Bobbi an. Die Undercut-Frisur von der Uni war mittlerweile herausgewachsen, ihre Ringellocken kringelten sich wieder ungezähmt in tausend Richtungen. Henry atmete aus, und Bobbi drehte sich zu ihm um.

»Penelope«, sagte sie. »Was tust du hier draußen?«

»Frieren.«

Bobbi, die in einen dicken Mantel gehüllt war, klopfte neben sich auf die Bank. »Kuschel dich an mich«, sagte sie. Henry setzte sich. Bobbi legte einen Arm um seine Schultern und küsste ihn fest, aber keusch auf die Wange. »Mein Gott. Du bist eiskalt.«

»Ich bin ein harter Bursche.«

»Im Traum vielleicht. Nervös?«

Henry lachte. »Dazu ist es jetzt zu spät.«

»Du sagst es, Penelope.«

Was er wollte, war Sex mit Bobbi, hier und jetzt auf dem weichen, kalten Boden. Er nahm an, dass ihr Körper dem seinen dasselbe Bedürfnis mitteilen würde. Würde er sich ihr zudrehen, seine Finger in ihren Locken vergraben und ihr Gesicht an seines ziehen, dann würde sie sofort mitmachen, da war er sich sicher. Sie würde ihm ihre Zunge in den Mund schieben und ihr Gesicht forsch an seines drücken. Er würde ihre Jeans aufknöpfen, sie über die Rundung ihres Hinterns schieben, dann die Beine hinunter, und ohne einander auch nur mit einem einzigen Wort zu ermutigen oder zur Vorsicht zu ermahnen, würden sie miteinander schlafen, und nur der Mond wäre ihr Zeuge. Sie würden sich ankleiden, einander küssen wie alte Freunde und nie wieder darüber reden oder auch nur erwähnen, was sie getan hatten. Am nächsten Morgen würde sie lächeln, als sei nichts geschehen, und Henry mochte sich vielleicht sogar fragen, ob er alles nur geträumt hatte.

Er saß neben ihr und spürte, wie sie ihre Wärme durch die Kleidungsschichten an ihn abgab. Schließlich sagte er: »Es ist spät.«

Bobbi machte ein Geräusch wie *Mhm*.

Er wollte Bobbi einen Gutenachtkuss geben, nur auf die Wange, traute sich jedoch nicht. Er ging von der Bank weg, zurück ins Schloss, zurück zu seiner Junggesellenparty. Er trank in kürzester Zeit zwei große Whiskey, setzte ein dummdreistes Grinsen auf, wünschte denjenigen, die noch aushielten, eine gute Nacht und trottete die Treppe hinauf, weil er »seinen Schönheitsschlaf brauche«. »Zu spät«, riefen die Männer im Chor, und alle lachten. Jetzt besteht daran allerdings kein Zweifel mehr, er wird heute furchtbar aussehen. Er blickt auf die Uhr – 3:49 –, seine Augen brennen und fühlen sich vor Müdigkeit geschwollen an.

– – – – – – – – – – – – –

Wieder stellt er sich die Frage: *Was ist schlimmer – die falsche Frau zu heiraten oder ihr vor den Augen von hundertachtundzwanzig Gästen für alle Zeit das Herz zu brechen?*

Die Frage verlangt nach einer anderen: *Wer könnte die richtige Frau sein?*

Bobbi nicht, so viel weiß er. Sie ist zu – unstet vielleicht? Oder zu substanzlos. Aber was auch immer es ist, das Bobbi fehlt, sie hat etwas, das April nicht hat. Sie tut etwas, bewegt etwas, entfacht etwas, das seine Verlobte nicht tut, bewegt oder entfacht. Und was auch immer es ist, es wirft einen Schatten auf April.

Am Abend vor der Hochzeit nicht mit einer Brautjungfer zu schlafen ist nichts, das weiß Henry durchaus, worauf man stolz sein kann. Dennoch ist er froh, es nicht getan zu haben. Es würde Verwirrung stiften: Ein unzulässiger Orgasmus würde ihn drängen zu gehen, während Schuldgefühle ihn zum Bleiben ermutigen würden.

Außer der Kleidung, die er gestern trug, hat Henry ein sauberes T-Shirt, das er am nächsten Morgen anziehen wollte, und den gemieteten Smoking für die Zeremonie. An der Rückseite der Badezimmertür hängt ein neues weißes Hemd, ungetragen. Er hat eine Jacke, sein Telefon und sein Portemonnaie. Er hat die Schlüssel zu der nagelneuen Haustür, die er zwei Wochen später aufschließen soll, bevor er seine Frischangetraute über die Schwelle trägt.

Auf einem niedrigen antiken Schreibtisch liegt ein Schreibblock mit dem Briefkopf des Schlosses. Henry setzt sich an den Schreibtisch, nimmt den Kuli, ein Geschenk des Hauses, in die Hand und fängt zu schreiben an. Ohne aufzublicken, beschreibt er ein komplettes einzelnes Blatt, faltet es sorgfältig halb zusammen, widersteht dem Impuls, seine unaussprechlichen Worte noch einmal zu lesen. Er steht auf und zieht seine Jacke an.

Auf dem Weg zur Tür betrachtet er Brian, der so ruhig und friedlich schläft wie ein Stein, den Schlaf eines selbstzufriedenen, unkomplizierten Menschen. Er legt eine Hand auf den Kopf seines Freundes, ohne genau zu wissen, warum. Vielleicht will er Brian dazu provozieren, sich im Schlaf zu regen und Henry zu fragen, was zum Teufel er vorhat?

Brian schnüffelt, ächzt und dreht sich auf die andere Seite, mit dem Rücken zu Henry.

Der fensterlose Flur ist stockdunkel, und Henry tastet sich mit einer Hand an der Wand entlang langsam bis zur Treppe vor. In der Schule haben sie damals *Große Erwartungen* gelesen. Henry gefiel der Roman nicht, aber ein paar Bilder daraus sind ihm in Erinnerung geblieben. Er weiß noch, dass Pip sich die Treppe hinunterschlich, um etwas zum Essen zu stehlen – Essen, denkt er, und das Bild einer Schweinefleischpastete lässt seinen Magen rumoren. Bei Pip knarrte die Treppe und schien bei jeder Stufe, auf die er trat, zu rufen: »Haltet den Dieb!« Henry erinnert sich an eine düstere Figur, die drohte, dem Jungen die Eingeweide herauszureißen – und seine Leber zu braten –, sollte er bei dieser Aufgabe versagen, und Henry ahnt, dass ihn ein Schicksal ereilen könnte, das kaum weniger grausam wäre, sollte er auf dieser Treppe entdeckt werden. Die andere Erinnerung betrifft Pips Wohltäterin, Miss Havisham, die, von ihrem Verlobten sitzengelassen, sich in einem ähnlich erbärmlichen Zustand befindet wie ihre verschimmelte Hochzeitstorte.

– – – – – – – – – – – – –

Henry schiebt den Gedanken beiseite.

Die Stufen knarren nicht, denn sie sind aus Stein, und schnell hat er die Eingangshalle des Schlosses erreicht. Die doppelte Holztür ist oben, in der Mitte und unten verriegelt, aber er weiß nicht, ob sie auch abgeschlossen ist. Das Entriegeln ist nicht lauter als ein Fingerknacken – eins, zwei, drei. Henry blickt in die Halle und die Treppe hinauf, sieht aber niemanden, hört nichts. Er fasst den Türgriff an, einen schweren Eisenring, und dreht ihn. Das Geräusch des Schließmechanismus hallt laut in den offenen Raum, ein heftiges dreiteiliges *ka-ka-klunk*. Henry und das Schloss halten den Atem an, und der Ausreißer glaubt, seinen eigenen Herzschlag zu hören. Und dann … ein Geräusch.

Ganz langsam dreht Henry den Kopf nach rechts, in Richtung des Raumes, der am Abend zuvor für die Smith-Gesellschaft reserviert war. Durch die offene Tür wirkt der Raum ruhig und dunkel. Dunkel, bis auf einen einzigen Lichtschein von einer Tischlampe neben einem tiefen ledernen Ohrensessel. Sein Vater lehnt sich vor, auf seinem ausdruckslosen Gesicht bleiben Schatten, das schwarze Haar fällt ihm in ungeordneten Strähnen in die Stirn. Seine Eltern haben sich gestern Abend wieder gestritten, und Henry fragt sich, ob sein Vater vor seiner eigenen Hochzeit auch Zweifel hegte. Und wenn er die Uhr zurückdrehen könnte, würde er dann auf sie hören und anders handeln?

Vater und Sohn starren einander so ruhig an, dass Henry sich fragt, ob es Einbildung sein könnte. Langsam atmet er tief ein und nickt seinem Vater zu. Big Boots hebt die Hand, und Henry sieht, dass diese einen verzierten Tumbler hält, der mit

– – – – – – – – – – – – –

einer bernsteinfarbenen Flüssigkeit gefüllt ist. Sein Vater neigt das Glas in Henrys Richtung – eine Abschiedsgeste – und lässt sich wieder in den Schatten seines Sessels fallen. Henry tritt hinaus in die kalte Nacht, am schwarzen Himmel lassen sich erste gräuliche Schlieren erahnen.

Dann ist er fort.

ZOE

Früher war er DJ

In ihrem Magen rumort es, und ihr ist plötzlich fast übel vor Hunger. Sie ist zu hungrig, um darauf zu warten, dass Alex ihr Frühstück ans Bett bringt. Zoe schüttelt die Federdecke und die Kissen auf und zieht sich an: ein Paar knielanger Shorts und das T-Shirt, in dem ihre Brüste gut aussehen, wie Alex sagt.

Als sie die Treppe hinuntergeht, bleibt Zoe vor einem gerahmten Schwarzweißfoto stehen – einem von fünf, die sie an den dreizehn Stufen entlang aufgehängt haben –, das sie und Alex am Tag ihres Einzugs inmitten von Kartons zeigt. Sie hatten Alex' Kamera auf dem Kaminsims platziert und den Selbstauslöser aktiviert. Als der mechanische Verschluss der fünfzig Jahre alten Leica irgendwann aufgesprungen war, hatte das Objektiv Zoe erwischt, als sie gerade über irgendeinen Kommentar lachte, den Alex abgesondert hatte – was es war, weiß sie nicht mehr. Er schaute sie an, amüsiert und verliebt, während ihr Gesicht verzerrt war, weil sie schon zu lachen anfing – Mund leicht geöffnet, Augen halb geschlossen. Weil sie wussten, dass sie ihren Einsatz verpasst hatten, aktivierten sie den Selbstauslöser noch einmal. Aber als Zoe sich ein paar Wochen später die Abzüge ansah, entschied sie sich, dieses vergrößern und rahmen zu lassen. *Unser Zuhause*, denkt sie lächelnd.

»Bist du da?«, ruft sie, als sie die letzten Stufen im Trab nimmt. »Alex? *Babe*?«

Obwohl Zoe nicht wirklich erwartet hatte, Alex unter seinen Kopfhörern versteckt zu finden, ist sie enttäuscht, als sie feststellt, dass er nicht im Wohnzimmer sitzt. Sie schaut durchs Küchenfenster in den »Garten«, aber er ist nicht zu Hause. Sie schaltet den Wasserkocher ein und öffnet dann den Kühlschrank, um zu sehen, ob etwas da ist, woraus sie ein schnelles Frühstück zaubern kann. Sie haben Eier, jedoch keine Butter und keine Milch. Es gibt ein Glas Marmelade und einen Becher mit Humus, aber sie haben kein Brot, und der Humus sieht besorgniserregend schaumig aus. Eine halbe Gurke, eine einzelne rote Paprika, ein Stück Käse, trocken und bröckelig an der Stelle, die jemand – es könnte sie gewesen sein – beim Einwickeln vergessen hat, und ein halbes Glas Oliven. Senf, Anchovis, Pesto, ein kräftiger Schluck Apfelsaft und eine Flasche Champagner. Zoe dachte, sie hätten den Schampus ausgetrunken, aber anscheinend hat Alex noch eine letzte Flasche von ihrer Einzugsausbeute gefunden. Sie könnten sie mitnehmen, wenn sie am Nachmittag den Fahrradausflug machten. Sie bemerkt, dass die Kühlschranktür nicht richtig geschlossen wurde, und ärgert sich spontan, spürt jedoch gleich darauf einen Anflug schlechten Gewissens. Während der Nacht hatten ihre Schienbeine gejuckt, und als sie ihm das gesagt hatte, war er aufgestanden, um ihr Eiswürfel zu holen, die sie sich auf die Haut legen konnte. Es hatte gewirkt. *Und wie viele Männer gibt*

– – – – – – – – – – – – –

es, die das in einer sibirisch kalten Oktobernacht für ihre Freundin tun würden?

Sie legt zwei Eier in eine Kasserolle mit kochendem Wasser und geht hinaus in den Garten, um die Fahrräder aus der Hütte zu befreien. Die Sonne ist herausgekommen, und weil es trotz der Jahreszeit warm ist, setzt Zoe sich nach draußen auf einen Klappstuhl, um zu frühstücken und einen schwarzen Tee zu trinken. Als sie aufgegessen hat und Alex noch immer nicht aufgetaucht ist, sucht sie ihr Telefon und ruft ihn an. Zweimal versucht sie es, aber jedes Mal klingelt es so lange, bis sich die Mailbox meldet, und sie hinterlässt zwei Nachrichten, in denen sie ihn fragt – mit gutgelaunter Stimme, denn der Rest dieses wunderbaren Tages liegt noch vor ihnen, und den will sie nicht verderben, indem sie einen Streit anfängt –, wo verdammt noch mal ihr Frühstück bleibe. Sie läuft im Wohnzimmer auf und ab und versucht, sich genau daran zu erinnern, was er gesagt hat, bevor er ging:

Ich bring dir Frühstück ans Bett?

Oder war es: *Ich bin vor dem Frühstück wieder zurück?*

So oder so ist er spät dran. Sie meint, sich daran zu erinnern, dass er davon sprach »etwas besorgen zu müssen«, aber vielleicht auch »etwas erledigen«, was das jedoch sein sollte, kann sie sich nicht vorstellen. Wieder drängt sich der Gedanke auf: *Was, wenn er dich betrügt?*

Aber die Frage zu wiederholen liefert keine Antwort.

Plötzlich fällt ihr ein, dass er vielleicht Fußball spielt. Sie überprüft den Schrank, in dem er seine Ausrüstung aufbewahrt, doch es scheint alles da zu sein, auch die schlammverkrusteten Schuhe. Schon etwas säuerlich, ruft sie ihn ein drittes Mal an, und als er nicht antwortet, widersteht sie dem Impuls, eine Nachricht zu hinterlassen – ihr ist der Gedanke gekommen, dass ihm etwas zugestoßen sein könnte, und so gesellt sich zu ihrem Ärger auch Angst. Sie ruft Darren an, seinen besten Freund, aber Darren hat seit Mittwoch nichts von Alex gehört. Darren lacht und sagt: »Typisch. Hat wahrscheinlich jemanden getroffen und die Zeit vergessen. Du weißt doch, wie er ist.« Und obwohl es richtig klingt, fühlt es sich falsch an. Darren will plaudern, er fängt an mit: »Weißt du noch, als …«, aber Zoe ist zu abgelenkt – zu besorgt –, um sich eine Alex-Anekdote anzuhören, und sie würgt Darren ab, sagt, dass sie aufhören muss, und legt auf, bevor er einen langgezogenen Abschiedsgruß zu Ende gesprochen hat.

Ihr Herz schlägt schnell, und Zoe wird bewusst, dass sie den Atem anhält. Sie zwingt sich stillzustehen, statt auf und ab zu rennen, und zu atmen. Wenn sie im Haus bleibt, macht sie sich verrückt, also entscheidet sie sich, die Straße hinaufzugehen, um nachzusehen, ob er, wie von Darren vermutet, in einem Café oder Pub gelandet ist. Vielleicht läuft dort ein Spiel. Zoe hat keine Ahnung, wann die Fußballsaison anfängt oder endet, aber es scheint immer irgendein Spiel zu geben, das interessant ist. Sie weiß nicht mehr, wie oft sie an einem Pub vorbeigekommen sind und Alex anhalten musste, um durchs Fenster auf den großen Bildschirm zu schauen. »Ich will nur wissen, wie es steht, *Babe.*« Und mehr als einmal – das jungenhafte Lächeln, das komische Kopfwackeln – konnte er sie überzeugen, auf einen Drink hineinzugehen und den Rest des Spiels anzuschauen.

– – – – – – – – – – – – –

Weil sie sich in dem engen T-Shirt zu nackt fühlt, zieht sie einen Pullover über, greift nach ihrem Schlüsselbund und dem Telefon und verlässt das Haus. Als sie die Hauptstraße erreicht, hat sie zwei Optionen: bergauf zur U-Bahn-Station, wo sich der neue Bioladen und der renovierte Pub mit echtem Ale befinden; bergab zum Aldi-Markt und den leicht gruseligen Pubs der Alteingesessenen. Wäre Alex, um fürs Frühstück einzukaufen, zu Aldi gegangen oder zum Bioladen? Und wenn er das Spiel anschaute, würden sie es im Normalo-Pub zeigen oder im hippen Ale-Haus? Zoe wendet sich nach rechts und geht die leichte Steigung hinauf. Der Verkehr auf ihrer Straßenseite fließt ungehindert, aber auf der Gegenfahrbahn staut er sich den halben Hügel hinunter. Sie sieht, dass etwa fünfzig Meter vom Bioladen entfernt ein Polizeiwagen steht. Ein uniformierter Polizist lehnt lässig an einem weißen Lieferwagen und unterhält sich mit einem anderen Mann, der einen fluoreszierenden orangefarbenen Arbeitsoverall trägt. Ihr Herz schlägt schneller, und sie beschleunigt ihren Schritt – sie versucht, nicht zu denken, sondern einfach nur die Entfernung zwischen hier und dort zurückzulegen, ohne zu rennen. Die Männer wirken entspannt, sie sieht keine blinkenden Lichter und keine Sirenen, aber ein Teil der Straße ist mit blau-weiß gestreiftem Band abgesperrt. Sie hält nach einem Krankenwagen Ausschau, kann jedoch keinen entdecken. Eine Polizistin in Warnschutzweste steht auf der Straße, um den Verkehr vorbeizuwinken, und ein zweiter Mann in einem Arbeitsoverall schaut durch ein Gerät, das auf einem Stativ befestigt ist. Zoe fragt sich, ob es einen Rohrbruch gegeben hat oder etwas in der Art – aber warum dann die Polizei?

– – – – – – – – – – – – –

Als sie näher kommt, fällt ihr auf, dass auf dem Gehweg Leute stehen, die sich sehr ernst unterhalten und in die Richtung des abgesperrten Bereichs blicken. Glasscherben, orangefarbene und durchsichtige, liegen verstreut auf der Straße; eine kurze viereckige Bremsspur ist rundherum mit Kreide markiert worden. Sie sieht einen Fleck von einer Flüssigkeit, kein Blut, aber er wirkt unheilvoll und ist auf dem trockenen Teer nicht zu übersehen.

Als würde sie aus einem Traum – oder einem Alptraum – aufwachen, bemerkt Zoe, dass sie stehen geblieben ist. Sie geht auf den Polizisten zu, der an den Lieferwagen gelehnt steht; er sieht, dass sie näher kommt, und richtet sich schnell auf, als sei er ertappt worden. Der Mann im orangefarbenen Overall geht zu seinem Kollegen am Stativ.

»Kann ich Ihnen helfen, Miss?«

»Was ist passiert?«

»Es hat einen Unfall gegeben.«

»Was für einen Unfall? Ist jemand verletzt?«

»Sie zittern, Miss. Möchten Sie sich hinsetzen?«

»Mein Freund«, sagte sie. »Er ist vor ein paar Stunden, glaube ich, aus dem Haus gegangen und … was ist hier passiert?«

Der Mann hält Zoe am Ellenbogen und begleitet sie zum Polizeiwagen; er öffnet die Beifahrertür und setzt Zoe hinein, ohne sie zu fragen. Der Beamte geht vorn um den Wagen herum und setzt sich neben sie auf den Fahrersitz.

Zoe wendet sich dem Mann zu; er hat seine Mütze abgenommen, und sie bemerkt, dass er trotz seines jungen Alters unter Haarausfall leidet. Alex' Haare werden an der Stelle auch dün-

_ _ _ _ _ _ _ _ _ _ _ _ _

ner; in zwei Jahren wird sein Haar so aussehen wie das dieses Mannes.

»Wurde jemand … ist jemand …« Sie kann den Satz nicht zu Ende sprechen, aber der Polizeibeamte versteht sie.

Er nickt.

»Können Sie Ihren Freund beschreiben?«, fragt der Mann.

»Er …« Zoes Stimme klingt, als gehörte sie einer anderen Person. »Früher war er DJ.«

Teil
ZWEI

HENRY

Ein Backstein mit Schleife

Es ist nach Mitternacht, und die umliegenden Felder sind schwarz und still. Nur ich störe die Ruhe. Vor acht Tagen habe ich meine Verlobte am Altar stehengelassen, aber schon jetzt kommt es mir vor wie etwas, das jemand anderem passiert ist; einem Schauspieler, einem anderen. Nicht mir. Ich selbst wäre zu so etwas ganz sicher nicht in der Lage. Das Auge eines Fuchses oder vielleicht das einer Katze funkelt im Scheinwerferstrahl. *Wir sehen dich, Henry Smith.*

Im Schutz der nächtlichen Dunkelheit schleiche ich mich nach Hause, so wie ich mich vor etwas mehr als einer Woche von April weggeschlichen habe. Der Mietwagen taucht aus einem Tunnel aus alten Eichen auf, die über die einspurige Straße hinweg nacheinander greifen, und es folgt eine Gabelung. Links führt der Weg in einer Kurve zum Schloss; rechts passiert man den Bahnhof und erreicht dann den Ort. Kalte, Übelkeit erregende Angst flutet alle Hohlräume meines Körpers.

Was hast du dir dabei gedacht?

Ich schalte den Motor aus, und die Stille umhüllt mich. Um diese Uhrzeit und bei derselben Dunkelheit sind wir früher über

– – – – – – – – – – – – –

diese Straßen gejagt – ich, Brian und wer auch immer. Zu fünft oder sechst in einem Auto fuhren wir mit idiotischer Geschwindigkeit auf abgefahrenen Reifen in die nachtschwarzen Kurven. Wäre uns jemand entgegengekommen, hätten die Angestellten der Bestattungsgenossenschaft eine anstrengende Woche vor sich gehabt, aber so weit kam es nie. Einmal fuhren wir im Cortina von Mad George hier heraus, und Aprils Bruder nahm die Hände vom Lenkrad, um sie sich vor die Augen zu halten. Als das Auto immer näher an den Straßenrand geriet, wollte ich eingreifen, doch George schlug um sich und traf mich am Ohr. Dann lachte er und reichte Zigaretten herum, als sei nichts gewesen.

Als ich letzte Woche diese monotonen Straßen entlangging, drang das Geräusch meines schweren Atems laut wie tosende Meeresbrandung an meine Ohren, und ich fragte mich, ob ich ein herannahendes Auto wohl hören würde, bevor es mich zu Matsch fuhr. Ich schloss die Augen und zählte dreiundzwanzig Schritte, bis ich auf etwas Nassem ausrutschte und in einen Ginsterbusch fiel, wobei ich mir eine Schramme an der Wange holte und mit dem Fuß umknickte.

Jetzt sitze ich ruhig im Auto, und wenn ich das Bremspedal so weit durchdrücke wie möglich, spüre ich im Knöchel einen Schmerz. Ich lasse den Motor an, lege den Gang ein und fahre nach rechts, nach Hause. Sofern das noch mein Zuhause ist.

Letzte Woche setzte ich mich in den erstbesten Zug, ohne mich darum zu kümmern, wohin er mich bringen würde. Um halb neun Uhr morgens, ein neuer Tag war angebrochen, erreichte er Liverpool Lime Street, und von dort fuhr ich aus einer Laune oder einem zumindest vergleichbaren Automatismus

– – – – – – – – – – – – –

heraus weiter zum Flughafen Manchester. Ich hatte seitdem die nötige Zeit und Ruhe, mich zu fragen, was mich dorthin trieb, und mir fällt keine bessere Antwort ein, als die, dass es einfach der nächste Ort war, an dem ich zu sein hatte. Als ob ich das Versäumnis, die Tatsache, dass ich nicht vor dem Altar erschienen war, mildern könnte, indem ich zumindest am Flughafen auftauchte. Bis zu unserem geplanten Flug in die Flitterwochen blieben noch anderthalb Tage Zeit, und ich hatte zwar weder die Mittel noch die Absicht, den Flug anzutreten, doch eine Alternative kam mir auch nicht in den Sinn. Also checkte ich ins Hilton am Flughafen ein, trommelte gegen die Wand und öffnete die Minibar. Als ich eine Stunde später aus der Dusche trat, explodierte mein Telefon fast vor lauter Nachrichten und verpassten Anrufen von Brian und meiner Mutter. Der Inhalt der Nachrichten reichte von Besorgnis über Wut und Unverständnis bis zu Drohungen. Ich hörte mir alle zweimal an. Offensichtlich hatte Brian verschlafen, und als weder er noch ich zum Frühstück auftauchten, war man sich einig, dass wir mit Dingen beschäftigt waren, die »Bräutigam und Trauzeuge tun«. Erst als Big Boots mit seinem Klopfen beinah die Tür aus den Angeln hob, stellte man fest, dass Henry Smith das Gebäude verlassen hatte. Meine Nachricht hatten sie entdeckt, aber bislang waren Brian und meine Eltern die Einzigen, die davon wussten.

Ich schickte Brian und meiner Mutter dieselbe SMS:

> Tut mir leid, aber ich kann das nicht durchziehen. Ich bin in Sicherheit, rufe euch in ein oder zwei Tagen an. Es tut mir leid.

_ _ _ _ _ _ _ _ _ _ _ _ _

Einer von ihnen würde die Neuigkeit weitergeben müssen, denn ich war zu feige, es selbst zu tun. Aber es gab jetzt kein Zurück mehr. Innerhalb von Sekunden fing mein Telefon zu klingeln an. Es würde den ganzen Tag weiterklingeln, und nichts würde sich ändern. *O Gott, können die mit diesen Dingern nicht herausfinden, wo man ist?* Ich wickelte das Telefon in ein Handtuch und schlug es gegen die Ecke des Waschbeckens, wieder und wieder, bis ich das Glas zerbrechen hörte und das Gerät in tausend Stücke zerfiel. Dann übergab ich mich und spuckte mein Frühstück aus: die beiden Minibar-Biere und das Päckchen Erdnüsse.

Als ich am Bahnhof vorbeikomme, werde ich langsamer und fahre keine zwanzig. Die acht Tage, die ich isoliert im Manchester Hilton verbrachte, mir Essen aufs Zimmer kommen ließ und mich durch die Minibar trank, waren mir lang vorgekommen. Aber jetzt, da ich mich dem Städtchen nähere, in dem ich ganz bestimmt der am meisten gehasste Einwohner bin, wird deutlich, dass eine Woche und ein Tag nichts sind.

Als ich auf den Parkplatz hinter dem Pub meiner Eltern fahre, taucht im Scheinwerferlicht des Mietwagens mein eigenes Auto auf, das auf einer der drei Stellflächen steht, die für Mitarbeiter reserviert sind. Ich bin erleichtert und überrascht, dass – soweit ich es beurteilen kann – anscheinend alle Fenster heil und die Reifen nicht platt sind. Es liegt etwas auf der Motorhaube – ein einzelner Backstein, um den eine pinkfarbene Schleife gebunden ist. Jetzt ist mir, als würde die Temperatur plötzlich um zehn Grad fallen. Nachdem ich den Mietwagen am äußersten Ende des Parkplatzes abgestellt habe, gehe ich zu meinem eigenen Auto zurück, einem drei Jahre alten Audi, der mir, als ich ihn kaufte, wie törichter Luxus vorkam, und jetzt, da das Hochzeitsgeschenk meines Fast-Schwiegervaters auf der Motorhaube thront, erst recht.

Ich hebe den Backstein langsam hoch und reibe mit dem Finger ganz leicht über den Lack darunter – er scheint nicht verkratzt zu sein. Erst als ich weiter um das Auto herumgehe, um die Reifen zu prüfen, sehe ich die Doppelrille, die sich über die gesamte Länge der Fahrzeugseite bis zu den hinteren Kotflügeln zieht, eingemeißelt mit der Ecke eines roten Backsteins, wie ich spontan vermute. Auf der anderen Seite ist genauso vorgegangen worden, zweimal zwei Kratzspuren, die an die Rallyestreifen am Cortina von Mad George erinnern.

»Zeit, das anzuzeigen?«, sagt eine unwirsche Stimme, und ich wirble herum und sehe, dass mein Vater in der Hintertür der Küche des Pubs steht. Er trägt einen Pyjama, sein Haar ist zerzaust.

»Dad.«

Dad hält einen Finger vor den Mund und heißt mich mit einer Kopfbewegung hineinzukommen.

»Drink?«

Ich nicke und lege meinen Backstein auf den Tresen, während mein Vater zwei große Whiskeys einschenkt. Er reicht mir einen davon und stößt sein Glas gegen meins, bevor er trinkt.

»Ja«, sagt er, »was den Backstein mit Schleife betrifft, ich hätte ihn für dich reingeholt, aber deine Mutter …« Er zuckt mit den Achseln. »Sie dachte, du solltest ihn sehen.«

»Schläft sie?«

– – – – – – – – – – – – –

Dad nickt und macht sein Glas in einem Zug halb leer.

»Wie ist es so?«

Dad lacht leise. »Was glaubst du denn?«

»Hab's versaut, wie?«

»Hast du wohl. Nettes Mädchen auch noch.«

»Ich weiß, aber ...«

Mein Vater scheint durch mich hindurchzusehen, genau wie in der Nacht, als ich das Schloss verließ. Als er ins Bett ging, wird er gewusst haben, was sich am nächsten Tag abspielen würde. Morgens wird er, während meine Mutter in höchster Aufregung durch den Raum flitzte, sich rasiert, sein Haar gekämmt und seinen Smoking angezogen haben, obwohl er wusste – oder zumindest den Verdacht hegte –, dass alles umsonst war.

»Die Nacht damals«, sage ich.

Dad nickt, drei langsame, feierliche Bewegungen mit seinem dicken Hals.

»Es tut mir leid, dass ich dir das zugemutet habe.«

Dad reißt höhnisch die Augen auf.

»Der Morgen muss ...«

Er öffnet den Mund, aber die Dielenbretter in der oberen Etage knarren, und er schließt ihn wieder. Dad blickt zur Decke, legt mir eine Hand auf die Schulter und drückt zu. Er trinkt den Rest seines Whiskeys, nickt in Richtung meines Drinks, und als ich ihn weggekippt habe, nimmt er beide Gläser und füllt großzügig nach.

Füße auf der Treppe, dann die Stimme meiner Mutter: »Clive?«

– – – – – – – – – – – – – –

»Hier drinnen.« Er sieht mich an, nickt, formt mit stummen Lippen ein *Okay*?.

Und ich nicke zurück.

Die Tür am Fuße der Treppe öffnet sich. Als ob ihr mit dem Wachwerden beschäftigtes Hirn beschlossen hätte, die Situation noch nicht verarbeiten zu können, wendet Mum die Aufmerksamkeit meinem Vater zu, der hinterm Tresen steht. »Was tust du hier?«, sagte sie und reibt sich die Augen. »Ich hab gehört …«

Und dann funktioniert plötzlich auch ihr Hirn.

Für einen Moment erstarrt sie, dann nimmt sie langsam die Hände vom Gesicht. Ich habe Aufnahmen von den Kämpfen meines Vaters gesehen und weiß, wie er seinen Gegner niederstarrte, bevor der Schiedsrichter die Boxer anwies, gegenseitig die Handschuhe zu berühren und sich immer in Deckung zu halten. Mein Vater sah nie weg, und die Warnung, die er nur mit Hilfe seiner Augen ausdrücken konnte, war nervtötend. Ich habe selbst im Ring gestanden und in die Augen eines Gegners geblickt, der sein Bestes gab, die eigene Angst zu kaschieren und meine heraufzubeschwören; mal funktionierte das, mal konnte ich durch den finsteren Ausdruck hindurch die Zweifel erkennen. Nichts davon kommt dem Blick nahe, mit dem meine Mutter mich jetzt ansieht.

»Mum.«

»Du.«

»Ich … hallo …«

»Du.«

Dad räuspert sich, und meine Mutter dreht ihm langsam das

– – – – – – – – – – – – – –

Gesicht zu. »Besser, du tust mir irgendwas in ein Glas«, sagt sie.

»Wa…«

»Das ist mir völlig egal, Clive«, sagt sie und geht zum Tresen. »Irgendwas.«

Dad wählt einen großen Tumbler, mixt einen Gin Tonic und verzichtet weder auf das Eis noch auf die Zitronenscheibe. Der ganze Vorgang ist grotesk. Er stellt den Drink vor meiner Mutter ab, die zwei Barhocker von mir entfernt sitzt, als ob sie Angst hat, ihrem Sohn zu nahe zu kommen.

»Wo warst du?«

»Hotel.«

Meine Mutter schnaubt verächtlich. »*Hotel.* Einige können sich das wohl erlauben? Spaß gehabt, oder?«

Fast hätte ich geantwortet, aber Dad sieht mich an und schüttelt langsam den Kopf.

Mum trinkt einen Schluck von ihrem Gin Tonic, dreht ihren Barhocker und schüttet den Rest des Drinks in meine Richtung. Wie für Gastwirtsfrauen typisch, ist sie dabei sehr treffsicher, so dass fast jeder Tropfen der kalten Flüssigkeit sein Ziel trifft. Einer der Eiswürfel erwischt mich an der Lippe, ein anderer prallt an meiner Stirn ab.

»Mein Gott, Mum!«

Schon springt sie vom Barhocker, und bevor ich zur Abwehr die Arme heben kann, geht sie auf mich los. Sie schlägt einfach drauflos, trifft mich ins Gesicht, an Hals, Brust und Schulter, mit der offenen Hand, mit den Unterarmen und den Seiten der Fäuste. Sie schreit dazu auch, wiederholt immer wieder zusam-

– – – – – – – – – – – – –

menhangslose Fetzen wie *du* und *dummer* und *Mistkerle* und *arme, arme Mädchen*. Als ihr der Atem ausgeht, hört sie auf, und dass ich es geschafft habe, auf meinem Barhocker zu bleiben, grenzt an ein Wunder. Das Gesicht meiner Mutter ist gerötet und nass von Schweiß und Tränen, einzelne Haarsträhnen kleben an Wangen und Stirn.

Wie ein Kämpfer am Ende einer Runde kehrt meine Mutter zu ihrem Barhocker zurück. Big Boots stellt ihr einen neuen Gin Tonic hin, und mir fällt auf, dass dieser erheblich weniger Eis enthält. Während meine Mutter wieder zu Atem kommt und entscheidet, was sie mit ihrem Getränk anfangen soll, sitzen wir alle schweigend da. Sie nimmt einen Schluck, und mein Vater füllt mein Glas nach.

»Wie konntest du?«, sagt sie.

Meine Mutter sieht mir in die Augen, und als sie in der dröhnenden Stille ihren Blick immer weiter auf meine staunende Miene heftet, wird mir bewusst, dass die Frage nicht rhetorisch gemeint war. Ich ziehe in Erwägung, mit den Achseln zu zucken, um mit dieser simplen körperlichen Geste die Verwirrung, Traurigkeit, Reue, Hoffnungslosigkeit und Komplexität meines Dilemmas und meiner Handlungen zum Ausdruck zu bringen. Aber es könnte als Gleichgültigkeit interpretiert werden.

»Es war nicht richtig«, sage ich.

Meine Mutter beißt die Zähne zusammen. Sie fährt sich mit den Händen durch die Haare und streicht sie sich dabei aus dem Gesicht, um sie schließlich zu einem unvollkommenen Pferdeschwanz zu zwirbeln. Ohne Make-up und mit wutgeröteten Wangen ist sie faszinierend schön. So schön, dass ich beinahe eine Bemerkung dazu fallenlasse.

»Nicht richtig?«

Ich schüttele den Kopf.

»Was genau war nicht richtig, Henry? Mein Gott, das Mädchen. Sie ist hinreißend, lieb …« Als würde sie ihre eigene Frage beantworten, listet sie Aprils Vorzüge auf, wobei ihre Stimme immer leiser wird, bis sie schließlich verstummt.

»Es ist wie in den Filmen, die wir uns früher angesehen haben.«

Mum nimmt einen Schluck von ihrem Drink und setzt das Glas dann, diesmal sehr vorsichtig, auf dem Tresen ab. »Filme?«

»Cary Grant«, sage ich.

»Was redest du da?«

»Cary Grant und Rosalind Russell«, sage ich. »Zwischen ihnen …« Eigentlich will ich sagen, dass es zwischen ihnen »knisterte«, merke jedoch, wie unklug diese Wortwahl wäre. Ich sehe meinen Vater an, und er zuckt zusammen, als könnte er meine Gedanken lesen, als müsste er sich für einen Zusammenprall wappnen. »… war was«, sage ich.

»Cary Grant?«, sagt meine Mutter noch einmal. Sie blickt zu ihrem Ehemann, der mit strähniger Schmalzlocke dickbäuchig und müde hinterm Tresen steht. »Lass mich dir eines sagen«, sagt sie und widmet mir ihre geballte Aufmerksamkeit. »Das hier ist das echte Leben, kein Märchen.«

»Tut mir leid, Mum, ich bin einfach … tut mir leid.«

Sie rutscht von ihrem Barhocker, legt die Arme um mich und drückt mich ganz fest. Sie küsst mich auf den Hals und streicht mir übers Haar. »Tut mir leid, dass ich dich geschlagen habe.«

»Ich hab's verdient.«

»Verdient hast du noch viel, viel mehr«, sagt sie und lässt mich los. »Und du wirst es wahrscheinlich bekommen, bevor das hier vorbei ist.«

»Wahrscheinlich.«

»Also«, sagt Mum. »Was hast du vor?«

Ich schüttele den Kopf.

»Wohin wirst du gehen?«

»Was meinst du?«, sage ich und blicke durch den leeren Pub. »Ich habe nichts, wo ich hingehen könnte … Ich dachte …«

Meine Mutter sieht mich an, als hätte ich gerade etwas Lustiges gesagt.

»Du hast doch nicht etwa vor, hier zu bleiben?«

»Nun ja …«

»Henry, mein Lieber. Das wird nicht gehen. Ich liebe dich mehr als mein Leben, mein Sohn – mehr als mein Leben –, obwohl du ein dummer, dummer Mistkerl bist. Aber … hier?« Meine Mutter schüttelt traurig und dennoch mitfühlend den Kopf. »Nein. Das wird ganz und gar nicht gehen, mein Lieber.«

»Aber … was ist mit meinem Job?«

Sie lacht. »Glaubst du ernsthaft, dass es im Umkreis von zwanzig Meilen noch jemanden gibt, der dich in seine Nähe lässt, Henry? Mein Gott, die würden dich nicht mal ihr Bier zapfen lassen, geschweige denn ihren Wurzelkanal reinigen. Hier kannst du nicht bleiben, mein Sohn.«

Ich wende mich meinem Vater zu. Der zuckt mit den Achseln. »Sehe hier keinen Platz für dich. Wüsste nicht, wie. Tut mir leid.«

»Ich …« Ich erhebe mein Glas. »Ich bin betrunken.«

»Ich stelle den Wecker«, sagt Dad.

»Stell ihn früh«, sagt meine Mutter.

ZOE

H zählt dreifach

Wir befinden uns in dreitausend Metern Höhe, meine Eltern und ich, wo wir in einem auf Blockhütte getrimmten Ferienhaus Scrabble spielen und leichten Rotwein trinken (wenn auch nicht so viel und so schnell, wie mir lieb wäre). Die Berge liegen unter einer dichten Schneedecke, aber die Skisaison ist noch nicht offiziell eröffnet, die Lifte bleiben bis Dezember geschlossen. Mum war trotz allem der Meinung, die Landschaft und die frische Luft würden mir guttun.

»Ich leide unter einer Vokalblockade«, sagt mein Dad – ein Witz, der gern gemacht wird, wenn wir um dieses abgewetzte Spielbrett herum sitzen – und schaut dann nervös von seinen Buchstaben auf, um sicherzugehen, dass ich wegen seines vorsichtigen Versuchs, lustig zu sein, nicht verletzt bin.

Ich räuspere mich, und während mein Dad den Blick wieder aufs Brett senkt, trinke ich einen langen Schluck von meinem Wein und weiß, dass meine Mutter mich aus dem Augenwinkel beobachtet.

»Kannst welche von meinen haben, ich habe alle, glaube ich«, sage ich.

– – – – – – – – – – – – – –

Mum lacht zaghaft und legt ihre Hand auf meine.

Fast drei Wochen sind vergangen; eine Abfolge aus bruchstückhaften, unzusammenhängenden Stimmungsetappen von Trauer, Schock, Schuld, Mitgefühl und Bürokratie – ebenso willkürlich und unverständlich aneinandergereiht wie die sieben Buchstaben vor meiner Nase.

E-E-E-I-N-L-L

Für das Wort L-I-E-B-E fehlt nur ein Buchstabe. Und nur einer für L-E-B-E-N. Dass diese beiden Wörter sich durch nur einen Buchstaben unterscheiden, sollte mich in Tränen ausbrechen lassen, tut es jedoch nicht. An den ersten Tagen nach Alex' Unfall weinte ich mich in den Schlaf und wachte weinend wieder auf. Ich weinte mich wortwörtlich krank; ich schluchzte so hysterisch, bis ich würgen musste und auch mein Rotz und meine Tränen nach Galle schmeckten.

Seit der Beerdigung allerdings nicht mehr so sehr. Seitdem der langsame Mechanismus Alex' Sarg den Flammen zugeführt hat, fühle ich mich in erster Linie taub. Betäubt und schuldig.

Es heißt, man trauert um sich selbst. Auch wenn es mir noch niemand direkt gesagt hat. Aber dies ist eine der Äußerungen, die wir an den Tagen, nachdem jemand gestorben ist, von uns geben. Direkt ins Gesicht sagen sie dir *herzliches Beileid*, was eigentlich auf dasselbe hinausläuft – den Gedanken, dass man eher um seiner selbst willen leidet als um das Leid des Verstorbenen.

Was sie dir auch noch sagen, ist: *Ihr beide habt so gut zusammengepasst*. Und ich nicke und sage *Ja* und *Danke*, und ich lasse sie eine Zeitlang meine Hand halten, während ich weine. Aber

– – – – – – – – – – – – –

sie liegen falsch; wir haben nicht *so* gut zusammengepasst. Wir haben *ganz* gut zusammengepasst, und sosehr ich mich auch bemühe, der Rolle, in die ich geschubst wurde, gerecht zu werden – ich weine nicht um mich, ich weine um Alex.

Er war meistens lieb, empfindsam und rücksichtsvoll. Er war ein guter Mensch. Lustig, klug, cool. Er hat seine Mutter und seinen Bruder geliebt, er war seinen Freunden gegenüber loyal, er hat mich geliebt, glaube ich zumindest, und es bricht mir das Herz, dass sein Leben ein so frühes, jähes Ende genommen hat. Aber ein Teil von mir (ein kalter, leidenschaftsloser Teil, den ich nicht besonders mag) weiß, dass Alex' Tod mir zu einem Ausweg aus einer unangenehmen Situation verholfen hat. Es ist ein Gedanke, den ich nach Kräften zu verdrängen versuche, und wenn ich Alex zurückbringen könnte, würde ich es tun, aber nicht, damit wir wieder zusammen sein könnten.

»Na also«, sagt Dad und legt zwei Buchstaben an ein bereits vorhandenes Wort an.

»*Unrichtig*, was gibt das … vierzehn, gar nicht übel, unter diesen Voraussetzungen.«

Wenn ich jetzt aufwachen und feststellen würde, dass alles nur ein Traum war; wenn ich aufwachen und hören würde, wie Alex vom Einkaufen zurückkehrt und mit einer Tüte voller Lebensmittel durch unsere Haustür poltert, dann würde ich vor Erleichterung ins Kissen heulen. Wir würden frühstücken, Rad fahren, eine Flasche Wein trinken und vielleicht früh ins Bett gehen. Und dann würde ich ihm am nächsten Tag oder in der nächsten Woche oder spätestens nach einem Monat mit Sicherheit sagen, dass es aus ist. Mit der Sicherheit, die ich aus dem Wissen

– – – – – – – – – – – – –

schöpfe, das ich im Laufe dieses neunzehntägigen Alptraums aus Tod und Trauer erworben habe, würde ich ihm das Herz brechen, und es wäre schrecklich. Wir würden streiten, einander beschimpfen, weinen und trinken und einander beschuldigen und unsere schlimmsten Eigenschaften zum Vorschein kommen lassen, und allmählich würden wir einander hassen. Aber sein Tod hat mir das erspart, und daher, nein, ich weine nicht um mich, ich weine um Alex. Ich habe aus Trauer und Schuld und Erleichterung geheult, bis ich keine Tränen mehr hatte.

»Ich gehe noch eine holen«, sage ich und greife nach der leeren Weinflasche.

»Ich könnte heiße Schokolade machen«, sagt Mum. »Marshmallows!«

»Danke, aber ich bleib beim Wein. Du bist dran.«

Mum blickt zu Dad. »Ich mach schon«, sagt er. »Aber nicht nachsehen, welche Buchstaben ich habe.«

»Aber nein«, sage ich. »Danke.«

Mum ordnet ihre Buchstaben, während Dad in die Küche geht. »Alles okay bei dir?«, fragt sie.

»Ja, okay. Betäubt, weißt du, aber … fühl mich einfach ein bisschen betäubt.«

»Was ist mit der Arbeit? Hast du mit ihnen gesprochen?«

Ich nicke. »Dienstag gehe ich wieder hin. Fange mit kurzen Tagen an.«

»Das klingt vernünftig.«

»Dann muss ich nicht vor den Augen der anderen Pendler heulen«, sage ich, obwohl ich immer noch nicht genau weiß, wie viel Humor angebracht ist, wenn es erst zweieinhalb Wochen her ist, dass der eigene Freund beim Überqueren der Straße umgekommen ist.

Mum nimmt meine Finger in ihre Hand und drückt sie zusammen.

»Verdammte Buchstaben«, sagt sie.

Meine Mutter entwickelt beim Scrabble erbitterten Ehrgeiz. Sie überlegt länger als alle anderen, bevor sie die Steine legt, spielt mit Taktik und geht ihre Gegner hart an. Aber bei dem Grundschulvokabular, das jetzt auf dem Brett liegt, bin ich mir sicher, dass sie mich schont.

»Wohnt eine von deinen Freundinnen bei dir?«, fragt sie.

»Würden sie, wenn ich fragte, aber … ich glaube, ich komme jetzt allein zurecht.«

»Bist du dir sicher, Zoe? Du hast einen fürchterlichen Schlag erlitten … einen echten Schock.«

Ich nicke. Es stimmt, dass ich gerade jede Menge Gefühle durchlebe, aber Einsamkeit gehört nicht dazu. Das Mitgefühl, mit dem die anderen mich sanft umhüllen, habe ich nicht verdient. Während Alex am Straßenrand lag, sterbend, lag ich im Bett und wälzte unfreundliche Gedanken. Vielleicht war er schon tot, als ich mich unter der warmen Decke zusammenrollte und all seine Mängel und Fehltritte auflistete. Ich verdiene keine Anteilnahme, und unter ihrem Gewicht drohe ich zu ersticken. Ich will nicht geschützt und umarmt werden, und ich will auch nicht angesehen werden, als könnte ich im nächsten Moment zerbrechen. Ich will allein sein. Ich brauche Raum – nicht unbedingt, um nachzudenken, damit habe ich schon zu viel Zeit verbracht – nein, einfach nur, um zu atmen.

– – – – – – – – – – – – –

Rachel kam zu mir ins Krankenhaus, hielt meine Hand, während die Polizistin – Opferschutzbeamtin – mich bat, Alex zu beschreiben: sein Haar, irgendwelche Narben, Tattoos oder besondere Merkmale. Rachel war seit mehr als zehn Jahren meine Freundin und die erste Person, die ich anrief, nachdem Alex sich mit mir verabredet hatte. Sie legte ihren Arm um meine Schultern, während die Polizistin mir ein Foto von der Leiche zeigte, die sie mehrere Stunden zuvor von der Straße weggebracht hatten, und auf dem ein Tattoo zu sehen war. Alex' Tattoo, ein thailändisches Zeichen auf seiner linken Schulter, das Liebe bedeutet. Wenn ich ihn wegen dessen Bedeutung neckte – *war es für Ines, dein deutsches Mädchen?* –, winkte Alex ab und sagte, das Tattoo sei das Ergebnis einer bekifften Nacht gewesen. Ich war jedoch nie davon überzeugt.

Als sie mich zu Alex' Leiche führten, zog der Mann das Tuch nur so weit zurück, dass ich eine Hälfte von Alex' Gesicht sehen konnte. Seine Augen waren geschlossen, sein Stoppelbart verlangte nach einer Rasur.

Den Abend verbrachten wir bei Rachel, blieben lange auf, tranken, blätterten Fotos durch, weinten. Steve, ihr Verlobter, bereitete uns Abendessen, ließ unsere Gläser nie leer werden und tat ansonsten sein Bestes, uns aus dem Weg zu gehen. Am Sonntag fuhr Vicky zu unserem Haus und packte eine Tasche mit Kleidung, Unterwäsche und Toilettenartikeln, und am Abend vollführten wir noch einmal dieselbe Wache auf dem Sofa. Fast wie zu unseren Studentenzeiten, als wir über rührselige Filme abwechselnd weinten und lachten und keinen Gedanken daran verschwendeten, dass diese fiktiven Dramen uns jemals im wahren Leben betreffen könnten. Die Mädels nahmen sich abwechselnd frei, damit ich nicht allein sein musste. Meine Eltern wollten sofort kommen, aber die Aussicht auf so viel Mitgefühl erfüllte mich mit einem destabilisierenden Grausen. Also kamen sie am Wochenende darauf; Tüten voller Lebensmittel und eine aufblasbare Matratze im Kofferraum des Land Rover. Sie bestanden darauf, im Gästezimmer zu schlafen, während ich in *unserem* Bett schlief. Andersherum wäre es mir lieber gewesen, weil es mir einen guten Grund geliefert hätte, das Bettzeug zu wechseln, in dem Alex und ich uns nur Tage zuvor geliebt hatten.

Am Dienstagmorgen machten wir uns frühmorgens auf den Weg nach Yorkshire zur Beerdigung. Ich saß hinten und gab vor zu schlafen, damit ich nicht sprechen musste. Nach dem Gottesdienst versammelten sich die Trauernden in der Wohnung von Alex' Mutter bei einem Buffet aus Sandwiches mit zu viel Butter und viel zu trockenen Würstchen im Schlafrock. Dort hörte ich von den Leuten auch noch diesen Satz: *Ich kann mir nicht vorstellen, wie du dich fühlst.* Und ich dachte: *Nein, das kannst du tatsächlich nicht.*

Wenn ich mich daran erinnere, wie ich am Morgen der Beerdigung auf dem Bett in Alex' altem Zimmer saß und mit seiner Mutter zusammen weinte, ihr sagte, wie sehr ich ihn liebte und wie verzweifelt ich sei, schäme ich mich. Während wir uns in den Armen lagen und weinten, fragte ich mich, wie lange ich wohl warten musste, bis ich aufhören konnte, sie anzurufen oder auf ihre E-Mails zu antworten.

»Drei *chocolat chaud*«, sagte mein Vater und stellte ein Tablett auf dem Tisch ab.

– – – – – – – – – – – – – – –

»Dachte schon, wir hätten dich verloren«, sagt Mum, und das kurze Lachen auf ihren Lippen versiegt, als ihr klar wird, was sie gerade gesagt hat. Sie sieht mich an, und ich tue so, als hätte ich es nicht bemerkt. Eine Strategie, die zu perfektionieren ich seit dem Unfall jede Menge Gelegenheiten hatte (*todsicher, Himmel hilf, das bringt mich um!*).

»Jawohl«, sagte Mum und legte vier Spielsteine ab. »Ist die Katze aus dem Haus, tanzt auf dem Tisch die M-A-U-S. Das S zählt doppelt, sieben Punkte.«

Nach der Beerdigung blieben meine Eltern noch eine Nacht, und abends wurde verabredet, sich am kommenden Wochenende in Frankreich zu treffen. Ich versprach, dass eine meiner Freundinnen bei mir wohnen würde, aber nach elf Tagen permanenter Beaufsichtigung und ständigen Mitleids sehnte ich mich verzweifelt nach Ruhe. Als meine Eltern abfuhren, winkten sie durchs Fenster des Land Rover und warfen mir traurige Luftküsse zu. Kaum waren sie weg, wechselte ich das Bettzeug. Ich putzte den ganzen Tag und den ganzen Abend bis in die frühen Morgenstunden hinein, wobei mir nur schemenhaft bewusst war, dass Staub aus menschlichen Hautschuppen bestand: meinen, denen meiner Eltern und denen meines toten Freundes. Aus Gründen, die ich wohl nicht ganz verstehe – Eigendynamik vielleicht –, räumte ich sämtliche Lebensmittel aus dem Kühlschrank und dann auch aus den Schränken. Gemüse, Milch, Päckchen und Dosen und Gläser mit Gewürzen. Alles, was zum Verzehr gedacht war, mit Ausnahme einer einzigen Flasche Champagner, landete in Mülltüten. Ich saugte die Teppiche, putzte die Fenster, die Spiegel, die Toilette, die

Waschbecken und die Bodenfliesen im Bad. Ich zog die Kissen des Sofas und des Sessels ab, saugte Staub und Krümel und Pennys und Verschlusskappen von Stiften auf. Ich polierte Türgriffe, Lichtschalter, das Treppengeländer und jeden Lampenschirm im ganzen Haus, bis ich irgendwann frühmorgens auf dem Sofa einschlief.

Am Sonnabend, dem Tag, bevor wir nach Frankreich flogen, trafen sich abends Alex' Londoner Freunde, um in Erinnerung an ihn etwas zu trinken. Keiner gebrauchte das Wort »Gedenkfeier«, aber genau das war es. Ich bemerkte schnell, dass meine Anwesenheit die Stimmung verdarb, und daher blieb ich, solange es die Höflichkeit gebot, bevor ich mich entschuldigte und ein Taxi rief. Außerdem musste ich am nächsten Morgen schon um acht Uhr zum Flughafen fahren. Hier zeigte sich also nicht die großmütige Zoe, sondern die geschlauchte Zoe, die noch eine Pizza und einen ganzen Schokoriegel im Kühlschrank hatte.

Als ich die Tür des Taxis öffnete, rief hinter mir eine Stimme meinen Namen. Einer von Alex' engsten Freunden, Tom.

»Tom, hey.«

»Zoe, ich … es tut mir leid, dass wir gar nicht miteinander gesprochen haben. Es ist ein bisschen … du weißt schon.«

Ich bemerkte, dass Tom seine Jacke angezogen hatte. »Bleibst du nicht?«

Tom schüttelte den Kopf. »Hugh geht mir ehrlich gesagt total auf die Nerven. Dieses ganze übertriebene Trauerding. ›Auf Al!‹«, sagte er, hob ein unsichtbares Bier und ahmte Hughs laute und wiederholte Toasts nach. »Sorry.«

_ _ _ _ _ _ _ _ _ _ _ _ _

»Das ist okay«, sagte ich lächelnd und musste dann trotz meiner Traurigkeit lachen. Ich weiß, wie nah Tom und Alex sich gestanden haben, und ich bezweifle nicht, dass auch er trauert. »Ich glaube nicht, dass Alex ihn besonders gern mochte.«

»Also«, sagte Tom und rieb sich mit einer Hand die Bartstoppeln, »ich fürchte, wenn ich noch länger bleibe, dann haue ich ihm eine rein.«

»Teilen wir uns doch das Taxi«, sagte ich, und ich wusste genau, was ich tat.

»Liegt nicht gerade auf deinem Weg, Zoe.«

»Ich weiß. Weißt du, ich … ich hab keine Lust, heute Abend allein zu sein. Lass uns zusammen einen Film anschauen, okay?«

Den Fernseher schalteten wir gar nicht erst ein. Stattdessen öffneten wir eine Flasche Wein und setzten uns jeder auf ein Ende des Sofas, während der Schokoriegel wie eine allmählich verschwindende Barriere zwischen uns auf einem Kissen lag. Als wir uns ohne Umschweife küssten, intensiv und begehrlich, stand ich auf, nahm Toms Hand und bedeutete ihm, mit mir zu kommen.

Er schüttelte den Kopf. »Lass uns hier unten bleiben«, sagte er und zog mich wieder auf den Platz neben sich. Vielleicht konnte er es so besser mit seinem Gewissen vereinbaren; auf dem Sofa mit mir zu vögeln, statt im Bett seines besten Freundes. Aber Alex und ich hatten uns auf diesen drei Kissen mehr als einmal geliebt, so dass die mildernden Umstände für mich hier nicht galten.

»Schlafen können wir hier nicht«, sagte ich anschließend, als

– – – – – – – – – – – – –

weder vom Wein und der Schokolade noch von der Dringlichkeit etwas übrig war.

»Ich nehme das Bett, du das Sofa«, sagte Tom und lachte. Und dafür war ich ihm dankbar; dass er beschloss, dem schlechten Gewissen keinen Raum zu geben. Dass er kein Taxi rief, um mich wie ein Feigling allein zurückzulassen.

»Ich hol dir eine Decke«, sagte ich und warf ihm ein Kissen zu.

Am nächsten Morgen frühstückten wir zusammen, wobei die letzten Überreste dessen, was auch immer am Abend zuvor passiert war, noch in der Luft hingen (ein sehr ausgedehnter Gutenmorgenkuss), bevor sie bei Kaffee (einander berührende Hände) und Toast (ein konspiratives Lächeln) allmählich verflogen. Wir waren so verlegen, wie der Anstand es erforderte, und begriffen beide – glaube ich –, dass dieses eine Mal verzeihbar und verständlich und möglicherweise sogar natürlich war, dass es aber nie wieder passieren würde.

»Zozo?«

»Ja?«

»Du bist dran, Liebes.«

Meine Eltern lächeln mich beide an und versuchen dabei, nicht besorgt, sondern amüsiert zu wirken.

»Sorry, meilenweit weg. Liegt bestimmt an der heißen Schokolade.«

Ich weiß eigentlich nicht, was das bedeutet, doch meine Eltern lachen beide, und dann präsentiere ich mit großem Tamtam meine Buchstaben.

E-E-E-I-N-L-L

In dem Moment, als ich meine letzten Steine aus dem Beutel nahm, wusste ich, dass ich das Wort ALLEIN an den zweiten Buchstaben von UNRICHTIG anlegen konnte, aber ich bringe es nicht fertig. EILEN wäre unverfänglich, bringt jedoch kaum Punkte. Dann fällt mir ein Wort ein, das in jeder Beziehung besser ist.

»H-E-I-L-E-N«, sage ich, »das H zählt dreifach, zwölf Punkte.«

HENRY

Die Antwort ist wohl Liebe

Meine Haare sind ein Desaster.

Nicht einfach nur durcheinander oder ungekämmt, sondern ein einziges unregelmäßiges Desaster mit Spliss en masse. Ich habe schon Busfahrer mit besseren Frisuren gesehen. Allerdings habe ich sie auch seit einer Woche vor meiner geplanten Hochzeit nicht schneiden lassen, insofern sollte ich nicht übermäßig überrascht sein. In vierzehn Wochen kann viel passieren. Ich betrachte mein Spiegelbild und überlege, welchen Beruf ich jemandem mit diesem Aussehen zuschreiben würde. Vermutlich würde ich auf Schlagzeuger in einer Tribute-Kneipenband tippen – Less Zepp, Deep Mauve, Bums 'n' Roses oder etwas ähnlich Hochnotpeinliches. Vielleicht würde ich mich auch für einen brillanten Akademiker halten oder einen alkoholkranken Schrauber oder einen mit Drogen dealenden Taxifahrer. Nicht für einen Zahnarzt. Ganz sicher nicht für den Sohn einer Friseurin.

Der Mann, der meine Schultern massiert, heißt Gus und ist der Eigentümer dieses Etablissements. Ich habe ihn nicht gebeten zu tun, was er tut, und er hat nicht gefragt, ob es mir etwas ausmachen würde. Er tut es einfach. Knetet die Muskeln mei-

— — — — — — — — — — — — —

nes Nackens, während wir zusammen meinen karikaturwürdigen Mopp betrachten. Gebeten habe ich ihn lediglich, meine Haare zu scheiden, aber er weiß eindeutig nicht, wo er anfangen soll. An Gus gibt es keinerlei Anzeichen für eine sexuelle Neigung in eine bestimmte oder gar ausschließliche Richtung, doch er verfügt unbedingt über sexuelle Präsenz – selbstsicher, ungehemmt, frisiert, aber trotzdem ungezähmt und von robuster Männlichkeit. Falls es für ihn überhaupt eine Ausrichtung gibt, dann würde ich auf eine tippen, die dreihundertsechzig Grad der Menschheit abdeckt, etwas in der Art. Ich würde ihm weder meine Freundin anvertrauen, sofern ich eine hätte, noch meine Mutter. Nicht einmal meine Großmutter, gäbe es noch eine, die atmet, würde ich bei ihm in Sicherheit wähnen. Paradoxerweise registriere ich trotz dieser spürbaren sexuellen Bereitschaft keine Signale, die mir gelten. Vermutlich fliege ich unter seinem Radar. Nein, diese Massage, dieses intensive, unnachgiebige Kneten scheint die körperliche Manifestation von Gus' Denkprozess zu sein, den er angesichts des Quantenproblems meiner Haare durchlaufen muss.

»Ich lasse Ihnen freie Hand«, sagte ich zu Gus, nachdem er mich in den Stuhl bugsiert und nach meinen Wünschen gefragt hatte. Wer hätte ahnen können, dass er es so wörtlich nehmen würde.

»Verpassen wir dem Schopf erst mal 'ne Wäsche«, sagt Gus. »Vielleicht ergibt er mehr Sinn, wenn er nass ist.«

Nach der Masche, Friseursalons möglichst wortspielhaft zu benennen, heißt der Laden *The Hairy Krishna*, und das Zeichen über der Tür stellt einen dicken Buddha mit Rockstarlocken dar, der in der einen Hand eine Schere, in der anderen einen Haartrockner hält.

Vor drei Monaten lenkte ich nach einem schnellen Frühstück im *Black Horse* (den Mietwagen vertraute ich meinem alten Herrn an) den vom Backstein geschundenen Audi Richtung Süden und erreichte London kurz nach zwölf Uhr mittags. Dem Weg des geringsten Widerstands folgend, landete ich auf einer vielbefahrenen Hauptverkehrsstraße südlich der Themse, und alles, was ich im Sinn hatte, war zu pinkeln und ein Plätzchen fürs Mittagessen zu finden. Nach einer überteuerten Pastete plus Bier fand ich ein Zimmer in einem Guesthouse auf der anderen Straßenseite, buchte mich dort für zwei Wochen ein und ging wieder in den Pub, um Boxen im Fernsehen zu verfolgen. Am darauffolgenden Dienstag hatte ich vier Jobangebote und entschied mich für den Arbeitsplatz, der dem Guesthouse am nächsten gelegen war; acht Wochen Vaterschaftsvertretung in einer Zahnarztpraxis, die ich in fünf Minuten erreichen konnte.

Das Dreieck aus dem Red Lion, der Lavender Lodge und der Whitestreet 32 habe ich seitdem kaum verlassen. Innerhalb dieser gleich langen Schenkel von etwa einer Meile Länge finde ich mehr Reize und Ablenkungen als in dem gesamten Ort, den ich die meiste Zeit meines Lebens als Heimat bezeichnet habe. Es gibt Bars, Restaurants, Fitnessstudios, ein Kino, einen Supermarkt, eine Münzwäscherei und Gus' unkonventionellen Friseursalon. Nicht, dass ich von den lokalen Attraktionen besonders viel Gebrauch gemacht hätte; ich nehme jede Schicht an, die mir angeboten wird, auch die Rufbereitschaft über Weihnachten und am Neujahrstag.

– – – – – – – – – – – – –

In einem der Secondhand-Wohltätigkeitsläden, die es hier auch gibt, habe ich für fünfundzwanzig Pfund fünfzig Puzzles erstanden. Sie bestehen aus fünfhundert bis zweitausend Teilen und ergeben detailreiche Bilder von Landschaften und Nachthimmeln und allem, was dazwischen liegt. Nach meinen ersten vier Wochen in einem Einzelzimmer der Lavender Lodge wurde die Premium Suite frei – Doppelbett, Fernseher, Toilette, Dusche, Erkerfenster, Miniküche und Klapptisch. Also packte ich meine Tasche und zog eine Etage höher. Gelegentlich wage ich mich aus dem kleinen Dreieck hinaus, um in einem heruntergekommenen Boxstudio, das an die südöstliche Grenze des Viertels stößt, auf Schlagpolster einzudreschen, Seil zu springen und Schatten zu boxen. Ansonsten arbeite ich, sehe mir alte Filme an, füge die Teile von Puzzeln in Postergröße zusammen und denke nach.

Ich denke darüber nach, wie ich mich selbst aus dem Kreis meiner Familie und aus meiner Heimat ins Exil verbannt habe, wie ich in eine der pulsierendsten Städte entflohen bin, nur um dort wie ein Eremit zu leben und zwischen meinem Arbeitsplatz und dem Sofa hin und her zu pendeln, auf dem ich Mahlzeiten für eine Person einnehme und dabei Schwarzweißfilme anschaue, die ich schon mindestens ein Dutzend Mal gesehen habe. Wenn ich mein Leben mit dem vergleiche, vor dem ich weggerannt bin, dann bestehen die Unterschiede darin, dass ich jetzt niederschmetternd einsamer, aber wesentlich besser im Puzzeln bin als zuvor. Deprimierend.

Einmal die Woche rufe ich meine Eltern an. Bei diesen Telefonaten wechselt die Stimmung meiner Mutter zwischen trä-

– – – – – – – – – – – – – –

nenreicher Feindseligkeit und weinerlicher Melancholie, während Dad über den Pub, das Wetter, den Kampf redet, sofern einer stattgefunden hat. In den ersten Wochen nach meiner Selbstverbannung habe ich auch Brian angerufen, aber wir hatten noch nie zu einem anderen Zweck miteinander telefoniert, als eine Uhrzeit und einen Pub zu vereinbaren, und daher waren unsere Quer-durchs-Land-Telefonate unbeholfene, schüchterne Angelegenheiten. Vielleicht auch, weil das dominierende Standardthema so unangenehm war. Unmittelbar nach der ruinierten Hochzeit war jeder, der zu mir in näherer Beziehung stand, also auch Brian und natürlich meine Eltern, kontaminiert. Man war in der ersten Welle der Hysterie der Ansicht, der Trauzeuge müsse eingeweiht gewesen sein, und Big Boots musste, als der Wahnsinn körperlich wurde, sowohl Mad George als auch Aprils Vater davon abhalten, ihn zusammenzuschlagen. Das *Black Horse* wurde boykottiert wie sonst wohl nur das Zuhause eines Serienkillers; ein Ort der Scham, höchstens zur Zerstörung oder zum Niederbrennen geeignet. Kleine Pubs operieren mit einer heikel niedrigen Gewinnmarge, und wenn April nicht interveniert hätte, weiß ich nicht, ob meine Eltern nicht hätten aufgeben müssen. Als ich hörte, dass sie trotzig mit meiner Mutter am Tresen trank und bei Kämpfen abends neben Big Boots vor dem großen Bildschirm stand, da bewunderte ich sie … liebte sie vielleicht sogar mehr als jemals zuvor. Diese Einsicht hat bei mir mehr als einmal Zweifel daran aufkommen lassen, dass meine frühmorgendliche Fluchtaktion eine kluge Maßnahme war, aber niemals würde ich so weit gehen, Brian gegenüber meine Unsicherheit zu erwähnen. Dank seiner trotzig provinziellen Elastizität scheint das dörfliche Leben wieder zu seiner alten Form und Routine zurückgefunden zu haben und seinem Ausgangszustand näher zu kommen, je länger der Störfaktor entfernt ist.

Und wenn ich in einem Jahr fröhlich pfeifend ins Dorf spazieren würde, ein kesses entschuldigendes Grinsen im Gesicht … was dann? Sicherlich würden zur Feier des Tages keine Burger auf den Grill geworfen werden. Was so kleine Nester immer gleich bleiben lässt, nährt sich aus einem guten Langzeitgedächtnis. Man würde Dosen mit der alten giftigen Flüssigkeit öffnen, diese aufrühren und sie über mir und allen ausschütten, die nicht spritzsicheren Abstand genommen haben. Wahrscheinlich ist das der Grund, warum Brian und ich nicht mehr miteinander sprechen. Wozu das alles? Und wie, wann und wo hört es auf?

Über diese Fragen denke ich viel nach, und ich glaube, ich habe die Antwort gefunden.

Die Antwort ist wohl Liebe.

Gus reibt meine Mähne handtuchtrocken und überführt mich wieder in den Stuhl vor dem Spiegel.

»Verabredung?«, fragt er und fährt mit einem Kamm durch mein Haar.

Weil ich ziemlich sicher bin, dass es sich nicht um ein Angebot, sondern um eine Frage handelt, nicke ich vorsichtig.

»Nicht schlecht«, sagt Gus und betrachtet stirnrunzelnd eine meiner Haarsträhnen.

Wenn die Filme, die ich mit meiner Mutter angeschaut habe, mich eines gelehrt haben, dann dass Liebe alles rechtfertigt. In

_ _ _ _ _ _ _ _ _ _ _ _ _ _

Sein Mädchen für besondere Fälle intrigiert, lügt, stiehlt und entführt Cary Grant und beweist dabei einen soziopathischen Mangel an Mitgefühl gepaart mit völliger Gewissenlosigkeit. Aber das ist in Ordnung. Er tut es aus Liebe. Dustin Hoffman stürmt in dem Film *Die Reifeprüfung* eine Hochzeit, bedroht die Anwesenden mit einem Kruzifix und rennt mit der Braut davon. Aber er darf das, wir verstehen es, denn er hört auf sein Herz.

Liebe überwindet, erklärt und entschuldigt alles. Liebe heilt auch, und ich möchte, dass sie April heilt. Ich hoffe, sie findet einen besseren Mann als mich, einen Mann, der ihr guttut. Ich bezweifle, dass sie mir jemals ganz verzeihen wird, und ich würde ihr das nicht verdenken, aber vielleicht kann sie mich irgendwann wieder tolerieren. Und wenn meine Mutter sieht, dass April ihr Happy End findet, dann ist sie bestimmt froh und sieht ein, dass es zu ihrem Besten war. Und was ist mit mir? Würde sie ihrem einzigen Sohn nicht auch nur das Beste wünschen?

Gestern Abend habe ich mich bei einem Online-Dating-Portal angemeldet.

Fürs Allgemeinwohl, habe ich mir gesagt.

Ich hatte ungefähr fünfzehnhundert Teile eines Heuhaufens von zweitausend Puzzleteilen geschafft und fand es noch weniger spannend, als man sich vorstellen würde. Wer nichts zu tun hat, kommt auf dumme Gedanken, heißt es. Und wer zu viel puzzelt, anscheinend auch. Ich öffnete meinen Laptop und gab das Wort »Dating-Portal« in die Suchleiste ein. Natürlich nur, um zu sehen, welche Treffer angezeigt werden. Aus purer Neugier klickte ich auf den ersten Link. Kostenlos ausprobieren, stand dort. Also gab ich meinen Namen ein, wählte ein altes Foto aus, beantwortete sechs hirnlose Fragen. Klickte auf die herzförmige Schaltfläche. Eigentlich wirklich nur als Zeitvertreib. Bevor ich weitere zwanzig Puzzleteile in identischem Beige zusammengesammelt hatte, waren drei Angebote für mich eingetroffen. Die Geschwindigkeit, mit der diese Reaktionen mich erreichten, ließ einen gewissen … Eifer vermuten. Aber als ich vor dem Schlafengehen meine Zähne putzte, wurde mir eins sonnenklar. Bei keiner Frau konnte die Brille derart rosarot sein, dass sie über meine Frisur hinwegsehen würde.

»Undercuts sind in«, sagt Gus.

»Hmmm, weiß nich.«

»Verstehe«, sagt Gus. »Unter uns, ich finde die auch ein bisschen …«

»Scheiße?«

»Genau«, sagt Gus und klopft mir dabei auf den Rücken. »Scheiße. Genau.«

»Irgendwelche Vorschläge?«

Gus schüttelt den Kopf. »Jojo wüsste, was zu tun wäre.«

»Wer ist Jojo?«

»Genial mit der Schere. Ohne sie wäre ich verloren.«

»Wo ist sie?«

Gus zuckt mit den Achseln. »Australien.«

»Vielleicht sollten wir einfach noch einmal bei null anfangen«, sage ich zu Gus.

»Aber wir haben uns gerade erst kennengelernt«, sagt er und kneift meine Schulter.

Ich strecke eine Hand aus dem Umhang heraus und ziehe ein

Büschel meiner Haare vom Kopf weg. Gus nickt mir im Spiegel zu und versenkt die Hände in den Tiefen meines Schopfes, gräbt sich durch die dichte Matte, bis seine Finger meinen Schädel finden.

»Schöne Kopfform«, sagt er.

»Danke.«

»Keine Teufels-666?«

»Nicht, dass ich wüsste.«

»Scheiß drauf«, sagt er. »Finden wir es doch einfach heraus.« Und er tänzelt im Moonwalk über den Boden, um seine Haarschneidemaschine zu holen, dreht eine Pirouette und kehrt im Moonwalk zurück. »Bist du von hier?«, fragt Gus, während er meinen Kopf inspiziert und überlegt, wo er anfangen soll.

»Na ja«, sage ich.

»Klingt nach Norden.«

Ich nicke.

»Wo da?«

»Mitten in der Walachei«, sage ich. Dann lache ich entschuldigend und hoffe, damit meine brüske Antwort auf eine freundlich gemeinte Frage mildern zu können. Abgesehen von Unterhaltungen zwischen Zahnarzt und Patient, könnte das hier das längste Zweiergespräch sein, das ich in den letzten beiden Monaten geführt habe, und das möchte ich nicht verderben.

»Süß«, sagt Gus, und es sieht so aus, als sei ich aus dem Schneider. »Stufe eins?«

»Wer A sagt, muss …«

Gus richtet die Haarschneidemaschine ein, hält mit der freien Hand meinen Kopf fest, und pflügt eine zweieinhalb Zentimeter breite Furche in meinen Schopf, vom Nacken bis zur Stirn. »Country road«, singt er lachend, »take me home.«

To the place I belong.

»Arbeitest du hier in der Gegend?«

Die Zahnarztpraxis ist vielleicht anderthalb Kilometer vom *Hairy Krishna* entfernt. Aber anders als in meinem Heimatort wimmelt es auf diesem dreieckigen Flecken in South London von Menschen, und ich bin nur ein anonymes Wesen von vielen.

»Arbeitslos«, sage ich, was zu achtzig Prozent der Wahrheit entspricht.

Mein Acht-Wochen-Vertrag mit der Praxis in der Whitestreet 32 lief am Freitag aus, aber der neue durch und durch moderne Vater, den ich vertreten habe, will von nun an nur noch vier Tage die Woche arbeiten. Den fünften Tag – einen Freitag – haben sie mir angeboten. Da es sich um eine freundliche, gut geführte Praxis handelt, war ich froh, meinem Leben eine gewisse Restkontinuität bewahren zu können. Doch von einem Tag Arbeit pro Woche kann ich meine Rechnungen nicht bezahlen. Ich habe Ersparnisse, aber sie schwinden dahin, und außerdem muss ich etwas finden, womit ich mich an den ersten vier Tagen der Arbeitswoche beschäftigen kann. Das einzige Anzeichen für eine gewisse Dringlichkeit präsentiert sich in Form eines Schecks in Höhe von 17 646 Pfund, der bislang noch nicht eingelöst wurde. Etwa zwei Wochen, nachdem ich in London gelandet war, stand ich während einer Mittagspause irgendwann vor dem Fenster eines Bäckers und starrte fasziniert auf eine dreistöckige Hochzeitstorte. Ich hätte vermutlich den ganzen Tag dort stehen können, aber das Gelächter von der anderen Seite der Fensterscheibe rüttelte mich wach. Worüber ich nachgedacht hatte, war die Frage, wie viel Aprils Vater für Autos und Blumen und Geigenspieler und Bier und Wein und Torte ausgegeben haben musste, nur damit ich das Ereignis in den schlimmsten Alptraum verwandeln konnte, den seine Tochter jemals erlebt hatte. Am selben Abend schrieb ich einen Scheck und fuhr dann ganz bis in ein kleines Dorf bei Luton, um ihn dort aufzugeben. Sechs Wochen später ist das Geld immer noch nicht von meinem Konto abgebucht, und obwohl ich von Herzen möchte, dass es geschieht, hat die Unsicherheit die Form eines dunklen Schattens angenommen, dessen Konturen an einen Damokles-Amboss denken lassen.

»Und was hast du sonst so gemacht?«, fragt Gus, der sich jetzt mit der westlichen Hemisphäre meines Schädels zu beschäftigen beginnt.

»Bin Friseur«, sage ich und lächle über die erstaunte Reaktion im Spiegel.

»Du spinnst«, sagt er.

Ich schüttele den Kopf: *Nein, mein Ernst.*

»Bist du gut?«

»Mein Bob gilt in der Walachei als der zweitbeste«, erzähle ich ihm.

Gus zeigt mit der Haarschneidemaschine auf mein derangiertes Spiegelbild. »Echt?«

Ich nicke. »Echt.«

»Abgefahren«, sagt er. »Abgefahren. Sechzig Mäuse am Tag oder fünfunddreißig Prozent von deinem Stuhl, was immer hö-

– – – – – – – – – – – – –

her ausfällt. Und« – er reibt mit der Hand über die geschorene Seite meines Kopfes – »Mitarbeiterhaarschnitte sind kostenlos, *free*. Genau wie der Wal in diesem Film.«

»Willy«, sage ich.

»Wie auch immer«, sagt Gus und lacht.

ZOE

Überall und nirgends

Rachel trinkt den Gin mit Diät-Tonic langsamer, als erlaubt sein sollte, und Vicky – normalerweise in diesen Dingen zuverlässig – hat das Hand-aufs-Glas-Manöver angewendet, als ich versuchte, ihr Chardonnay nachzuschenken. Ein wilder Zug durch die Bars war zwar für den zweiten Dienstag im Januar nicht geplant, doch allmählich bedaure ich, dass ich dieses »gemütliche Gläschen« vorgeschlagen habe. Aber es ist eine Art Jahrestag, und ich will nicht allein trinken.

Vor drei Jahren hat Alex mir die Nachricht geschickt, die ich noch immer nicht von meinem Telefon gelöscht habe: *Männlicher Single sucht missmutige Anwältin für schlechten Wein, öffentliches Knutschen, unanständiges Gequatsche und verächtliches Lachen. Hübsches Lächeln wird bevorzugt.*

Es kommen weitere erinnerungswürdige Tage auf mich zu: der Tag, an dem wir zusammengezogen sind, sein Geburtstag, der Tag, an dem er starb. Es gibt noch mehr, und wenn ich mich nicht in Acht nehme, ruiniere ich mir den gesamten Kalender. Aber dieser – der Tag, an dem es mit uns richtig anfing – bedeutet mir etwas. Ich habe es den Mädels nicht gesagt; sie fassen mich noch immer mit Samthandschuhen an, und am liebsten würde ich schreien oder meine Brüste entblößen, nur um irgendeine Reaktion hervorzurufen.

»Wie läuft die erste Woche bei der Arbeit?«, fragt Vicky.

»Okay«, sage ich und schenke mein Glas voll. »War okay bisher. Wäre besser, wenn nicht alle um mich herum auf Zehenspitzen laufen würden, als ob … na ja, als ob mein Freund gerade erst … ihr wisst schon …«

Vicky zuckt nicht wirklich zusammen, aber ihre Gesichtszüge treffen alle nötigen Vorbereitungen dazu. Rachel dagegen nimmt einen kräftigen Schluck aus ihrem Glas, was mich irgendwie erleichtert.

In der Zeit direkt nach Alex' Tod war alles einfacher. Die Trauer war etwas, das wir teilen konnten, das sich gemeinsam angehen und verarbeiten ließ. Aber je mehr sie verblasst und wir zur Normalität zurückkehren, desto weniger wissen wir, wie wir uns verhalten sollen – wie gut es uns gehen darf.

»Ich habe eine Geschichte über einen Piraten gelesen, der gern Balletttänzer werden möchte«, sage ich. Daraufhin wenden sie den Blick wieder mir zu und sind so erleichtert, festen Boden unter den Füßen zu spüren, dass sie durcheinanderreden.

»Das ist großartig.«

»Klingt hervorragend.«

»Ich liebe Piraten.«

»Dein Job ist so viel toller als meiner.«

Im Büro haben sie gesagt, ich soll mir so viel Zeit lassen, wie ich brauche, aber ehrlich – was soll ich sonst tun? Alle meine

– – – – – – – – – – – – – – –

Freunde arbeiten, und nach der Woche im November in den Alpen und den beiden Wochen an der Küste über Weihnachten habe ich von der Fürsorge meiner Eltern erst einmal genug. Im Beginn des neuen Jahres sah ich eine gute Gelegenheit, allmählich dort weiterzumachen, wo ich drei Monate zuvor aufgehört hatte. Obwohl ich nicht sicher war, wo ich aufgehört hatte. Aber Arbeit schien mir ebenso gut dazu geeignet, einen Wiederanfang zu wagen, wie alles andere.

Noch nie habe ich so viel Kaffee getrunken – anscheinend kann niemand an meinem Schreibtisch vorbeigehen, ohne mich zu fragen, ob er mir etwas zum Trinken bringen darf, und weil meine Kollegen sich in ihrer Haut ganz offensichtlich furchtbar unwohl fühlen, bringe ich es nicht übers Herz, nein zu sagen. Sie betrauen mich nur mit leichten Aufgaben, was sich ganz gut trifft, da ich wegen des vielen Kaffees sowieso den halben Tag auf dem Klo verbringe. Nicht, dass irgendjemand das Wort »leichte Aufgaben« in den Mund nehmen würde, doch gegen jede Arbeit, die fordernd oder aufreibend sein könnte, werde ich sorgfältig abgeschirmt. Die meiste Zeit des Tages geht es für mich darum, Manuskripte zu lesen, aber wenn diese ausnahmsweise mal mehr als tausend Wörter umfassen, dann bemühe ich mich, langsam voranzukommen.

»Wie heißt es?«, fragt Rachel.

»*Piraten und Pirouetten*«, sage ich und lache reflexartig darüber, wie lächerlich alles ist. Mein Lachen steckt an. Alle sind froh, ein legitimes Ventil zu haben, und es fühlt sich an, als würde die Luft um uns ein wenig leichter werden.

Vicky reicht über den Tisch und legt eine Hand auf meine.

Das machen die Leute häufig. Und dieser stille, vielsagende Kontakt ist das, was mich am meisten mitnimmt, mehr als Tränen und ernsthafte Sympathiebekundungen und Blumen, mehr als Lasagne und Aufläufe, die mir gebracht werden, mehr als Übernachtungsbesuche und Kraft spendende Nachrichten.

Ich bin mittlerweile einigermaßen gut darin, mich zusammenzureißen. Ich habe die Kunst der Selbstbeherrschung erlernt, kann die unregelmäßigen Anflüge von Trauer und schlechtem Gewissen kontrollieren. Es gibt Songs, Situationen und Orte, die Erinnerungen an Alex und alles, was zu ihm gehört, unaufhaltsam wach werden lassen. Diese meide ich, soweit ich kann, und wappne mich, wenn ein Ausweichen nicht möglich ist. Montagabends hat Alex immer den Müll hinausgebracht, was ich nun natürlich tue. Der neuste Trick dabei ist, nicht darüber nachzudenken – ich schalte den Wasserkocher ein, höre der Flüssigkeit beim Kochen zu und verknote dabei den Beutel. Während ich ihn nach draußen trage, denke ich an den Kaffee, den ich kochen werde: anderthalb Löffel löslichen Kaffees, Milch auf das Pulver, Wasser auf die Milch. Und bevor man sich versieht, ist schon ein neuer Beutel im Mülleimer, und ich muss nicht einmal die Wimperntusche erneuern. Auch bei Menschen gibt es Hinweise, die mich dazu bringen, mich zu wappnen. In Reaktion auf einen Fauxpas oder irgendeine Meldung in den Nachrichten atmen manche von ihnen hörbar durch die Nase aus und schenken mir ein kurzes mitfühlendes Lächeln. Wenn ich das sehe, setze ich ebenfalls ein Lächeln auf, kontrolliere die Atmung und bereite mich innerlich auf das vor, was folgt – eine Berührung, ein Wort. Dann reiße ich mich zusammen. Aber das hier, dieser sanfte Kontakt, der sagt: *Ich bin froh zu sehen, dass es dir besser geht, Zoe* – da gibt es keine Vorwarnung, und zwischen meinen Lungenflügeln bildet sich ein großer steinharter Kloß. Reflexartig fühle ich mich verzweifelt und zerfließe in stille, unerwünschte Tränen.

»O Zoe«, sagt Rachel. Sie drückt meine Hand noch fester, womit sie einen weiteren Tränenschwall aus mir herauswringt.

»Hey«, sagt Vicky und legt eine Hand auf meine Schulter, »bist du okay?«

Ich ziehe meine Hand weg, vorgeblich, um Tränen wegzuwischen, aber in erster Linie, weil ich mich aufzulösen drohe, wenn ich zulasse, dass man mir noch eine Sekunde länger die Hand hält.

Ich nicke.

»Habe ich etwas Falsches gesagt?«

»Nein. Es ist nur … ich war darauf nicht vorbereitet … Es geht mir gut.«

»Bist du sicher?«

Ich fächere mir Luft ins Gesicht und nicke.

Vicky schaut wieder auf mein Haar.

Man hört gelegentlich, dass jemand über Nacht weiße Haare bekommt, aber so funktioniert das nicht. Die Veränderung dauert genauso lange, wie das Haar zum Wachsen braucht. Kleiner Trost: Mein Haar hat seine Pigmente nur an einer drei Finger breiten Stelle der rechten Schläfe verloren. Eigentlich nur dort, wo ich sie früher, als ich noch Haarausreißerin war, eingedreht und nach hinten gezogen habe – ich bin also vermutlich selbst schuld. Im Moment ist der weiße Teil ungefähr zweieinhalb Zentimeter lang, aber im Sommer werde ich eine komplette weiße Strähne haben, wie irgendein Disney-Bösewicht oder ein Vampir in einem zweitklassigen Film.

Ich fahre mir mit der Hand durchs Haar, und Vicky wendet den Blick ab.

»Wie laufen die Hochzeitsvorbereitungen?«, frage ich Rachel.

Rachel zuckt mit den Achseln. »Ganz gut. Am meisten freue ich mich auf die Flitterwochen.«

Das, da bin ich mir sicher, sagt sie nur mir zuliebe. Während der drei Monate vor Alex' Unfall konnte Rachel über kaum etwas sprechen, das nicht mit Blumen, Spitzenborten oder etwas Blauem zu tun hatte. Aber in den drei Monaten danach ist sie jedem meiner Versuche, mit ihr über die anstehende Hochzeit zu sprechen, ausgewichen. Als hätte sie ein schlechtes Gewissen, weil ihr Freund noch atmet. Bis zum großen Tag sind es jetzt noch sieben Monate, und ich soll eine der Brautjungfern sein, aber wie ich Rachel kenne, quält sie sich mit der Frage, ob das noch angebracht ist. Nicht für sie, sondern für mich. Während ich beobachte, wie ihr Gesicht sich bemüht, einen angemessenen Ausdruck zu finden, wird mir klar, dass ich diese Wattehülle einreißen muss, wenn ich nicht darin ersticken will. Und noch bevor ich es richtig durchdacht habe, höre ich mich sagen: »Heiligabend habe ich mit jemandem geknutscht.«

»Oh«, sagt Rachel.

Vicky nickt. »Wahnsinn.«

»Wow«, raunt Rachel, »das ist … gut«, während ihr Gesichtsausdruck nicht ganz dasselbe sagt – *komisch*, vielleicht, oder *das ging ja schnell.* »Ist es doch, oder?«, sagt sie und sieht Vicky an.

»Ja«, sagt Vicky, mit aufgesetzt aufrichtiger Miene. »Ich meine, war doch nur Knutschen. Heiligabend und so.«

Na ja, das Knutschen war das Harmloseste, aber ich bin mir nicht sicher, ob meine Freundinnen mit dieser Information jetzt schon umgehen können.

»Jemand, den wir … kennen?«

»Alter Schulfreund«, sage ich. »Ein paar von uns treffen sich jedes Jahr an Heiligabend im Pub.«

»Ach so«, sagt Vicky und lächelt erleichtert. »Toll.«

»Ja«, sagt Rachel. »Toll.«

»Also«, sage ich. »Bekomme ich immer noch ein Brautjungfernkleid?«

Rachel überrascht mich, indem sie die Arme um mich schlingt und mein rechtes Ohr küsst. »Ach Zoe. Wirklich? »Willst du immer noch … wirklich?«

»Na klar. Ich meine, hör mal – ein Kleid umsonst!«

»Gott sei Dank«, sagt sie und greift nach ihrem Gin Tonic, der jedoch bereits ausgetrunken ist. »Du hast ja keine Ahnung, wie sehr ich …« Sie hält inne, legt sich eine Hand auf den Mund. »Tut mir leid, ich klinge so selbstsüchtig.«

»Aber nein, tust du nicht; mein Gott, es ist deine Hochzeit. Ich freue mich für dich.«

»Wir dachten nur, nach allem …« Und jetzt ist es Vicky, die verzweifelt versucht, ihre Worte wieder einzufangen. »Was ich meine, ist … wir haben nicht drüber geredet … Ach zum Teufel.«

»Ist in Ordnung«, sage ich zu ihnen, »ehrlich. Das alles ist verrückt wie sonst was, ich weiß, aber …« Ich verspüre das dringende Verlangen, meinen Freundinnen anzuvertrauen, dass ich zwar in jeder Hinsicht auf den Kopf gestellt bin, jedoch nicht unbedingt im romantischen Sinne des Wortes unter einem gebrochenen Herzen leide. Ich trinke einen Schluck Wein und spüle den Impuls hinunter.

»Würdet ihr mir einen Gefallen tun?«

Vicky und Rachel nehmen die Hände vom Mund.

»Selbstverständlich.«

»Alles, was du willst.«

»Können wir bitte einfach normal sein?«

Sie nicken in stummer, perplexer Zustimmung.

Ich ziehe die Augenbrauen hoch.

»Aber ja, klar«, sagt Vicky. »Normal.« Sie zwingt sich zu einem Lächeln. »Ich … habe Donnerstag eine Verabredung.« Als sie den Satz zu Ende gesprochen hat, beißt sie die Zähne zusammen, als müsse sie abwarten, ob das erlaubt ist.

»Das ist toll«, sage ich, und Vicky schaut erleichtert und überrascht zugleich. »Jemand, den wir kennen?«

Vicky schüttelt den Kopf. »Nur jemand, ihr wisst schon … ein Kerl eben. Taugt wahrscheinlich nichts.«

Wir nehmen alle einen Schluck von unseren Drinks und nicken.

Als klar wird, dass dieses Thema erschöpft ist, holt Rachel Luft und verkündet so, als würde sie uns von einem neuen Rezept erzählen: »Ich, äh … ich hatte letzte Nacht Sex.«

»Sex?«, frage ich. »Mit Steve?«

Rachel nickt unsicher, als sei es eine Art moralischer Verfehlung, mit ihrem Verlobten zu schlafen.

– – – – – – – – – – – – –

»Wir wollten doch normal sein, Rachel«, sagt Vicky.

»Ich wusste nicht, was ich sonst sagen soll. Sorry. Ich dachte, ich würde irgendwie …« – sie schiebt einen Untersetzer über den Tisch – »mich ganz weit vorwagen.«

»War's gut?«, frage ich.

Rachel macht eine zweideutige Handbewegung. »Für einen Montag nicht schlecht.«

Wir nicken alle, als ergäbe das irgendeinen Sinn, trinken einen Schluck, nicken noch einmal.

Vicky schenkt ihr Glas voll. »Wir müssen das hier noch ein wenig üben, oder?«

»Wir werden mehr brauchen als Übung«, sagt Rachel und steht vom Tisch auf. »Drei Tequila?«

»Das ist besser«, sage ich zu ihr. »Und Chips.«

Während sich die leeren Gläser und Chipstüten anhäufen, gewinnt der Abend schließlich wieder an Normalität. Vicky verrät die Einzelheiten zu ihrem anstehenden Date (Franzose, attraktiv, Grundschullehrer, Triathlet), und wie sich herausstellt, freut Rachel sich wirklich mehr auf ihre Flitterwochen (Elefanten, Baumhaus, Wasserfall, Tauchen) als auf die Hochzeit selbst. Es ist wunderbar, und es ist befreiend, und ich wünschte nur, ich könnte dem Ereignis meine ganze Aufmerksamkeit schenken. Das Problem ist: Ich schleppe meine besten Freundinnen nicht ohne Hintergedanken mitten in der Woche und mitten in der Detox-Zeit in eine Bar. Aber diesen Erguss an Normalität hatte ich nicht eingeplant – die Sperrstunde rückt schnell näher, und wenn ich mein Anliegen nicht bald loswerde, drehe ich am Ende noch durch.

– – – – – – – – – – – – – –

»Ich gehe auf Reisen«, platzt es aus mir heraus, und ich unterbreche Rachel mitten in ihrer Schilderung der Unterwasserwelt vor Maputaland.

»Urlaub?«, sagt Vicky. »Wie schön. Wo?«

Rachel ist etwas schneller von Begriff und flüstert: »Auf Reisen?«

Ich nicke.

Vicky übernimmt die Rolle des missbilligenden Elternteils. »Halt, stopp, was höre ich da? Wer geht auf Reisen? Wohin?«

»Ich«, sage ich und richte einen Zeigefinger auf mich. »Überall und nirgends.« Mir ist selbst klar, dass es verwirrt klingt.

Ich habe vermutlich mehr Zeit zum Nachdenken gehabt, als gut war für mich, und mich immer wieder gefragt, was ich mit meinem Leben anfangen soll. Dabei ist mir klar geworden, dass ich keine genaue Vorstellung habe, was ich tun soll, wohin mich mein Weg führt, was ich will oder wer ich eigentlich bin. Damals habe ich Alex' Exfreundin Ines vorgeworfen, sie sei verwöhnt. Jetzt bin ich mir nicht mehr so sicher, ob das nicht auch auf mich zutrifft. Meine Eltern haben mir immer alles gegeben, was ich brauchte, und so ziemlich alles, was ich wollte. Meine Prüfungen habe ich allein bestanden und auch mein eigenes Gehalt verdient, aber ich würde zögern, mich als unabhängige Frau zu bezeichnen.

»Ihr kennt doch die alte Leier vom Zu-sich-selbst-Finden«, sage ich und male zu der Redewendung Anführungszeichen in die Luft.

Vicky nickt, Rachel sieht aus, als würde sie gleich weinen.

»Na ja … ich kann es nicht besser ausdrücken. Ich muss

mich selbst finden«, sage ich und lasse ein piepsig abfälliges Geräusch folgen, das zwischen Lachen und Weinen angesiedelt ist.

»Wie?«, fragt Rachel. »Wie willst du das bezahlen?«

Wie viele Neunundzwanzigjährige haben ein Testament? Ich nicht und Alex auch nicht. Eine Lebensversicherung besaß er nur, weil sie Teil seines Arbeitsvertrags war, und die Person, die er vier Jahre zuvor auf der Police als Begünstigte angegeben hatte, war seine Mutter. Sie erbte auch seine Ersparnisse, Rentenansprüche, Prämienanleihen und die Klamotten, die auf seiner Seite des Kleiderschranks hingen, soweit sie davon etwas haben wollte. Sechs Wochen nach der Beerdigung kam sein Bruder Pat nach London, um mir beim Erledigen verschiedener morbider Formalitäten zu helfen. Wir packten Dinge für Alex' Mutter in Kartons: Bilder, Bücher, DVDs, einen Fußballbecher, aus dem er nie getrunken hatte. Alex' Armbanduhr und seine Manschettenknöpfe nahm Pat, nachdem ich sie abgelehnt hatte. Ich fragte ihn, ob er Interesse an der Xbox, den Plattenspielern und den Schallplatten habe, doch Pat wollte nichts, das ihm gefallen könnte. Anzüge, sonstige Klamotten und Schuhe brachten wir zu einem Wohltätigkeitsladen, ließen die Taschen allerdings auf dem Gehweg stehen, weil wir zu heftig weinen mussten, um irgendjemandem gegenübertreten zu können. Alles andere steckten wir in Mülltüten und fuhren sie schweigend zur Sammelstelle, wo wir die Säcke in die jeweiligen Container hievten. Mittlerweile vermisse ich die seelische Last dieser Gegenstände und habe das Gefühl, die Reste von Alex' Leben zu früh weggefegt zu haben.

– – – – – – – – – – – – –

Wenn man gemeinsam eine Hypothek aufnimmt, bieten sie dir zwei Optionen für den Todesfall an. Bei der einen wird deine Hälfte der Immobilie in derselben Weise vererbt wie deine Uhr, Manschettenknöpfe und Fußballbecher, an die Person also, die du in deinem Testament, sofern vorhanden, eingesetzt hast, oder sonst an den gesetzlichen Erben: Elternteil, Bruder, Schwester, Kind oder Ehepartner. Nicht an den Freund oder die Freundin. Bei der zweiten Option geht das Haus an die andere in der Hypothek genannte Person. Wir hatten über diese posthumanen Alternativen unbeholfen gelacht und uns schnell auf die romantischere der beiden Möglichkeiten geeinigt. Aber manchmal wünschte ich, wir hätten uns anders entschieden.

Rachel und Vicky wissen, dass das Haus jetzt mir gehört. Und dass ich kaum genug Geld habe, um Hypothek, Rechnungen und was sonst noch dazugehört zu bezahlen.

Vicky runzelt die Stirn. »Ich dachte, Alex hat dir nichts … Ich dachte … Bist du nicht pleite?«

»Arm wie eine Kirchenmaus«, sage ich.

»Reisen ist eine große …«, Rachel reicht mit der Hand über den Tisch, um meine zu halten. »Bist du sicher, dass du für so etwas schon bereit bist, Zoe?«

»Nicht ganz«, sage ich. »Aber … habe ich euch von der Bank erzählt? Von Alex' Bank?« Meine Freundinnen schütteln den Kopf, sehen besorgt aus, auf alles gefasst. »Hast du Pat jemals kennengelernt?«, frage ich Rachel. Als er hier unten war, um mir mit Alex' Sachen zu helfen, musste er zur Bank gehen, zu Alex' Bank. Man muss tatsächlich hingehen, seine Karten abgeben. Ja, Pat – so ein netter Typ, habe ich euch erzählt, dass er mir

Geld angeboten hat?« Vicky sieht bestürzt aus, und jetzt ist es an mir, eine tröstende Hand auf ihre zu legen. »Er schämte sich wegen des Testaments, des nicht vorhandenen Testaments. Sagte, wenn Alex und ich, ihr wisst schon, verheiratet gewesen wären … dann wären das Geld, die Lebensversicherung und alles andere an mich gegangen. Und ob ich wollte, ihr wisst schon …«

Rachel blickt beunruhigt. »Und hast du?« Ich schüttle den Kopf. »Weil, na ja, irgendwie hatte er doch recht, oder?«, fügt sie hinzu.

Was ich denke, ist *nein*. Ich glaube nicht, dass wir jemals geheiratet hätten, jemals hätten heiraten sollen. Und ich finde, das Geld steht seiner Mutter zu, der Frau, die ihre Söhne nur durchbringen konnte, indem sie Brot kaufte, das fast schon abgelaufen war, und die Hemden der Nachbarn bügelte. Und ich weiß, dass ich recht habe. Aber ich will nicht näher darauf eingehen und nicht die Märtyrerin spielen. Außerdem geht es hier um etwas anderes.

»Es geht darum«, sage ich, »dass Pat mich bat, ihn beim Bankbesuch zu begleiten. Zum einen wollte er wohl nicht gern allein gehen, zum anderen hatte er vielleicht das unangenehme Gefühl, in unseren Angelegenheiten zu schnüffeln. Genau weiß ich es nicht. Jedenfalls …« Ich schaue auf mein Glas, sehe, dass nur ein Schluck Wein übrig ist, und lasse es stehen. »Jedenfalls sind wir zur Bank gegangen. Und dort geben sie dir … die geben dir seine …« Und jetzt spüre ich, wie unsichtbare Kräfte heftig an meinen Mundwinkeln und Wangen zerren. Hinter den Augen spüre ich starken Druck, und schon fließen die Tränen. Ich trinke meinen Wein aus, und als Vicky mir ihr Glas zuschiebt, nehme ich auch davon einen kräftigen Schluck. »Gott! Entschuldigt. Sie geben dir seine … sie geben dir seine Kontoauszüge, und dann verlassen sie den Raum, damit du sie ungestört durchgehen kannst und prüfst, ob alles in Ordnung ist. Und ihr wisst doch, dass … die Kontoauszüge, dass darauf alles rückwärts aufgeführt ist. Letzte Abbuchung zuerst?«

An Rachels Gesichtsausdruck und ihren glasigen Augen erkenne ich, dass sie einen Schritt weiter denkt und bereits ahnt, was kommt. »O Gott«, sagt sie fast flüsternd. »Zoe.«

»Was?«, sagt Vicky. »Was?«

Ich hole tief Luft. »Es ist dumm, wirklich. Das erste Ding auf dem Auszug, der letzte Ort, an dem er …«

»Der Bioladen«, sagt Rachel.

»Und davor der Blumenladen an der Ecke.«

»Blumen?«

Ich nicke, und dann, verdammt noch mal, muss ich schon wieder losheulen. Vicky bietet mir ihren Wein an, aber ich schiebe das Glas zu ihr zurück. »Danke, ich … danke.«

»Du armes Ding«, sagt Rachel.

»Pat und ich … ach Mist. Wir falteten die Auszüge einfach zusammen und warteten, bis die Frau in den Raum zurückkam, um zu fragen, ob alles ›in Ordnung‹ sei. Wir sagten ja und fuhren dann wieder nach Hause, um Alex' letzte Sachen einzupacken.«

Wir drei sitzen eine Weile still da, bis Vicky sich schließlich vorbeugt, sich taktvoll räuspert und sagt: »Reisen?«

»Richtig. Es klingt verrückt, ich weiß, aber Alex, dass er losgeht und fürs Frühstück einkauft und andere Sachen, das ist so typisch. Typisch, dass Leute Dinge für mich tun, sich um mich kümmern – meine Mum, mein Dad, Alex – schwere Taschen tragen, Spinnen nach draußen bringen, mir Frühstück machen. Ich kann nicht mal einen Stecker richtig einstecken.«

»Einen Stecker?«, fragt Rachel.

»Du weißt, was ich meine«, sage ich. »Ich bin verwöhnt.«

Vicky zuckt mit den Achseln, als sei das nicht anders zu erwarten und als müsse man sich dafür nicht schämen. »Du bist eine Frau.«

Rachel schüttelt den Kopf. »So sieht's aus.«

»Zu mir selbst finden«, sage ich, um abzuschließen, was ich eigentlich erklären wollte, und diese vier Wörter erscheinen mir plötzlich viel aussagekräftiger und zweckdienlicher als meine umständlichen Erklärungsversuche zuvor.

»Ich finde, das ist eine glänzende Idee«, sagt Rachel, und Vicky nickt zustimmend. »Aber wann?«

»Ich habe es noch nicht richtig durchdacht«, gestehe ich. »Denn ehrlich gesagt, ist mir erst heute Abend in der Bahn nach Hause die Idee gekommen.«

»Zu meiner Hochzeit bist du aber da«, sagt Rachel und meint es nicht als Frage.

»Ja!«

»Also nicht vor September, richtig?«

»Im Oktober will ich nicht mehr hier sein«, sage ich und bin dankbar, dass ich nicht erklären muss, warum. »Also, das heißt dann wohl September.«

»Dann hast du Zeit, etwas zusammenzusparen«, sagt Rachel.

»Nicht genügend Zeit«, sage ich, »ich kann es mir kaum leisten, U-Bahn zu fahren.«

– – – – – – – – – – – – –

»Und? Wie soll das gehen? Rund um die Uhr arbeiten?«

Schließlich trinke ich doch noch einen Schluck von Vickys Wein. »Ich verkaufe das Haus.«

Rachel bedenkt mich mit einem strengen, fast bösen Blick. »Nur über meine verdammte Leiche, Zoe.« Und dann wird ihr bewusst, was sie gerade gesagt hat, und ihr Gesicht sinkt in sich zusammen, wie ein Zelt, bei dem man die Heringe gezogen hat. »Zoe, tut mir leid, das tut mir so leid, ich wollte das nicht sagen … oje …«

»Schon okay«, sage ich. »Normal, schon vergessen?«

Rachel nickt. »Wenn es so ist, Zoe Goldman: Wenn du bei steigenden Preisen eine Immobilie in London verkaufen willst, dann musst du den Verstand verloren haben.«

»Sie hat recht«, sagt Vicky. »Den – Verstand – verloren.«

»Ich weiß nicht, wie ich es anders schaffen soll. Ich gehe nicht auf Reisen, um dabei zu arbeiten, ich habe nichts gespart, die Hypothek ist ein fetter Klotz am Bein, und … und ich weiß nicht, wie ich es anders schaffen soll.«

»Vermieten«, sagt Rachel und strahlt übers ganze Gesicht.

Ich schüttle den Kopf. »O Gott, nein, das könnte ich nicht … da hätte ich das Gefühl … dass … nein.«

»Na gut«, sagt Rachel und hält einen Finger hoch, während sie in ihrer Handtasche nach einem Stift sucht. Sie reißt von einem Bierdeckel die obere Schicht ab, um darauf schreiben zu können. »Wie hoch ist deine Hypothekenrate?«

Ich nenne ihr die Höhe. Ich sage ihr, wie hoch meine sonstigen Kosten sind, was meine Fahrkarte kostet, Mittagessen, Telefon, Fitnessstudio, mit welcher Rate ich meine Kreditkartenschulden zurückzahle. Wir schätzen den Mietwert des Hauses im unbewohnten, möblierten Zustand, wir überlegen, was ein Ticket an ein warmes und exotisches Fleckchen Erde kosten könnte, Tickets zu weiteren Orten rund um den Globus, was ich brauche, um mir Bier, Nudeln und eine Unterkunft leisten zu können. Wir stellen jede Menge Rechnungen an, und als Rachel fertig ist, hat sie drei Bierdeckel zerlegt und trägt an der Lippe Tintenspuren.

»Die gute Nachricht«, sagt sie und malt einen Kreis um eine der Zahlen auf den improvisierten Seiten, »die Miete sollte für die Hypothekenrate sowie alle anderen fixen Kosten reichen und dir jeden Monat ein paar Extramäuse zum Vernaschen lassen.«

»Die schlechte Nachricht?«

»Die schlechte Nachricht«, sagt Rachel, »du musst immer noch etwas für dein Ticket und sonstige Ausgaben sparen und dir auch noch Polster anlegen, für den Fall, dass die Mieter abhauen oder die Bude zerlegen.«

»Ich werde mir nette Mieter besorgen.«

»Und du musst aufs Fitnessstudio verzichten …«

»Kein Problem.«

»… mit dem Fahrrad zur Arbeit fahren, im Discounter einkaufen und dir dein Mittagessen fürs Büro von zu Hause mitbringen.«

»Schaff ich.«

»Keine neuen Klamotten mehr«, fügt sie hinzu, und Vicky zuckt zusammen, als hätte man mir mitgeteilt, ich müsse einen Augapfel verkaufen.

»Klamotten motten«, sage ich, um mich für die Idee einer neuen Zoe zu erwärmen, einer unabhängigen Frau, die ein Leben vornehmer Enthaltsamkeit lebt.

»Deine Handtaschen und Schuhe bei eBay verkaufen.«

»Klick«, sage ich und betätige eine unsichtbare Maustaste.

»Und dann«, sagt Rachel, »bist du trotzdem noch am Arsch.«

»Was?«

»Dir fehlen immer noch ungefähr drei Riesen zum Glück, es sei denn, du verschiebst es auf nächstes Jahr.«

»Aber was ist mit dem Discounter? Den Klamotten? Und den Eiersandwiches?«

Rachel schüttelt den Kopf, tippt mit der Kugelschreiberspitze auf einen Bierdeckel. »Die Zahlen lügen nicht.«

»Hör mal«, sagt Vicky, »versteh das jetzt bitte nicht falsch, aber ich könnte dir Geld leihen.«

»Vicky«, sage ich, lehne mich über den Tisch und umarme sie fest, »danke. Aber das kann ich nicht.«

»Natürlich kannst d…«

»Nein, kann ich nicht. Darum geht es doch. Ich muss es allein schaffen.«

»Dann verkaufst du das Haus also doch?«

Ich sehe Rachel an, als würde ich um Erlaubnis bitten, und sie schüttelt energisch den Kopf. »Es ist dein Haus«, sagt sie. »Aber, Zoe, als Freundin muss ich dir sagen, dass du damit einen Fehler begehst, einen Riesenfehler.«

Und wenn mein Vertrauen in Rachel nicht schon Argument genug wäre, so beeindrucken die Zweifel an meiner eigenen Urteilsfähigkeit mich in jedem Fall. Schließlich sind Riesenfeh-

— — — — — — — — — — — — —

ler meine Spezialität. Vicky liest offensichtlich die Quintessenz meiner Körpersprache.

»Also«, sagte sie, »doch erst nächstes Jahr?«

Jetzt bin ich mit Kopfschütteln an der Reihe. »Nur über meine Leiche«, sage ich, ernte aber nicht die Lacher, auf die ich gehofft hatte. »So oder so fahre ich im September. Und wenn ich als blinder Passagier reisen muss.«

ZOE

Klick

Die Kamera ist schwerer als eine Tüte Zucker. Über ein Pfund voller Regler, Hebel und Knöpfe, die für mich so gut wie keine Bedeutung haben. Angeblich ist dieses Modell ein Klassiker, aber um meinen Hals gehängt, fühlt sie sich an wie ein Backstein, und der Riemen schneidet tief in meine Haut.

Ich hebe dieses Wunderwerk deutscher Präzision vor mein Auge und richte es auf Henry, den Typen, der Rachel die Haare schneidet. Als ich das Objektiv (ein 35 mm F/2 Summicron, so nennen sie es) einstelle, wird das Veilchen um sein linkes Auge fokussiert. Die Farben sind faszinierend – gelb, lila, orange –, aber in diesen schweren Metallbrocken ist nur ein Schwarzweißfilm eingelegt. Als ich auf den Auslöser drücke, höre ich wieder das laute Klickgeräusch der robusten Mechanik, von dem die Freaks in meinem Fotokurs so begeistert waren.

Henry wendet sich mir zu und ist offensichtlich peinlich berührt, weil er fotografiert wurde. Er dreht sich von mir weg und arbeitet sich mit seiner Schere in rhythmischen Stakkatobewegungen durch Rachels Haar.

Rachel heiratet in drei Monaten und hat eine Art Haarkrise:

– – – – – – – – – – – – –

Sie weiß noch nicht, wie sie es tragen will und wer es schneiden soll. Henry war ein heißer Tipp, den Rachel von einer Kollegin bekommen hat – er schneidet in einem Salon, kommt aber auch mit dem Rad zu dir nach Hause, um deine gesplissten Spitzen auf deinen eigenen Teppich rieseln zu lassen.

»Pack das Ding weg«, sagt Rachel. »Ich sehe aus wie eine Stadtstreicherin.«

»Kein Film drin«, lüge ich.

»Und warum spielst du dann daran herum?«

»Ich mag das Geräusch, das der Auslöser macht.«

»Bist du Fotografin?«, fragt Henry. Obwohl er ein Veilchen hat, erkennt man seine schönen Augen. Oder nein, sie sind mehr als das, eher interessant als schön. Überwiegend blau, aber nicht so, dass man aus dem Häuschen gerät – nicht von aufrüttelndem Blau, das an die See oder den Himmel erinnert. Wenn ich genauer hinsehe, erkenne ich grüne und graue und schwarze Flecke darin, und die Wirkung lässt nach. Es ist die Art, wie er guckt, wenn er sich konzentriert, wie er guckt, wenn er einen ansieht – dieser Blick wirkt selbstbewusst, hat jedoch auch etwas Zurückhaltendes. Es heißt, die Augen eines Menschen würden viel über dessen Charakter sagen, aber Henrys Augen verraten nichts. Wäre seine Nase nicht gebrochen, könnte er als Model durchgehen, auf jeden Fall hat er etwas Besonderes an sich. Und was immer es ist, es macht mich unruhig.

Rachel hält ihn für schwul, aber ich bin anderer Meinung.

Ich schüttle den Kopf. »Nur ein Hobby.«

»Gehst du noch mal hin?«, fragt Rachel und meint den Fotokurs.

– – – – – – – – – – – – – –

Wir sprachen über Blenden, Verschlussgeschwindigkeiten, ISO-Werte – die gesamte Dreieinigkeit der Fotografie. Doch auch ohne den aufdringlichen Körpergeruch, der durch den Raum waberte, hätte es bei mir wohl kaum Klick gemacht. Anschließend im Pub drängte mich ein Typ mit Krümeln im Bart in die Ecke und sprach unerträglich lange über die »Ehrlichkeit des Films und die Reinheit der Schwarzweißfotografie«. Ich dagegen konnte nur dran denken, wie viel dringender er sich um seinen schlechten Atem kümmern sollte.

»Kann sein«, sage ich. »Weiß nicht, ist 'n bisschen …«

»Abgehoben?«, schlägt Rachel vor.

»Stillhalten«, sagt Henry und legt eine Hand auf ihren Kopf, um ihn wieder nach vorn zu drehen.

Betrunken, gelangweilt und genervt von der Arbeit, hatte Alex das Ding eines Abends bei eBay ersteigert. »Ein Hobby.« Typisch Alex, sich voller Enthusiasmus und guter Absichten in irgendetwas hineinzustürzen. Ich erinnere mich noch an seinen enttäuschten Blick, als wir den ersten entwickelten Film abholten. Eine labbrige Papiertasche mit vierundzwanzig überwiegend unscharfen Aufnahmen von Bäumen, Mauern, Geländern und einem Hund. Unbeirrt beschloss Alex, die Lösung bestünde darin, das Entwickeln der Filme und das Erstellen der Abzüge selbst in die Hand zu nehmen. Er bestellte Chemikalien, allerhand sonstiges Zeugs und einen Scanner, um die Negative in Digitalbilder umzuwandeln. Ich konnte es mir partout nicht verkneifen, darauf hinzuweisen – und darüber zu spotten –, wie absurd es war, achthundert Pfund für eine analoge Kamera auszugeben, tropfende Filmrollen aufzuhängen und die Bilder

– – – – – – – – – – – – –

dann in ein Format umzuwandeln, das man auch mit seinem Mobiltelefon haben konnte. Er wehrte sich mit einer Analogie zum Brotbacken: Brot könne man entweder kaufen, im Ofen backen oder mit Hilfe einer Brotbackmaschine herstellen. Was er tat, sagte Alex, entsprach in etwa Letzterem, »man macht sich die Hände dreckig, nimmt aber für den finalen Schritt etwas Unterstützung in Anspruch.« Und als ich nach dieser Erklärung immer noch keine Ruhe gab, nannte er mich eine Spaßbremse und schlug vor, ich möge mir doch ein eigenes Hobby suchen, statt seines »durch den Dreck zu ziehen«. Was für eine Hexe ich sein kann. Danach nahm er die Kamera nur noch ein einziges Mal zur Hand, und auch zum Einrichten der Dunkelkammer kam er nie. Ich versuchte, ihn zu ermutigen, lud ihn und seine Kamera zu Spaziergängen ein, aber die Leica blieb im Regal und der Scanner originalverpackt im Karton. Zu seinem letzten – allerletzten – Geburtstag schenkte ich ihm Gutscheine für einen Fotokurs, doch dann kam der Oktober.

Ich lege die Kamera beiseite, greife nach der Fernbedienung, schalte mich durch die Kanäle und bleibe bei einer jungen Meg Ryan hängen.

»Toller Film«, sagt Rachel. »›Ich will genau das, was sie hatte.‹«

»Wusstet ihr, dass die Frau, die Lady am Nachbartisch, die Mutter des Regisseurs ist?«, fragt Henry.

»Ha«, sagt Rachel und wirft mir einen flüchtigen Blick zu, mit dem sie mich wohl auf einen erneuten Beweis aufmerksam machen will, dass Henry tatsächlich schwul ist.

»Das wusste ich noch nicht.«

– – – – – – – – – – – – – –

Henry greift in Rachels Haar und hebt ein Büschel in die Höhe. »Vielleicht könnten wir was nach Sallys Art machen«, sagt er und nickt in Richtung Fernseher. »Sally Albright.«

»Aber sieht ihre Frisur nicht ein bisschen … nach Achtziger-Style aus?«

»Ja, schon. Aber am Anfang, du weißt schon, als sie im College ist – wir könnten es ein bisschen kürzer machen, eine Variante, die nicht so sehr an *Drei Engel für Charlie* erinnert. Ich würde hier ansetzen« – er schiebt ihr Haar in Richtung Wangen –, »um diese schönen Wangenknochen zu betonen.«

»Was meinst du, Zoe?«

»Ja«, sage ich. »Ein bisschen in Richtung Sally. Definitiv.«

»Heute schneid ich nicht noch mehr ab«, sagt Henry, woraufhin Rachel seinem Arm einen kessen Klaps versetzt, und wenn ich es nicht besser wüsste, würde ich schwören, sie flirtet mit ihrem Friseur.

Henry schüttelt den Kopf, und ich frage mich unweigerlich, ob ähnliche Situationen schon einmal zu irgendwas geführt haben. »Wir achten darauf, dass dein Haar schön und gesund bleibt«, sagt er, »aber ansonsten könnten wir etwas mehr Länge brauchen …«

Rachel kichert in turmhoher Tonlage. »Das sage ich auch immer zu meinem Verlobten.«

»Okay«, sagt Henry.

»Tut mir leid, Rachel kann nicht anders«, sage ich, »eine schwachsinnige Frau, die im Körper einer Buchhalterin gefangen ist. Wenn man sie abends rauslässt, spielt sie ein bisschen verrückt.«

Henry lacht. »Hab schon Schlimmere erlebt«, sagt er, während er Haare von ihrer Schulter bürstet und vorsichtig den Kragen von ihrem Nacken löst.

»Gib mir fünf Minuten, damit ich den Kopf spülen kann, dann rechnen wir ab«, sagt Rachel zu Henry und reißt zu dieser verbalen Drohgebärde die Augen weit auf.

»Lass dir Zeit. Ich hab's nicht eilig.«

»Zoe«, sagt Rachel, »leiste Henry Gesellschaft, während ich unter die Dusche springe. Diese Haare überall machen mich wahnsinnig. Koch ihm einen Kaffee, ja? Vielleicht sind auch noch Kekse da.«

Ich sehe Henry an, und der lächelt verkrampft: *Warum nicht.* »Mit Milch, ohne Zucker, wenn das okay ist.«

Als ich mit zwei Bechern Kaffee ins Wohnzimmer zurückkomme, hat Henry sich auf der Armlehne des Sofas niedergelassen und sieht sich den Film an. Harry und Sally sehen zusammen *Casablanca*, am Telefon, jeder im eigenen Bett.

»Weißt du was«, sage ich, »ich habe den Film noch nie gesehen.«

Henry zeigt auf den Fernseher. »Harry und Wieheißtsienochgleich?«

Ich lache. »*Casablanca.*«

»Solltest du nachholen«, sagt er. »Ein großartiger Film. Ich habe ihn früher ganz oft gesehen, mit meiner Mutter …« Am Ende des Satzes wird Henrys Stimme immer leiser, er senkt den Blick auf die Schere, die er noch in der Hand hält. Dann sieht er mich an, als wollte er etwas sagen, lächelt jedoch nur und blickt wieder zum Fernseher.

– – – – – – – – – – – – –

»Ihre Haare sind wirklich beeindruckend«, sage ich. »Bisschen zu aufgebauscht für meinen Geschmack, aber was soll's.« Ich puste mir den Pony aus den Augen und zucke mit den Achseln. Wegen meiner Sparmaßnahmen bin ich nicht nur bei Lebensmitteln, Kleidung, Reisen und Freizeit kürzergetreten, sondern war auch seit Februar nicht mehr beim Friseur, so dass ich am Kopf allmählich leicht verwildert aussehe, zumal meine weiße Strähne sich jetzt prächtig entwickelt hat.

Henry schwenkt seine Schere mit dem Zeigefinger und weist auf mein Haar. »Soll ich dir …?«

»Nein, danke, schon gut.«

»Sicher? Ich könnte nur die Spitzen schneiden, wenn du möchtest.«

»Jetzt fühle ich mich aber geschmeichelt.«

»Du hast schönes Haar«, sagt er lächelnd. »Ist das« – er zieht dort, wo bei mir die weiße Strähne wächst, an einer Locke – »Natur?«

Ich nicke und spüre, dass ich leicht erröte.

»Sorry, Berufskrankheit … tut mir leid. Komm schon«, sagt er und winkt mich zu dem Stuhl, der in der Mitte des Raumes steht. »Setz dich.«

Auf meiner Zunge formt sich das Wort *aufdringlich*, doch ich halte es unter Verschluss. »Danke«, sage ich, »ehrlich. Aber ich bin …«, ich kehre imaginäre Hosentaschen nach außen, »pleite.«

»Geht aufs Haus«, sagt Henry und zeigt mit der Schere auf den Stuhl. »Ich verspreche auch, stümperhaft zu schneiden.«

»Wehe nicht«, sage ich. Auf keinen Fall ist dieser Typ schwul, denke ich. Zwar würde ich nicht sagen, dass er wirklich mit mir flirtet, aber das Gegenteil zu behaupten, wäre auch nicht richtig.

Den Spiegel, der normalerweise über dem Kamin hängt, hat Rachel auf einem der anderen Stühle platziert und vor unserem Friseurstuhl aufgestellt. Ich beobachte darin, wie Henry meine Haare anhebt, bündelt und begutachtet, die Finger durch die vernachlässigten Locken schiebt, so dass meine Kopfhaut prickelt. Er stapelt das Haardesaster zu einem Turm, den er wie ein Wollknäuel fallen lässt. Neben dem Stuhl steht eine zur Hälfte mit Wasser gefüllte Plastiksprühflasche, und Henry beginnt wortlos, meine Haare anzufeuchten und zu bürsten.

»Irgendwelche Wünsche?«, fragt Henry.

»Ich lasse dir freie Hand«, sage ich, und aus irgendeinem Grund lacht Henry.

»Was ist so lustig?«

»Das letzte Mal, als ich das zu jemandem gesagt habe …« Er fährt mit der Hand über seinen rasierten Kopf.

»Steht dir«, sage ich.

Henry nickt, womit er mir wohl nicht unbedingt zustimmt, mein Kompliment aber doch zur Kenntnis nimmt. »Dir würde ein gestufter Bob wirklich gut stehen«, sagt er und deutet mit den Händen an, wie mein Haar im Fünfundvierzig-Grad-Winkel in den Nacken fallen könnte.

»Wirklich?«

»Du hast einen schönen Hals«, sagt er zu mir.

»Was ist mit den Wangenknochen?«, frage ich.

Henry macht mit der Scherenhand eine So-lala-Geste, lächelt dazu jedoch.

– – – – – – – – – – – – –

»Na gut«, sage ich. »Schneide, so schlecht du kannst.«

Auf dem Bildschirm wird der Film durch einen der Einspieler unterbrochen, in dem ein altes Ehepaar berichtet, wie es sich vor vielen, vielen Jahren kennengelernt hat. Die Lady schildert, wie ihr Mann – damals noch jung – bei einer Tanzveranstaltung quer durch den Saal auf sie zukam, um sich vorzustellen. Sie dachte, er würde sich an ihre Freundin heranmachen wollen, so wie alle anderen, aber er sprach sie an. Stellte sich einfach vor sie und nannte seinen Namen. »Und ich wusste sofort Bescheid«, sagt sie, »so wie man bei einer Melone weiß, dass sie gut ist.«

»Süß«, sage ich. »Ich mag diese kleinen Doku-Unterbrechungen.«

Henry druckst herum, ist nicht überzeugt. »Ich dachte immer, Harry und Sally seien eines der … überzeugendsten Paare, weißt du. Ich glaube ganz fest daran, dass sie füreinander bestimmt sind.«

Er taucht die Hand in mein Haar und dreht die Handfläche nach außen, so dass seine Fingerspitzen in meinen Nacken gedrückt werden, was eine nicht unangenehme Spannung an den Wurzeln verursacht. Dann kürzt er das Haar bis zu den Fingern und wiederholt den Vorgang.

»In *Casablanca*«, sagt er, »wirkt die Anziehungskraft zwischen Bogart und Bergman stärker als die zwischen den Figuren, die sie spielen. Finde ich jedenfalls.«

»Ich muss den Film wirklich unbedingt sehen«, sage ich und beobachte im Spiegel, wie Henry sich mit den Händen in einem sanften, hypnotisierenden Rhythmus Lage für Lage durch mein Haar arbeitet.

_ _ _ _ _ _ _ _ _ _ _ _ _

»Aber Sally und Harry«, sagt er, »ein überzeugenderes Paar hat es noch nie gegeben, glaube ich.«

Ich murmle meine Zustimmung, während Henry sich vor mich stellt und mir die Sicht aufs Spiegelbild nimmt. Er streckt die Hände zu mir aus, hält eine an jede Seite meines Gesichts und berührt sanft meine Wangenknochen, um die imaginäre Verbindungslinie auszurichten, fast wie ein Maler, der den Horizont abschätzt. Just in dem Moment, als seine Finger mein Gesicht berühren, treffen sich kurz unsere Blicke, dann sieht er wieder weg und schneidet weiter.

Henry deutet mit der Schere auf den Fernseher. »Aber diese Geschichten mit den alten Ehepaaren, da geht es immer um …«, er zwinkert nicht, als er mich ansieht, doch auf seinen Wangen liegt ein Zucken, das als enger Verwandter des Zwinkerns durchgehen könnte, »körperliche Anziehungskraft.«

»Wie bei der Melone?«, sage ich.

»Genau.« Henry schwingt die Schere besorgniserregend temperamentvoll. »Das Fundament ihrer Jahrzehnte andauernden Ehe ist nichts Tiefgründigeres als körperliche Anziehung.«

»Auf mich wirkten sie glücklich«, sage ich.

»Du weißt, dass sie Schauspieler sind, oder?«

»Klar«, lüge ich.

»Wahre Geschichten angeblich. Aber Schauspieler.«

»Na also. Wahre Geschichten. Und außerdem, irgendwo muss man doch anfangen. Warum dann nicht bei körperlicher Anziehung.«

Henry lächelt, sucht sich die nächste Lage Haare und schneidet weiter.

\- - - - - - - - - - - - -

Wenn mich in vierzig Jahren ein Mann mit einer Kamera fragen sollte, wie wir uns kennengelernt haben, würde ich ihm antworten:

Er schnitt meiner Freundin die Haare, und es war ... er hatte etwas Besonderes an sich. Und dann bot er an, mir die Haare zu schneiden.

Gratis!, fügt Henry hinzu. *Ich habe es gratis geschnitten, weißt du noch?*

Ich lege die Hand kurz auf seine, lächle. *Das weiß ich noch. Damals war es auch noch nicht ganz so weiß*, sage ich und lege eine Hand an meine Dauerwelle. *Im Fernsehen lief ein Film.*

Casablanca, sagt Henry.

Das stimmt, sage ich. Offenbar versagt unser beider Gedächtnis, aber immerhin können wir uns auf eine gemeinsame Wahrheit einigen. *Und als er mir die Haare schnitt, sah ich ihm in die Augen – sanfte blaue Augen –, die nur wenige Zentimeter von meinen entfernt waren. Und ich dachte, ja, dieses Bürschchen ist auf jeden Fall etwas Besonderes.*

Henry und Zoe, denke ich.

»Was?«, fragt Henry, und mir wird bewusst, dass ich leise gelacht habe.

»Nichts«, sage ich und schüttle den Kopf. Weil es kein *In vierzig Jahren* geben wird. In der Realität werde ich nämlich in vier Monaten ein Flugzeug besteigen. Wohin es mich bringen wird, weiß ich nicht. Aber ich weiß, dass ich allein fliegen werde.

HENRY

Wenn ich sie nicht so gern hätte

Dieses Mädchen hat etwas Besonderes an sich.

Ich bin mir allerdings nicht sicher, was es ist. Vielleicht bilde ich es mir ein, doch für einen Moment habe ich zwischen uns eine gewisse Anziehungskraft gespürt. Aber jetzt ist sie ohne erkennbaren Grund verkrampft und still. Vielleicht wegen des blöden Geplappers über körperliche Anziehungskraft.

Obwohl ich ursprünglich gehofft hatte, Rachel würde sich Zeit lassen, bin ich erleichtert, als sie die Treppe herunterkommt, sich mit einem Handtuch die Haare trocken rubbelt und die Spannung auflöst.

»Mein Gott, Zoe«, sagt sie. »Deine Haare!«

Zoe zieht eine Grimasse. »Was?«

»Sieht toll aus. Ich bin begeistert!«

»Fast fertig«, sage ich, »halt still.«

»Ehrlich«, sagt Rachel und reicht mir ein paar zusammengefaltete Zehn-Pfund-Noten, »da kehrt man euch für zehn Minuten den Rücken zu. Bekomme ich Provision?«, fragt sie.

»Klar«, sage ich, wobei ich Zoe zuzwinkere. Als sie mit einem Lächeln antwortet, bin ich erleichtert. »Fünfzig Prozent.«

– – – – – – – – – – – – –

»Abgemacht«, sagt Rachel. »Ich koche Tee. Möchte noch jemand?«

»Würde ich gern«, sagt Zoe, »aber ich bin total erledigt, und ich muss noch mit dem Rad nach Hause fahren.«

»Henry?«

»Auch mit dem Rad«, sage ich.

»Wohin?«, fragt Rachel. Ich sage es ihr. »Das ist bei dir in der Nähe, oder, Zoe?«

Es ist eine harmlose Frage, doch Zoe scheint verunsichert. »Na ja, schon«, sagt sie. »Nicht so richtig.«

»So – fertig.« Ich hebe den Spiegel hoch, damit Zoe ihre Frisur besser sehen kann, und während sie sich von allen Seiten inspiziert, achte ich genau auf ihre Reaktion. Ihre Hand fährt über die weiße Strähne, die an ihrer Schläfe entlang verläuft – sie zieht sie durch die Finger und lächelt, aber da liegt etwas in ihrem Blick, das schwer zu deuten ist. »Ich habe schon bessere Reaktionen erlebt«, sage ich zu ihr.

Zoe scheint allmählich wieder sie selbst zu sein. »Ich bin begeistert«, sagt sie und wendet den Blick von ihrem Spiegelbild zu mir. »Danke. Ich bin begeistert.« Und dann, fast als traue sie sich nicht zu sprechen, formt sie das Wort mit den Lippen noch einmal: *Danke*.

Man hört in der Küche Wasser kochen. »Seid ihr sicher, dass ihr keinen Tee wollt?«, spricht Rachels körperlose Stimme.

Ich warte ab, wie Zoe reagiert, und als sie ablehnt, tue ich es auch. Ich bürste die Haare von ihren Schultern und helfe ihr, den Umhang abzunehmen.

»Wie ihr wollt«, sagt Rachel und kommt ins Zimmer spa-

– –

ziert, in der Hand einen Becher mit irgendeinem dampfenden Kräutertee. »Also, Henry, was machst du im August?«

»Wie bitte?«

»Donnerstag, fünfzehnter August?«

»Nichts, soweit ich weiß.«

»Gut, denn am Samstag darauf heirate ich, und wenn ich dann nicht exakt so aussehe wie Meg Ryan, ziehe ich dich zur Verantwortung.«

Hochzeiten. Wenn ich das Wort höre, kribbelt es mir unter den Füßen. Bei dem Gedanken, mit einer zu tun zu haben, kommt mir fast so die Galle hoch.

»In Ordnung«, sagt Zoe und beugt sich vornüber, um den Kopf über dem Haufen abgeschnittener Haare auf dem Boden auszuschütteln. »Ich sollte mal lieber gehen.«

»Ich würde dich ja bitten, am Festtag selbst zu kommen, sagt Rachel, und ich muss beinah würgen, »aber wir feiern die Hochzeit in Frankreich.«

»Kein Problem.«

Es ist ein kalter Frühlingsabend, und obwohl es für mich ein kleiner Umweg ist, biete ich Zoe an, sie nach Hause zu bringen. Da wir beide auf die Südseite des Flusses müssen, bleibt ihr nichts anderes übrig, als anzunehmen.

*

Ich bin mir nicht sicher, was die Etikette verlangt, wenn man zum ersten Mal mit einem Mädchen zusammen Rad fährt, aber die Sonne ist untergegangen, und der Verkehr lässt nach, so dass wir die meiste Zeit nebeneinander fahren können. Ich versuche, auf Zoes Höhe zu bleiben, damit sie nicht denkt, ich würde ihren Hintern in Augenschein nehmen, doch es lässt sich nicht immer vermeiden, und ob es am Radfahren liegt oder nicht, sie macht auf dem Sattel eine gute Figur. Gleichzeitig will ich mich auch nicht vor sie drängen, das Tempo vorgeben und Zoe den Blick auf meinen eigenen Hintern aufdrängen. Wir fahren so langsam, dass wir uns entspannt unterhalten können, doch außer einer gelegentlichen Bemerkung zu einem idiotischen Autofahrer sprechen wir kaum. Während ich gewöhnlich dazu neige, gewagt auf Kantsteine hinaufzuspringen, mich zwischen Autos hindurchzuzwängen und mir bei Rot einen Weg über Kreuzungen zu bahnen, hält Zoe sich an die Regeln, zeigt korrekt die Fahrtrichtung an und hält bei Gelb.

Als wir uns dem Fluss nähern, funkelt die Albert Bridge über dem Wasser, als stünde Weihnachten vor der Tür. Zwei Monate, nachdem ich bei Gus zu arbeiten begonnen hatte, kaufte ich mir ein Fahrrad, um auch Termine außerhalb seines kleinen Ladens im South West Triangle wahrnehmen zu können, wenn man mich weiterempfohlen hatte. Ich muss Hunderte von Meilen zurückgelegt haben, als ich an den länger werdenden Tagen kreuz und quer über den Fluss fuhr, und einen faszinierenden Zauber haben die Brücken Londons nach Sonnenuntergang allesamt. Die Albert Bridge jedoch ist meine Favoritin, sie hat etwas Märchenhaftes. Meine Kunden wohnen auf beiden Seiten des dreckigen Wassers, östlich und westlich davon, aber wann immer ich kann, überquere ich den Fluss hier, fahre extra langsam und stelle mir vor, die Luft sei nicht abgasgeschwängert.

– – – – – – – – – – – – – –

Die Brücke steigt klammheimlich an, und heute Abend, als wir den höchsten Punkt in der Brückenmitte erreichen, empfängt uns der Lichtschein einer Lampenkette, reflektiert von Glas und poliertem Metall: Auf der anderen Straßenseite parken ein oder zwei Dutzend Motorräder, alle mit verchromten Zylindern und mächtigen Tanks. Als wir uns dieser Ansammlung protziger Feuerstühle nähern, lassen wir, ohne uns abzusprechen, die Räder ausrollen. Die Fahrer stehen bei ihren Maschinen, fachsimpeln und trinken Kaffee, den sie ein kleines Stück weiter bei einem Burger-Bus gekauft haben, der mir noch nie aufgefallen ist.

»Darf ich dich auf einen Kaffee einladen?«

»Meinst du, wir können es wagen?«, fragt Zoe und lacht.

»Wir sind schließlich auch Biker, oder etwa nicht?«

»Klar«, sagt Zoe und lenkt ihr Fahrrad über die Straße. »Dann los.«

Wir haben mit der üblichen Menge eines verbrannten Pulverkaffees im Styroporbecher gerechnet, aber dieser kleine Imbisswagen auf der Albert Bridge überrascht uns mit fünf verschiedenen Bohnen und drei Sorten Milch. Hier wird alles serviert, vom Flat White bis zum entkoffeinierten Soja-Mokka. Wir bestellen zwei weiße Americanos und stellen uns damit ans Geländer, um die Lichtreflexionen auf dem Wasser bewundern zu können.

Zoe nimmt ihren Helm ab und fährt sich mit den Fingern durch den Bob. »Ist er ruiniert?«, fragt sie.

»Nein, einmal waschen, und er sitzt wieder. Du siehst … er sieht gut aus. Wirklich gut.«

– – – – – – – – – – – – – –

Zoe lächelt, sieht weg. »Geht's morgen weiter?«, fragt sie.

Morgen tausche ich die Schere gegen einen Bohrer. Ich habe von neun bis halb sieben Termine, unter anderem drei Wurzelkanäle und eine heikle Füllung. Aber das will ich jetzt nicht erklären, zu kompliziert. Zu schräg. »Den mobilen Friseur spiele ich nur abends.«

»Du arbeitest auch in einem Salon?«

Ich nicke.

»Bist du so 'ne Art Workaholic?«

»Nicht wirklich, aber ich muss die Miete reinkriegen.«

»Wem sagst du das«, erwidert Zoe. »Hat er einen« – sie malt Anführungszeichen in die Luft – »lustigen Namen? Der Friseursalon?«

»*The Hairy Krishna.*«

»Das ist ja bizarr. Ist das so 'n buddhistisches Ding?«

»Es ist ein Gus-Ding. Ihm gehört der Laden.«

Plötzlich verspüre ich einen leichten Impuls, Zoe vom Salon meiner Mutter zu erzählen, dem Missverständnis mit dem Namen, wie sie mich gelehrt hat, einen gestuften Bob zu schneiden. Damit könnte ich sie für mich einnehmen, vielleicht sogar zum Lachen bringen. Ihr Mund schmollt von Natur aus, und die Art, wie sie lächelt, wenn sie auf eine Antwort wartet, ist komisch und verführerisch zugleich. Ihre Lippen sind in der Mitte voll, verjüngen sich aber zu den Mundwinkeln hin, wo sie einen sanften Aufwärtsschwung vollziehen, so dass Zoe immer leicht amüsiert wirkt. Doch da ist noch etwas, etwas, das zurückgehalten wird, es ist anziehend und … noch etwas, Traurigkeit vielleicht. Aber was, wenn ich Zoe vom *Love & Die* erzähle, was dann?

– – – – – – – – – – – – –

Was, wenn sie lacht und fragt, wo ich herkomme, was, wenn sie fragt, wie es dort ist und warum ich weggegangen bin? Und wie antworte ich auf die Fragen, die sich daraus ergeben? Wenn ich sie nicht so gern hätte, würde ich es vielleicht riskieren.

»Was ist mit dir?«, frage ich. »Was machst du so?«

Zoe zuckt mit den Achseln »Kinderbücher.«

»Du schreibst sie?«

»Nein, nein, sorge dafür, dass sie erscheinen. Ich bin Lektorin. Aber … ich hatte mal eine Idee für eines.«

»Erzähl.«

Zoe scheint einen Moment lang darüber nachzudenken, während sie sich übers Geländer lehnt und auf das schwarze Wasser starrt. Eine leichte Brise wirbelt ihr Haar auf, und das Frösteln lässt sie wieder zu sich kommen. Sie nimmt ihren Rucksack ab und holt die Kamera heraus. »Eins fürs Album?«

»Ich dachte, es sei kein Film drin«, sage ich.

Zoe zuckt mit den Achseln, verzieht entschuldigend den Mund. »Na ja, ist nur schwarzweiß«, sagt sie und richtet das Objektiv auf mich.

»Pass auf, dass du meine Schokoladenseite erwischst«, sage ich und zucke leicht zusammen, weil mir die Bemerkung überflüssig erscheint.

»Welche wäre das?«

»Jede, bei der meine Nase nicht zu sehen ist.«

»Wenn es so ist«, sagt Zoe hinter ihrer Kamera, »dann hast du wohl Pech gehabt. Egal … verleiht dir Charakter.«

»Na schön. Wie willst du mich haben?«, frage ich und hoffe, dass ihr die unbeabsichtigte Zweideutigkeit entgeht.

– – – – – – – – – – – – –

»Versuch einfach, cool auszusehen«, sagt sie und lacht. »Trink einfach deinen Kaffee und blicke auf den Fluss.«

Ich tue, wie mir befohlen, und höre ab und zu das satte Klickgeräusch von Zoes Kamera, während sie auf der Suche nach dem richtigen Blickwinkel um mich herumschleicht.

»Was ist mit deinem Auge passiert?«, fragt sie.

»Das war ein Klempner.«

»Ernsthaft?«

»Das macht er jede Woche«, während ich weiter die Themse betrachte. »Boxen.«

»Harter Kerl, wie?«, sagt Zoe.

»Ja, so bin ich.«

»Zeig mir dein Harter-Kerl-Gesicht«, sagt sie und nimmt mich ins Visier.

Als ich lache, höre ich den Verschluss klicken.

Zoe verstaut die Kamera, schnallt sich den Helm auf und steigt auf ihr Rad. Ich folge ihr über die Brücke, und dann überrascht sie mich, indem sie frech den Bordstein hinauffährt und nach links in den Battersea Park abdreht.

»Ich dachte, du musst geradeaus.«

»Umweg«, sagt sie und radelt am Fluss entlang Richtung Osten.

»Wohin fahren wir?«

»Japan.«

»Ist der Umweg nicht ein bisschen übertrieben?«

»Ja«, sagt Zoe und lächelt mich über die Schulter hinweg an. »Aber nur ein bisschen.«

Ich habe jede Orientierung verloren, im übertragenen wie im

wörtlichen Sinn, doch da ich nichts Besseres vorhabe, strample ich Zoe einfach hinterher, egal wohin sie mich bringt. Aber schon nach einer Minute kommt die Silhouette eines Bauwerks in Sicht – rechteckig, mehrere Ebenen, fast so hoch wie die Bäume.

»Das ist eine Friedenspagode«, sagt Zoe und fährt im Uhrzeigersinn um das Gebäude. »Ganz früh am Morgen sieht man hier manchmal einen Mönch.«

Mit ungefähr zwanzig Pedaltritten lässt sich die Pagode umrunden, und an drei Seiten kann man sie über jeweils ein Dutzend Stufen erklettern. In der Mitte steht eine mächtige weiße Säule mit eingelassenen vergoldeten Statuen in Lebensgröße, die im warmen Licht der Lampen schimmern.

»Was macht er, dieser Mönch?«

»Wandelt, schlägt eine Trommel. Was Mönche eben so tun. Wann immer ich früh zu arbeiten anfange, fahre ich hier entlang, aber ich habe ihn erst einmal gesehen.«

»Die Pagode ist wunderschön.«

»Dachte ich mir, dass sie dir gefällt. Schließlich arbeitest du ja bei einem buddhistischen Friseur und so.« Sie lächelt mich verschmitzt an.

»Stimmt.«

Nach unserer dritten Umrundung schert Zoe aus und fährt in Richtung des Verkehrs und zurück ins rege Treiben des spätnächtlichen Londons. Ich fahre ein letztes Mal um die Pagode und folge ihr dann.

In den vergangenen vier Monaten hatte ich mehr Dates als in meinem ganzen Leben zuvor. Einige endeten im Bett, eines in Tränen, und bei einem oder zweien wurde der Kontakt noch einmal wiederbelebt. Überwiegend selbstsichere, ehrgeizige, lustige, attraktive Frauen, aber keine, für die ich so weit gehen würde, sie vorm Altar stehen zu lassen. Und bei mehr als einem Dutzend dieser Dates fragte ich mich auf dem Heimweg, ob ich sieben Monate zuvor in jenem kalten Schloss wohl an einer Art Synapsenstörung gelitten haben mochte. Die letzten beiden Stunden mit dieser lustigen, wortkargen, etwas schrägen Lektorin waren für mich jedoch schöner als all die alkoholisierten Bettgeschichten. Vielleicht weil das hier nie als Date gedacht war – kein Skript, keine Erwartungen.

Nachdem wir zehn Minuten langsam gefahren sind, lässt Zoe das Rad ausrollen und hält schließlich an. »Hier muss ich«, sagt sie und zeigt mit dem Lenker in Richtung einer langen Seitenstraße, die sich in einem winzigen Fluchtpunkt zusammenlaufender Straßenlaternen zu verlieren scheint.

»In Ordnung«, sage ich und komme neben ihr zum Stehen. »Möchtest du, dass ich dich noch begleite?«

»Danke. Und nochmals danke für den …« Sie rollt die Augen kurz in Richtung Helm.

»Sehr gern. Pass gut darauf auf.«

»Okay«, sagt Zoe.

»Irgendwas vor am Wochenende?«, frage ich ein wenig abrupt.

Zoe holt tief Luft und atmet langsam aus. »Nicht viel, arbeiten.«

»Die Bücher?«

Zoe schüttelt den Kopf. »Pub. Der *Duck and Cover*«, sagt sie

_ _ _ _ _ _ _ _ _ _ _ _ _

und schwenkt den Lenker so, dass ihre Fahrradlampe in die ruhige Hauptverkehrsstraße zeigt. »Muss die Miete reinkriegen«, sagt sie und benutzt dabei meine Worte von zuvor.

»Zahlt sich nicht von selbst«, sage ich dümmlich, weil ich Zeit gewinnen und den Moment in die Länge ziehen möchte.

Zoe lacht höflich. »Und selbst? Pläne fürs Wochenende?«

»Ich, äh … na ja, für Sonnabend ist wohl ein Date geplant.«

Zoe nickt. »Geplant?«

»Na ja, ich könnte absagen.«

Zoe zuckt zusammen, und zwar sichtlich – sie beißt die Zähne aufeinander, wendet den Kopf von mir ab.

»Sorry«, sage ich, »ich wollte nur …«, aber weil dieser Satz sich nicht so einfach beenden lässt, schließe ich lieber die Augen und versuche, mich in Luft aufzulösen. Als ich sie wieder öffne, ist Zoe noch da, aber zumindest lächelt sie jetzt.

»Nein«, sagt sie, »ist okay, ich …« Sie legt den Kopf von der einen zur anderen Seite, als würde sie für sich eine Textzeile proben. »Ich gehe auf Reisen.«

»Was, dieses Wochenende? Ich dachte, du arbeitest.«

Zoe lacht. »September.«

»Eine Urlaubsreise oder eine *Reise*-Reise?«

»Letzteres.« Sie lacht entschuldigend. »Daher … weißt du.«

»Klingt beeindruckend«, sage ich und zwinge mich zu einem Lächeln. »Wohin?«

Zoe schüttelt den Kopf. »Das muss ich dringend mal entscheiden.«

»Bleibst du lange dort? Sorry, hört sich an, als würde ich dich ausfragen.«

– – – – – – – – – – – –

Zoe lacht. »Schon okay. Ein Jahr vielleicht? So ungefähr, ich weiß nicht.«

»Okay, ich sollte mich wohl lieber schnellstens aus dem Staub machen.«

»Ich wette, das sagst du zu allen Mädchen.«

Meine Absichten sind bescheiden, als ich mich vorbeuge, um Zoe zu küssen, nur flüchtig auf die Wange, mehr habe ich nicht im Sinn. Weil wir noch immer auf den Rädern sitzen, nähern wir uns einander langsam und vorsichtig, ein Unterfangen, das jede Menge Koordination und Konzentration erfordert. Ich lege eine Hand seitlich an Zoes Kopf, und dieser zusätzliche Kontakt verleiht uns mehr Erdung und Stabilität. Sie beugt sich ebenfalls vor und verstärkt so den Druck ihrer Wange auf meine Lippen. Während ich meine Hand in ihren Nacken schiebe, dreht Zoe mir den Kopf zu, so dass meine Lippen über ihre Wange gleiten, bis unsere Münder einander finden.

Zwei Sekunden, vielleicht zehn, dann zieht Zoe sich – langsam – zurück.

»Ich sollte gehen. Ich muss gehen.«

Ich bin versucht, Zoe zu fragen, ob sie sich sicher ist, aber ihr Blick nimmt die Antwort vorweg. »Wir sehen uns«, sage ich und versuche, es wie eine Frage klingen zu lassen.

»Bestimmt«, sagt sie. »Viel Spaß bei deinem Date.«

ZOE

Angenehmes Unbehagen

Viel Spaß bei deinem Date? Was um Himmels willen sollte das denn?

Auf den letzten zweihundert Metern meines Heimwegs gehe ich die Schlussszene dieses ungewöhnlichen Abends noch einmal durch. Die angenehme Verlegenheit, der langsame gestohlene Kuss. Und meine süffisant klingende Verabschiedung: *Viel Spaß bei deinem Date.*

Warum habe ich ihm nicht gleich ein schönes Leben gewünscht? Für meinen tollen Plan – den Plan, nach dem ich die Welt bereise, zu mir selbst finde, mich zu einer unabhängigen Frau entwickle und dabei ganz nebenbei tief und nahtlos braun werde – spielt es vermutlich keine Rolle. Dennoch frage ich mich, was passieren würde, sollte ich ihn in zwei Jahren treffen – was die neue, innerlich gereifte Zoe aus Henry und seinen Frag-nicht-Augen machen würde. Was sie aus jenem Kuss machen würde.

Es ist sieben Monate her, dass ich Alex verloren habe, und das kleine Haus fühlt sich immer noch zu groß an, wenn ich mein Rad zur Vordertür hineinschiebe. Eine Zeitlang fand ich

– – – – – – – – – – – – – – – – – – – –

die Stille furchterregend, ging von Zimmer zu Zimmer, suchte hinter den Türen, in den Kleiderschränken und unter dem Bett nach Eindringlingen. Manchmal sogar, wenn ich mitten in der Nacht aufwachte. Dann bewaffnete ich mich mit einem Stück Holz aus dem kaputten Geländer, das wir immer hatten reparieren wollen.

Auf der Fußmatte liegt Post, die ich mit dem Gefühl der Beklemmung aufhebe, das inzwischen mein treuer Begleiter geworden ist. Überwiegend Werbung, bis auf eine Postkarte von meinen Eltern, die im Moment anscheinend jeden Monat in eine andere europäische Stadt reisen. In diesem Jahr waren sie bereits in Rom, Madrid und – der Herkunftsstadt dieser Postkarte – Zagreb. Sie laden mich jedes Mal ein mitzukommen, aber bisher habe ich immer abgelehnt.

Heute ist nur ein einziger an Alex adressierter Umschlag dabei. Ich könnte veranlassen, dass es aufhört, könnte Formulare ausfüllen und eine der Kopien seiner Sterbeurkunde beilegen, die ich noch übrig habe. Aber perverserweise gefällt es mir, diese Angebote über Kreditkartenverträge mit niedrigen Zinsen zu bekommen, Einladungen zu Weinclubs oder dass mir, wie heute der Fall, eine Möglichkeit geboten wird, mein Eigentum gegen Schäden aufgrund einer geplatzten Hauptwasserleitung zu versichern. Ich lege den Umschlag auf den kleinen Haufen im Regal neben der Vordertür, lasse meinen Rucksack von den Schultern rutschen und hänge den Helm auf. Mein Fahrrad bleibt nachts meistens im Haus – wen sollte es auch stören?

Auf meinem Telefon ist eine Nachricht von Rachel, die fragt, ob ich heil nach Hause gekommen bin.

– – – – – – – – – – – – –

Ich schicke eine zurück, um ihr zu versichern, dass ich am Leben bin, verrate die restlichen Einzelheiten jedoch nicht.

Als ich die Treppe hinaufgehe, halte ich vor dem Foto von unserem Einzugstag, auf dem ich über eine Bemerkung von Alex lache. Ich lege einen Finger auf sein Gesicht …

Gute Nacht, Alex.

… und im Mondschein, der durch die offene Badezimmertür auf die Treppe fällt, offenbart das Bilderrahmenglas alle Fingerabdrücke. Werde ich Sonntag abwischen. Während Henry neben seinem Date aufwacht und sich fragt, ob er einen Fehler begangen hat.

Obwohl es nichts mit mir zu tun hat, hoffe ich, während ich im Badezimmerspiegel meinen neuen gestuften Bob begutachte, dass er seine Frage bejaht.

*

Nachdem ich mich abgeschminkt und mir die Zähne geputzt habe, ziehe ich mich aus, steige in meinen Pyjama und danach ins Bett. Manchmal, in letzter Zeit nicht mehr so oft, wache ich morgens in der Erwartung auf, Alex neben mir im Bett vorzufinden. An solchen Tagen rolle ich mich auf seine Seite der Matratze, spüre die Kälte des Bettzeugs dort, wo es eigentlich warm sein sollte. An manchen solcher Tage weine ich, an anderen denke ich höchstens, dass etwas fehlt. Und wenn mir beim Aufwachen erst nach einem Moment der Benommenheit wieder bewusst wird, warum er nicht da ist, verurteile ich mich dafür, ihn nicht stärker zu vermissen. Ich rolle mich auf seine Bettseite, öffne die Schublade des Nachttisches und hole das iPad hervor. Ich schalte es mit demselben beklemmenden Gefühl ein, das ich spüre, wenn ich hinter der Eingangstür einen Stapel Briefe finde. Heute ist es schlimmer, weil sie ihm immer in der ersten Woche eines neuen Monats schreibt.

Auf dem iPad sind unser beider E-Mail-Accounts eingerichtet, man kann also nicht behaupten, ich würde schnüffeln. Einmal antippen, und alles ist da. Alex' Posteingang enthält mittlerweile fast nur noch Spam, die digitale Entsprechung der Briefe, die durch den Türschlitz fallen – Rabattcodes, Sonderangebote, Konzertdaten. Gelegentlich erhält er eine Nachricht von einem alten Kollegen oder Bekannten, der wieder Kontakt aufnehmen möchte. Ich reagiere darauf mit einer Schilderung der Ereignisse im Oktober letzten Jahres, die ich aus einer anderen Antwort-Mail rüberkopiere.

Erst im Februar, vier Monate nach seinem Tod, brachte ich den Mut auf – vielleicht auch die nötige Ignoranz –, seinen Nachrichtenverlauf zu durchforsten. Es waren keine E-Mails von oder an eine Geliebte darunter, kein Beleg für eine Affäre, wie ich es befürchtet hatte. Zwar war damit noch nicht Alex' Unschuld bewiesen – vielleicht war er einfach vorsichtig gewesen –, seine Schuld jedoch ebenso wenig. Die einzige Frau, an die er mit irgendeiner Regelmäßigkeit geschrieben hatte, war seine Mutter.

Spätestens am zweiten Tag eines jeden neuen Monats hatte er eine Mail von ihr erhalten, in der sie ihn über verschiedene Ereignisse in der Heimat, Neuigkeiten in der Familie und den jüngsten Nachbarschaftstratsch aufklärte. Und Alex hatte mit freundlichen, langen, herzlichen, lustigen Mails geantwortet und von der Arbeit, dem Fußballspielen, seinem Mittagessen, einem komischen Traum berichtet. Auch von mir. Die uneingeschränkte Zuneigung und Zufriedenheit, die er dabei zum Ausdruck brachte, warf ein düsteres Licht auf meine Zweifel an unserer Beziehung. Ich arbeitete mich ab dem Sommer letzten Jahres in Richtung Gegenwart vor, las ihre Mails der Monate Juli, August und September und fand schließlich Alex' letzte Nachricht an seine Mutter, die er im Oktober geschrieben hatte. Darin erzählte er ihr, dass wir uns wegen der Tapete gestritten hatten und wie sehr er es bedauerte, sich wie ein »Vollidiot« benommen zu haben. Er versprach, es Weihnachten bei mir wiedergutzumachen. Aber Weihnachten fand nicht mehr statt.

Als ich bereit war, Alex' Konto zu löschen, ging ich noch die Spam-Nachrichten der Monate November und Dezember durch. Doch im Januar angekommen, blieb mein Blick plötzlich an einer Nachricht hängen. Zwei kurze Absätze, in denen eine Mutter sich von ihrem toten Jungen verabschiedete, sich all den Schmerz und Verlust und die Fassungslosigkeit von der Seele schrieb und ihm versicherte, dass sie eines nicht so fernen Tages wieder zusammen sein würden. Ich fand eine weitere Mail, ungeöffnet und für immer unbeantwortet, die sie im Februar abgeschickt hatte. Als ich im März noch einmal nachsah, wartete noch eine, Anfang April dasselbe. Mittlerweile erschütterte es mich nicht mehr ganz so sehr, denn langsam stellte sich eine ernüchterte Vertrautheit ein. Heute ist der fünfte Mai, und als ich auf den vertrauten Gruß klicke, klopft mir das Herz bis zum Hals: *Mein lieber Sohn.*

MAI

5. Mai, 10:04

Von: Audrey <audreywilliams56@mymail.net>

An: Alex Williams

Mein lieber Sohn,

es kommt mir seltsam vor, diese drei Wörter zu tippen, denn sie machen mich unendlich traurig, und gleichzeitig bringen sie mich Dir so nah. Als ob ich Dein Gesicht deutlicher vor mir sehen könnte, wenn ich sie tippe, und ich habe ein Gefühl in der Brust, als machte sich eine kleine Faust breit. Nicht so sonderbar, wenn ich darüber nachdenke, denn Du und Dein Bruder, Ihr seid so sehr ein Teil von mir wie nur irgendetwas. Wenn ich also diese feste Hand in mir spüre, dann weiß ich, dass Du es bist, auf irgendeine Weise.

Der Frühling ist zur Hälfte vorüber, oder ist er schon zu Ende? Jedenfalls kommen die Rosen allmählich heraus, obwohl wir dieses Jahr viele Blattläuse haben. Ich habe ein paar der besseren Zweige in einer Vase neben Deiner Urne aufgestellt, in der blauen Vase, die Du und Zoe mir zu Weihnachten geschenkt habt und die mich immer an Euch beide denken lässt.

An Zoe schreibe ich auch. Sie findet nicht immer die Zeit zurückzuschreiben, aber jeder verarbeitet seine Trauer eben

– – – – – – – – – – – – –

anders. Ich glaube, ihre Freunde kümmern sich um sie, und sie scheint viel Arbeit zu haben. Es ist schön zu sehen, dass sie ins Leben zurückfindet. So ein liebenswertes Mädchen. Ich glaube, mit ihr hast Du eine gute Wahl getroffen. Was für ein Jammer, dass Ihr Euch nie ein gemeinsames Leben aufbauen konntet. Sie weiß, dass sie jederzeit willkommen ist, aber seit Deiner Beisetzung habe ich sie nicht mehr gesehen. Es ist ein weiter Weg für sie, nehme ich an, und vermutlich auch kein sehr freudiger.

Letzte Woche habe ich Deine alten Fußballmedaillen betrachtet, und dabei wurde mir das Herz furchtbar schwer, mein Liebling. Kam ziemlich überraschend, und ich musste mich kurz auf Dein Bett legen. Ehrlich gesagt, Alex, hätte ich den ganzen Tag dort liegen bleiben können, wenn ich es mir gestattet hätte, doch das Leben geht wohl weiter.

Heute Abend gehe ich mit Maureen in den Bridgeclub. Sie ist ganz reizend und war in den letzten Monaten so lieb zu mir. Aber unter uns, mein Sohn, wenn man sie lässt, dann redet sie ohne Punkt und Komma. Man könnte denken, niemand außer ihr hätte je eine Hüftprothese bekommen!

Ich denke die ganze Zeit an Dich, mein Sohn, und ich schließe Dich in mein Gebet ein.

Ich vermisse Dich so sehr – allerliebste Grüße,

Deine Mum xx

HENRY

Glanz neue

Es ist mein Job, schlechte Zähne zu begutachten, zumindest freitags. Aber als Jenny Tseung den Mund öffnet, kostet es mich große Mühe, meine Erschütterung zu verbergen. Vielleicht bin ich nicht mehr so abgebrüht, weil ich nur einen Tag die Woche arbeite, doch diese entsetzliche Ansammlung von schiefen braunen Stümpfen, von mehr Lücken als Zähnen, schmerzt auf den ersten Blick.

Die Haut meiner Patientin ist so gut wie faltenlos, wirkt jedoch dünn und zart und ist straff über die ungewöhnlich hohen Wangenknochen gespannt. Den Unterlagen nach ist sie zweiundsiebzig und war vor neun Jahren zum letzten Mal beim Zahnarzt. Sichtbar nervös greift sie während unserer Besprechung nach meiner Hand. Jenny spricht gebrochenes Englisch mit starkem Akzent und hat die Angewohnheit, hinter vorgehaltener Hand zu reden. Ihren Ausführungen ist daher schwer zu folgen, aber man merkt schnell, dass ihr Selbstvertrauen nicht weniger wacklig ist als ihre Restzähne.

»Sie sehen nicht aus wie Zahnarzt«, sagt sie. »Mein Sohn rasiert auch Kopf, wissen Sie.«

– – – – – – – – – – – – –

»Dann hat er Stil«, sage ich.

»Mir nicht gefällt«, sagt Jenny. »Bei meinem Sohn sieht aus wie eine … *kei ji gwo.*«

»Eine Ki … wie bitte, Jenny?«

»*Kei ji gwo*, wie heißt noch gleich … Frucht, wie eine –« Jenny verfällt in eine Sprache, bei der es sich vermutlich um Kantonesisch handelt, fährt dann aber fort: »Wie ein Ei mit Haaren. Grün, oder?«

»Eine Kiwi!«

»Ja, so ist es. Kopf wie grüne Frucht. Ihr Kopf aber schöne Form. Ihr Kopf passt gut.«

»Danke, Jenny. Und was können wir für Sie tun?«

Jenny tätschelt meine Hand. Ihre Finger sind krumm und an den Gelenken durch Arthritis geschwollen. »Sie haben Fleundin?«

Es mag Verwirrung sein, Verlegenheit oder Nervosität – jedenfalls ist es nicht ungewöhnlich, dass gerade ältere Patienten um den heißen Brei herumreden, und meiner Erfahrung nach lässt man sie am besten machen, bis sie von selbst auf den Punkt kommen.

»Äh … nein, aber ich hab morgen eine Verabredung.«

Viel Spaß bei deinem Date, hat Zoe gestern Abend gesagt.

Als wollte sie einen Schlussstrich unter meinen ungeschickten Flirtversuch ziehen. Doch – und ich habe mir die Szene inzwischen einige Male wieder ins Gedächtnis gerufen – mir kam es vor, als habe sie den Strich nur widerwillig gezogen.

»Ich geheiratet siebenundvierzig Jahr«, sagt Jenny.

»Wow.«

– – – – – – – – – – – – –

»Ja, genau. Ich sehr hübsche Flau gewesen, wissen Sie. Vielleicht Sie nicht glauben, aber – «

»Ich wette, das waren Sie«, sage ich und meine es auch so. Ihr Haar wird lichter, doch es hat seine Farbe behalten und reicht ihr bis über die Schultern. Ihre großen Augen sind gelblich angelaufen, strahlen aber vor Wärme. »Also … Ihre Zähne.«

Sie nickt, tätschelt wieder meine Hand. »Ist zu spät zu retten?«

»Absolut nicht. Haben Sie Schmerzen?«

Jenny nickt. »Große. Sie mir Zähne machen. Glanz neue.«

»Glanz neue?«

»*Ganz neue*«, sagt sie und zeigt auf Ober- und Unterkiefer. »Ganz neu, ganz weiß.«

»Jenny, das wird eine Menge Arbeit sein.«

»Geld dafür hab ich, glauben Sie. Ist teuer?«

»Ja, es wird teuer. Aber es ist auch … eine Menge Arbeit.«

Ich werde Röntgenaufnahmen, Fotos, Abdrücke machen. Einige Zähne werden gezogen, die brauchbaren müssen abgeschliffen und überkront werden. Im Laufe mehrerer Wochen und Sitzungen werde ich bei Jenny neun Titanimplantate einsetzen und dazu achtundzwanzig Keramikkronen. Es wird meine bislang komplizierteste Behandlung werden, und wollte man wissen, wer nervöser war – Jenny oder ich –, müsste man eine Münze werfen.

»Okay, Jenny, damit wären Sie für heute fertig. Sprechen Sie auf dem Weg nach draußen mit der Frau an der Rezeption, und sie wird Ihnen einen Termin in zwei bis vier Wochen geben.«

»Gut, gut«, sagt Jenny und rafft sich aus dem Stuhl hoch. »Und viel Spaß bei Date.«

ZOE

Kompakt

Die Welt da draußen ist mit dem Freitagabend beschäftigt, und ich liege einfach da. Die Dunkelheit ist so vollständig, dass sich meine Augen nicht in tausend Jahren daran gewöhnen könnten. Komisch, dass wir die absolute Dunkelheit als »vollständig« bezeichnen, wo es sich doch tatsächlich um eine absolute Abwesenheit handelt – wenn sich hier drinnen auch nur ein einziges Photon befindet, dann muss es sich um ein sehr willensstarkes kleines Partikel handeln. Ich muss ins Freie; mein recycelter Atem liegt schwer in der Luft. Aber irgendwie ist es auch gemütlich, hier zu sitzen und in meinem Daunendecken-Iglu dahinzudämmern.

Wenn man in einer Anwaltskanzlei mit fünftausend Angestellten arbeitet, die auch auf dem europäischen Festland tätig ist, wird man immun gegen branchenüblichen Sprachstuss. Man inhaliert und ingestiert Wörter wie Diagonalität und intellektual, ohne Ausschlag zu bekommen, geschweige denn sich übergeben zu müssen. Ich meinte, all das hinter mir gelassen zu haben, als ich in das ferne Land des »Es war einmal …« umzog, aber inzwischen scheint mir auch das Verlagswesen eine

– – – – – – – – – – – – –

Brutstätte des Blödsinns. Ungefähr einmal im Monat werden wir zu einer Mittagsveranstaltung eingeladen, und irgend so ein Branchenheini redet eine Stunde lang über den Niedergang des lokalen Buchhandels, den Siegeszug des Digitalen, die Notwendigkeit, sich die Macht der sozialen Medien zunutze zu machen, was auch immer. Das ist der Preis, den wir für unser Gratislunch zu zahlen haben. Man greife sich ein Notizbuch, gebe vor, aufmerksam zuzuhören, und vertilge so viele Sandwiches, Wraps und Muffins wie möglich, bevor die Leute anfangen, einem scheele Blicke zuzuwerfen. Der heutige Obolus war eine langatmige Stunde zum Thema »Die Anpassung des Bilderbuchformats an die digitalen Bedingungen«, Kompaktierung in der Wortwahl unseres Gastredners. Ich hätte liebend gern darauf verzichtet, aber mein letzter Zahltag liegt schon ewig zurück, und meine Geldbörse ist leer. Also suche ich mir einen Sitzplatz bei den Sandwiches und gebe vor, Notizen zu machen, obwohl ich an meinem Haushaltsplan stricke – der nach Kräften ökominimiert und etatfrisiert werden muss.

Auf dem Weg zur Arbeit habe ich ein in braunes Packpapier gewickeltes Paket verschickt. Darin steckte die letzte halbwegs ansehnliche meiner Handtaschen. Erfolgreiche Schnäppchenjäger überall im Lande führen nun meine einst geliebten Kurt Geigers, Alex McQueens und schicken Mulberrys spazieren. Aber die Erlöse werden für Wanderstiefel reichen, einen Rucksack und einen Stapel Tickets, und das ist ein fairer Tausch. An meinem Arbeitsplatz weiß noch niemand, dass ich eine Reise plane und an einen Ort fliegen werde, den ich noch nicht bestimmt habe, aber ich werde sie bald unterrichten müssen.

Vicky und Rachel gehen heute Abend Dim Sum essen, doch ich bekomme erst in einer Woche wieder Geld, weswegen ich mich mit Spaghettiringen in Tomatensoße begnügen muss. Schon wieder. Aber irgendwie gefällt mir diese disziplinierte Genügsamkeit. Mir ist klar geworden, dass all dies zu dem Weg dazugehört, Teil meines Abenteuers ist.

Was würden die Mädels denken, wenn sie mich jetzt sehen könnten, wie ich auf dem Bett sitze, die Daunendecke wie ein Zelt über mir, in den Händen eine Schere, einen Flaschenöffner und einen Paterson-Entwicklungstank? Was würde Henry denken? Wahrscheinlich, dass er noch einmal davongekommen ist. Den ganzen Tag über habe ich mich schon gefragt, warum ich mich nicht von ihm habe nach Hause bringen lassen – es ist schon eine Weile her, dass es jemand getan hat. Mir bleiben noch einhundertsieben Tage, bis die Kabinencrew hinter mir die Türen schließt. Und dieses Bett fühlt sich in manchen Nächten mächtig groß an. Nicht ganz so schlimm jedoch, wenn man sich in einer Bettdeckenhöhle verkrochen hat.

Man braucht keine Dunkelkammer, um einen Film zu entwickeln. Nötig sind nur fünf Minuten an einem dunklen Ort, mehr nicht – eben genügend Zeit, um den Film aus der Kamera in den Entwicklungstank zu befördern – in eine Dose, ungefähr so groß wie ein Cocktailshaker. Oder eine Urne. Man kann Beutel kaufen wie die Dinger, die Zauberer benutzen, um ihre Kaninchen und Blumen und Seidenhandschuhe aufzubewahren, doch das hat Alex nicht gemacht. Alles andere ja, aber keinen schwarzen Beutel. Er hatte vor, die Fenster im Arbeitszimmer/Kinderzimmer mit schwarzem Karton abzukleben und die Spalten zwischen Tür und Türrahmen irgendwie abzudichten. Doch so weit kam er gar nicht. Er entwickelte keine einzige Rolle Film, nachdem ich ihn und sein Vorhaben verspottet hatte.

Bei der Beratung für trauernde Witwen sprechen sie davon, sich einen »Glücksmoment« zu vergegenwärtigen. Einen Augenblick, an den man in Gedanken zurückkehren kann, eine freudige Erinnerung an eine Begebenheit, die man mit dem geliebten Verstorbenen geteilt hat. Viele Frauen erinnerten sich an ihre Hochzeit, an ihre Flitterwochen, die Heiratsanträge, die Geburt ihrer Kinder. Wir hatten nichts dergleichen. Vielleicht wirkte meine Trauer deswegen so merkwürdig unecht. Ich bin zu den Gruppentreffen gegangen, habe die Bücher und die Blogs gelesen, die Foren besucht. Ich habe online gelogen, behauptet, zwei Jahre verheiratet gewesen zu sein, und wenngleich das Mitgefühl, das ich bekam, stärker erschien, wurde es doch von meinen Schuldgefühlen wegen der Lüge verdunkelt. In der Beratungsgruppe trug man uns auf, ein Notizbuch mitzubringen. Nicht einmal das machte ich richtig. Zwölf Frauen in meiner Gruppe hatten Notizbücher dabei, die mit rosa Umschlägen, Rautenmuster oder Blumen verziert waren, nur meines war schwarz, als würde ich es darauf anlegen, unbedingt die Trauerrolle zu spielen. Wir schrieben gute und schlechte Erinnerungen auf, notierten Versprechen, die wir uns selbst gaben, die Erlaubnis zu lächeln, zu akzeptieren, dass jemand gegangen war, unsere Glücksmomente. Beim dritten Treffen schrieb ich in mein Buch *Hierher komme ich nie wieder* und hielt das Versprechen.

– – – – – – – – – – – – –

Sobald man den Film aus der Kamera befreit hat, begibt man sich an den gewählten dunklen Ort und öffnet die Filmdose. Man kann dafür spezielle Geräte kaufen, aber ein normaler Dosenöffner tut es auch. Als Nächstes schneidet man die vorderen Ecken des Films ab und fädelt die gesamten 1,4 Meter in den Paterson-Entwicklungstank ein. Den Deckel festschrauben, und schon kann man untertauchen und die Chemikalien einfüllen. Für die erste Rolle brauchte ich mehr als eine halbe Stunde Fummelei unter meiner Bettdecke, und irgendwie hoffte ich, dass etwas schiefgehen würde. Würde ich den Film versehentlich dem Licht aussetzen, müsste ich mir nicht die letzten Bilder anschauen, die Alex mit seiner albernen deutschen Kamera gemacht hat. Selbstverständlich war er auf den Bildern nicht zu sehen, denn er hatte ja fotografiert. Stattdessen waren da einundzwanzig Fotos von Ladenfronten, Unrat, kaputten Zäunen, schiefen Torpfosten – städtischem Verfall, nehme ich an. Aber sie waren nicht interessant, sondern einfach nur trivial, leblos und langweilig. Am Ende der Filmrolle entdeckte ich drei Bilder von mir: wie ich auf einer Bank im Park saß, ohne die Kamera zu bemerken (vielleicht tat ich auch nur so – ich kann mich nicht erinnern), und einfach nur ins Leere blickte. Ob ich glücklich war oder nicht, weiß nur das Mädchen von damals. In meinem Paterson-Entwicklungstank befinden sich noch weitere vierundzwanzig Schwarzweißbilder von Fremden und Schatten und Strukturen. Auf einigen sieht man, wie Rachel die Haare geschnitten werden, auf anderen Henry, der über die Themse hinweg in die Ferne blickt. Vielleicht sammelte er gerade Mut, um mich zu fragen, was ich am Wochenende vorhatte. Hätte ich

– – – – – – – – – – – – –

hinter seine Stirn schauen können und gewusst, was kommen würde, wäre meine Antwort vielleicht anders ausgefallen. Aber ich wusste es nicht, genauso wenig, wie das Mädchen auf der Parkbank wusste, was Alex passieren würde.

HENRY

Haarig

Mir ist niemals eine Kirstine begegnet. Den Namen höre ich heute Abend zum ersten Mal, und aus irgendeinem Grund scheint mein Mund darauf zu bestehen, die Aussprache per Autokorrektur zu berichtigen. So habe ich sie schon Kirsten, Kristy und Christine genannt. Sie lacht darüber mit der angelernten Toleranz, die ungewöhnlich großen, kleinen oder eigenwillig benannten Menschen eigen ist. Glücklicherweise ist Kirstine sehr redselig, und deswegen sind die Gelegenheiten, ihre kniffligen Namenssilben falsch auszusprechen, begrenzt. Sie ist helle, selbstsicher und hat alles auf dem Schirm.

»… und dann, vielleicht ein Jahr später, müsste ich zum Junior Director befördert werden. Das wäre wahrscheinlich kein schlechter Zeitpunkt, um ein Baby zu bekommen. Haha! Keine Panik, wir haben uns ja gerade erst kennengelernt. Aber ganz im Ernst, Babys *sind* auf meiner Agenda, und wenn ich sie zur Welt bringe, bevor ich in die oberste Etage aufsteige, dann sollte es keinen großen Einfluss auf die Dynamik meiner Karriere haben. Vielleicht zehn Monate frei nehmen danach …«

Sie hat Grünkohl zwischen den Zähnen. Ich hatte noch

nie Grünkohl gegessen, bevor ich nach London kam, aber irgendwo muss es einen Überschuss an dem Zeug geben, denn in letzter Zeit kann man keine Speisekarte aufschlagen, ohne an mindestens zwei Stellen darauf zu stoßen. Drei, wenn man Kirstines Zähne dazuzählt. Ich bin mir nicht sicher, was die Etikette hier verlangt: Wenn ich sie darauf hinweise, ist die Dame peinlich berührt, wenn ich jedoch darauf verzichte, wird es ihr später unangenehm sein. Aber ich weiß bereits, dass ich *später* nicht mehr miterleben werde, also fülle ich unsere Gläser und lasse sie weiterreden. Sie hat gute Zähne, und abgesehen von einer kleinen Absplitterung an ihrem linken Schneidezahn sind sie weiß, gerade und, soweit ich sehen kann, in gutem Zustand.

Ein Kellner bringt den Nachtisch, und genau wie bei den Vorspeisen und dem Hauptgang macht Kirstine mit dem Handy ein Foto von den Speisen und postet es auf Facebook.

»Bist du auch auf Facebook?«, fragt Kirstine und tippt mit einem gleißend polierten Fingernagel aufs Handy.

»Ich bin digital abstinent«, sagte ich, und Kirstine lacht – haargenau zwei Sekunden lang.

Ich war noch nie ein enthusiastischer Anhänger sozialer Netzwerke, aber spätestens nachdem ich April am Tag unserer Hochzeit verlassen hatte, nahm meine Freude daran auf dramatische Weise ab. Für mich also kein Facebook mehr, was man als Silberstreif am Horizont sehen könnte, denn jetzt bleiben mir auch die Fotos erspart, die meine digitalen Freunde von ihren Desserts machen.

»Du hast deine Haare verloren«, sagte Kirstine und deutete

– – – – – – – – – – – – –

auf die Frisur auf meinem Profilfoto. Die letzte, die mir meine Mutter verpasst hatte.

»Ich weiß«, sage ich. »Und ich hab sie überall gesucht.«

»Schade«, sagt Kirstine, die meinen kläglichen Versuch, witzig zu sein, entweder nicht mitbekommen hat oder bewusst ignoriert. »Sah doch so gut aus. Und … das Friseurhandwerk? Bleibt gut was hängen, oder?«

»Nur wenn man einen eigenen Salon hat«, sage ich.

»Und hast du?«

»Nein.«

»Oh.«

Wenn ich nicht freitags der Zahnklempnerei nachginge, wüsste ich nicht, wie ich in dieser Stadt überleben sollte. Vielleicht mit einer Truppe Australier zusammenziehen, weniger Fleisch kaufen, weniger Wein trinken, nicht so oft mit Frauen ausgehen. Was alles gar nicht so schlecht wäre – die Australier ausgenommen. Während der letzten Monate ist mir öfter durch den Kopf gegangen, was sich wohl abspielen würde, wenn einer meiner Friseurkunden in der Zahnarztpraxis auftauchen würde oder umgekehrt. Es ist natürlich nichts Illegales dabei, Haare zu schneiden und dazu noch Zähne zu plombieren, aber so mancher könnte es für seltsam halten. Für mich jedenfalls gäbe es dann nur zwei Optionen: zu behaupten, ich hätte einen Zwillingsbruder, oder einfach alles zu leugnen. Doch ich mache mir keine großen Gedanken. Wenn ich Haare schneide, sehen meine Kunden mich zwar im Spiegel, konzentrieren sich jedoch auf ihr eigenes Abbild, und wenn ich Zähne behandle, starren die Patienten an die Decke, und ich trage eine Maske. Außerdem

– – – – – – – – – – – – – – –

arbeite ich in einer noblen Praxis und einem ziemlich schäbigen Salon, daher ist das Risiko einer Überschneidung minimal. Aber sollte ich mich jemals bei einem dritten Date wiederfinden, bei einem vierten oder gar dem vierundzwanzigsten, dann werden meine zwei Berufe irgendwann zur Sprache kommen, und eine Enthüllung wird zur nächsten führen und dann zum *Was hast du getan!* Irgendwie beschleicht mich jedoch das Gefühl, es mit Kirstine nicht bis zum vierundzwanzigsten Date zu schaffen. Ich wäre sogar überrascht, wenn wir heute Abend bis zehn Uhr durchhalten.

»Na …«, sage ich, »wie ist der Sticky Toffee Pudding?«

»Lecker. Und die Käseplatte?«

»Toll. Brie–lliant kann man sagen.« Und ich frage mich, wie schwer es wohl wäre, sich die Zunge abzubeißen.

In der Praxis beschäftigen wir zwei Personen am Empfang, zwei Dentalhygienikerinnen und fünf Assistentinnen, bis auf eine Ausnahme sämtlich weiblichen Geschlechts, die sich alle darauf verstehen, SMS mit verbundenen Augen zu tippen und zu versenden. Variationen ein und derselben Geschichte höre ich jede Woche. Wenn ein Date nicht gut läuft, fingern sie ihr Handy aus der Hosentasche, der Handtasche oder unter dem Oberschenkel hervor und schicken, geschützt von der Tischplatte, eine bereits vorformulierte Nachricht an die Person, die als Rettungshelferin ausgesucht wurde. Zwei Sekunden später klingelt das Telefon, und die Person am anderen Ende informiert darüber, dass die Katze ausgerissen, das Haus niedergebrannt oder die Oma explodiert ist. Ich habe keinen Retter, und deswegen esse ich meinen Käse und warte darauf, dass ein

Kellner in Rufweite vorbeieilt, damit ich um die Rechnung bitten kann.

Kirstines Telefon klingelt.

»Oh«, sagt sie, »das ist mein … Macht es dir was aus?«

»Natürlich nicht.«

»Hallo«, sagt sie in den Hörer. »Ist alles okay? … Nein«, Kirstine führt eine Hand an die Lippen, »du machst Witze … Beide Beine! … Das ist ja furchtbar … Nein, ganz und gar nicht, ich bin so schnell wie möglich bei euch.«

ZOE

Nur für diese Nacht

Erfinderisch mache die Not, heißt es so schön, dabei ist sie doch Mutter einer ganzen Brut von Eigenschaften, zu denen auch »verzweifelt«, »bescheiden« und »pragmatisch« gehören. Wie sonst ließe sich erklären, dass ich hinter dieser schmalen und klebrigen Holztheke stehe? Käme ich rein zufällig an diesem Pub vorbei, würde ich – da bin ich ganz sicher – kaum einen Schritt hineinsetzen, geschweige denn es bis zum Tresen schaffen. Wahrscheinlich würde ich mich umschauen, kurz die schäbige Ausstattung und die mürrischen Gesichter registrieren und dann so tun, als habe mein Telefon geläutet. Mit dem typischen *Da-muss-ich-rangehen*-Blick würde ich, das Telefon am Ohr, kehrtmachen und mir eine weniger authentische Lokalität suchen. Dennoch stehe ich hier, zapfe Bier und aase mit Erdnüssen.

Die Stammgäste sind herzallerliebst, auch wenn sie die Besetzung eines altbackenen BBC2-Krimis abgeben könnten, der im *Lahndan Tahn* viktorianischer Zeit spielt. Die Hälfte von ihnen hätte dir zwar bei erstbester Gelegenheit die Geldbörse stibitzt, das Geld dann aber umgehend an der Bar verjubelt,

Drinks für alle Kumpels bestellt und dich mitbedacht, wärst du noch anwesend. Und dann noch ein fetter Bonus: Keiner weiß, dass mein Freund gestorben ist. Die Leute reißen in meiner Anwesenheit geschmacklose Witze, spotten darüber, dass ich noch Single bin, fragen: »Wer ist denn jetzt gestorben?«, wenn ich schlechte Laune habe, und ranzen mich an, wenn sie selbst schlecht drauf sind. Sie behandeln mich wie einen ganz normalen Menschen. Und therapeutisch gesehen ist das um Längen besser als die Plätzchen, die bei der Trauergruppe für Frischverwitwete gereicht wurden, wo ich mir ohnehin immer wie eine Heuchlerin vorkam.

Trotzdem bin ich noch nicht überzeugt, dass ich an diesem Ort meinen Lohn auf den Kopf hauen sollte, der mir, nebenbei gesagt, am Ende jeder Schicht ausbezahlt wird. Und ohne den ich meine Reisepläne für den September vergessen könnte. Aber der *Duck and Cover* sorgt nicht nur für ein steuerfreies Extrapfund, sondern bietet mir willkommene Abwechslung. Die Leute haben mich als ihresgleichen akzeptiert – »die flotte Vorzeigepuppe«, wie Winston, der Wirt, es formuliert. Mit dem Grundsatz, dass er mir nicht den Hintern tätscheln soll, tut er sich schwer (»Ich stamme noch aus einer anderen Zeit, Prinzessin«), aber er meint es nicht böse, und allmählich machen wir Fortschritte.

Zudem spendiert mir der *Duck and Cover* zu jeder Schicht eine Mahlzeit. »Alles, was auf der Speisekarte steht, Sweetheart.« Der Legende nach standen auf diesem fleckigen Stück Pappe irgendwann einmal so exotische Speisen wie Halloumi-Käse, Huhn nach Cajun-Art und »diese Pasteten ohne Blätterteigboden«, aber nach einem plötzlichen Zustrom von Zuhältern, Schwulen und Diven hat der Koch (Winstons Neffe Gary) wieder auf die Fertig-Burger aus dem Großhandel und eingebackene Steak 'n' Kidney Pies umgestellt. Der *Duck and Cover* macht beste Geschäfte mit einheimischen Gästen, vielen Dank. Und obgleich Schickimickitypen durchaus willkommen sind, kann Winston – »um ganz ehrlich zu sein, Prinzessin« – sehr gut auf das Gejammer über ein doch etwas zu welkes Römersalatblatt verzichten.

Die Burger sind weit davon entfernt, köstlich zu sein, aber angerichtet mit Käse, Bacon und tonnenweise Mostrich gehen sie als passabel durch. Und die Pommes sind erste Sahne. Mit Coleslaw als Beilage kommt mein sonnabendliches Abendessen bestimmt auf fünfzehnhundert Kalorien, und damit kann ich mich normalerweise bis zum nächsten Abend auf den Beinen halten. Dann gibt es nämlich eine Schüssel Suppe und eine Scheibe Toast. Der Himmel weiß, was all das mit meinem Cholesterinspiegel anrichtet, doch ich fahre jede Woche fast hundertfünfzig Kilometer Fahrrad und habe seit Weihnachten um eine Kleidergröße abgenommen. Unsere Gesundheitsbehörde wird diese Methode wohl kaum als Empfehlung herausgeben, aber bei mir wirkt sie.

Winston fängt mit der Musikrunde an (»Für welche Band spielte Stuart Sutcliffe Bass?«). Das bedeutet, mir bleiben noch ungefähr sieben Minuten für mein Abendessen, bevor die Pubquizzer ihre Kulis fallen lassen und zur Bar gestürmt kommen. Winston und ich werden in einem ungefähr zehn Minuten langen Zeitfenster um die fünfzig Drinks ausschenken. Wir könnten dazu wirklich ein Paar Extrahände brauchen, aber Jackie hat sich telefonisch krankgemeldet, und da ist sonst niemand, der ihre Schicht hätte übernehmen können. Es ist schlimme Maloche, aber immerhin muss ich mir jetzt nicht von Jackie den Katalog der Missetaten anhören, die sich ihr Freund im Lauf der vergangenen sieben Tage geleistet hat. Außerdem ist es so, dass alle, sobald der große Andrang vorüber ist, zu ihren Quizzetteln zurückkehren und ich dann außer Gläser polieren wenig zu tun habe. Blöder Abend für ein Pubquiz, wenn man mich fragt, aber Winston hat herausgefunden, dass ein Quizabend mitten in der Woche zu viele »dämliche Studenten, Absolventen und ähnliches Gesocks, sorry, Love«, anzieht. Seiner Theorie nach können die dämlichen Eggheads, die hohe Darlehen verbraten, um die Universität zu besuchen, es nicht ertragen, gegen eine Mannschaft aus Maurern, Klempnern, Kassierern und Markthändlern zu verlieren – was immer wieder zu unnötigen Aggroausfällen und aufgeplatzten Lippen führt. Also heißt es Gummiburger, ein Samstagabendquiz, und alle sind froh, mein Darling.

Ich plage mich gerade mit einem besonders zähen Bissen, als Henry zur Tür hereinkommt. Er zögert, mustert das Interieur, die Einheimischen, vernimmt die Frage: »Welcher Künstler hat ›Islands in the Stream‹ geschrieben?«, bevor er mich entdeckt, die ich beinah an meinem Burger ersticke.

Weil mir nichts anderes übrig bleibt, drehe ich mich um und huste einen Mundvoll Burger in den Abfalleimer. Bitte, lieber Gott, lass ihn nichts merken. Es ist schlimm genug, dass ich kaputte Jeans trage und dazu ein uraltes T-Shirt, das seine ur-

– – – – – – – – – – – – –

sprüngliche Farbe längst vergessen hat. Mir kommt der Gedanke, dass ich Ketchup am Mund haben könnte, und ich ducke mich hastig hinter den Tresen, um meinen Lippen mit beleckem Finger eine Schnellreinigung zu verpassen.

Aber was zum Teufel hat er hier eigentlich zu suchen?

»Hallo, fremder Mann«, sage ich, die Nonchalance in Person, als ich hinter der Bar emportauche. »Was gibt's Neues?«

»Ich war in der … du weißt schon, hier in der Gegend«, scheint er sich entschuldigen zu wollen, und ob es nun Absicht ist oder nicht: Seine Unbeholfenheit wirkt herzerwärmend. »Ich hoffe, es macht dir nichts aus.«

»Natürlich nicht. Aber …« Ich lehne mich über die Theke und ziehe eine kleine Pantomimevorstellung ab: »Bist du etwa alleine unterwegs? Hattest du nicht ein Date?«

Henry lächelt verlegen: »Sie, äh … hat ihr Essen fotografiert.«

Ich pruste los. »Die hättest du mitbringen sollen. Hier hat noch nie jemand das Essen fotografiert.«

»Sorry«, sagt Henry und deutet auf meinen halb verzehrten Hamburger, »habe ich dich beim Abendessen gestört?«

»Was, das? Nein. Ich meine, ich hab gegessen, aber ich bin ein bisschen, du weißt …« Ich tätschele mir den Bauch.

Henry rutscht auf einen Hocker, beugt sich vor und flüstert: »Aretha Franklin.«

»Wie bitte?«

Er nickt in Richtung der Tische, an denen die eifrig kritzelnden Quizfreunde sitzen. »Welche Soul Sister tauchte im Soundtrack beider *Bridget-Jones*-Filme auf?«

»Aretha?«

– – – – – – – – – – – – –

»Franklin. ›Respect‹ im ersten, ›Think‹ im zweiten Film. Meine ich.«

»Hört sich philosophisch an.«

Henry lacht. »Also … darf ich dich zu einem Drink einladen?«

»Aber gern. Ich nehme einen großen Roten, bitte.«

Winston spendiert seinen Leuten ein Freigetränk pro Abend, und ich habe meines bereits seit der Runde »Wissenschaft und Natur« intus. Ich schenke mir großzügig von dem eben erst geöffneten Rotwein ein und neige mein Glas in Henrys Richtung, bevor ich am Wein nippe.

»Besteht vielleicht die Möglichkeit, ebenfalls etwas von dem Getränk zu bekommen?«, fragt er und hebt ein unsichtbares Glas.

»'tschuldigung. Wo bleiben nur meine Manieren?«

»Ist der Wein so gut?«

Ich schüttle den Kopf. »Nein, aber er wird besser, wenn man genug davon trinkt.«

»Dann gib mir am besten eine ganze Flasche.«

Als ich den Korken ziehe, klingt es, als habe jemand eine Startpistole abgefeuert. Das Geräusch von fünfzig Stühlen, die gleichzeitig zurückgeschoben werden, geht mir durch Mark und Bein, als ich mich für die Attacke wappne.

»Viel Glück«, sagt Henry und bringt sich und die Flasche an einem Tisch in der Ecke in Sicherheit.

Man stelle sich eine Zombie-Apokalypse vor, bei der sich die unersättlichen Untoten gerade noch genug Anstand bewahrt haben, ihre Zeche zu begleichen, bevor sie einem ein

Stück aus dem Hirnlappen beißen. So geht es in der Halbzeit des Quizabends im *Duck and Cover* zu: Fünfzig durstige Gäste, die sich hektisch und mit glasigem Blick über den Tresen lehnen, die Bestellungen hinausschreien, mit Geldscheinen vor deiner Nase wedeln und den Eindruck vermitteln, dass du deinen Arm niemals wiedersehen wirst, wenn sie erst einmal dein Handgelenk gepackt haben. Die Dumpfbacken abzuwehren ist Schwerstarbeit und erfordert Konzentration, Koordination und Kondition. Ich weiß nicht, wie ich am Ende dieses kurzen Martyriums aussehe, aber ganz sicher wird man den Look nicht auf einem der nächsten Titel der *Cosmopolitan* sehen.

Als die Untoten wieder an ihre Tische latschen, kehrt Henry zu seinem Barhocker zurück. Ich stelle ein leeres Glas auf die Bar, und er füllt es schweigend. Er wartet, bis ich einen Schluck genommen habe, bevor er spricht.

»Was war denn das?«

»Es wird mir nicht fehlen, wenn ich weg bin«, sage ich und bedauere bereits im selben Moment den Hinweis auf meine kurz bevorstehende Abreise.

Henry lächelt betreten. »September, stimmt's?«

»So ist es geplant.«

»In welchem Film«, fragt Winston, »spielte Donald Pleasence den Bond-Schurken?«

»*Man lebt nur zweimal*«, flüstert Henry.

»Mein Gott, wie dämlich ich das finde.«

»Tut mir leid, ich wollte nur …«

»Nein, nicht dich, den Filmtitel. Weil es doch nicht stimmt, oder? Ich weiß, dass es nicht wörtlich gemeint ist, aber es nervt

– – – – – – – – – – – – –

mich total. Man lebt einmal, und das ist es, mehr bekommt man nicht. Es macht mich einfach wütend, wenn Leute das, was sie haben, für selbstverständlich halten – o Gott, ich muss mich wie ein Psycho anhören. Sorry, ich glaube, ich bin schon angetrunken. Möchtest du Scrabble spielen?«

Henry sieht mich an – und zwar ganz zu Recht –, als stünde mir der Schaum vorm Mund. »Ja?«, versucht er. »Also, ja zum Scrabble spielen. Kein Ja, was die Sache mit dem Psycho betrifft …«

»Uns fehlen ein paar Buchstabensteine«, sage ich, als ich den Scrabble-Karton unter einem Stapel aus Monopoly, Buckaroo, Jenga und so weiter hervorziehe. »Aber ich finde, das macht das Ganze noch spannender.«

Nach der abschließenden Fragerunde und einer weiteren Zombie-Apokalypse drängen sich auf dem Brett die Steine, und zu meinem Schrecken liegt mein Friseur gut fünfzig Punkte in Führung. So viel zum Thema Privatschule.

»Ein«, sage ich und lege zwei Spielsteine ab. »Drei Punkte.«

»Klasse«, sagt Henry und nickt mit spöttischer Bewunderung. Als hätte ich anstelle dieser Enttäuschung aus drei Buchstaben ein Wort wie *Einblick*, *Einhufer* oder *Einhorn* gelegt. »Einer«, sagt er, legt zwei Steine ab und hält für eine Sekunde Augenkontakt. Seine Lippen öffnen sich, als würde er etwas sagen wollen, doch dann sieht er weg und lächelt.

Ich weiß nicht, ob das hier als Date zählt, aber falls es so arrangiert worden ist, dann müsste ich es als Erfolg werten. Wir haben uns unangestrengt und interessant unterhalten und viel gelacht, die meiste Zeit über nichts. Inspiriert von den zufäl-

– – – – – – – – – – – – – –

lig entstandenen Wörtern auf dem Brett haben wir die Themen gewechselt:

Jaulen: Wie Henry zu der Narbe auf der Stirn kam

Fin: Mein Lieblingsfilm

Ray: Sein Lieblingssong

Schatten: Mein erstes Bilderbuch

Vieles und nichts.

Ich dachte immer, dass ich, wenn ich mal wieder ein richtiges Date hätte, von Alex erzählen müsste. Wo das wohl hinführen würde, wenn ich es jetzt täte? Aber Henry scheint kein Interesse an jener Art Lebensinventur zu haben, die bei ersten Dates so gern angeboten wird: wo ich studiert habe, welchen Abschluss ich gemacht habe, warum ich diese Berufslaufbahn eingeschlagen habe. Also paddeln und plantschen wir uns durch seichte Konversation, meiden alle Felsen und dunklen Schatten und Untiefen. Worüber wir sprechen, ist nicht von Belang, denn was das Gespräch wertvoll macht, ist die Art und Weise, wie wir uns unterhalten. Die meisten Männer wollen von ihrem Job sprechen, ihrem Auto, ihren Plänen, *diesem einen Mal, als ...*, aber Henry redet nicht über sich, außer in Anekdoten und Allgemeinheiten, die sich aus den gelegten Buchstaben ableiten lassen. Das ist erfrischend, amüsant und – wie Scrabble mit wenigen fehlenden Buchstaben – durchaus spannend.

Henry hebt die Weinflasche über sein Glas und neigt sie. Doch sie ist leer. »Wann hast du hier Schluss?«, fragt er.

»Kommt darauf an, wie schnell sie die Gläser einsammelt, die Tische abwischt und das Leergut rausbringt«, sagt Winston, der plötzlich neben mir steht.

– – – – – – – – – – – – –

Ich sehe auf die Uhr und stelle fest, dass meine Schicht schon seit fünf Minuten vorüber ist. Die Bar ist fast ganz leer. Ein paar Nachzügler umsorgen ihre Drinks, in der Ecke schmust ein Pärchen, und dann ist da noch der Tisch mit den Stammgästen, die über Fußball schwadronieren und nicht die geringsten Anstalten machen, damit jemals wieder aufhören zu wollen.

»Sorry, Winny, ich hab dich ganz aus den Augen verloren.«

Winston grinst. »Ist mir aufgefallen. Wir hatten noch nicht das Vergnügen«, sagt er und streckt Henry die Hand entgegen. »Winston, ich bin der Wirt.«

»Henry, ich bin …«

»Mein Friseur«, sage ich. »Er ist mein Friseur.«

»Freut mich«, sagt Henry und schüttelt immer noch Winstons Hand.

»Friseur? Wie Haarschneiden?«

Henry nickt, formt zwei Finger zur Schere.

»Ist nichts gegen zu sagen«, kommentiert Winston achselzuckend.

»Hör mal«, sagt Henry und lässt den Blick über die schmutzigen Tische schweifen. »Ich könnte doch helfen.«

»Geht schon«, sagt Winston und öffnet die Durchreiche. »Ich erledige das heute Abend.«

»Bist du sicher, Winny? Mir würde es nichts ausmachen.«

»Raus mit euch, bevor ich's mir anders überlege«, sagt er. »Ich hab was gut bei dir.«

Ich küsse Winston auf den Bart, und er tätschelt meinen Hintern, bevor ich hinter der Theke raus bin.

»Hände weg, Winston.«

– – – – – – – – – – – – –

»Verzeihung, Herzogin von und zu … War nett, dich kennenzulernen«, sagt er zu Henry. »Schicke Frisur übrigens, steht ihr gut.«

»Ja, passt zu ihr, oder?«, sagt Henry, und bevor ich so recht mitbekomme, was geschieht, stehen wir schon draußen.

Und dann küsst mich Henry.

Küsst er mich, oder küsse ich ihn?

Beim dritten Treffen der Witwen mit den gebrochenen Herzen hatte ich Bartstoppelblessuren am Hals. An jenem Abend schrieb ich in mein schwarzes Notizbuch: *Nie mehr sinnentleerten Sex.*

Doch dieser Kuss fühlt sich keinesfalls sinnentleert an, sondern zielstrebig.

»Wir sollten das lassen«, sage ich.

»Ich weiß.« Seine Lippen bleiben in Kontakt mit meinen, als er die Wörter flüstert.

»Aber wir können hier auch nicht den ganzen Abend herumstehen«, sage ich, obwohl ich es am liebsten trotzdem getan hätte.

»Soll ich dich nach Hause bringen?«

Ich habe durchaus schon Männer zu mir nach Hause mitgenommen, jedoch niemanden, den ich ein zweites Mal zu Gesicht bekommen wollte. Damit es keine Rolle spielte, wenn sie sich nach dem Typ auf den Fotos erkundigten. Ich konnte lügen, weinen, die Frage belachen oder sie ignorieren. Aber ich weiß nicht, was ich zu Henry hätte sagen sollen, und noch bin ich nicht so weit, es herausfinden zu wollen.

»Bei mir zu Hause herrscht das reine Chaos«, sage ich. Etwas

_ _ _ _ _ _ _ _ _ _ _ _ _

erregt Henrys Aufmerksamkeit. Er beugt sich von mir weg und streckt den Arm aus. Ein Taxi hält neben uns.

»Wohin?«, fragt der Taxichauffeur.

HENRY

Jedermanns Ding

Gus beobachtet mich aus dem Augenwinkel. Er schenkt mir mehr Aufmerksamkeit als seiner Kundin, aber die wiederum ist zu sehr mit ihrem Telefon beschäftigt, um etwas wahrzunehmen.

»Schon mal jemandem das Ohr abgeschnitten?«, frage ich.

»Ein einziges Mal«, sagt Gus.

Das Spiegelbild meiner Kundin starrt mich mit weit aufgerissenen Augen an.

»Und?«, sagt Gus. »Wie war das Date?«

Jetzt sehen beide Kundinnen und Gus mich erwartungsvoll an.

»Nun?«, sagt das Mädel mit dem Telefon.

Ich nicke, lächle.

»Süß«, sagt Gus. »Siehst du sie wieder?«

Und mein Lächeln versiegt.

Gus zuckt mit den Achseln. »Ein Mann muss tun, was ein Mann tun muss.«

»Männer«, sagt das Mädel und wendet sich wieder dem Telefon zu.

– – – – – – – – – – – – –

»Dann«, sagt Gus, »kann ich wohl davon ausgehen, dass du heute Abend nichts vorhast?«

»Na ja, weiß nicht, ich meine …«

»Wehr dich nicht«, sagt Gus.

»Es ist nur … Das ist echt nicht mein Ding.«

»Das ist jedermanns Ding, Henriqué.«

*

Wir haben Sitzsäcke und Decken.

»Sitzt ihr alle bequem?«, fragt Gus im Tonfall eines Hypnotiseurs.

Im Raum über dem *Hairy Krishna* wabert Räucherkerzenduft, flackernde Kerzen sorgen für gedämpftes Licht, aus den Lautsprechern erklingen Meeresrauschen und Glockengeläut, und der Sitzsack fühlt sich mollig weich an. Aber ich würde nicht behaupten, dass ich mich wohl fühle.

Gus schneidet nicht nur Haare, sondern leitet auch eine Meditationsgruppe, die sich einmal wöchentlich hier trifft. Ihm zufolge bestehen seine einstündigen Sitzungen aus einer Mischung von halbverdauten Lebensweisheiten, die er dem Buddhismus, verschiedenen Late-Night-Sendungen und einer Yoga-Lehrerin abgerungen hat, mit der ihn einmal eine Affäre verband. Zu fünft liegen wir behaglich gebettet auf dem Boden – Gus' sogenannter »Tune Out Tuesday« ist heute gut besucht.

»Wir werden jetzt ganz ruhig«, sagt Gus und lässt die Sanftheit dieses Gebots auch im Tonfall anklingen, was jedoch eher belustigend als beruhigend wirkt. »Entspannt eure Zehen … sind eure Zehen entspannt?«

»Äh, hmm …«, höre ich mehrere körperlose Stimmen.

»Henriqué, sind deine kleinen und großen Onkels entspannt?«

»Ja, ich meine, äh …«

»Guuuuut. Nun eure Fußgelenke.«

Und Knie, Oberschenkel, Po (»Ist dein Hintern entspannt, Henroldo?«), Bauch, Arme, Hände, Finger, Nacken, Gesicht. Und ja, ich entspanne mich, nicht so sehr vielleicht, wie ich mich ohne die amüsanten Kommentare entspannen würde, aber ich entspanne mich.

»Kommen wir nun zur Birne«, sagt Gus. »Wenn euch irgendetwas durch den Kopf geht, etwas, das euch bedrückt – Henry –, dann ruft es euch jetzt ins Bewusstsein.«

Zoe. Zoe, die mich ansieht, während ich ihr die Haare schneide. Zoes bedrücktes Lächeln. Zoe auf Reisen.

»Seid ihr so weit?«, intoniert Gus.

»Hmm, hmm …«

»Stellt euch jetzt einen Ballon vor, ganz gleich, welche Farbe, nur ein Ballon muss es sein.«

»Ja, hmm …«

»Und hängt eure schweren Gedanken an den Ballon. Meiner ist rot. Lasst den Ballon mit all dem Dreck davonschweben.«

Wir sind eine Minute lang still. Mein Ballon wird davongetragen und mit ihm Zoe, die sich an seinem Band festhält. Aber ich will nicht, dass er davongetragen wird. Ich strecke eine Hand nach Zoe aus und ziehe sie zu mir zurück.

– – – – – – – – – – – – –

»Wie fühlt ihr euch? Haben wir den Dreck in die Wüste geschickt?«

»Äh, hmmm …«

»Henriqué?«

»Nah hahh …«

»Guuuut.«

JUNI

6. Juni, 20:43

Von: Audrey <audreywilliams56@mymail.net>

An: Alex Williams

Mein lieber Sohn,
ich habe diese Woche sehr viel an Dich gedacht.

Wenn ich ehrlich bin, denke ich fast ununterbrochen an Dich. Manchmal sind diese Gedanken nur ein leises Murmeln weit hinten im Kopf, wie ein nicht ausgeschaltetes Radio in einem anderen Zimmer. Und dann gibt es Situationen, auf die ich einfach nicht gefasst bin. So wie letzte Woche, als ich bei Morrisons war und sie Blaubeeren im Angebot hatten. »Blauben« hast Du sie als Kleinkind genannt. Als mir das einfiel, musste ich so schnell wie möglich von dort verschwinden. Ich ließ meinen Einkaufswagen halbvoll im Gang stehen und ging zur Tür hinaus. Und ich ging einfach immer weiter und weiter, bis es fast dunkel war.

In meinem Kopf existieren so viele verschiedene Versionen von Dir. Vom Baby zum Jungen zum großartigen, bärenstarken Mann. Vielleicht liegt es am nahenden Sommer (Du hast die großen Ferien so geliebt!), aber wenn ich in letzter Zeit die Augen schließe, sehe ich Dich als schlaksigen Elfjährigen mit Deinen dünnen Beinen und abgeschürften Knien. Es war schwer,

– – – – – – – – – – – – –

ohne die Unterstützung Deines Vaters zurechtzukommen, aber Du und Pat, Ihr wart gute Jungs – auch wenn Ihr mich immer wieder an der Nase herumgeführt habt! Wie oft bin ich abends vor Erschöpfung auf dem Sofa eingenickt. Ich habe dort bestimmt ebenso viele Stunden geschlafen wie in meinem Bett. Doch ich beklage mich nicht, mein Sohn. Ich habe Eure Energie und Eure Ausgelassenheit und Euren Lärm geliebt, und ich hätte es nicht anders gewollt. Im Geländer habt Ihr Rillen hinterlassen, weil Ihr immer wieder darauf hinuntergerutscht seid, obwohl ich es Dir und Deinem Bruder hundertmal verboten hatte. Es ist mittlerweile ein paarmal gestrichen worden, aber die Spuren im Holz kann ich noch erkennen. Und wenn ich sie unter meiner Hand spüre, ist es fast, als könnte ich auch Dich spüren. Nein, ich hätte es niemals anders gewollt.

Nun muss ich mich langsam hinlegen. Die Sonne hat mich heute Morgen schon um kurz nach fünf aufgeweckt, und ich glaube, ich kann meine Augen nicht mehr lange offen halten. Jedes Jahr will ich mir dickere Vorhänge kaufen, aber aus irgendeinem Grund tue ich es nie. Vielleicht sehe ich mir morgen welche an, wenn ich in der Stadt bin – lebe heute, heißt es ja.

Lebe heute, morgen könnte es vorbei sein. Ich glaube, Du hast Dich an dieses Motto gehalten, und dafür bin ich dankbar. Du hättest mehr Zeit haben sollen, mein Liebling, so viel mehr.

Schlaf gut, mein wunderbarer Junge.

Liebste Grüße,

Mum xx

ZOE

Sicher in den Top two

Darf ich dir nicht doch eine Behandlung spendieren?«, fragt Rachel.

»Ich würde das gern annehmen«, sage ich. »Ich glaube nur nicht, dass es bei mir möglich ist.«

»Zeigen her«, sagt die Nageltechnikerin, eine einschüchternde Thai-Lady, die Erinnerungen an meine Lehrer in der Schule weckt.

»Schon gut«, sage ich zu ihr. »Ich schaue einfach zu.«

Dem Namensschild zufolge heißt sie *Molly*. »Hand her«, befiehlt Molly und streckt ihre eigene aus, um meine zu greifen. Missbilligend verzieht sie den Mund zu einer Seite. »Nägelkauer.«

»Verflixt«, sagt Rachel, »die sind ziemlich …«

»Nicht vorhanden, ich weiß. Lackiert sehen sie noch schlimmer aus – wie Kinderhände.«

»Pediküre«, sagt Molly und weist auf einen Kunstlederstuhl neben dem Tisch.

»Tolle Idee«, sagt Rachel.

»Nein, wirklich, danke.«

– – – – – – – – – – – – – –

»Beißen Füße auch?«, fragt Molly.

»Nein. Beißen nicht.«

Molly klopft kräftig auf den Stuhl und schnipst mit den Fingern einer anderer Nageltechnikerin zu, die prompt angeflitzt kommt.

»Und«, sagt Rachel, als die Nageldamen sich an die Arbeit machen, »was macht mein Friseur?«

»Du fackelst wohl nicht lange, oder?«

Rachel tippt auf ihre Uhr. »Ich bin eine vielbeschäftigte Frau. Ich habe den ganzen Nachmittag Meetings, und außerdem muss ich mich noch um die Blumen kümmern, um einen Fotografen und eure Brautjungfernkleider. Also, raus mit der Sprache.«

»Er ist ... *ohh!* Was ist das?«

»Stuhl«, sagt meine Technikerin, ein griesgrämiges Mädchen mit streng frisiertem Dutt. »Vibriert.«

»Oh, oh!«, sagt Rachel. »Ich könnte mir so einen für zu Hause besorgen und Steve rauswerfen. Wie auch immer, Henry – du wolltest sagen, dass ...?«

»Geht ihm gut«, sage ich, in der Stimme mittlerweile ein leichtes Tremolo.

Rachel verzieht den Mund, um mir klarzumachen, dass diese Antwort nicht akzeptabel ist.

»Er ist nett.«

Rachel setzt die Maximalversion ihres Schmollmunds auf.

»Er kommt samstags in den Pub, wir reden, spielen Scrabble ...«, Rachels Schmollmund hat sich noch nicht entspannt, »... wir haben einen kleinen ... Insiderwitz, könnte man sagen.«

– – – – – – – – – – – – –

»Insiderwitze sind gut.«

»›Zu mir oder lieber zu mir‹, sagt er, wenn wir in sein Apartment fahren.«

»Wie ist es?«

»Na ja, seltsam, es ist eigentlich eine heruntergekommene Pension. Kommt mir eher vor wie eine Übergangslösung. Henry hat ein großes Zimmer in der obersten Etage. Mit eigener Küche und Dusche, wie ein Wohnschlafzimmer. Sauber, aber sehr einfach. Vielleicht spart er für was Eigenes. Das würde auch erklären, warum er so hart arbeitet. Und er puzzelt, was seltsam ist, aber ich finde es, warum auch immer, sexy. Wenn er sich konzentriert, legt er die Stirn in Falten.«

»Faszinierend«, sagt Rachel. »Aber wie ist *es*? Du weißt schon …«, und um ihrer Frage Nachdruck zu verleihen, wackelt sie mit den Augenbrauen.

»Es ist …«, Rachels schiefer Mund macht einmal mehr deutlich, dass Ausflüchte nicht akzeptiert werden. Ich lächle. »Top two.«

»Verdammt«, sagt Rachel. »Nicht ganz so gut wie« – sie schnipst mit den Fingern – »Ken, Ken Wood!«

»Nicht ganz«, sage ich. »Aber Ken war ein Wunder der Natur.«

»Farbe?« Diesmal spricht der griesgrämige Dutt.

»Wie bitte?«

Das Mädchen streckt das Kinn in Richtung der Farbkarte, die auf meinem Schoß liegt.

»Oh, richtig, äh … Rot?«

»Kirschrot, Rubinrot, Roter Apfel, Roter Teufel, R…«

»Sie nimmt Teufel«, sagt Rachel. »Und magst du ihn?«

Ich nicke.

»Er weiß aber, dass du auf Reisen gehst?«

Noch ein Nicken.

»Verzwickt.«

»Ja, ist es.«

»Hast du ihm von … Alex erzählt?«

»Nein.«

»Zoe!«

»Ich weiß. Ich hätte es ihm sofort erzählen sollen, aber es ist nicht gerade … ich meine, wie bringt man das in einem Gespräch unter?«

»Sehr verzwickt«, sagt Rachel. »Ich nehme Midnight Satsuma«, sagt sie zu Molly.

»Er will mit mir ausgehen«, sage ich. »Wie ein richtiges Paar.«

»Schwierig.«

»Ich weiß. Aber wenn ich nicht mitmache, dann ist es ein bisschen …«

»Billig?«

»Traurig. Und wenn ich doch mitmache, dann wird es ein bisschen …?«

»Verkorkst?«

»Ja … verkorkst.«

»Apropos«, sagt Rachel.

»Was?«

»Nach den Flitterwochen wollten Steve und ich versuchen, ein Baby zu bekommen.«

»Schön.«

– – – – – – – – – – – – –

»Na ja, ich nehme die Pille, schon seit ich fünfzehn bin. Eine *lange* Zeit. Man soll sie ein paar Monate, bevor man es versucht, absetzen, heißt es. Damit der ganze Schnickschnack sich wieder einpendeln und bereit machen kann.«

»Rachel?«

»Na ja, scheint so, als sei ich bereit. Sehr bereit.«

»Wie bereit …?«

»Seit gestern zehnte Woche! Wenn ich zum Altar schreite, werde ich seit zwanzig dicken, fetten Wochen schwanger sein.«

»Ach du heilige Scheiße! Rachel, heilige … *Scheiße* …«

»Ja, so hab ich auch reagiert, als es mir klar wurde, und diese Reaktion hielt sich eine ganze Woche.«

»Bist du … Freust du dich?«

»Na ja, die Flitterwochen sind irgendwie ruiniert. Bin nicht sicher, ob ich beim Tauchen oder beim Bungee Jumping mitmachen kann, und ich werde sicherlich keine Piña Coladas trinken, aber … ja, ich freue mich. Sogar sehr. Weinst du, Liebes?«

»Nur ein bisschen. Aber vor Freude. Und« – ich deute eine wachsende Kugel an – »zwanzig Wochen?«

»Na ja, ich hab's mir im Internet angesehen: Von ein bisschen aufgebläht bis zum handfesten *O-Gott-die-Braut-hat-nen-Braten-in-der-Röhre*-Look ist alles drin. Bei meinem Glück bestimmt Letzteres.«

»Kleid?«

»Nun, das Gute ist, dass ich dann vernünftige Möpse habe. Jede Menge Dekolleté also, und dann« – Rachel formt mit den Armen ein breites A, das direkt unter ihrem Busen anfängt – »adios Figur.«

– – – – – – – – – – – – –

»Heilige Scheiße.«

»Du isst doch gern Torte, oder?«

»Was?«

»Ich muss dich um einen Gefallen bitten.«

»Okay.«

»Klasse. Und danach kannst du mir den ganzen Quatsch mit dem Puzzeln erklären.«

HENRY

Wir sollten das lassen

Ich habe einen langen Tag hinter mir. Auf einen unaufgeregten Vormittag voller alltäglicher Eingriffe folgte ein kompletter Nachmittag mit Jenny. Unter Vollnarkose wäre es einfacher gewesen, aber Jenny ist alt und gebrechlich, und daher überwogen die Risiken die Vorteile. Also musste ich unter lokaler Betäubung und mit einem leichten Beruhigungsmittel neun Titanimplantate setzen.

»Gibt es nicht vielleicht doch jemanden, der Sie abholen kann, Jenny?«

Vier Stunden harter Arbeit habe ich hinter mich gebracht, doch für Jenny ist es noch viel schlimmer. Morgen früh wird ihr Mund schmerzen, als sei sie zusammengetreten worden, aber im Moment ist sie noch vom Lidocain betäubt. Dennoch zittern ihr die Hände, denn sie hat eine echte Tortur durchlitten. Trotz allem und trotz des Rohzustands ihrer provisorischen Kronen ist ihr Lächeln wie verwandelt.

»Alle arbeiten«, wiederholt sie. »Ich gut, Taxi gut.«

»Na schön, wir warten noch ungefähr eine halbe Stunde, in Ordnung? Dann rufe ich Ihnen ein Taxi.«

– – – – – – – – – – – – –

»Sie guter Junge«, sagt Jenny und tätschelt meine Hand. »Sehr guter Junge.«

»Bin ich gar nicht«, sage ich zu ihr. »Ich habe nur nichts Besseres vor.«

Und obwohl das ganz und gar der Wahrheit entspricht, lacht Jenny und versetzt meinem Handgelenk einen Klaps. Das hier ist mein letzter Termin für heute, und alles Zahnärztliche ist erledigt. Da meine Helferin bereits ins Wochenende gegangen ist, sind Jenny und ich allein im Sprechzimmer.

»Was ist mit Mädchen?«, fragt sie.

Neben dem Vollzeitjob, den Zoe tagsüber macht, übernimmt sie Schichten im *Duck and Cover.* Während der vergangenen drei Wochen habe ich jeden Samstagabend den Barhocker auf der anderen Seite des Tresens gewärmt. Drei Dates könnte man sagen, bei denen wir uns eine Flasche Wein teilten, Zufallsfragen des *Duck-and-Cover*-Quiz beantworteten und Scrabble spielten. Und dann der lange Spaziergang durch überwiegend leere Straßen zu mir, bei dem wir Händchen hielten, über Belanglosigkeiten plauderten, lachten, voller Vorfreude waren.

Am Sonntagmorgen nach unserer ersten gemeinsamen Nacht ging ich nach draußen, um Zeitungen und Gebäck zu besorgen. Wir stellten zwei Sessel vor das Erkerfenster und tranken eine Kanne Kaffee, wobei das Geräusch des Umblätterns durch den hellen Raum hallte. Zwei seltsame Stunden verbrachten wir, in denen die Luft um uns herum aus vielen eigenständigen Blasen zu bestehen schien, einige schwer beladen mit unangenehmer Spannung, andere von Vertrautheit und Humor wunderbar leicht. Plötzlich küssten wir wieder, aber als der

Kuss intensiver und verlangender wurde, trat Zoe einen Schritt zurück und wiederholte ihre Worte vom Abend zuvor: »Wir sollten das lassen.«

Zusammen verließen wir die Pension: Zoe wollte sich zu Hause für ihre Sonntagsschicht umziehen, ich im *Hairy Krishna* die Schere schwingen.

Wir sagten, dass wir uns bald wiedersehen würden, tauschten jedoch keine Nummern aus und verabredeten auch nichts. Etwas an Zoes Körpersprache – wie sie mich küsste, meine Wange berührte, meine Hand drückte – erschien mir wie eine subtile Ermunterung. Doch als sie außer Sicht war, kam ich mir vor wie Falschgeld. Beinah wäre ich ihr nachgerannt, doch aus irgendeinem Grund rührten meine Füße sich nicht vom Fleck. In ein paar Monaten geht sie so oder so auf Reisen.

Am darauffolgenden Samstag spazierte ich ins *Duck and Cover*, als Winston gerade die Quizbögen verteilte. Ich wollte einen Drink bestellen und dann je nach Stimmung entweder unter einem Vorwand gehen oder es mir bequem machen.

»Lange nicht gesehen«, sagte Zoe, als ich meinen Platz am Tresen einnahm. »Wie geht's?«, fügte sie hinzu und holte das Scrabble-Brett herunter.

Am Ende des Abends liefen wir die fünfundvierzig Minuten zu meinem Apartment zu Fuß, hielten uns dabei an den Händen, küssten einander, gingen langsam, dehnten die Vorfreude aus, um uns dann wieder ungeduldig zu beeilen.

»Wir sollten das lassen«, sagte Zoe noch einmal, während ein leichtes Lächeln ihren Mund umspielte.

Letzte Woche hat sie ihn wieder gebracht, unseren persönlichen Spruch, der mit jeder Wiederholung an Witz verliert und an Wahrheit gewinnt. Am nächsten Morgen küssen wir uns in einer jener Schlechtwetterblasen und sagen einander wieder »Bis bald«, obwohl wir keine Pläne schmieden oder Versprechungen machen. Immerhin haben wir Telefonnummern ausgetauscht, doch sie bleiben ungewählt. Ich zweifle nicht daran, dass ich den morgigen Abend im *Duck and Cover* verbringe. Ich werde auf der anderen Seite des Tresens sitzen, dieses oder jenes Spiel spielen, mittelmäßigen Wein trinken und einen wundervollen Abend lang über nichts Besonderes reden. »Zu mir oder zu mir?«, werde ich sagen, woraufhin Zoes Wahl nach gespieltem Zögern auf mein Apartment fällt. Und dann der Spaziergang nach Hause, der vertraute, dennoch immer überraschende Sex, die sonderbare Atmosphäre am Sonntagmorgen.

Je länger es dauert, desto schwerer wird mich das Ende treffen, Zoes Abreise. Hoffen wir also, dass es so lange hält wie möglich und ich exakt so sehr leiden werde, wie ich es verdient habe.

Nach dem zweiten Mal rief Rachel an. Nur ein kurzer Anruf, um einen Termin zum Haareschneiden in zwei Wochen zu vereinbaren. Sie erkundigte sich nach meinem Befinden, machte Smalltalk und dann, bevor sie auflegte:

»Hör mal … Zoe, sie hat … sie hat erwähnt, dass du und sie … dass ihr euch getroffen habt. Ein paarmal.«

Mich zu fragen, ob Zoe ihren Freundinnen von uns erzählt hatte, war mir gar noch nicht in den Sinn gekommen, und doch war ich überrascht, als ich es erfuhr. Überrascht und erfreut.

_ _ _ _ _ _ _ _ _ _ _ _ _

»Du weißt, dass sie vorhat zu reisen?«

»Ja, hat sie erzählt.«

»Ich weiß, dass es mich nichts ... obwohl, sie ist meine beste Freundin, also geht es mich wohl doch etwas an, aber ... sorry, lösch das bitte, ich will nicht klingen, als sei ich ...«

»Schon gut, ich verstehe.«

»Danke, ich ... Sei einfach nett zu ihr, ja?«

»Versuche ich.«

»Das reicht nicht, Henry.« Sie lacht ein wenig. »Sei nett zu ihr.«

»Werde ich.«

»Gut. Ich würde wirklich ungern mit deiner Schere auf dich einstechen. Wir sehen uns in zwei Wochen.«

Gott weiß, welche Geschichte dahintersteckt. Ich würde fragen, aber wenn Zoe mir davon hätte erzählen wollen, wäre das wohl längst passiert. Vermutlich geht es um einen Mann, vielleicht hat er sie betrogen, sitzengelassen, oder vielleicht ist es andersherum. Was immer es ist – ich gehe jede Wette ein, dass Zoe genau deswegen in zwei Jobs schuftet, um sich dieses Flugticket kaufen zu können.

»Sie geht auf Reisen«, sage ich zu Jenny. »Das Mädchen.«

»Wohin?«

»Überallhin«, sage ich. »Etwas von der Welt sehen.«

»Indien!«, sagt Jenny und stößt einen krummen Finger in die Luft. »Muss sie hin, sehr nett.«

Ich hüte mich immer, jemandes Geburtsland zu raten, weil man dabei allzu leicht wie ein ignoranter Rassist wirkt. Mit Aussis und Kiwis habe ich bereits genügend Schwierigkeiten, von

– – – – – – – – – – – – –

den Asiaten ganz zu schweigen. »Sind Sie nicht …« Ich gestikuliere unkoordiniert, damit keine meiner Handbewegungen diskriminierend wirken kann.

»China, ja«, sagt Jenny. »Aber mein Mann Indien. Ich gehen Oktober.«

»Nach Indien? Wie schön.«

Jenny nickt. »Ja. Asche streuen.«

»Sie wollen die Asche Ihres Mannes vertreuen?«

»Mann, ja. Er gestirbt, Sie wissen.« Jenny hat Tränen in den Augen, als sie das sagt. Beim Boxen heißt es, der schmerzhafteste Schlag ist der, den man nicht kommen sieht, und Jennys sachliche Enthüllung trifft mich völlig ungedeckt.

»Jenny, das tut mir leid. Wann ist es geschehen?«

»März«, sagt sie. »Zwei Woche vor Geburtstag.«

»Seinem?«

»Meinem. Wollte mit mir ins Kino. Das mit tanzendem Jungen.«

»*Billy Elliot*?«

»Beisetzung selber Tag, Tickets weg.«

Auf der Suche nach einem Anzeichen von Humor sehe ich ihr in die Augen, finde aber nichts als Ernsthaftigkeit.

»Also ich lassen Zähne machen, Sie wissen.«

»Statt *Billy Elliot*?«

Jenny lacht, tätschelt meine Hand, als würde ich Spaß machen. »Familie von Mann nie wie ich. Chinesisches Mädchen, Sie wissen. Viel Streit, als er geheiratet, also nie wieder nach Hause.«

»Aber Sie bringen seine Asche hin.«

– – – – – – – – – – – – – –

Jenny nickt. »Ich versprechen. Als er Krebs bekommen« – Jenny führt die Hand an ihren Bauch –, »ich versprechen.«

»Hat er dort noch Familie?«

»Nur Schwestern. Sie nett, schreiben Briefe, Karten.«

»Ach, darum sind Sie hier? Wegen Indien?«

»Gut Zähne haben nett«, sagt sie.

Meiner Einschätzung nach sind Jennys Zähne seit mindestens zehn Jahren schlechter als schlecht, vermutlich doppelt so lange. Dass sie sie erst jetzt richten lässt, nach dem Tod ihres Mannes, erscheint mir tragisch.

»Keine Sorge«, sage ich zu ihr. »Ihre Zähne werden perfekt sein.«

Jenny nickt. »Sie lieben sie?«

Ich lache. »Dafür ist es ein bisschen zu früh.«

Jenny schüttelt den Kopf. »Ich wissen sofort. Ehemann sehr hübsch Mann, Sie wissen.«

»Das war er bestimmt.«

»Ich arbeiten in Krankenhaus, früher. Und jeden Tag ich gehen in Bäckerei, Kekse kaufen.«

»Schlecht für Ihre Zähne, Jenny.«

»Ja, aber Bäcker sehr netter Mann, ja. Sagen zu mir, kein Geld für Kekse, nur nettes Lächeln.«

»Ah, verstehe.«

»Also ich nehme Keks jeden Morgen vor Arbeit. Und viele Woche. Dann ein Tag – Kekse in eckig Schachtel, so – ein Tag, öffne Schachtel und keine Kekse. Nur flache Torte. Auf Torte kleine Lady und kleine Mann. Wie auf Hochzeitstorte, Sie wissen.«

– – – – – – – – – – – – –

»Sie machen Witze.«

»Er folgen draußen und sagen zu mir: ›Heiraten mich.‹ Nicht mal wissen mein Name.«

»Aber Sie haben ihn geheiratet.«

Jenny lacht. »Nein, Bäcker sehr dicker Mann, Haare auf Nase. Ich essen Kekse in Krankenhaus, mit hübscher Doktor. Er kaufen Tee, ich bringen Kekse. Dann ein Tag, er umziehen nach England. Und ich gehen mit, heiraten, Babys machen.«

»Meine Güte, Jenny, Sie stecken voller Überraschungen.«

»Ich wissen sofort.«

»Vielleicht stimmt es sogar«, sage ich.

»Warum nicht reisen mit Mädchen?«

»Das ist nicht so einfach, Jenny.«

Jenny zuckt mit den Schultern. »Schwer auch nicht. Ich okay jetzt, Sie können Taxi rufen?«

»Klar. Aber bitte denken Sie daran, heute Abend nichts Hartes zu essen. Und keine Kekse, hören Sie?«

Jenny lacht und tätschelt meine Hand.

Als ich mein Telefon hervorhole, um ein Taxi zu rufen, sehe ich, dass ich eine neue Nachricht habe. Von Zoe.

Was machst du morgen?

ZOE

Wir heiraten

»Verrätst du mir jetzt endlich, wohin wir fahren?«, fragt Henry, als unser Zug Victoria Station verlässt. Es ist Samstagmorgen, und ich habe meine Schicht im *Duck* getauscht, damit wir den ganzen Tag und den Abend für uns haben.

»Surrey«, sage ich.

Henry tippt auf sein Ticket, das auf dem Tisch liegt. »Ja, das war mir schon klar.«

»Wir heiraten.«

Aus Henrys Gesicht weicht augenblicklich jede Farbe, als hätte jemand in seinem Nacken einen Hahn aufgedreht. »Das ist ein Scherz, oder?«

»Mein Gott, Henry, du kannst einer Frau wirklich das Gefühl geben, etwas Besonderes zu sein.«

»Tut mir leid. Beim Thema Hochzeiten bin ich ein bisschen …«

»Entspann dich, wir probieren Torten.«

»Torten?«

»Hochzeitstorten, und ich verspreche, dass ich nicht um deine Hand anhalten werde.«

– – – – – – – – – – – – –

»Wa…?«, beginnt Henry, doch noch während er die Frage zu formulieren versucht, tauchen so viele weitere auf, dass er lieber verstummt.

»Es ist ein Gefallen für Rachel. Sie … Kannst du ein Geheimnis für dich behalten?«

Henry nickt. »Ja, kann ich.«

»Es gibt da etwas Kleines.«

Henry blickt aus dem Fenster auf die vorbeifliegende Landschaft. »Kleines?«

»Braten in der … du weißt schon, Zuwachs.«

»Schwanger! Was ist mit der Hochzeit? Wie schwanger?«

»Na ja, ich bin mir fast sicher, man ist entweder schwanger, oder man ist es nicht. Wenn sie vor den Altar tritt, wird sie in der zwanzigsten Woche sein. ›*Grooooßes* wallendes Kleid.‹«

»Verflixt. Dann muss ich wohl die Haare ein bisschen besser in Szene setzen.«

»Gute Idee. Gigantische Bienenkorb-Frisur à la Amy Winehouse vielleicht.«

»Torten also?«

»Na ja, du wolltest doch ein Date mit mir.«

»Ich hatte eher an Kino oder so gedacht.«

»Rachel kann im Moment nicht viel bei sich behalten, also, lockere schon mal den Gürtel.«

Henry hat ein sehr schönes Lächeln. Er lässt sich entspannt in den Sitz fallen und sieht aus dem Fenster.

*

– – – – – – – – – – – – –

»Was gibst du in der Kategorie Köstlichkeit?«, frage ich Henry.

»Hmm …« Er hält einen Finger hoch, kaut zu Ende, schluckt. »Definitiv eine Sieben.«

»Keine Acht?«

»Acht bekommt sie in der Kategorie Konsistenz«, sagt er und sticht mit der Gabel in die Torte. »Aber was Köstlichkeit betrifft, eine Sieben, höchstens Siebeneinhalb.«

»Was ist noch gleich der Unterschied?«

»Bei Köstlichkeit geht es um den Geschmack. Konsistenz betrifft …«

»Die Beschaffenheit, Darling«, sagt Janice – unsere Sherpa durch dieses Tortengebirge. »Soweit ich weiß«, sagt sie. »Konsistenz berücksichtigt den Gehalt der Zutaten und die Raffinesse der Zubereitung. Bei Köstlichkeit dagegen geht es ausschließlich, Sie wissen schon, um den Geschmack.«

Henry zwinkert mir zu. »Und was ist mit dem optischen Faktor?«, fragt er Janice.

»Augenschmaus ist ebenso wichtig«, sagt sie. »Wie macht die Torte sich auf Fotos, wenn ihr beiden Turteltauben« – sie berührt mit dem Rücken eines Fingers Henrys Wange, zwickt meine mit der anderen Hand – »sie anschneidet. An welchem Tag war es noch gleich?« Sie richtet diese Frage an Henry, und obwohl ich ihn auf der Zugfahrt hierher instruiert habe, fällt ihm die Antwort offensichtlich schwer.

»August … irgendwann in der … Mitte?«

Janice lacht, als sei sein Zögern eine liebenswerte Zurschaustellung männlicher Ignoranz.

»Am siebzehnten«, sage ich. »Stimmt's, Bärchen?«

– – – – – – – – – – – – –

Als Janice sich mir zuwendet, hebt Henry die Augenbrauen und formt lautlos das Wort *Bärchen*?

»Zu süß«, sagt Janice. »Ich sehe viele, ich meine, wirklich *viele* Paare, und, glauben Sie mir, ich weiß Bescheid. Zu« – sie kneift mir noch einmal in die Wange – »süß! Gut, ich lasse euch Turteltäubchen allein und hole die nächste Auswahl. Seid schön brav!«

Henry scheint sich vom ersten Schock erholt zu haben und lässt diesen etwas seltsamen Tag entspannt über sich ergehen. Geschickt pariert er Fragen zum Heiratsantrag, zu den Flitterwochen und dem Verbleib meines Verlobungsrings (beim Juwelier, wo angeblich der Ehering daran angepasst wird). Wenn ich Henry vor sechs oder drei oder auch nur zwei Monaten kennengelernt hätte, wäre ich für das hier, was auch immer es ist, vielleicht noch nicht bereit gewesen. Aber was, wenn ich ihn vor vier Jahren kennengelernt hätte, vor Alex? Wären wir dann heute noch zusammen? Und – nicht, dass ich mich schon nach einem Konfettiregen sehne, doch ich habe heute jede Menge Hochzeitstorte gegessen – wenn wir uns vor vier Jahren kennengelernt hätten, würden wir dann heute vielleicht nicht Rachels, sondern unseren eigenen großen Tag planen?

»Fast geschafft«, sagt Janice. »Ich nenne diese letzte Auswahl immer das *Sahnehäubchen*. Weil sich hier – haha! – alles sprichwörtlich um das *Sahnehäubchen* dreht, obwohl Zuckerhäubchen es wohl besser trifft. Sie haben acht verschiedene Glasuren zur Auswahl – hoffentlich sind Sie kleine Naschkatzen.«

Nach einem abschließenden Teller mit italienischer Sahnetorte, Marmorpuffer und Zitronenkuchen mit Mohn bin ich kurz vorm Platzen, und meine Zunge fühlt sich an, als habe man sie entfernt, weichgeklopft, in Zucker getaucht und falsch herum wieder angenäht. Alles schmeckt exakt gleich, und ich bewerte die Auswahl völlig willkürlich, weil ich bereits weiß, dass wir Mandel-Mohn-Biskuit mit Füllung aus frischen Früchten und Birnen-Buttercreme-Glasur empfehlen werden. Bevor wir gehen, präsentiert Janice uns zwei Zuckergussfiguren: eine errötende Braut für Henry und einen Bräutigam mit Zylinder für mich.

»Du liebe Güte, glauben Sie mir«, sagt sie und tupft sich theatralisch den Augenwinkel ab. »Wie füreinander geschaffen.«

*

Auf der Fahrt zurück nach London schläft Henry die meiste Zeit: Sein Kopf ruht am Fenster, und die vorbeifliegende Landschaft verliert allmählich Weite und Farbe. Vielleicht liegt es an der Situation, an dieser temporären Solange-sie-anhält-Beziehung, aber normalerweise ist seinem Gesicht immer ein Zeichen von Anspannung abzulesen. Als würde er nie richtig loslassen oder seinen Schutzschild herunternehmen. In diesem Moment jedoch schmilzt er dahin, und während ich ihn beim Dösen beobachte, das angedeutete Lächeln auf den Lippen sehe, spüre ich eine Mischung aus Schuld und Zweifel. Verworrene Gefühle, die zurück bis zu Alex reichen und in die andere Richtung bis zu dem Tag, an dem ich Henry verlassen werde. All das ist miteinander verbunden, weist jedoch in völlig verschiedene Richtungen, verzerrt das, was eine einfache, unkom-

– – – – – – – – – – – – –

plizierte Sache hätte sein können. Wir spüren es beide, aber es verfolgt Henry nicht bis in den Schlaf, und wenn ich am heutigen Tag irgendetwas ändern könnte, dann würde dieser Zug jetzt durch London hindurchfahren und einfach nicht mehr anhalten.

»Alle aussteigen«, sage ich und streichle seine Wange, als wir in Victoria Station einfahren.

»Sind wir da?«, fragt er und reibt sich mit den Handballen die Augen.

»Japp.«

»Na gut«, sagt er und lächelt. »Zu mir oder zu mir?«

Ich lehne mich über den Tisch und küsse ihn. Fahrgäste wuchten Taschen und Koffer aus den Gepäckablagen herunter, marschieren den Gang entlang an unserem Platz vorbei und steigen aus dem Zug, aber ich küsse Henry heftig und ohne jede Hemmung.

»Wofür war das?«

»Ich weiß, dass es eigentlich nicht angebracht ist, dich das zu fragen, aber meinst du, dass es für die nächsten zwölf Wochen … meinst du, dass es, solange wir zusammen sind, nur uns geben könnte?«

Henry nimmt mein Gesicht in die Hände und küsst mich auf die Stirn. »Dachtest du, dass es noch jemanden gibt?«

Ich zucke mit den Achseln. »Ich weiß nicht. Es ist nur, wir sind nicht …« Und dann kann ich nur noch einmal mit den Achseln zucken.

»Ja«, sagt Henry. »Nur uns.«

»Wenn es so ist … darf ich dich dann noch etwas fragen?«

– – – – – – – – – – – – –

»Schieß los.«

»Hättest du etwas dagegen, mich auf Rachels Hochzeit zu begleiten?«

JULI

4. Juli, 15:14

Von: Audrey <audreywilliams56@mymail.net>

An: Alex Williams

Mein lieber Sohn,
Deine Mutter ist jetzt tatsächlich sechzig geworden. Pat und Aggy waren übers Wochenende zu Besuch, um mich von vorn bis hinten zu verwöhnen. Sie haben mir Gutscheine für ein Wellnessbad geschenkt, und Pat sagte, ich solle mich unbedingt massieren lassen – aber, guter Gott, mein Sohn! Allein bei dem Gedanken daran, dort in Unterwäsche auf der Bank zu liegen, wurde ich rot. Aggy sagte, sie legen Dir ein Handtuch über, doch selbst dann … nein, ich glaube, ich lasse mir lieber das Gesicht massieren. Aber ich erwarte bestimmt keine Wunder!

Ich dachte immer, mit sechzig würde ich mein Alter verheimlichen wollen, doch jetzt, da es so weit ist, denke ich anders darüber. Alt zu werden sehe ich als Privileg – eines, das Du nie hattest, mein Sohn. Daher erzähle ich es jedem, den ich treffe, ich habe sogar ein Abzeichen, so groß wie der Deckel eines Marmeladenglases! Ich wünschte nur, Du und Dein Dad könnten hier sein, um mit mir zu feiern. Doch ich weiß genau, dass wir eines Tages wieder alle zusammen sein werden, und dieser Gedanke tröstet mich.

– – – – – – – – – – – – –

Unter meinem Bett steht ein Schuhkarton mit den Geburtstagskarten, die Du als kleiner Junge gemacht hast, und ein paar davon habe ich auf der Kommode in meinem Zimmer aufgestellt. Auf einer von ihnen hast Du mit Fingerfarben eine Blume gemalt. Sechs kleine rote Blütenblätter, wo Du Deine Fingerspitzen aufs Papier gedrückt hast. Ich glaube, ich werde sie diese Woche rahmen lassen und im Flur aufhängen. Das wird mein Geburtstagsgeschenk an mich selbst sein.

Liebste Grüße,

Mum xx

PS: Ich habe es getan! Ich habe die Vorhänge! Sie sind recht schick, finde ich, blau-weiß kariert. Sie lassen fast kein Licht durch, und ich schlafe die meisten Nächte ziemlich gut. Hätte ich schon vor Jahren machen sollen.

Mum xx

HENRY

Schweben wir?

»Sind alle entspannt?«

»Ähm …«

Sehr weit davon entfernt.

Anstelle von Meeresrauschen hören wir sich wiederholende Celloklänge. Ich fühle mich an das Streichquartett erinnert, das April und ich für unsere Hochzeit gebucht hatten.

»Großartig. Entspannt nun eure Zehen.«

Mir wäre es am liebsten gewesen, ich hätte das H-Wort nie wieder hören müssen, geschweige denn … Aber nun hat Zoe mich als ihre »Begleitung« zu Rachels Hochzeit im August eingeladen. Beim letzten Mal war ich eher eine »Entgleitung«.

»Knie«, sagt Gus.

Die Mädchen reisen alle schon am Freitag vor der Hochzeit mit der Fähre ab, doch weil ich es nicht besonders eilig habe, dort anzukommen, habe ich die Arbeitskarte ausgespielt und werde nun am Samstag in aller Früh fliegen. Sogar mein Ticket habe ich gekauft. Jetzt brauche ich nur noch einen Pass. Und dieses überaus wichtige Dokument steckt in der Vordertasche des Koffers, den ich achteinhalb Monate zuvor in Aprils Zimmer stehen gelassen habe. Unsere Sandalen, die Sonnenbrillen und das Mückenschutzmittel wird sie mittlerweile ausgepackt und meine Besitztümer in den nächsten Vulkan geschleudert haben. In gewisser Weise hoffe ich zumindest, dass dem so ist. Besser als der Gedanke, dass der noch gepackte Samsonite im Flur unseres neuen Heims steht und Spinnweben fängt, genauso wie die Hochzeitstorte von Miss Havisham. Ich glaube kaum, dass April absichtlich ein offizielles Ausweispapier vernichten würde, ich würde sogar dagegen wetten. Natürlich könnte ich einfach einen neuen Pass beantragen, aber das käme mir feige vor. Und außerdem würde ich das Unvermeidliche damit nur aufschieben.

»Uuuund das Gesicht.«

Das Gesicht wahren und in den sauren Apfel beißen, darum geht es wohl. Für einen kurzen Moment das Antlitz verziehen zu müssen, erscheint mir allerdings geradezu angenehm im Vergleich zu dem Empfang, der mich in meiner Heimatstadt erwartet. Seit ich April habe sitzen lassen, bin ich weder zu Weihnachten noch zu meinem eigenen Geburtstag oder denen meiner Eltern nach Hause gefahren. Anfang August haben sie vierzigjährigen Hochzeitstag, und ich wäre sehr gern dabei. Bei all seiner zur Schau getragenen Ablehnung jeder Romantik hat mein Dad noch nie vergessen, meiner Mutter am Hochzeitstag eine Karte und einen Strauß Blumen zu überreichen. Dieses Jahr setzt er noch eins drauf und lässt ein Rubinschmuckstück springen. Zweimal hat er mich in den letzten zwei Wochen angerufen, wenn meine Mutter nicht im Haus war, um mit mir zu beratschlagen, was zu kaufen sei: Ring, Kette oder Ohrringe.

_ _ _ _ _ _ _ _ _ _ _ _ _

Aber wenn ich an ihrer Feier teilnehmen möchte, ohne diese zu ruinieren, muss ich vorher mein Gesicht zeigen und zulassen, dass man es ohrfeigt, boxt und anschreit. Vielleicht mir sogar Zähne ausschlagen lassen. Wie passend.

»Und jetzt holen wir die Ballons heraus«, sagt Gus. »Meiner ist diese Woche gelb, aber die Farbe ist egal, Hauptsache, er schweeeebt.«

Zoe fährt in ein paar Wochen nach Brighton zu Rachels Junggesellinnenabschied, und während Rachel mit Schleier und dem obligatorischen L-Schild für »Learners« am Strand paradiert, werde ich gen Norden fahren, um das Gesicht zu wahren, in den sauren Apfel zu beißen und meinen Pass zu holen.

»Schweben wir?«, fragt Gus.

Mein Pass wiegt wohl kaum mehr als ein paar Gramm, stellt meinen kleinen blauen Ballon jedoch vor ein ernsthaftes Problem.

ZOE

P steht für Pappnase

Das Alphabet hat sechsundzwanzig Buchstaben, was dreizehn Doppelseiten in *The Elfabet* ergibt: A steht für Advent; B für Backwerk; C, um Himmels willen, natürlich für Choral. Es sind noch fast fünf Wochen bis Weihnachten, aber aus technischen Gründen muss dieses Werk noch vor Ende des Monats in Druck gehen, und deswegen haben wir uns versammelt – ich, meine Chefin, der Autor, die Illustratorin und die künstlerische Leiterin –, um die Skizzen der Illustratorin zu betrachten, das Layout zu begutachten und uns noch mal zu vergewissern, dass Tannenbaum tatsächlich das beste T-Wort ist. Seit zwei Uhr sitzen wir dicht gedrängt um den kleinen Tisch und sind bei G wie Glocken angekommen, was allerhand anzügliche Bemerkungen und gekünsteltes Gelächter hervorruft.

Anfangs trafen Alex und ich einander so oft, dass die Leute um uns herum anfingen, uns als Einheit zu sehen und A-bis-Z zu nennen. Ich tat so, als sei ich gekränkt, klar, aber insgeheim gefiel es mir, als die eine Hälfte eines vollständigen Ganzen zu gelten. Es wurde zu unserem kleinen Scherz: »Du vervollständigst mich, Zett«, sagte Alex. »Und du bist mein Anfang«, antwortete ich. Auf den Tag genau vor einem Jahr haben wir einander kennengelernt, und heute fehlt er mir mehr als in den letzten Wochen, seit ich Henry begegnet bin.

Ich blicke auf mein Telefon. Es ist halb fünf, und Henry hat sich immer noch nicht gemeldet. Ein schnödes kleines Spiel, das wir jeden Freitag spielen, aber ich habe vergessen, wer jetzt dran ist, als Erster nachzugeben.

Letzten Sonntag haben wir uns gestritten. Henry hätte unsere Beziehung fast als billige Bettgeschichte bezeichnet, und obwohl ich irgendwie beleidigt war, gefiel es mir, dass seine Frustration sich Bahn brach. Beinahe hätte ich ihm das auch gesagt, aber es schien mir der falsche Zeitpunkt zu sein.

W steht für Winter, und wenn der kommt, werde ich irgendwo am Strand liegen.

In der Mittagspause habe ich mein Ticket gekauft. Ich bin einfach bei einem dieser altmodischen Reisebüros an der Hauptstraße zur Tür hinein und habe vierhundertneunundvierzig Pfund und neunundneunzig Pence für ein einfaches Ticket nach Bangkok ausgegeben. Es gibt also kein Zurück mehr. Der Mann sagte, ich bekäme das Ticket billiger, wenn ich bis August, oder besser noch, September wartete, aber ich hatte das Gefühl, es müsse jetzt getan werden, heute und in dieser Minute. Denn je mehr ich für Henry empfinde – und es steigert sich von Woche zu Woche –, desto mehr gerät mein Entschluss ins Wanken. *Vielleicht sollte ich es einen Monat aufschieben, für zwei Monate oder sogar bis nächstes Jahr.* Doch ich weiß, daraus spricht nur die Angst. Ich blieb zu lange mit Alex zusammen, zum Teil aus Dankbarkeit, zum Teil, weil ich Schuldgefühle hatte, aber hauptsächlich aus Angst. Angst vor dem Ungewissen, Angst, allein zu sein. Als ich mich entschloss, auf Reisen zu gehen, bekam ich höllische Angst, und deswegen wusste ich, dass ich mich für exakt das Richtige entschieden hatte. Und ja, die Sache mit Henry hat etwas für sich, aber wenn ich jetzt nicht handle, dann ist das Risiko groß, es nie zu tun. Und das würde ich mir niemals verzeihen. Also atmete ich tief durch und reichte dem Reisebüromenschen meine Kreditkarte. Er gab mir dafür das Ticket. Oder das, was heutzutage so bezeichnet wird. Das hier ist keine feste Karte mit Goldrand, auf der mein Name und mein Zielort in geschwungen schräger Schrift gedruckt zu lesen sind; nein, es ist nichts als ein flattriges DIN-A4-Blatt mit einem QR-Code. Aber es wird mich ans Ziel bringen.

Henry hat sich immer noch nicht gemeldet. Noch fünf Minuten, und ich werde mich entschuldigen, auf die Toilette gehen und ihm eine SMS schicken: *Was hast du heute Abend vor?* Oder vielleicht füge ich noch einen kleinen Scherz hinzu; ein Friedensangebot: *Du hast gewonnen. Bis sieben dann.*

»Bin ich die Einzige, die ein Problem mit Xmas hat?« Das kommt von unserer Illustratorin Maggie, einem kleinen bescheidenen Ding, das meiner Einschätzung nach neunzig Prozent der Arbeit an diesem Buch leistet und dafür nicht mehr als fünfzig Prozent des Honorars bekommt.

»Das will ich aber hoffen«, bellt der Autor und lacht etwas unbeholfen. »Ich meine, schließlich ist es ja ein Xmas-Buch.«

»Na ja«, sagt Maggie. Sie spielte mit ihrem Stift. »Das meine ich ja. Wenn man Xmas schreibt, kreuzt man dann nicht irgendwie Christus durch?«

– – – – – – – – – – – – –

Charles, der Autor – guter Gott, wie sehr es mir widerstrebt, diesen Titel einem aufgeblasenen Widerling zu verleihen, dessen Buch aus sechsundzwanzig Buchstaben und siebenundzwanzig Wörtern einschließlich Plumpudding besteht –, seufzt. »Im Ernst?«

»Mir ist es irgendwie wichtig, das zu bedenken«, sagt Maggie.

»Das hätten Sie vielleicht sagen sollen, bevor Sie sich einverstanden erklärten, an diesem verflixten Buch mitzuarbeiten.«

»Meiner Ansicht nach habe ich das, tut mir leid.«

»Muss ich auch sagen«, kommt von Sunni, der künstlerischen Leiterin.

»Claire?«, sagt Charles und wendet sich an meine Chefin, obwohl das Buch mein Projekt ist.

»Zoe?«, sagt Claire und nimmt mir dadurch die Hoffnung, dass sie genau das nicht tun würde.

Ich merke, dass ich seufze, und mache eine Show daraus, mir angestrengt überlegend übers Kinn zu streichen. Ich versuche, das Ausstoßen von Luft als den Ausdruck tiefsinniger Gedankenarbeit zu kaschieren. Und gleichzeitig frage ich mich, warum mich das alles überhaupt schert. »Wie wär's mit Xylophon?«, sage ich. »Xylophone haben doch was Xmasliches, oder?«

Charles gibt einen lauten Eselsschrei von sich. »I-aah. I-aah, I-aah! Klischee-Alarm!«

»Was«, sage ich, »und Tannenbaum ist kein Klischee? Oder Dekoration oder Schneemann oder Kerz– !«

»Okay«, sagt Claire mit aller Autorität, die ihre Stimme hergibt, »atmen wir erst mal alle tief durch. Zoe?«

»Klar, kein Problem.«

»Charles?«

Charles, der mich schockiert und mit geöffnetem Mund anstarrt, wendet sich Claire zu. »Xmas …«, und er hält inne, damit wir auch alle verstehen, dass er nicht wünscht, unterbrochen zu werden, »ist konfessionslos, ja. Islam-freundlich und all das.« Er wendet seine Aufmerksamkeit Sunni zu. »Verstehen Sie, was ich meine?«

Sunni schmunzelt, zuckt mit den Achseln. »Ich bin Atheistin, aber denke trotzdem, dass es Christmas heißen sollte.«

»Jesus Christus«, sagt Charles.

»Oder«, sage ich, »wie wär's mit xenophob?«

Claire steht auf. »Zoe, auf ein Wort?«

Ihr Büro ist keine von Bücherregalen gesäumte, mit Eichenholz getäfelte und von Ledersesseln bevölkerte Kammer, wie man sie von einem Senior Editorial Director erwartet hätte. Es ist schlicht, schmucklos, und aus ihrem Stuhl hängt ein Zipfel Polsterung herab. Aber sie hat eine Flasche Scotch in der untersten Schublade. Ob es sich dabei um die Verneigung vor der Konvention handelt oder eine medizinische Unumgänglichkeit, weiß niemand, doch der Whisky ist jedenfalls kein Geheimnis, und jetzt steht er auf dem Tisch.

»Gut?«

»Hilft bestimmt«, sage ich und hebe mein Glas.

Ich könnte Claire erzählen, dass heute der Jahrestag der ersten Begegnung mit meinem verstorbenen Freund ist, aber das wäre mir zu billig. Und sowieso ist es nicht der Grund, warum ich meine Laune an Charles ausgelassen habe. »Sorry, Claire.

– – – – – – – – – – – – –

Mir geht so viel durch den Kopf. Das darf keine Entschuldigung sein, ich weiß, aber …«

»P steht auch für Pappnase«, sagte Claire lächelnd.

»Und für Professionalität, nehme ich an.«

»Meine Güte«, sagte Claire. »Wir scheinen die Rollen getauscht zu haben. Geht es Ihnen gut?«

»Ja, alles gut.«

»Sicher?«

Ich nicke. »Ja, sicher. Ich wollte eigentlich noch ein paar Wochen damit warten, aber weil wir jetzt hier sitzen …«

»Ja, Liebes?«

»K steht für Kündigung«, sage ich.

»O Zoe, Liebes.« Claire erhebt sich von ihrem Stuhl, umarmt mich und küsst meine Wange. »Erzähl es mir, erzähl mir einfach alles.«

Und das tue ich. Ich erzähle ihr von dem Tag, als ich Alex begegnete, dem Abend, an dem ich Henry kennenlernte, dem Kaffee auf der Albert Bridge und den Scrabble-Partien im *Duck and Cover.*

Als offensichtlich wird, dass mehr als eine fünfminütige Unterhaltung bevorsteht, eilt Claire kurz zur Tür hinaus, um mit Charles übereinzukommen, dass C für Christmas steht, X für Xylophon und S für Schieb es dir in den Hintern, wenn es dir verdammt noch mal nicht gefällt. Als sie zwei Minuten später wiederkommt, hat meine Chefin irgendwo Muffins aufgetan. Ich erzähle ihr von dem Haus, von der Hypothek, vom Streit über die Tapete, von der knirschenden Diele und von meinem einfachen Ticket nach Thailand. Als ich zu der Stelle komme,

– – – – – – – – – – – – –

an der ich unseren Autor xenophob genannt habe, haben wir die Muffins vertilgt, den Wiskey vernichtet und fast eine ganze Box Papiertaschentücher geleert.

HENRY

Ganz weiß

Nichts währt ewig.

Zähne auf Zeit, ein Freund auf Zeit.

Jennys Implantate haben sich perfekt integriert, und heute präpariere ich die restlichen dreizehn Zähne, schleife sie zu Stümpfen. Genau wie ihre Kameraden aus Titan, werden sie den neuen Porzellankronen Halt geben. Es ist der längste Tag der Behandlung: die Kronen von der letzten Sitzung entfernen, die Implantate säubern, Abdrücke vom ganzen Mund nehmen und schließlich im Oberkiefer wie im Unterkiefer rundherum provisorische Kronen anpassen, die sie tragen wird, während die neuen Zähne im Labor angefertigt werden.

Jenny weinte vor Schreck, als sie die provisorischen weißen Zähne im Mund sah, und ich musste sie beruhigen, damit ich sie erinnern konnte, dass wir noch eine weitere Sitzung vor uns hatten. Normalerweise würde ich die Farbe der Kronen mit der ihrer vorhandenen Zähne abstimmen, aber das kommt bei Jenny nicht in Frage – es sind keine Zähne mehr übrig.

»Ist ein leuchtendes Weiß, ich sag Ihnen, weißes Lächeln.«

»Sehen Sie mal hier.« Ich zeige Jenny eine Palette verblendeter Zahnproben, die von Hollywood-Weiß bis zu einer dezenteren Nuance reichen, die immer noch weiß ist, aber eine leicht gelbliche Färbung hat – eine Farbenfabrik würde es vielleicht Vanilla Cream nennen oder so ähnlich.

Jenny bleibt mit einem arthritischen Finger am Schneidezahn in Hollywood-Weiß hängen.

»Das wird nicht passen«, sage ich ihr.

»Weiß. Sieht weiß aus.«

»Wenn man älter wird, Jenny, werden die Zähne dunkler. Das ist ganz natürlich. Ungefähr so« – ich schiebe ihren Finger über die Farbpalette – »und das wirkt dann auch viel natürlicher.«

Jenny lässt den Finger nach Hollywood zurückrutschen. Na ja, es ist ihr Geld, es sind ihre Zähne. Und es ist ihr Lächeln.

»Also Jennyweiß wie Hollywood«, sage ich zu ihr.

»Ha, witzig! Nur Jenny weiß, wie weiß! Jennyweiß.«

Und ich stimme in ihr Lachen ein, denn, Teufel auch, wie wollte ich als Laufpassgeber und Ausgestoßener jemandem vorschreiben, wie er sein Leben führen soll.

Seit dem Torteprobieren und unserem Gelöbnis vorübergehender Monogamie haben Zoe und ich einander erheblich öfter getroffen. Sie taucht inzwischen jeden Freitag bei mir auf, bringt im Rucksack Klamotten zum Wechseln mit und bleibt dann bis zum frühen Sonntagabend. Wir sehen uns Filme an, machen lange Spaziergänge, vergnügen uns mit Spielen im *Duck and Cover*. Achtundvierzig Stunden lang weichen wir einander nicht von der Seite, und dadurch schmerzt ihre bevorstehende Abreise wie ein Stachel, der sich immer tiefer ins Fleisch bohrt.

_ _ _ _ _ _ _ _ _ _ _ _ _

Vielleicht erklärt das meinen zwanghaften Drang, sie zu konventionellen gemeinsamen Unternehmungen einzuladen – ins Kino, zum Essen, ins Theater –, obwohl ich genau weiß, dass sie ablehnen wird. Zoe spart Geld für ihre Reise und dreht jeden Penny zweimal um, und gleichzeitig ist sie zu stolz, wie ich vermute, um mich für uns beide bezahlen zu lassen. Sonntag versuchte ich es noch einmal.

»Lass uns ausgehen. Sonntagsdinner und eine Flasche Wein.«

»Ich werde erst nächste Woche bezahlt.«

»Ich lade dich ein.«

»Ich möchte nicht eingeladen werden. Das kann ich nicht leiden.«

»Ich würde lieber für uns beide bezahlen, als zu verzichten. Ich bin egoistisch, verstehst du. Deswegen ist es okay. Du würdest mir einen großen Gefallen tun.«

»Könnten wir nicht einfach abhängen?«

»Das machen wir doch so gut wie immer. Wird es dir nicht langweilig?«

Dämliche Bemerkung.

»Wieso? Langweilst du dich?« In Zoes Stimme schwingt Schärfe mit.

»Das meine ich nicht, und das weißt du auch. Lass mich dich ausführen.«

Zoe seufzte. »Ist wirklich süß von dir, ehrlich. Aber ich würde mich besser fühlen, wenn du es nicht tätest.«

»Wieso denn nur?«

»Weil … okay. Hör mal, es tut mit leid. Für mich ist es eben wichtig.«

– – – – – – – – – – – – – –

Ich hätte es dabei bewenden lassen sollen. »Und was ist mit mir? Mit dem, was mir wichtig ist?«

»Ich weiß nicht, Henry. Und wie sollte ich es auch wissen? Ich weiß doch gar nichts von dir.«

»Du weißt, wo ich wohne. Und das ist mehr, als ich von dir behaupten kann.«

»Nein. Bitte, können wir es nicht einfach genießen, so lange es …«

»Was? So lange es dauert?«

Zoe seufzte, und die Stellung ihrer Augenbrauen schien zu sagen: *Genau das ist es. Danke, dass du es ausgesprochen hast.*

»Zoe, genau das versuche ich ja. Es zu genießen. Aber …«

»Aber was?«

»Ich möchte nicht, dass wir nur …«

Zoe musterte mich eindringlich. Als wisse sie nur zu gut, was ich meinte (natürlich wusste sie das), sei jedoch gespannt, ob ich so dumm wäre, es laut auszusprechen. Da war dieser Satz, der unsere Beziehung so gut beschreibt und mir schon seit Wochen durch den Kopf ging. Vielleicht hatte ich zu viel Wein getrunken, nicht genügend Schlaf bekommen oder viel zu viele faulende Zähne sehen müssen, denn die Wörter hatten es auf meine Zunge geschafft. Und sie schmeckten widerlich.

»Nichts«, sagte ich. »Nichts.«

Zoe rutschte neben mich und legte den Kopf an meine Schulter. Ich weiß nicht, ob es eine Entschuldigung sein sollte oder ein Zeichen der Vergebung, aber ich ließ die Angelegenheit ruhen, und wir brachten den Rest des Tages ruhig und friedlich hinter uns. Uns bleiben zwei Monate, und selbst wenn ich an

– – – – – – – – – – – – –

dieser Tatsache etwas ändern könnte, weiß ich nicht, ob ich es tun sollte. Zoe hat ihre Last zu tragen, und es ist offensichtlich, dass ihr diese Reise wichtig ist. Vielleicht sollte ich froh sein, dass sie verreist, bevor sie herausfinden kann, wer ich wirklich bin. »Bis dann«, sagten wir, als Zoe abends ging, aber wie gewöhnlich trafen wir keine Verabredung.

Normalerweise ruft einer von uns beiden freitagnachmittags an, und Zoe trifft dann ein paar Stunden später mit zwei Paar Schlüpfern im Rucksack ein. Meistens harre ich aus und warte ab, ob Zoe die Initiative ergreift, aber sie beherrscht dieses Spiel besser als ich, und ich verliere die Nerven.

»Sie ruft nicht mit Nachricht an?«, fragt Jenny, als ich zum siebten Mal auf mein Telefon sehe.

»Noch nicht.«

»Hat vielleicht anderen Mann, haha.«

»Sie sind zum Schreien komisch, Jenny.«

»Guter Witz, aber nich, oder?«

»Das kann ich nur hoffen, weil ich sonst soeben achtundzwanzig Pfund für ein Paar Damenflipflops zum Fenster rausgeworfen habe.«

ZOE

Doppelscheiß

Es ist sechs Uhr, als ich aus Claires Büro wanke. So wie ich mich fühle, sollte es eigentlich bereits dunkel sein, aber es ist ein strahlender Juliabend, und ich muss mein Telefon mit der Hand beschatten, um auf dem Display lesen zu können. Ich habe eine Nachricht von Henry:

Sehen wir uns heute Abend? Ruf mich an – habe eine Überraschung.

Mir ist, als taumelte ich an einem emotionalen Abgrund, und nichts brauche ich weniger als eine Überraschung. Genauso wenig bin ich mir sicher, ob ich irgendwelche anderen Zuneigungsbekundungen ertragen kann. Plötzlich überkommt mich das Gefühl, es könnte nicht richtig sein – vielleicht sogar respektlos –, mich am Jahrestag meiner ersten Begegnung mit Alex in Henrys Arme zu kuscheln. Ich tippe eine kurze Antwort, und die grauen Lettern ermöglichen es mir, die ungezwungene Stimmung wiederzugeben, zu der ich von Angesicht zu Angesicht nicht fähig gewesen wäre:

Mist! Muss im D&C eine Extraschicht schieben. Sorry, ruf dich morgen an x

– – – – – – – – – – – – – – – – – –

Eine Notlüge, und wenn jemals eine gerechtfertigt wäre, dann heute Abend. Mein Handy pingt:

Kein Problem. Überraschung bleibt bestehen x

Ich bin zu betrunken, um das Fahrrad zu nehmen, aber es ist ein wolkenloser Abend, und ich habe es nicht eilig, nach Hause zu kommen. Gestern ging wieder eine E-Mail für Alex ein, und wenn heute Abend noch mehr eingetroffen ist, reiße ich mir die Haare aus. Ich schicke Henry einen Kuss zurück, schalte mein Handy stumm und mache mich auf den Weg. Ich laufe durch Soho, vorbei an den Freitagabendsäufern, die es sich auf dem Pflaster bequem gemacht haben, wo sie lachen, rufen, flirten. Ich gehe durch exklusive Verbindungsstraßen, vorbei an riesigen Häusern und ummauerten Gärten, bis ich die Albert Bridge erreiche. Um diese Tageszeit verkauft hier niemand Kaffee, und die tausend Glühbirnen sind noch kalt und werden es auch noch einige Stunden lang bleiben. Jetzt herrscht hier die City, und die Brücke ist unter heftigem Verkehr begraben, von Lärm geplagt und von Auspuffgasen vernebelt. Wenn ich hergekommen bin, um ein wenig in Nostalgie zu schwelgen – und vielleicht ist es ja so –, dann bin ich tatsächlich dämlicher, als ich es mir eingestehe.

Es dauert etwas über drei Stunden, zu Fuß nach Hause zu kommen, und ich hätte gut daran getan, die Schuhe zu wechseln. Ich bin verschwitzt, meine Füße schmerzen, und mein Haar ist strähnig. Ob ich hungrig bin oder nicht, weiß ich inzwischen gar nicht mehr, aber was ich jetzt unbedingt brauche, sind ein ausgedehntes Bad und zwölf Stunden Schlaf. Keine Post für Alex, und als ich auf der Treppe die Stufe erreiche, über der sein Bild hängt, werfe ich ihm einen Kuss zu und versuche, so gut es nur irgend geht, sein patentgeschütztes Kopfwackeln nachzuahmen. Ich habe es noch nie richtig hinbekommen, und als ich mein Konterfei erkenne, wie es sich auf dem Bild widerspiegelt, muss ich lachen. Aber dann kommen mir die Tränen. Doch es ist okay, es fühlt sich richtig an. »Hey«, flüstere ich und berühre mit dem Finger sein Gesicht. Dann gehe ich ins Bad, um Wasser in die Wanne laufen zu lassen.

Im Kühlschrank findet sich eine halbe Flasche Wein, und während das Wasser einläuft, gieße ich fast alles in ein Glas, das ich zusammen mit einem Trio Teelichter und einer Schachtel Streichhölzer nach oben trage. Die Wanne ist voll, aber ich merke sofort, dass etwas nicht stimmt. Die Raumtemperatur ist anders, der Spiegel ist nicht beschlagen, über dem Wasser steht kein Dampf. Und als ich meinen Arm in die Wanne senke, fühlt sich das Wasser nicht wärmer an als mein Chardonnay.

Der Mistboiler reagiert nicht. Ich drücke auf Knöpfe, hantiere an Reglern und Schaltern, ziehe das Handbuch zu Rate. Aber nichts passiert. Die Absurdität der Situation bringt mich wieder zum Lachen. Ausgerechnet heute Abend hat mein Boiler den Geist aufgegeben. Ich trinke meinen Wein auf Ex, greife mir ein Buch vom Regal und packe mich ins Bett.

*

Den Samstagnachmittag verbringe ich damit, Alex' altes Mountainbike zu putzen. Ich wünsche mir, dass es ein unangenehmerer Job wäre, doch es lässt sich nicht leugnen, dass Alex' Fahrrad frei von Matsch, Gras, Sand und Rotwildscheiße ist. Wir hatten uns die Räder vor fast zwei Jahren gegenseitig zu Weihnachten geschenkt. Unendlich viele Meilen wollten wir damit zurücklegen, die grünen Flecken und verborgenen Pfade unserer Stadt erkunden, vielleicht sogar nach Brighton strampeln. So viel zu »wollten«: Wir nutzten die Räder am ersten Wochenende und danach vielleicht noch zwei- oder dreimal. Nach Brighton schafften wir es nicht, wir kamen noch nicht einmal aus South London heraus. Wir kauften uns sogar einen Rucksack, der auch als Picknickkorb dienen konnte, doch benutzt haben wir ihn nie.

Bei eBay bekommt man für ein zwei Jahre altes Kona Fire Mountain um die zweihundert Pfund.

Das reicht noch lange nicht an die achtzehnhundertfünfzig Pfund heran, die es kostet, den Mistboiler zu ersetzen, der, wie vom Klempner bestätigt, nicht mehr zu reparieren ist. »Freuen Sie sich, dass er nicht in die Luft geflogen und das ganze Haus mitgenommen hat, junge Frau.«

Mir kam der Gedanke, mich einfach damit abzufinden, und zehn Wochen kalt duschen würde mich bestimmt für meine Reise abhärten. Aber derlei Gelegenheiten wird es auf der Reise selbst wohl noch genug geben, darum geht es ja eigentlich. Hinzu kommt, dass ich die Wohnung wohl kaum mit defektem Boiler vermieten kann. Fünf Minuten nachdem der Klempner gegangen war, rief ich Winston an und erbot mich, jede erdenkliche Zusatzschicht zu übernehmen. Er fragte, ob ich heute um vier, statt erst um sieben zu arbeiten anfangen könne. Schon wären wir achtzehn Pfund vom Defizit runter.

– – – – – – – – – – – – –

Das Beobachten mehrerer Auktionen informiert mich darüber, dass ein Paar Technics 1210 MK3 Decks bis zu 675 Pfund bringen kann.

Für das passende Vier-Kanal-Mischpult bekommt man noch mal 230 Pfund.

Ein Verstärker von Marantz und ein Paar Dali-Zensor-Lautsprecher bringen vielleicht jeweils 200 und 100 Pfund. Könnte jedoch auch weniger sein.

Nachdem ihm seine Schallplatten in Thailand abhandengekommen waren, hatte Alex damit begonnen, seine Sammlung wiederaufzubauen, aber mehr als hundert runde schwarze Plastikscheiben waren noch nicht zusammengekommen, und wenn ich Glück hatte, würde ich vielleicht 50 Pfund dafür einheimsen. Klar, wenn ich die Platten einzeln verkaufen oder in Spezialgeschäfte schleppen würde, könnte ich sie vielleicht für ein paar hundert Pfund verhökern, aber ich glaube, dass ich dazu weder den Willen noch die Energie aufbringe.

Ein Paar klassische Pioneer-Kopfhörer hätte vielleicht auch 70 bis 100 Pfund gebracht, doch die von Alex wurden am Tag seines Unfalls zerschmettert. Der Scanner, den er gekauft, jedoch nie benutzt hatte, könnte vielleicht 10 Pfund bringen, aber es haften so viele Schuldgefühle daran, dass ich mir darüber nicht den Kopf zerbrechen möchte.

Und schließlich gab es da auch noch eine Xbox 360 in gutem Zustand und mit sieben Spielen, die für 75 Pfund weggehen sollte.

Alles zusammen würde mit ein bisschen Glück also 1530 Pfund bringen, und dann würden immer noch ein paar

– – – – – – – – – – – – – – –

hundert Pfund für einen neuen Boiler und dessen Installation fehlen.

Eine gut funktionierende Leica M3 könnte durchaus um die 500 bringen und vielleicht sogar bis zu 800 Pfund, die Alex auch für sie bezahlt hatte. Damit wäre ich aus der Bredouille und hätte sogar noch ein paar hundert Pfund für Bikinis, Speis und Trank sowie die eine oder andere Kinokarte. Ich empfinde nicht die geringsten Skrupel, Alex' Fahrrad, die Plattenspieler und die Scheiben und so weiter zu verkaufen. Ich würde sie nie benutzen, und außerdem hätten wir das Mistding von Boiler schon instandsetzen müssen, als Alex noch unter uns weilte und heiß duschte. Der arme alte Alex ist also nicht weniger dafür verantwortlich als ich. Überdies fühlte ich mich erleichtert, denn all diese Dinge lagerten zwar außer Sichtweite im Schuppen, sind aber dennoch eine Last auf meinen Schultern. Nur die Kamera kann ich nicht weggeben. Es gefällt mir so sehr, dass Alex sie betrunken und aus einer dummen Laune heraus gekauft hat, und ich bin traurig, dass er sie nicht so häufig benutzte, wie er es hätte tun sollen. Wenn ich etwas zur Erinnerung an ihn behalte, dann diese Kamera.

Alex' Fahrrad zu putzen, das ganze Zeug aus dem Schuppen hervorzukramen und für eBay zu fotografieren, kostet mich fast den ganzen Tag, und nach dem langen Fußmarsch am Abend zuvor bin ich nicht nur verschwitzt und schmutzig, sondern auch noch von Spinnweben verklebt und mit Öl beschmiert. Ein weiteres Beispiel miserabler Planung, denn der Boiler wird erst nächste Woche geliefert, und ich schreibe Henry eine SMS:

— — — — — — — — — — — — —

Hey, bist Du zu Hause? Ich könnte echt eine heiße Dusche brauchen …

Das absichtlich unausgesprochene Ende meines Satzes sollte neugierig machen und auch etwas Verführerisches haben. Zumindest nahm ich das an, aber Henrys Antwort machte mir klar, dass ich schwer im Irrtum war:

Tut mir leid. Nicht zu Hause.

Nach einer entsetzlich kalten Dusche bin ich so aufgedreht, dass ich beinah meine Laufschuhe anziehe, um ein paar Runden zu drehen, doch danach müsste ich schon wieder duschen, und alles ginge von vorn los. Stattdessen verstaue ich eBay-Sachen im Gästezimmer, mache sauber und wechsle die Bettwäsche. Ohne lange nachzudenken oder mir die Frage zu stellen, warum ich es tue, lege ich Alex' Werbepost in eine Schublade und nehme sämtliche Fotos von ihm von den Wänden, nur das im Flur nicht.

Bevor ich mich auf den Weg zur Arbeit mache, schicke ich Henry eine SMS:

Hey, Du schuldest mir eine Überraschung. Seh Dich beim Quiz. X

*

»Okay, Sweetheart, wie geht's der Dusche?«

»Kalt.«

»Na ja, tut dir aber gut, Prinzessin«, sagt Winston. »Steht dir gut, so ein bisschen Farbe auf den Wangen.«

»Charmant.«

»Da fällt mir ein, dein Typ war gestern Abend hier. Ist aber schnell weggegangen, als er dich nicht gefunden hat.«

– – – – – – – – – – – – –

»Henry?«

»Wie viele haste denn noch? Ja, dein Henry. Warte kurz, er hat dir was dagelassen.«

Scheiße.

Winston verschwindet im Lagerraum und kommt mit einem Plastikbeutel zurück, der an einem seiner Finger baumelt.

In dem Beutel befinden sich zwei sorgfältig verpackte Geschenke. Auf dem Anhänger des ersten steht: *Damit Du weißt, wo Du gewesen bist*, und im gepunkteten Einwickelpapier befinden sich eine Weltkarte und ein Sortiment bunter Stecknadeln. Das zweite Päckchen – *Damit du immer den Weg findest* – enthält ein Paar knallbunter Flipflops. Die Größe stimmt, und das Sohlenprofil zeigt Pfeile, die allesamt nach vorn weisen.

Doppelscheiße.

HENRY

Es ist kompliziert

Typischerweise ist es samstags den ganzen Tag über ruhig, erst ab vier Uhr nachmittags rennen sie uns die Bude ein. Die sonnabendliche Perückenparade, nennt Gus es, wenn alle Club-Gänger, Pub-Gänger und scharfen Rendezvousler in den Spiegel sehen und nicht leiden können, was ihnen an Haarpracht entgegenstarrt. Auch mein Skalp ist längst überfällig und müsste gestutzt werden, aber ich habe nichts Aufregenderes vor, als einen Wald aus fünfzehnhundert Teilen zu puzzeln, und deswegen ist es egal.

»Bist irgendwie uneins mit dir, könnte man meinen«, sagt Gus.

»Mir geht's gut. Bin nur müde.«

Gus zuckt mit den Achseln.

»Wie geht's der …?« Er zieht die Augenbrauen in die Höhe, weil er mich vermutlich auf den Status meiner romantischen Beziehung ansprechen möchte.

Ich schüttle den Kopf.

Gus tätschelt mir die Schulter. »Scheiße, Mann.«

»Stimmt.«

– – – – – – – – – – – – –

»Manchmal ist es kompliziert, und dann wird es noch komplizierter«, sagt er.

»Ja.«

Das Handy pingt in meiner Tasche. Und wieder. Es pingt schon so lange, dass es sich anhört wie ein Schiffsradar.

Ping.

Gus fingert an seinem Ohr. »Entweder hab ich Ohrensausen, oder jemand versucht, jemanden zu erreichen.«

Hallo …

…

Es tut mir leid …

…

Danke für die Flipflops.

…

Und die Karte.

…

Ich möchte keinen Krach mit dir.

…

Ich hab noch nie von jemandem Flipflops geschenkt bekommen.

…

Oder eine Weltkarte, wenn ich's mir recht überlege.

…

Ich kann es erklären.

…

Es ist kompliziert.

…

– – – – – – – – – – – – –

Henry?

…

Ich werde nicht aufhören, bis du antwortest oder mein Akku leer ist.

Ist schon okay.

Können wir reden?

Alles gut. Vielleicht ist es am besten so.

Schmoll nicht. Das passt nicht zu dir.

…

Bogart hat nie geschmollt.

Kann man drüber streiten.

Johnny Stewart hat nicht geschmollt.

Jimmy.

Wusste ich natürlich.

Ich glaube dir.

Treffen wir uns heute Abend im *Duck*?

Ist das dein Ernst?

Wir könnten was spielen.

Miss Goldman, wollen Sie mich etwa verführen?

Wie in Scrabble spielen!

Sorry, konnte nicht anders.

Heute Abend also?

Hältst du das für eine gute Idee?

Wahrscheinlich nicht. Aber trotzdem …

Bist du ganz bestimmt da?

Clark Gable hat nie geschmollt.

Bis um acht.

Spielen!

HENRY

Süß

War sie das?«, fragt Gus.

Ich nicke.

»Geklärt?«

»Japp!«

»Süß.«

HENRY

Eine Art Witwe

Wir sitzen an einem Ecktisch, und Zoe macht ihre Essenspause – Cheeseburger mit Doppel-Bacon, Pommes und Zwiebelringen.

»Wo lässt du das alles?«

»Während der Woche esse ich so gut wie gar nichts«, sagt sie. »Ökominimiert wegen meiner … du weißt schon.« Sie streckt einen Fuß unter dem Tisch hervor und schlenkert mir einen roten Flipflop entgegen. »Danke«, sagt sie. »Hab ich es schon gesagt? Danke?«

»Ja, ein paarmal.«

Zoe war schwer in Fahrt, als ich ankam, zapfte Biere, öffnete Flaschen und sammelte Gläser ein. Beim Zusehen erfasste mich eine Art Heimweh, und ich fragte mich, wohin ich gehen und was ich tun werde, nachdem sie ihr Flugzeug bestiegen hat.

Ich setzte mich an der Bar auf einen Hocker. Zoe entschuldigte sich, lehnte sich über den Tresen und küsste mich, womit sie bei den Stammgästen des *Duck* Gejohle und Anfeuerungsrufe auslöste. Zoe sprach in Schlagzeilen – »Ich hab einen Autor angeschrien«, »Ich hab meine Kündigung eingereicht«,

– – – – – – – – – – – – –

»Mein Boiler hat den Geist aufgegeben« –, während sie von einem Ende der Theke hastete, Bestellungen entgegennahm und Drinks servierte. Aber das hier ist die erste Gelegenheit, uns richtig zu unterhalten.

»Ich hab mein Ticket gekauft«, sagt sie und linst unter ihrem Pony hervor. Sie wartet auf meine Reaktion. »Thailand.«

»Du bist bestimmt aufgeregt.«

»Warst du schon mal dort?«

Ich schüttle den Kopf. »Eigentlich bin ich noch nirgendwo gewesen. Ein paarmal in Frankreich. Amsterdam. Das wär's auch schon.«

»Ich darf jetzt wohl meine Weltkarte mit einer Stecknadel verzieren«, sagt sie.

»Wann fliegst du?«

»Fünfzehnter September. Terminal fünf. 10 Uhr 55 morgens.«

»Das wären also noch …?«

»Zehn Wochen. Heute in zehn Wochen.«

Noch zehn Wochenenden, und dann ist es vorbei. Ich wusste von Anfang an, dass diese – Angelegenheit – einmal enden würde, aber die Verkündung des offiziellen Termins traf mich dann doch wie eine Abfuhr. Es kommt mir vor, als stünden wir am Anfang – wir *stehen* gerade erst am Anfang –, doch jetzt ziert den Kalender ein gnadenloses »X«.

Zoe sieht auf ihre Flipflops hinunter, will sich abermals bedanken, hält jedoch inne.

Ich trete vorsichtig gegen ihren Fuß. »Ich freue mich für dich«, sage ich. »Ich selbst bin zwar alles andere als froh, aber … aber für dich freue ich mich.«

– – – – – – – – – – – – –

»Falls es dich tröstet – auch mich wirft es ein bisschen aus der Bahn.«

Ich zeige Zoe meinen Daumen und Zeigefinger mit ungefähr einem Zentimeter Abstand voneinander.

Zoe schmunzelt, formt dieselbe Fingerstellung und küsst damit meine Fingerspitzen.

»Es ist einfach etwas, das ich tun muss«, sagt sie.

»Ich weiß. Ich meine, ich weiß nicht, was dich antreibt, Zoe, aber es ist okay für mich. Wir haben alle … du weißt schon, unser Päckchen zu tragen.«

Zoe nickt, lächelt. Sie scheint nicht recht zu wissen, ob sie noch mehr sagen soll oder nicht, und wirkt urplötzlich tieftraurig. Sie fischt einen Eiswürfel aus ihrem Glas, beißt darauf und verzieht das Gesicht.

»Das solltest du mal nachsehen lassen«, sagte ich.

Zoe schüttelt den Kopf. »Kein Problem. Nur die Kälte, verstehst du?«

Winston stolziert zwischen den Tischen einher. Er hat das Mikro in der Hand und arbeitet sich durch die Fragerunde »Sport«. Als er an unserem Tisch vorbeikommt, deckt er das Mikro mit der Hand ab und sagt zu Zoe: »Zehn Minuten, Prinzessin.« Er zwinkert mir zu und fragt die versammelte Quiz-Gemeinde: »Welcher britische Boxer schickte Cassius Clay zu Boden?«

»Henry Cooper«, flüstere ich.

»Ach ja, du hast ja was dafür übrig …« Zoe hebt die Fäuste.

»Mein Vater war Profiboxer«, sage ich.

»Niemals!«

Ich nicke. »Clive ›Big Boots‹ Smith. Fünfundzwanzig Mal

gesiegt, dreizehn Mal verloren und einmal unentschieden. Benannte seinen Sohn nach …«

»Henry Cooper.«

»Damit hast du dir den Bonuspunkt verdient«, sage ich, beuge mich über den Tisch und küsse Zoe.

»Big Boots?«

»Ein Song von Elvis. Mein Dad hatte leichte Ähnlichkeit mit ihm. Mit Elvis.«

Zoe studierte ostentativ mein Gesicht. »Du hast nichts davon mitgekriegt«, sagt sie.

Ich nicke. »Ich komme ganz nach meiner Mutter.«

Zoe lacht. »Das ist doch hoffentlich ein Witz.«

»Mum war eine Granate. Sie ist Friseurin.«

»Von ihr hast du also das Haareschneiden gelernt?«

Ich nicke wieder. »Ihr Salon heißt *Love & Die.*«

»Lustig.«

»Außer dass es nicht ›dye‹ geschrieben wird, sondern D-I-E wie in ›Lieben und Sterben‹.«

Zoe zieht ein Gesicht, das nicht leicht zu deuten ist. »Oh, richtig. Das ist ein bisschen … düster?«

»Ein Missverständnis mit dem Schildermaler«, erkläre ich.

Zoes Blick verrät, dass sie noch nicht weiß, ob sie meine Worte für wahr oder erfunden halten soll. »Düster«, sagt sie nochmals.

»Also«, sage ich. »Du hast gesagt, ich erzähle dir nie etwas von mir, und jetzt weißt du etwas über mich, stimmt's?«

Zoe legt ihre Hände auf meine; ihre Fingernägel und die Fältchen auf ihren Knöcheln sind schwarz vor Schmutz.

– – – – – – – – – – – – –

»Immer noch kein heißes Wasser?«, sage ich, um das Thema zu wechseln.

»Mein Gott, das darf nicht wahr sein …?« Zoe beugt sich Richtung Achselhöhle und schnuppert.

»Nein, nein, deine Fingernägel«, sage ich.

Zoe lässt die Finger zwischen meinen verschwinden. »Ich habe saubergemacht …« Sie drückt meine Hände mit aller Kraft, als wolle sie sich für etwas wappnen. »Ich weiß nicht, wie ich es dir sagen soll, und deswegen … deswegen sage ich es dir ganz einfach.«

Ich nicke.

»Ich bin … so was wie eine Witwe.«

Zoe studiert meinen Gesichtsausdruck, als sich diese schwerwiegende Offenbarung zwischen uns schiebt. Ich öffne den Mund, um etwas zu sagen, merke aber, dass mir die Worte fehlen, und nehme stattdessen einen großen Schluck von meinem Drink.

»Mein voriger Freund ist gestorben.«

»Zoe …«

Sie nickt. »Entschuldige, aber besser …«

»Geht es dir gut?«

Zoe nickt langsam. »Meistens. Manchmal, so wie gestern, nicht so gut. Und das Haus, es war unser Haus, weißt du, das von Alex und mir. So heißt …« Sie weint leise. »… hieß er.«

»Zoe, ich weiß nicht, was ich sagen soll.«

»Tut mir leid, Henry. Ich … ich verstehe, wenn dir das zu viel ist.«

Ich bin verwirrt, schuldbewusst, traurig, erleichtert und wie-

– – – – – – – – – – – – – – –

der schuldbewusst. Hätte ich von Anfang an auch nur das Geringste davon geahnt, wäre ich Zoe vor all den Wochen niemals hierher gefolgt. Gleichzeitig bin ich jedoch froh, dass ich es getan habe. Selbst wenn sich nichts weiter daraus ergibt, bin ich mir inzwischen sicherer denn je, dass April die falsche Frau war. Ich habe April geliebt, aber ich habe für sie niemals empfunden, was ich für Zoe empfinde.

Ich schüttle den Kopf. »Ist es nicht.«

Zoe wischt sich die Augen, nimmt wieder meine Hände und flüstert: »Gut.«

»Wann ist es passiert?«

»Letzten Oktober«, sagt Zoe. »Er wurde überfahren.«

»Es tut mir leid. So leid.«

Wir schweigen eine Weile.

Ich tippe mit dem Fuß an Zoes Flipflop. »Und deswegen willst du auch …«

Zoe nickt. »Zum Teil. Hauptsächlich.« Sie schnieft, löst eine Hand und wischt sich die Tränen von der Wange. »Jetzt kennst du also mein großes Geheimnis«, sagt sie. »Ich hätte dir früher davon erzählen sollen, aber …«

Die Wörter »großes Geheimnis« belagern mein Gewissen, bohrend und hartnäckig.

»Alles gut, Herzogin?« Winston legt die Hand auf Zoes Schulter. »Was geht hier vor?«, fragt er und sieht mich aus zusammengekniffenen Augen an.

»Winnie«, sagt Zoe. Sie reibt sich mit dem Handrücken die Nase. »Tut mir leid, es war einfach nur ein komischer Tag.«

»Macht dieser Kerl dir Kummer?«, sagt er.

– – – – – – – – – – – – –

Zoe lacht. »Eher andersherum. Leider.«

»Dann ist ja alles gut«, sagt Winston. »So soll es sein.«

Zoe presst die Lippen aufeinander und schließt krampfhaft die Augen, aber ein frischer Tränenschwall drängt unter den Lidern hervor und ergießt sich über ihre Wangen.

»Welche Zahl steht auf dem Dartboard der Sechs gegenüber?«, spricht Winston in sein Mikro.

»Die Elf«, wispere ich. Winston wendet sich mir zu und hebt die Brauen. »Bin im Pub aufgewachsen«, sage ich.

Zoe sieht mich an. »Voller Überraschungen«, sagt sie, und weil ihre Anspannung nachlässt, brechen sich die Tränen endgültig Bahn.

Winston bedeckt das Mikro mit der Hand. »Hör mal, Süße, vielleicht solltest du heute früher Feierabend machen.«

Zoe schüttelt erschrocken den Kopf. »Winnie, mir geht es gut.«

»Was du nicht sagst. Sieh zu, dass du wegkommst …«

»Ganz ehrlich, ich bin – «

»Du kriegst dein Geld«, sagt Winston und zaust Zoes Haar. »Aber, gute Güte, heulende Tresenladys sind schlecht fürs Geschäft. Also iss deinen Burger, und mach dich vom Acker.«

Zoe nickt und nuschelt ein leises Dankeschön.

»Und du passt auf sie auf, *capisce*?« Winston nimmt die Hand vom Mikro und wandert in die Mitte der Bar. »Von wessen Ohr biss Mike Tyson 1997 ein Stück ab?«

»Wie geht es dir?«, frage ich Zoe.

Sie pustet sich eine Haarsträhne aus dem Gesicht und putzt sich mit einer Serviette lautstark die Nase. »Schon besser.«

_ _ _ _ _ _ _ _ _ _ _ _ _

Sie schiebt ihren Teller zur Seite, nimmt meine Hand und lächelt.

»Zu mir oder zu mir?«, sagt sie.

HENRY

Eine Art Zahnarzt

»Das ist am Tag unseres Einzugs«, sagt Zoe. Das Bild hängt auf halber Treppe an der Wand: Zoe und ihr früherer Freund Alex. Auf dem Bild lacht Zoe über etwas, das er gesagt haben muss. Im Lauf unserer vier Ausflüge die Treppen rauf und runter hatte ich reichlich Gelegenheit, die Einzelheiten wahrzunehmen: die randvollen Kartons, seinen Arm um ihre Taille, die Flasche Champagner. Sie sind ein schönes Paar. Und sie sehen glücklich aus.

»Ein hübscher Kerl«, sage ich.

Sieht besser aus als ich.

Zoe lächelt, nickt. »Ja, vielleicht war er das.«

»Hast du *Leoparden küsst man nicht* gesehen?« Zoe schüttelt den Kopf. »Er sieht ein bisschen aus wie Cary Grant«, sage ich. »Ohne die Pomade im Haar.«

Zoe lacht, berührt das Bild mit einem Finger und sagt: »Lass dir das nicht zu Kopf steigen, Mister.«

Ich folge ihr die Treppen hinunter und in die Küche, um nach dem Wasser zu sehen.

Im Kessel und auch im kleinsten der vier Töpfe kocht es,

während die anderen drei ihrer Größe wegen länger brauchen. Bei diesem Tempo wird es ungefähr vier Stunden dauern, die Badewanne zu füllen. Das Wasser, das wir bisher die Treppen hinaufgetragen haben, ist inzwischen lauwarm, und die Expeditionen werden immer gefährlicher, je weiter unsere Nüchternheit abnimmt. Dieses Unterfangen ist zwar zum Scheitern verurteilt, erfüllt aber doch seinen Zweck, indem es Zoe erleichtert, mir ihr Haus und den Geist von Alex vorzustellen. Seine übriggebliebenen Habseligkeiten bleiben im Gästezimmer eingesperrt: Decks, Schallplatten, Spiele, die darauf harren, verkauft zu werden.

Er ging morgens Frühstück holen und kam nie zurück. Das erklärt viel – alles, nehme ich an.

Zoe füllt mein Glas wieder auf.

»Danke.« Ich prüfe die Wassertemperatur im größten Topf.

»Ist es langsam so weit?«, fragt sie. Es wäre schneller gewesen, zu mir zu gehen, dort zu baden und wieder herzukommen. Ich schüttle den Kopf, Zoe zuckt mit den Achseln. Dann schaltet sie eine Gasflamme nach der anderen ab. »Das war's dann wohl mit unserer romantischen Begegnung«, sagt sie.

»Ich halt mir einfach die Nase zu«, sage ich. Zoe nimmt mich bei der Hand und führt mich nach draußen in den hinteren Garten. Sie holt zwei Liegestühle aus dem Schuppen und stellt sie so auf, dass wir das Ende des Sonnenuntergangs miterleben können.

Goldene und lilafarbene Dunstschwaden ziehen über den Himmel, und es wird kühl. Außer vom Verkehrslärm in der Ferne wird die stille Abendluft auch durch nahes Vogelgezwit-

– – – – – – – – – – – – –

scher belebt. Am verwitterten Zaun zwischen den Gärten lehnt ein blitzblankes Mountainbike. Alte Farbdosen stehen zusammen mit diversen Säcken und Pappkartons säuberlich aufgereiht vorm Schuppen.

»Tut mir leid, dass es hier so aussieht«, sagt Zoe.

»Du hattest einen arbeitsreichen Tag.«

Zoe nickt gedankenversonnen. »Eine arbeitsreiche Woche. Und wie war es bei dir?«

»Ich habe einer meiner …«, ich drehe mich zu Zoe um, damit ich die Wirkung meiner Worte ihrem Gesicht ablesen kann, »… Patientinnen von dir erzählt.«

»Patientin?«

Ich nicke. »Ja, ich bin eine Art Zahnarzt.«

Zoe runzelt die Stirn. »Eine Art – *was*?«

»Freitags…«, als sei damit auch nur das Geringste geklärt, »war und bin ich Zahnarzt. Ich hatte sozusagen Langeweile.«

»Zahnarzt?«

»Ja, leider.«

Ich bin dankbar, dass Zoe lacht. Sie schüttelt den Kopf. »Und was ist mit dem Schnippschnapp …?« Sie bewegt die Finger wie eine Schere.

»Nennen wir es Midlife-Crisis.«

Zoe greift nach meiner Hand. »Ich hoffe nicht«, sagt sie, eine Träne im Augenwinkel. »Warum hast du mir nichts davon gesagt?«

»Glaubst du mir, wenn ich sage, dass es eine lange Geschichte ist?«

»Also wegen einer Frau?«

– – – – – – – – – – – – –

Mein Herzschlag beschleunigt sich, denn hier taucht er auf – der erste wacklige Dominostein in der langen Reihe, die damit endet, dass ich eine Frau allein am Traualtar stehen lasse. Zoe wirkt entspannter, seit sie ihr Geheimnis geteilt hat, und ich spüre die schleichende Versuchung, alles zu erzählen. Aber wäre das nicht egoistisch – eher zu meinem Vorteil als zu ihrem?

»Sorry«, sagt Zoe als Reaktion auf mein Schweigen. »Neugierig.«

»Bitte nicht.«

»Hm«, sagt sie, »du erzählst also deinen Patienten«, sie lacht, »von mir?«

»Jenny, ja.«

»Sollte ich eifersüchtig sein?«

»Sie ist zweiundsiebzig. Und hat keine Zähne.«

»Das dürfte dir die Arbeit erleichtern.«

Ich bin mir nicht sicher, ob ich ausgerechnet Zoe mehr von Jenny erzählen sollte, aber bei ihrer Geschichte geht es nicht nur um Verlust, sondern sie ist optimistisch, ähnlich wie bei den Leuten in den dokumentarischen Einspielern bei *Harry und Sally*. Und so erzähle ich Zoe von Jenny, ihrem Mann und ihrer geplanten Indienreise, um seine Asche zu verstreuen.

Als ich zum Ende gekommen bin, sind am Himmel sämtliche Farben verblichen, aber im letzten Lichtschimmer sehe ich auf Zoes Wangen Tränen glitzern.

»Eine schöne Geschichte«, sagt sie leise.

Ein kleiner Vogel landet auf dem Zaun und trillert in die Dunkelheit.

- - - - - - - - - - - - -

»Er fühlt sich bestimmt verloren«, flüstere ich.

Zoe lacht leise. »Tun wir das nicht alle?«

»Dürfte ein Star sein.«

»Sind wir nun unter die Ornithologen gegangen?«

»Nein, nur …«

»Vogelfreak?«

»Nein. Aber wenn man auf dem Land aufwächst, weiß man …«

»Ich bin an der Küste aufgewachsen, und ich kann kaum den Unterschied zwischen einer Möwe und einer Taube erkennen.«

»Du weißt doch, dass man manchmal Riesenwolken sieht, die nur aus Vögeln bestehen«, sage ich und lasse eine Hand durch die Luft schwirren. »Wolken aus Vögeln, und alle bewegen sich gemeinsam.«

»Stare?«

»Genau. Und diese Formationsflüge nennt man Murmuration.«

»Guter Titel für ein Kinderbuch«, sagt Zoe.

»Gierig sind sie auch«, sage ich und drehe mich zu ihr um. »Vertilgen alles, was ihnen vor die Schnäbel kommt.«

»Was? Was willst du damit sagen?«

»Nichts Bestimmtes.«

»Du bist tatsächlich ein Vogelfreak.«

»Vielleicht ein bisschen. Brian, zu Hause mein bester Freund, und ich, wir haben Vogelhäuschen gebaut und sie an Touristen verkauft.«

Der kleine Star zwitschert noch einmal und fliegt davon. Heim.

– – – – – – – – – – – – –

»Baust du mir auch eins?«, sagt Zoe.

»Hast du eine Säge?«

»Irgendwo da«, sagt Zoe und nickt in Richtung Schuppen.

Ich stehe auf und prüfe ein paar von den wackligen Zaunlatten. Eine davon hat sich unten ohnehin gelöst. Ein kräftiger Ruck, und ich habe sie in der Hand.

ZOE

Männer, die Häuschen bauen

Das Weiß verfärbt inzwischen eine komplette Strähne, beginnt schon an den Wurzeln und erstreckt sich nach dem letzten Haarschnitt bis hinaus in die Spitzen. Auf dem Rückweg in seine Wohnung machten wir in der Zahnarztpraxis halt, in der Henry einen Tag die Woche arbeitet. Er ließ uns mit seinem Schlüssel ein und reparierte einen Riss in meinem Zahn mit Fluoridlack. Mein Friseur kümmert sich um meine Zähne. Mein Zahnarzt kümmert sich um meine Frisur.

»Hat dir schon mal jemand gesagt, dass du einen perfekt geformten Kopf hast?«, frage ich.

Henry lacht.

»Halt still. Ich hab so was doch noch nie gemacht.«

»Ja«, sagt er. »Es war mit das Erste, was Gus gesagt hat.«

»Der *Hairy Krishna*?«

»Eben der.«

Nachdem Henry meine gesplissenen Haarspitzen gestutzt, meinen Pony ausgeglichen und die Stufen nachgeschnitten hatte, bestand ich darauf, ihm den Gefallen zu erwidern. Ich kurve mit der Haarschneidemaschine über seinen Kopf, kürze den

Flaum zu ebenmäßigen Stoppeln und lasse seine Haare auf die Dielen rieseln, wo sie sich mit meinen vereinen. Gestern Abend hat er mir aus einer morschen Zaunlatte ein Vogelhäuschen gebastelt, das wir mit einer alten Farbprobe in Auberginentraum anmalten.

Ich bin erleichtert, Henry von Alex erzählt zu haben, und ich glaube, dass er jetzt besser versteht, warum ich auf Reisen gehen will. Ich nehme an, dass er mich deswegen auch nicht bitten wird zu bleiben oder sich gar einlädt, mein Reisebegleiter zu werden. Was würde ich sagen, wenn er es täte? Mir kommt es vor, als stünden wir am Anfang von etwas, und je mehr ich über ihn erfahre und ihm von mir preisgebe, desto mehr möchte ich … mehr. Ich möchte ihn nicht zurücklassen, aber der Sinn hinter dem Plan, ein Jahr fortzugehen, besteht doch gerade darin, mir selbst zu begegnen und mich allein durchzuschlagen – und ich bin mir nicht sicher, ob das gelingen könnte, wenn mich jemand an der Hand hielte.

»Warum hast du dich für Zahnmedizin entschieden?«, frage ich.

»Mir war nicht danach, unbekleidete alte Leute vor mir zu haben.«

»Wie bitte?«

»Ärzte«, sagt Henry. »Na ja, auch ich muss so manchen Horroranblick ertragen, aber das ist nichts im Vergleich zu dem, was die Ärzte zu sehen bekommen. Und wo die überall mit den Fingern herumstochern müssen.«

»Du musstest dich also entscheiden? Ob du Arzt oder Zahnarzt sein willst?«

– – – – – – – – – – – – – –

Henry zuckt mit den Achseln. »Klingt etwas kitschig, oder: *Ich wollte immer schon den Menschen helfen?*«

»Wenn du es so sagst.«

Henry gibt einen Laut von sich, mit dem er ihre Kritik anerkennt. »Ich meine, man ist doch noch ein halbes Kind, wenn man diese Entscheidungen trifft, oder? Ich war gut in Biologie und Chemie, arbeitete gern mit den Händen, und außerdem verdienen Zahnärzte gut.«

»Und du brauchst dir nicht die Hintern alter Männer anzusehen.«

»Genau. Hast du Ahnung von Determinismus?«

»Klaro. Ohne Ende. Nein, natürlich nicht.«

»Zum Beispiel bei Namen … Sagen wir mal, du nennst dein Kind Walter. Dann stehen die Chancen nicht schlecht, dass er ein Weichei wird. Oder nenn es …«

»Nenn es Trixie, und es wird zur Stripperin.«

»Richtig. Mein Spitzname in der Schule war Zahnarzt.«

»Du spinnst!«

»Hab einem den Zahn ausgeschlagen und …«

»Was? Sag bloß, du warst einer von diesen schrecklichen Raufbolden?«

»Ich hasste Raufereien. Aber ganz aus dem Weg gehen kann man ihnen nicht. Jedenfalls …«

»Der Zahnarzt«, sage ich. Ich küsse Henry auf den Handrücken und bereue es noch im selben Moment, als ich meine Lippen löse und sie mit Haarschnipseln verklebt sind. »Igitt!«

»Ich meine, natürlich bin ich nicht deswegen Zahnarzt geworden, aber man kommt ins Grübeln.«

– – – – – – – – – – – – –

Ich berühre seine leicht schiefe Nase. »Ist es dabei passiert?«

»Nein. Das Schlimmste, was ich mir auf dem Spielplatz eingefangen habe, war ein blaues Auge. Und das mit der Nase ist passiert, als mich mein Alter zum Boxtraining mitnahm. Ich sollte lernen, mich zu verteidigen.«

»Wenn das keine Ironie ist.«

»Allerdings. Und du, wieso arbeitest du im Verlag?«

»Eigentlich war ich Anwältin.«

»Tatsächlich?«

»Tatsächlich. Halt still, ich will deinen Hals nicht aufschlitzen.«

»Wieso Jura?«

»Ehrlich gesagt, weiß ich es auch nicht so richtig. Es ist zu blöd, aber kennst du *Ally McBeal*?«

»Die Fernsehserie?«

»Natürlich wusste ich, dass nicht alles Starbucks und Robert Downey Jr. sein würde, aber wie du sagtest, ich war noch ein halbes Kind.«

»Und deswegen hast du aufgehört? Keine Robert Downeys?«

Ich antworte nicht sofort, sondern konzentriere mich darauf, die Haarschneidemaschine den rechten Weg über Henrys hübsch geformten Schädel finden zu lassen. Eigentlich war der Job schon nach vier Minuten getan, doch ich genoss den entspannten und intimen Kontakt.

»Aber jetzt bist du glücklich?«, fragt Henry.

»Ja«, antworte ich ihm. »Jetzt bin ich glücklich.«

»Und?«, sagt Henry nach einer Pause. »Hab ich noch ein paar Haare übrig?«

– – – – – – – – – – – – –

»Nein, alle weg. Was hältst du davon, zusammen zu duschen?«

»Die Dusche ist klein.«

»Ich weiß. Und dann darfst du mich zum Samstagslunch einladen.«

HENRY

Saure Äpfel

Aus dieser Richtung habe ich mich meinem Zuhause noch nie genähert.

Wenn ich freitagabends von der Uni zurückfuhr, die Autobahn hinter mir gelassen hatte und auf die vernachlässigten Nebenstraßen einbog, hatte ich immer das Gefühl, dass sich mein Herzschlag verlangsamte. Unabhängig von der Jahreszeit öffnete ich die Fenster. Meine Atemzüge verloren an Hast, und meine Hände klammerten sich nicht mehr verkrampft ans Lenkrad. Aber jetzt, da ich im prallen Julisonnenschein aus London kam, hatte der Anblick der Gipfel die gegenteilige Wirkung auf mich. In voller Sommerblüte recken sich die Hecken heraus auf die Straße und kratzen am Auto, als wollten sie mich packen.

Beiß in den sauren Apfel, Henry.

Pack die Karten auf den Tisch.

»Wir rechnen dann gegen Mitternacht mit dir«, hatte Mum gesagt.

»Ich sehe euch zum Lunch«, antwortete ich ihr.

Zoe dürfte inzwischen in Brighton sein. Erst vor drei Stunden haben wir uns den Abschiedskuss gegeben, und schon sehne ich mich nach ihren Albernheiten, ihrem Lachen, ihren Berührungen. Vicky hat einen strammen Reiseplan ausgeheckt: Strand, Drinks, Restaurant, Club, Stripper. »Wünsch mir Glück«, sagte Zoe, als wir heute Morgen gemeinsam das Haus verließen. Ich hätte beinah dasselbe gesagt – *Wünsch mir Glück* –, aber die einzige Herausforderung, von der Zoe weiß, dass sie mich an diesem Wochenende erwartet, ist ein Friseursalon voller gespaltener Haarspitzen und ungleichmäßig geschnittener Ponyfransen.

Mein Wagen ist immer noch an beiden Seiten schwer malträtiert und verrät jedermann, der hinschaut, dass ich wieder da bin. Und da sich die Katze schon sehr bald aus dem Sack befreit haben und jaulend durch die Straßen toben wird, möchte ich wenigstens mit meinen Eltern ein Glas trinken, bevor die Leute anfangen, mich mit Gegenständen zu bewerfen. Daher fahre ich den langen Umweg außen herum zum *Black Horse*, meide das Ortszentrum und die belebten Straßen. Gutes Wetter ist schlecht fürs Geschäft, hat Dad immer gesagt, und es überrascht mich nicht, dass der Parkplatz des Pubs an diesem wolkenlosen Nachmittag so gut wie leer ist. Ich lenke den Wagen über den Kies in die äußerste Ecke, zähle bis zehn und steige aus. Was April meinetwegen hat erdulden müssen, habe ich mir noch nicht verziehen, aber die verstrichene Zeit und die meilenweite Entfernung haben mir geholfen, sie über mich herein zu verdrängen. Doch jetzt, da ich hier stehe, bricht sie über mich herein – *Du hast sie vorm Alter stehen lassen!* –, kaltherzig und unversöhnlich. Auch die Angst meldet sich. Die Seitentür des *Black Horse* ist vielleicht zwanzig Schritte entfernt, scheint

– – – – – – – – – – – – –

aber wie in einem Horrorfilm immer weiter vor mir zurückzuweichen.

Mum hat mir versprochen, mit April zu reden und sie vorzuwarnen, dass ich käme, damit – so ihre Worte – »der Schock für das arme Mädchen nicht so groß ist«. Wie sie meine Nachricht aufgenommen hat, habe ich nicht erfragt, aber ich wette, es war nicht mit einem Lächeln. Ich überlege ernsthaft, mich ins Auto zurückzuschleichen, als mich die Stimme meiner Mutter aus einem der oberen Fenster wie ein Pfeil trifft.

»Um Gottes willen, komm rein.«

»Nette Begrüßung«, sage ich, nachdem ich eingetreten und die Treppe hinaufgestiegen bin.

»Was hast du erwartet? Blasorchester und Blumensträuße?«

Ich lege Mum die Arme um den Hals und spüre, wie sich ihr Körper entspannt, als ihre Hände meinen Rücken umfassen und mich an sie ziehen. »Du hast mir gefehlt«, sagt sie. »Du dummer, dummer … Du hast mir gefehlt.«

Ich küsse sie auf den Kopf und atme dabei den vertrauten Geruch ihres Haarsprays ein. »Du hast mir auch gefehlt.«

»Und was zum Teufel hast du mit deinem Haar angestellt?«

»Tarnung«, sage ich.

»Spiel hier nicht den Oberschlauen, Henry.« Mums Augen verengen sich, und Farbe steigt ihr in die Wangen.

Dad kommt ins Zimmer, schließt die Tür hinter sich und zieht mich fest an sich. Die Umarmung währt eine Weile. »Was soll denn das hier sein?«, fragt er und fährt mir mit der Hand über den Kopf.

*

– – – – – – – – – – – – – –

»Friseur?«

Ich glaube, mein Vater stellt diese Frage bereits zum vierten Mal, aber meine Mutter hat auch mehrere Male nachgehakt, so dass ich ein bisschen den Überblick verloren habe. Wenn Mutter fragt, klingt jedoch eine Spur unerwarteten Stolzes mit. Meinem Vater hingegen gelingt es, die beiden Wörter mit besorgtem Argwohn aufzuladen.

»Friseur, ja.«

Ich habe ihnen die Ereignisse geschildert, in deren Verlauf ich zum Haarschneider im *Hairy Krishna* (»komischer Name«) avancierte, und ihnen versichert, dass meine Zahnarztambitionen durchaus noch existieren. Trotzdem dauert es eine Weile, bis die Neuigkeiten verdaut sind.

Dads Augenbrauen verwachsen miteinander, während er mit einem Gedanken zu ringen scheint. »Du bist doch nicht …« Er hebt die rechte Hand wie zum Schwur und lässt dann das Gelenk erschlaffen. »… du weißt schon?«

»Um Himmels willen, Clive, nur weil der Junge plötzlich weiß, was er …« Der Blick meiner Mum fällt auf mein Haar, und ihr Gesichtsausdruck wechselt von Entrüstung zu purem Schrecken. »Sohn«, sagt sie, »hast du April deswegen verlassen? Weil du eine Lüge gelebt hast? Oh, Henry.«

»Ich bin nicht schwul.«

»Gott sei Dank«, sagt mein Dad. »Ich meine, danken wir Gott.«

Meine Mutter mustert mich immer noch argwöhnisch. »Aber da gibt es jemanden?«

»Was? Sei bitte nicht albern.«

– – – – – – – – – – – – – –

»Name?«

»Wessen?«

»Ich bin deine Mutter, Henry. Ich kenne deine blöde Visage, und ich weiß, wann du etwas verheimlichst. Also: Name?«

»Zoe.«

»Aha«, sagt Mum und lächelt scheinheilig. »Verstehe. Zoe?«

»Sheila, lass doch …«

»Hast sie nicht mitgebracht, wie?«

Meine Mum ist auf den Beinen, und Big Boots steht auf, um sich zwischen uns zu stellen.

»Weiß sie es? Diese *Zoe*?« Es klingt, als würde meine Mutter statt ihres Namens *Mörderin, Betrügerin, Schlampe* sagen.

»Mum, bitte.«

»Moment mal, wie lange bist du schon …?«

»Mum, es sind erst ein paar Wochen, und es hat nichts zu tun mit mir und …«

»Mit wem – April? Was ist los, kannst nicht mal mehr ihren Namen aussprechen?«

»Sheila, setz dich wieder hin.«

Mum geht rückwärts zu ihrem Sessel und lässt sich hineinfallen wie ein Häufchen Elend. »Sie ist wie eine Tochter für mich.«

»Ich weiß. Aber was ist mit mir? Was ist mit meinen Bedürfnissen und dem, was ich durchmache?«

Mum macht ein Gesicht, als hätte sie eine Ohrfeige bekommen. Doch auf einmal wirkt sie nicht mehr ärgerlich, sondern zerknirscht. »Ich habe gesagt, sie ist *wie* eine Tochter. Das ist alles.«

Dad hockt sich auf Mums Sessellehne, nimmt ihre Hand und legt sie auf seinen Oberschenkel. Die Geste ist ungewöhnlich liebevoll, und es tut mir gut, sie mit anzusehen. Vielleicht haben meine Dummheit und das anschließende Exil zu einer Annäherung der beiden geführt. Ich weiß, dass ich keinen Silberstreif am Horizont verdient habe, aber wenn dies einer ist, erfreue ich mich daran.

»Es war schwierig, mein Sohn«, sagt Dad. »Für uns alle.«

»Wie geht es ihr?«, sage ich. »April?« Ihr Name kommt mir nur schwer über die Lippen.

Mum und Dad sehen einander an, und da ist etwas, das sie schweigend austauschen.

»Was?«, frage ich.

Sie blicken einander auf die Hände, und meine Mutter lässt den Kopf seitlich auf die Brust meines Vaters sinken.

»Hat sie jemanden gefunden?«

Meine Mutter sieht mich bitter an. »Meinst du denn, sie wartet auf dich?«

»Nein.«

»Nach allem, was du dem armen Mädchen angetan hast?«

»Ich sagte nein.«

»Also«, sagt Dad, »wie ist jetzt der Plan?«

Ich schüttle den Kopf. »Ich habe keinen.«

»Das ist mal wieder so was von typisch für dich«, sagt Mum und befreit sich energisch aus Dads Griff.

*

– – – – – – – – – – – – –

Drei Monate vor der Hochzeit wurde das Haus fertig, daher ist es im Juli ein Jahr alt. Vielleicht hat es sogar heute Geburtstag. Ich habe es schon einmal betreten, auch April hat es betreten, aber nie zur selben Zeit wie ich, denn jemand – vielleicht ich – hatte behauptet, es brächte Unglück.

Dieser Backsteinhaufen weckt keine Gefühle in mir. Keine Reue, kein Bedauern über den Verlust, auch nicht den Gedanken, dass ich jetzt dort wohnen müsste. Und doch bin ich hier, stehe an der kurzen Zufahrt, hinter dem geschlossenen Tor, und starre auf die zugezogenen Vorhänge.

April suchte damals die Teppiche aus, die Tapeten, die Vorhänge, die Farben, die Schranktüren und alles, was sie hinter sich verbargen. Es kam zu Diskussionen, aber die bestanden darin, dass April laut dachte, um auszuprobieren, wie es sich anhörte, wenn man die Bezeichnungen der diversen Einbauten oder Anschlüsse aussprach und Ideen formulierte. Als sie fragte, in welcher Farbe ich die Eingangstür sehen wollte, setzte mein Verstand aus, weil ich so schockiert war, überhaupt einmal gefragt zu werden. Ich sagte blau, aber nur weil Aprils Nagellack blau war und sie langsam ungeduldig wurde. April wartete mit einer Farbmusterkarte auf, die fünfundzwanzig Nuancen ein und derselben Farbe anbot, und ich tippte mit dem Finger so ungefähr auf die Mitte.

Jetzt ist die Tür schwarz. Mein dürftiger Beitrag wurde überstrichen und getilgt.

Inzwischen stehe ich hier bereits seit fünf Minuten, aber die nervenzerreißende Panik will sich einfach nicht legen. Ich fürchte, sie wird es auch nicht tun, wenn ich den ganzen Tag hier stehe. Als ich das Tor berühre, öffnet sich die Eingangstür, und es fehlte nicht viel, dass ich mich umgedreht hätte und davongelaufen wäre. Es ist der Schock, der mich erbleichen lässt und lähmt: Da steht mein früherer bester Freund in der Tür meines ehemaligen zukünftigen Hauses. Er ist braungebrannt, sieht aus, als habe er mindestens zehn Kilo Gewicht verloren und sich kürzlich einen neuen Haarschnitt verpassen lassen. Er scheint sich ausgesprochen wohl zu fühlen, und das in einem Paar gleißend orangefarbener Hausschuhe.

»Brian?«

»Tee?«, fragt er und streckt mir einen von zwei blauen Bechern entgegen, die er in den Händen hält. Ich war dabei, als April sich für diese Becher entschied.

»Etwas Stärkeres hast du wohl nicht, oder?«

Brian lacht. »Nicht vor sechs, nein.«

Er lässt sich auf der Vorderstufe nieder, und ich setze mich neben ihn.

»Schicke Hausschuhe«, sage ich.

»Danke. Leck mich …«

»Prost«, sage ich und stoße meinen Becher an seinen. »Ist schön, dich zu sehen.«

Brian nickt.

Eine Weile nippen wir schweigend an unserem Tee, tauschen gelegentlich Seitenblicke aus und lächeln bemüht.

»Ich bin froh, dass du es bist«, sage ich.

»Ich auch. Schlägst mir doch nicht wieder einen Zahn aus, oder?«

»Ich verzichte gern darauf, solange du es auch tust.«

– – – – – – – – – – – – –

Brian lacht fast unhörbar. »Der Zahnarzt.«

»Erinnerst du dich an die Vogelhäuschen, die wir gebastelt haben?«, frage ich.

Brian nickt. »Stehen noch genügend Zäune überall herum, denen Latten fehlen.«

Das Eine zerstören, um das Andere zu schaffen.

»Tut mir leid, dass ich dich da mit reingezogen habe«, sage ich. »Im Schloss.«

»Bei mir brauchst du dich nicht zu entschuldigen«, sagt Brian und sieht über die Schulter zum Haus.

»Wie geht es ihr?«

Brian nickt. »Gut. Mir war ohnehin die ganze Zeit klar, dass es mit euch nicht passte«, sagt er. »Mit dir und April.«

»Und du hast nichts gesagt?«

Brian zuckt mit den Achseln. »Stand mir nicht zu, oder? Und hättest du etwa auf mich gehört?«

Vielleicht.

»Und was soll das hier jetzt werden?«, frage ich und deute auf uns, die wir wie zwei kleine Jungs auf der Treppe sitzen.

»Ich wollte nur als Erster mit dir sprechen. Wollte eine Sache aus dem Weg schaffen, bevor die nächste kommt, verstehst du?«

»Danke.«

Brian atmet tief durch, als wolle er sich wappnen.

»Ist es schon sechs?«, frage ich.

»Ich denke, wir sollten hineingehen.«

»Bald«, sagt er. »Bereit?«

»Nein.«

Brian öffnet die Tür. »Nach dir.«

Ich glaube, in all den Jahren mit April habe ich nie erlebt, dass sie ein Buch las. Doch jetzt tut sie es.

Mit dem Rücken zu mir sitzt sie auf dem Sofa, das blonde Haar zu einem akkuraten hohen Pferdeschwanz gebunden. Sie schließt ihr Buch, legt es auf dem Couchtisch ab, hält inne und dreht sich dann zu mir um. Wie Brian scheint sie sich bester Gesundheit zu erfreuen. Braungebrannt, makellose Haut, leuchtende Augen. Sie sieht phantastisch aus.

»Du bist spät dran«, sagt sie.

Mein Schlachtplan bestand darin, alle Beschimpfungen dankbar und zerknirscht hinzunehmen und mich anschließend bei April und etwa anwesenden Familienmitgliedern untertänigst zu entschuldigen. Aber Aprils gelassene Beherrschung und die Tatsache, dass sie mir keine empörte Standpauke hält, rauben mir die Fassung.

»Das … hast du gut gesagt.«

Mit gespielter Selbstgefälligkeit neigt April den Kopf. »Nun, ich hatte ja genügend Zeit, mich damit zu beschäftigen.«

»Es tut mir leid«, sage ich. »Es tut mir sehr, sehr leid, April.«

Ihre Miene wird hart. »Himmelherrgott, Henry. Wo soll ich nur anfangen? Wie konntest du das einem Menschen antun, den du angeblich geliebt hast? Einer Frau, die …« Sie hebt eine Hand ans Auge, atmet langsam und tief durch und gewinnt ihre Fassung zurück, als würde sie sich zwingen, nicht zu weinen. »Weißt du eigentlich, was du mir angetan hast?«

Ich weiß nichts zu erwidern und schüttle den Kopf.

»Wenn du mich gar nicht heiraten wolltest, warum hast du dann überhaupt den Antrag gemacht, Henry? Warum?«

_ _ _ _ _ _ _ _ _ _ _ _ _

»Ich wollte ja. Aber …«

»Hältst du dich für was Besseres?«

»Nein, absolut nicht.«

»Das hab ich mich nämlich gefragt. Ich bin ein bodenständiger Mensch, Henry! Mir gefällt, wer ich bin und woher ich komme. Aber so, wie du mich behandelt hast, das ist … ich weiß nicht einmal, wie ich es nennen soll.«

»Schatz …«, sagt Brian. »Immer sachte.«

April schließt die Augen, und ihre Züge entspannen sich.

»Möchtest du etwas trinken?«, fragt er.

April öffnet die Augen und nickt. »Ich möchte auch einen Tee«, sagt sie, und lächelnd zwinkert sie Brian zu. Ihr Blick folgt ihm aus dem Zimmer, und ihre Zuneigung wirkt echt.

Sie sitzt noch immer auf dem Sofa, den Kopf zur Seite gedreht, damit sie mich in der Tür sehen kann. Ich beschließe, mich weiter ins Zimmer zu wagen. Bis zum Sessel schaffe ich es, aber bevor ich mich setzen kann, schüttelt sie den Kopf und sagt: »Ich denke, das tust du lieber nicht.«

»Klar, tut mir … tut mir leid. Und ich habe mich niemals für etwas Besseres als dich gehalten«, sage ich. »Ich habe dich geliebt.«

»Ein Feigling bist du. Weißt du das?«

»Ja.«

»Ach, halt doch den Mund! Du hättest es mir sagen sollen. Ins Gesicht, nicht in einem dämlichen …« April nimmt ein Blatt zusammengefaltetes Papier vom Couchtisch, zerknüllt es in der Faust und wirft es in meine Richtung. Ich muss es nicht aufsammeln, um zu wissen, dass es sich um den Brief handelt, den ich am Morgen unserer Hochzeit zurückgelassen habe.

»Nimm ihn mit«, sagt April. »Ich habe ihn oft genug gelesen.«

Ich gehorche und schiebe das geknautschte Papier in die Tasche.

»*Wir waren noch Kids, als wir uns kennenlernten*«, sagt April höhnisch.

»April, bitte …«

»*Du wirst immer einen besonderen Platz in meinem Herzen haben.* Mein Gott noch mal! Hat sich dir nicht der Magen umgedreht, als du diese *Scheiße* geschrieben hast?«

»Ich hätte mit dir sprechen sollen.«

»Ja, verdammt noch mal. Es wäre das Mindeste gewesen, was du hättest tun müssen. Und weißt du was? Ich bin froh, dass es so gekommen ist.«

April sieht mich an, als erwarte sie eine Antwort, aber wir wissen beide, dass es keine gibt.

»Möchtest du wissen, warum ich froh bin?«

»Warum?«

»Zwei Gründe, Henry. Erstens, weil du zweifellos ein grausamer, willensschwacher und wankelmütiger Dreckskerl bist. Und ich bin froh, das herausgefunden zu haben, bevor es kompliziert geworden wäre. Allein schon der Gedanke, ich hätte ein Kind von dir bekommen, bringt mich zum Kotzen.«

April funkelt mich an, wartet wohl auf eine Reaktion. Also nicke ich und flüstere fast unhörbar »sorry«.

»Und zweitens?«, fragt April. »Zweitens, weil ich jetzt glück-

– – – – – – – – – – – – – –

lich bin. Mit Brian. Glücklicher, als ich es jemals mit dir war. Und ich sage das nicht, um mich besser zu fühlen. Ich sage es, weil es stimmt.«

»Ich bin froh, dass du glücklich bist.«

April nickt. »Vielleicht sollte ich mich bei dir bedanken. Aber das werde ich niemals tun.«

Erst als sie sich langsam vom Sofa in die Senkrechte stemmt, bemerke ich die Beule. Sie ist groß.

»Du lieber Gott«, sage ich, deute auf Aprils Bauch und lasse mich dann doch noch in den Sessel sinken. Aus dieser Perspektive sieht die Beule sogar noch größer aus, und ich springe wieder auf. »O guter Go… warte, welchen Monat haben wir?«

»Juli, Henry.«

»Wa… w…«

»Oktober«, sagt April. »Unsere Hochzeit war für *Oktober* geplant.«

Ich zähle an den Fingern ab. »Oktober, November, Dezember, Ja…«

»Neun«, sagt April. »Vor neun Monaten.«

Das Buch auf dem Couchtisch trägt den Titel *501 Babynamen*. Es lässt sich unmöglich sagen, bei welchem Buchstaben es aufgeschlagen ist, aber es sieht sehr nach der Mitte aus – M vielleicht oder auch N. Doch daraus lässt sich nichts ableiten.

»Du bist schwanger«, sage ich auf der Suche nach etwas Halt. Viel finde ich nicht.

»Wer sagt das?«, fragt April.

Wieder deute ich auf die Beule, die sich unmöglich im Laufe der vergangenen dreißig Sekunden gebildet haben kann, sich aber nichtsdestoweniger vor meinen Augen weiter aufzublähen scheint. »Ist es …?«

»Ja?«, sagt April.

Ich schwenke den Finger herum, so dass er auf mich zeigt. »Ist es …?«

»Von mir«, ertönt Brians Stimme hinter mir. Er trägt ein kleines rundes Tablett, rot mit weißen Tupfern, das ich, wenn ich mich recht erinnere, vor ungefähr zwölf Monaten im Trafford Centre gekauft habe. »Der hier ist für dich …« Brian reicht April einen Becher mit Kräutertee und mir ein gefülltes Whiskeyglas. Ich leere es in einem Zug.

»Meinen Glückwunsch«, bringe ich endlich heraus. »Wie … lange?«

»Keine Sorge«, sagt Brian. »Es ist definitiv meins.«

»Achter Monat«, sagt April mit Trotz in der Stimme.

Brian zuckt mit den Achseln. »November«, sagt April und sieht auf meine Hände. Ich merke, dass ich wieder an den Fingern abzähle.

»Glückwunsch.«

»Ja, sagtest du schon.«

»Noch einen?«, fragt Brian und greift nach meinem Glas.

»Henry muss jetzt gehen«, sagt April.

Brian und ich schütteln einander die Hand und umarmen einander. »Gib der Sache etwas Zeit«, flüstert er mir ins Ohr und klopft mir auf den Rücken.

Es war einmal vorgesehen, dass ich April über diese Schwelle tragen würde. Stattdessen eskortiert sie mich in die Gegenrichtung und trägt dabei das Baby meines besten Freundes in sich.

– – – – – – – – – – – – –

»Ich freue mich für dich«, sage ich.

»Ich nehme an, das macht dir die Sache leichter.«

»Ich weiß nicht. Vielleicht ein wenig.«

»Glaub nur nicht, dass ich dir verzeihe, denn das tue ich nicht. Verdammt noch mal, Henry – niemals!«

»Ich weiß.«

»Ich werde immer *das* Mädchen bleiben, und das habe ich dir zu verdanken. *Das* Mädchen, das …«

Ich nicke in Richtung des Hauses. »Was ist mit Brian und mit dem Baby?«

»Brian ist phantastisch.« Aprils Gesicht strahlt, als sie seinen Namen sagt. »Und er wird ein phantastischer Vater sein«, sagt sie. »Aber das ändert nichts. Das wiegt nicht auf, was du mir angetan hast.«

»Es tut mir leid. Es tut mir unendlich leid.«

April nickt. »Ja, ich weiß. Und«, sagt sie und kreuzt die Arme, »triffst du dich mit jemandem?«

»Ich … sozusagen.«

April schüttelt den Kopf. »*Sozusagen*? Du bist einfach unglaublich, Henry.«

»Es ist kompliziert. Sie hat …«

»Weißt du was, Henry? Ich will gar nichts hören. Nur … also, eigentlich hoffe ich ja, dass du alles auf die Reihe kriegst. Ich hoffe, dass du und wie auch immer sie heißt zusammenkommt und euch verliebt und … Das hoffe ich wirklich.«

»Danke.«

»Und dann hoffe ich, dass sie dich am Altar stehen lässt.«

»Verständlich.«

_ _ _ _ _ _ _ _ _ _ _ _ _

»Ja, verständlich. Und ruf deine Mutter öfter an.«

»Stimmt.«

»Tu das wirklich. Sie vermisst dich, Henry. Und Big Boots tut es auch.«

»Ja, ich mach das. Danke.« Ich schicke mich an, sie zu umarmen, aber April weicht vor mir zurück.

»Entschuldige. Okay, es hat mich … gefreut, euch zu sehen. Euch beide. Euch alle drei.«

April nickt, und es scheint, als lächelte sie – widerwillig.

Ich habe beinah schon das Tor erreicht, da fällt es mir wieder ein. Als ich mich umdrehe, steht April noch wartend in der Tür. »Ja?«

»Ich nehme nicht an, dass du meinen Pass hast?«

April lacht.

»Erinnerst du dich, wo Mum und Dad wohnen?«

Während ich gehe, singe ich in Gedanken »Sweet Home Alabama«. Ich singe langsam und schlurfe vor mich hin, aber dadurch wird die Entfernung auch nicht kürzer.

April muss mich telefonisch angekündigt haben, denn als ich um die Ecke biege, wartet ihr Vater schon an der Treppe. Zu seinen Füßen steht ein zerschundener Samsonite-Koffer – in der Werbung werden sie als unverwüstlich angepriesen, doch der hier sieht so aus, als habe sich jemand alle Mühe gegeben, diese Behauptung Lügen zu strafen. Die Hülle ist verbeult, die ausziehbaren Handgriffe sind verbogen, und der Reißverschluss ist kaputt. Aber er steht noch.

Aprils Vater sagt keinen Ton, als ich Auffahrt hinaufschlurfe, und er verzieht auch keine Miene. Erst als ich mich auf Arm-

– – – – – – – – – – – –

länge nähere, höre ich den alten Mann atmen und sehe, wie die Härchen in seiner Nase bei jedem Ausatmen flattern.

»Derek«, sage ich und nicke ihm zu.

Derek beißt die Zähne zusammen, und am Unterkiefer schwellen die Muskeln an. Seine Hände ballen sich zu Fäusten.

»Es tut mir leid«, sage ich, und Derek schüttelt sehr langsam den Kopf. Die Botschaft ist so klar wie der helle Tag: *Lass es!* Mit dem Fuß schiebt er den Koffer vorwärts, so dass er ins Wackeln gerät.

»Okay«, sage ich. »Ich …«

Noch ein Kopfschütteln. »Bring mich nicht dazu, ein Versprechen zu brechen, das ich meiner Tochter gegeben habe«, sagt er. »Von Versprechen hat sie genug.«

Um den Koffer aufzuheben, muss ich mich bücken und dabei meinen Unterkiefer bis auf zehn Zentimeter Dereks Fuß nähern. Ich weiß nicht, ob er heute gearbeitet hat, aber Aprils Dad hat seine Arbeitsstiefel an. Wieder stößt er mit dem Fuß gegen den Koffer an.

Ich beuge mich nach vorn und packe den Griff, der sich sofort löst, so dass der ramponierte Koffer wackelnd auf seinen Rädern stehen bleibt. Ich gebe nicht auf, bücke mich noch tiefer und hebe mit Hilfe beider Hände den Koffer aus Dereks Reichweite. Einen Tritt ins Gesicht versetzt er mir nicht.

»Danke«, sage ich. »Mein Pass ist in …«

Dereks Nasenflügel beben. Er atmet langsam aus und dreht sich um, weil er ins Haus gehen will. »George lässt schön grüßen«, sagt er und schlägt mir die Tür vor der Nase zu.

Ich warte, bis ich um die Ecke gegangen bin, bevor ich mich

– – – – – – – – – – – – –

auf eine Mauer setze und den Koffer öffne. Die Schrittpartie meiner Badehose wurde aufgeschlitzt, meinen neuen Strandhosen aus Leinen fehlt ein Bein, meine Sonnenbrille hat beide Bügel verloren, und in der Herzgegend meines Lieblingshemdes gähnt ein Loch. Unterwäsche, Socken, Schuhe, Sandalen, Hut – alles ist kaputt. Das Buch, das ich als Urlaubslektüre eingepackt hatte, besteht nur noch aus einer losen Sammlung zerrissener Seiten. Und dazu ist alles fleckig und klebrig, weil man eine Flasche mit Sonnenöl zerbrochen hat und, wie es aussieht, auf einer Tube Zahnpasta herumgehüpft ist. Am vorderen Deckel des Koffers befindet sich ein separates Reißverschlussfach. Darin stecken in bestem Zustand, unbenutzt und abgelaufen, unsere Tickets. Niemand hat sich mit einer Schere oder gar einem Schweißbrenner über sie hergemacht. Niemand hat eine Brille auf mein Passfoto gekritzelt, einen Dolch durch meinen Hals, einen Penis auf mei…

»Das ist für den Laufpass, du Arschloch!«

Der Hamburger, der angeflogen kommt, trifft voll ins Ziel, mitten auf meine Brust. Mit all dem Senf in den Augen kann ich nicht hundertprozentig sicher sein, aber der Wagen, der abrauscht, sieht dem Ford Cortina von George verdammt ähnlich.

*

»Hättest du mir das nicht sagen können?«, frage ich meine Mutter.

»Natürlich hätte ich das«, sagt sie. »Aber schließlich ist das ja nicht meine Aufgabe, Süßer. Hier …« Sie leckt an einem Finger

– – – – – – – – – – – – –

und streicht damit über meine Augenbraue. »… noch ein bisschen Senf.«

»Du hast Glück gehabt«, sagt mein alter Herr. »Ich hätte dir den Kopf abgerissen.«

Mum lächelt meinen Vater liebevoll an.

Über der Eingangstür des Pubs ist eine kleine längliche Tafel angebracht, auf der der Name des Lizenzinhabers in Weiß auf Schwarz geschrieben steht. Als ich achtzehn wurde, hatte Dad mich hinzufügen lassen, so dass auf der Tafel zu lesen stand: CLIVE SMITH & SON. ERMÄCHTIGT, BERAUSCHENDE GETRÄNKE ZUM VERZEHR INNERHALB UND AUSSERHALB DIESES LOKALS ZU VERKAUFEN. Für einen Mann, der für sentimentale Gesten nicht viel übrig hatte, bedeutete das eine ganze Menge. Nicht nur verkündete es, dass ich zum Mann geworden war, es tat auch den Stolz meines Vaters auf seinen Sohn kund. Es vereinte uns als Gleichgestellte. Als ich vor einer Stunde durch die Vordertür kam, war der Schock groß, sehen zu müssen, dass man meinen Namen übermalt hatte.

»Also«, sage ich, »bin ich wohl nicht mehr bevollmächtigt, berauschende Getränke zu verkaufen.«

Dad sieht mich verwirrt an. »Wovon sprichst du?«

»Dieses Bevollmächtigungsdingsbums«, sagt Mum. »Ehrlich, Clive, ich mach mir Sorgen um dein Gedächtnis.«

»Genau«, sagt er und hebt die Fäuste. »Hab zu oft gestochen und nicht den Schmetterling gespielt.«

»Bist geschwebt wie der Schmetterling und hast nicht gestochen wie die Biene«, fügt meine Mutter an, und dann wieder dieses Lächeln.

– – – – – – – – – – – – – –

»Also«, frage ich, »was ist nun mit dem Schild?«

»Eins musst du bedenken, Sohn. Du bist hier in der Stadt nicht der Populärste.«

»Kann man so sagen«, stimmt meine Mutter zu.

»Da hat eben jemand zum Pinsel gegriffen, Junge.«

»Clive Smith und Dreckskerl«, sagt meine Mutter. »Bevollmächtigt zum Verkauf von bla bla bla.«

»Sie haben es aber auch ziemlich gut hingekriegt«, sagt Dad. »Stimmt doch, Sheila?«

»Sehr gut, ich glaube, es hat Wochen gedauert, bis es uns aufgefallen ist.«

»Jedenfalls, mein Sohn, fand ich, es wär des Einfachste, drüberzustreichen ...« Er deutet mit einer Geste an, wie er das Wort Dreckskerl übermalt hat.

»Da muss ich mich dann wohl bedanken.«

»Also«, sagt meine Mutter. »Du hast keinen Grund, nicht zu unserem Hochzeitstag zu kommen.«

»Außer dass ich hier in der Stadt nicht der Populärste bin, wie man sagen kann. Das meinst du doch.«

»Smith und Dreckskerl«, sagt mein Dad lachend.

Mum zuckt mit den Achseln. »Die Zeit heilt alle Wunden. Manchmal braucht sie etwas länger, aber sie heilt.«

»Wann genau ist euer Hochzeitstag«, frage ich und fange mir einen strengen Blick von meiner Mutter ein. »Wieso? Ist doch nicht mein Hochzeitstag.«

»Neunter August«, sagt Dad. »Seht ihr – ich bin doch noch nicht ganz leer im Kopf.«

Mum lehnt sich über den Tresen und küsst Dad.

– – – – – – – – – – – – –

»Was ist eigentlich in euch beide gefahren?«

»Man feiert schließlich nicht jedes Jahr Rubinhochzeit«, sagt meine Mutter.

»Ja, da hast du wohl recht«, sage ich. »Und was ist also der Plan?«

»Dachte, wir veranstalten hier am Sonnabend eine kleine Sause«, sagt Dad. »Freunde, Familie.«

»Schätze, da gehöre ich wohl dazu. Kommt April auch?«

»Aber natürlich, Bester. Sie ist doch wie eine …«

»… Tochter für dich, ich weiß. Aber sie, ich, Brian und dann ihr dämliches Baby …«

»Zeit in die Zukunft zu blicken, Henry. April weiß das.«

»Jedenfalls«, sagt Dad, »kann sie dir in ihrem Zustand wohl kaum gefährlich werden.«

»Wie beruhigend. Ihretwegen mache ich mir sowieso die geringsten Sorgen.«

Dad beugt sich über die Theke vor, stützt sein Gewicht auf die Knöchel beider Hände. »Es gibt nichts, weswegen du dir Sorgen machen solltest. Schließlich wissen alle, wessen Sohn du bist.«

Es erscheint mir angebracht, und deswegen tue ich es auch: Ich lehne mich über den Tresen und küsse meinen Vater. Etwas unbeholfen spielt er den Verlegenen.

»Ich werde hier sein«, sage ich.

»Wie wär's, wenn du diese Zoe mitbringst?«, sagt meine Mum.

Ich muss laut lachen. »Meinst du das im Ernst? Vor ein paar Stunden kanntest du kaum ihren Namen.«

– – – – – – – – – – – – –

»Ich kann doch dem Mädchen nicht die Sünden meines Sohns vorwerfen. Ist doch nicht ihre Schuld, dass du ein Dreckskerl bist.«

Dad lacht und geht zum anderen Ende der Bar, um einen Gast zu bedienen.

»Danke, Mum, aber ich glaube nicht, dass es eine gute Idee ist.«

»Lass es dir durch den Kopf gehen. Wäre doch nett für dich, jemanden an deiner Seite zu haben.«

»Okay«, lüge ich. »Ich denk drüber nach.«

ZOE

Hubschraubern

Im Nebenzimmer wird so laut gevögelt, dass wir keinen Spaß an unserem Film haben. Es ist kein besonders guter Streifen, und ich habe Schwierigkeiten, mich zu konzentrieren. Wir brauchen definitiv etwas gegen den Lärm, gegen den dröhnenden und erbarmungslosen Aufprall von Mann auf Vicky und Vicky auf Matratze.

»Ich geb ihm hundert Punkte fürs Stehvermögen«, sagt Rachel.

»Ist ja schließlich auch sein Job, oder?«

»Was, die Kundinnen zu poppen?«

»Fällt doch bestimmt öfter mal als Bonus ab.«

Eigentlich sollte ich nebenan im Doppelzimmer bei Vicky sein, aber die hat sich einen Stripper angelacht, und deshalb bin ich bei Rachel eingezogen.

»Hattest du denn eine lustige Junggesellinnen-Party?«, frage ich.

»Es war großartig. Noch mehr Spaß hätte es mir nur gemacht, wenn ich abgefüllt gewesen wäre.«

»Kommt davon, wenn man es treibt.«

– – – – – – – – – – – – – –

»Hmm. Und wie steht's mit dir? Wie entwickelt sich die Sache mit Henry?«

Ich überlege kurz, ob ich Rachel von Henrys Geheimidentität als Zähnezieher erzählen soll, aber es ist zu spät, zu kompliziert, und ich habe zu viel Pimm's getrunken. Ich werde es ihr auf der Rückfahrt im Zug erzählen.

»Er hat mir ein Vogelhäuschen gebastelt«, sage ich.

»Für Vögel?«

»Ja, im Garten. Hat zwar meinen Zaum ruiniert, weil er das Holz brauchte, aber trotzdem …«

Rachel gurrt. »Romantisch.«

»Ich weiß, aber …« Tiefer Seufzer. »… was soll man machen?«

Rachel legt einen Arm um mich und küsst meine Schläfe. »Das wird schon irgendwie gut ausgehen«, sagt sie. »So oder so.«

Das Bumsgetöse im Nebenzimmer schraubt sich zum Crescendo.

»Mit den Pimmeln ist es leider so«, sagt Rachel, »dass sie ein bisschen bescheuert aussehen, oder?«

»Manche mehr als andere.«

»Was war das noch, was er gemacht hat?« Rachel lässt das Handgelenk kreisen, um den Schluss der Manaconda-Vorstellung nachzuahmen.

»Hubschraubern.«

»Hat er etwa einen Abdruck hinterlassen?«, fragt sie und berührt die Wange.

»Sieht aus wie ein Penis, nur größer.«

— — — — — — — — — — — — —

»Du machst Scherze!«

»Ja, mach ich. Mit etwas Make-up kriegt man das leicht weg. Uh, jetzt legt er aber los.«

Der Manaconda erreicht seine Endgeschwindigkeit, und die Schweißnähte am Metallrahmen des Betts werden dem finalen Test unterzogen.

»Teufel noch mal«, sagt Rachel nach dem abebbenden Dampfhammer-Finale im Nebenzimmer. »Das reicht doch, um einem die Sache auf ewig zu vergraulen.«

— — — — — — — — — — — —

HENRY

Nächtliche Stille

Es ist ein paar Minuten nach zwei, als ich aufwache, weil irgendwo Glas zu Bruch geht. Nicht nur ein Bierglas oder ein Whiskeyglas, sondern eine Menge Glas. Und jemand schreit: »Für den Laufpass, Arschloch!«

Der Lärm hat auch meine Eltern geweckt, und wir versammeln uns im Flur, Mum an Dads Rücken geschmiegt, Dad mit einem Baseballschläger und einer Taschenlampe bewaffnet. Mich tröstet, dass er sich Hosen angezogen hat.

»War es drinnen?«, fragt meine Mutter.

»Ich glaube, es war auf dem Parkplatz«, sage ich.

Und ich bin ziemlich sicher, dass es George war.

Mum wartet oben, und wenn es nach Dad gegangen wäre, würde ich ihr Gesellschaft leisten. Aber er ist nicht mehr so in Form, wie er es einmal war, und außerdem wissen wir alle, wer diesen Schlamassel verursacht hat. Die Bar ist leer, und die Vordertür ist ebenso geschlossen wie die Seitentür. Dad schließt sie auf, und wir treten ins Freie.

Es ist so still wie nur in der freien Natur: ein Vogelschrei, das Rascheln eines kleinen Tieres in der Hecke, schwacher Wind zur Untermalung. Aber keine Motorengeräusche, kein Lachen und keine Schrotflinte, die entsichert wird. Dad leuchtet den Parkplatz ab und richtet die Lampe auf die Hauswände, nimmt die Fenster eins nach dem anderen ins Visier.

»Leuchte mal da drüben rüber«, sage ich und deute auf die Stelle, wo mein Auto parkt.

Eins muss man George wirklich lassen – er ist wirklich sehr stark. Nicht nur hat der verrückte Hund es geschafft, einen Mörteltrog durch meine Windschutzscheibe zu hieven, er hat ihn vorher auch noch mit Ziegelsteinen beladen.

»Wir können nur hoffen, dass es keinen Regen gibt«, sagt Dad.

»Gibt es garantiert«, sage ich.

»Wahrscheinlich schon. Aber komm, ich geb dir einen Schlaftrunk aus.«

ZOE

Vielleicht vielleicht

Es dreht sich jetzt alles um Geschichten.

Vor drei Wochen habe ich meine Kündigung eingereicht, und seitdem hat Claire mich nach und nach aus dem Alltagsgeschäft abgezogen – Projektkalkulationen, Etatbesprechungen und der direkte Kontakt zu den Autoren sind nicht mehr meine Angelegenheit. Stattdessen kümmere ich mich wieder um einfache Aufgaben: Briefumschläge öffnen, Geschichten lesen. Heutzutage ist jeder Schriftsteller; jeder scheint eine Geschichte zu erzählen zu haben, doch nicht alle sind in gleichem Maße einer Leserschaft würdig. Jede Woche werden zwischen fünfzig und hundert Pakete hoffnungsvoll in den Verlagsbriefkasten geworfen. Und ich lese alles. Geschichten über stabreimende Alligatoren, über Otter und Kobolde mit Komplexen und ihre Konflikte. Ich verschlinge alles, weil jedes Werk die Antwort auf all meine Fragen enthalten könnte, lese davon, dass man fair sein, keine Lügen erzählen, sich vor Drachen in Acht nehmen, tollkühn und mutig und vor allem man selbst sein soll.

Aus Erfahrung weiß man, dass diese Ratschläge nichts taugen können: nachgeplappertes Gefasel, schwerfällige Reime,

– – – – – – – – – – – – –

schiefe Bilder, verquere Logik. Nicht umsonst sprechen wir vom »Schmonzettenstapel«. Eine gute Geschichte pro Monat ist die Standardausbeute, ein brauchbares Manuskript unter rund vierhundert eingereichten. Aber während mein Papierkorb so gut wie leer ist, wachsen die Stapel auf dem Schreibtisch und kommen der Deckenbeleuchtung mit jedem Tag ein Stückchen näher. Ich lese sie, und ich lese sie noch einmal, lege sie wieder auf einen anderen Stapel: Ja, vielleicht ja, vielleicht nein, vielleicht vielleicht. Denn wenn diese Geschichten uns eines lehren, dann, dass in jedem Menschen Potential steckt. Meine Mission ist es jetzt, eines dieser Happy Ends wahr werden zu lassen, bevor ich diesem Büro in knapp zwei Monaten den Rücken kehre. Viel Zeit bleibt jedoch nicht mehr.

Freitagnachmittags, wenn der Papierturm sich allmählich zu einem Thema für die Arbeitssicherheit entwickelt hat, wähle ich ein Dutzend der besten Manuskripte aus dem Ja-Stapel, lasse sie in meine Tasche fallen und lese sie am Wochenende noch einmal. Ich lese sie beim Frühstück, in der Badewanne, im Garten, hinterm Tresen des *Duck and Cove*r. Ich lasse mir die Geschichten von Henry vorlesen, während ich Zwiebeln schneide, mir die Haare wasche oder im Bett liege, den Kopf auf seiner Brust.

Aber nicht alles dreht sich bei uns beiden um Bären und Blümchen.

An manchen Abenden sehen wir uns Filme an, dieselben, die Henry einst zusammen mit seiner Mutter ansehen musste: *Begegnung, Die große Liebe meines Lebens, Ein Herz und eine Krone, Sein Mädchen für besondere Fälle*. Geschichten über die

\- - - - - - - - - - - - -

Liebe, vereitelt durch schlechtes Timing, Stolz, schwierige Lebenslagen, Politik, Familie, Geld, Krieg und Dritte. Geschichten, die nur auf zwei verschiedene Weisen enden können: Sie kriegen sich, oder sie kriegen sich nicht. Meist weiß man jedoch schon bald, worauf es hinausläuft.

Unsere eigene kurze Affäre endet in sieben Wochen, und sie ist auf jeden Fall eine Schmonzette, deren Schlussszene ich schon kenne – aus einem Film, den wir gesehen haben und über dessen Melodramatik in Schwarzweiß wir gelacht haben. Wir amüsierten uns über die albernen Akzente, die altmodischen Dialoge und schrecklichen Frisuren, vielleicht in dem Glauben, wir könnten uns so für den eigenen unvermeidlichen Abschied desensibilisieren. Henry entschuldigt sich für die Filme, als sei er für sie verantwortlich, doch ich genieße ihre Einfachheit, das Fehlen teurer Effekte und die billigen Nervenkitzeleien. Ich habe das Gefühl, sie bringen mich ihm näher, weil sie etwas mit seiner eigenen Vergangenheit zu tun haben, nehme ich an. Wenn der Abspann läuft, werden wir nicht mehr zusammen sein, aber immerhin haben wir dann eine gemeinsame Geschichte. Da in sieben Wochen jedoch noch viel passieren kann, halte ich lieber den Mund, lehne mich zurück und genieße den letzten Akt.

HENRY

Trügerische Aufrichtigkeit

Man hat mich auf die Probe gestellt, und ich habe versagt.

Nachdem ich Zoe mit den alten Matinee-Stars vertraut machen durfte, Erkennungszeichen kantige Kinnpartie und unerschütterliche Selbstsicherheit, bot sie mir die einmalige Gelegenheit, den Frauenschwarm zu spielen. Doch ich habe meinen Einsatz verpasst.

Es mag Hochsommer sein, aber an der Südwestküste Englands ist es heute bewölkt und sehr windig. Zoes Eltern machen Urlaub in Kopenhagen, und in ihrem umgebauten Bauernhaus mit Backsteinwänden und hohen Decken ist es kälter als in jeder Kirche. Natürlich könnten wir noch einen Pullover überziehen, doch wo bleibt da die Romantik? Zoe hat mich zum Holzhacken nach draußen geschickt, vielleicht, damit ich mich bis aufs weiße Unterhemd entblöße und mit brutaler Präzision Holz spalte. So würde Clark Gable es machen, vielleicht sogar Cary Grant. Ich dagegen trage keine weißen Unterhemden, und eine Axt habe ich im Leben noch nicht angerührt. Als ich sie an diesem Tag schwang, das Ziel verfehlte und mehrmals fast meine Zehen amputierte, werde ich meine Angebetete eher an Ben-

– – – – – – – – – – – – – – – –

ny Hill als an Errol Flynn erinnert haben. Also kümmerte Zoe sich selbst um das Kaminholz, während ich die Splitter aus meiner Hand entfernte. Und dann, als meinem Feuer zum dritten Mal die Luft ausging, sprang sie erneut ein, sorgte für Wärme, während ich Gemüse schnitt und die Weinflasche entkorkte.

Ich kann nicht einmal einen Drachen steigen lassen.

Zoe hat ihre Schichten im *Duck* getauscht und ausnahmsweise Donnerstag- und Freitagabend gearbeitet, um das Wochenende für einen spontanen Kurzurlaub frei zu haben. Heute früh direkt nach Sonnenaufgang setzten wir uns in den Zug und trafen fünf Stunden später an der Küste von Cornwall ein, wo das Wetter sich noch nicht entschieden hatte, ob es gut oder schlecht sein wollte. Nach einem dreißigminütigen Fußmarsch am Strand erreichten wir das Haus ihrer Eltern, eine blau-weiß gestreifte Hütte in Bilderbuchqualität. Zwischen den Gartenliegen, Spinnen und erschlafften Wasserbällen fand Zoe einen Kessel, zwei Becher und ein Schraubglas mit löslichem Kaffee. Wir tranken ihn schwarz und beobachteten, wie tollkühne Surfer hinauspaddelten, abwarteten und auf den Wellen an die Küste zurückritten. Zoe lachte und schoss Schwarzweißfotos, als ich den Drachen im Sand ausbreitete, rückwärts lief, die Schnur entwirrte und mich auf einen Sprint vorbereitete, der das Ding senkrecht in die Höhe steigen lassen sollte. Doch jedes Mal, wenn ich den Drachen dem Wind preisgeben wollte, hatte dieser das Ungeheuer längst umgeschlagen und zerrte es seitwärts über den Sand oder wickelte mir die Schnur um die Füße. Zoe besah sich diese Farce geschlagene zehn Minuten, bevor sie eingriff. Ich müsse, klärte sie mich auf, den Drachen

– – – – – – – – – – – – –

zunächst auf kurze Distanz halten, den Wind damit spielen lassen und erst dann nach und nach mehr Schnur freigeben, bis der rot-gelbe Diamant am Himmel nur noch die Größe einer Briefmarke habe. Ich bin mir sicher, dass es hier eine wichtige Lektion zu lernen gibt. Vielleicht sollte jemand darüber ein Kinderbuch schreiben. Der Drache Dagobert, eine Lehrstunde übers Loslassen und Festhalten.

»Sitzt du bequem?«, erkundigt sich Zoe.

Und ich lüge nicht, als ich die Frage bejahe. Zoe sei Dank lodert das Feuer, und ihrem Vater sei Dank trinken wir Rotwein aus einer Kristallkaraffe. Ob das Gefäß die Qualität billigen Weins tatsächlich verbessert, weiß der Himmel, den Anschein erweckt es in jedem Fall.

Zoe streckt sich aus und legt die Füße auf meinem Schoß ab. »Dann will ich nun einmal anfangen«, sagt sie in ihrer besten Erzählstimme:

»Hypochondrimus rollte sich aus seinem Schlammbett und gääääääääähnte. ›Ich wünschte, ich könnte so gähnen‹, sagte Irrelefant. ›Du kannst vermutlich besser gähnen als Hyänen.‹«

»Ich glaube, die haben wir schon auf dem Weg hierher gelesen«, sage ich.

»Haben wir? Bist du dir sicher?«

»Einen Irrelefanten würde ich nicht so leicht vergessen.«

»Sorry«, sagt Zoe. »Öde ich dich an?«

Ich schüttle den Kopf, kann ein Gähnen jedoch nicht unterdrücken. »Seeluft«, sage ich. »Holzhacken.«

»Mist, ich bin eine – stimmt's? –, ich bin eine verdammte Ödkröte.«

– – – – – – – – – – – – –

»An eine Ödkröte erinnere ich mich nicht.«

»Witz«, sagt Zoe.

»Lustig. Sagtest du nicht neulich, du würdest vielleicht selbst etwas schreiben wollen?«

»Kommt mir vor, als sei das eine Ewigkeit her«, sagt Zoe.

»Dass du es gesagt hast oder dass du es tun wolltest?«

»Beides, nehme ich an.« Zoe wischt sich über die Wangen, und ich sehe, dass sie Tränen in den Augen hat.

»Bist du okay?«

»Ja«, sagt sie. »Nur Erinnerungen.«

»Alex?«

Zoe nickt. »Der Tag, an dem er … an dem Vormittag hatte ich diese alberne Idee für ein Buch. Und ich dachte, *ja, das schreibe ich nachher auf*. Aber dann …«

»Du vermisst ihn.«

Zoe nickt. »Manchmal. Wir hatten gute Zeiten zusammen.« Zoes Hand wandert zu ihrem Haar, wickelt die weiße Strähne auf zwei Finger. »Habe ich dir erzählt, wie ich im Verlag gelandet bin?«

»Nein.«

»Du weißt ja, dass ich Anwältin war. Aber ich war unglücklich. Habe es gehasst. Vom Stress hatte ich Ekzeme an den Beinen. Vielleicht wollte ich mich über eine Enttäuschung hinwegtrösten. Alex trat in mein Leben, und ich …« Zoe schnappt vor sich in die Luft. »… ich griff einfach zu. Versteh mich nicht falsch, er war lustig und lieb und … Du hast ihn auf dem Foto gesehen.«

»Attraktiv.«

Zoe nickt. »Du bist auch attraktiv, offensichtlich.«

»Offensichtlich.«

»Wir zogen sehr bald zusammen«, sagt Zoe. »Er unterstützte mich, als ich den Juristenjob an den Nagel hängte und mir den Job im Verlag suchte. Es war eine Art Rettungsleine.«

»Klingt, als sei er ein guter Typ gewesen.«

»War er. Ich habe das noch niemandem erzählt«, sagt sie, während sie ins Feuer starrt, »aber ich habe ihn nicht geliebt. Am Anfang vielleicht irgendwie, aber … nicht richtig. Es war …«, Zoe schüttelt den Kopf, weint einen Moment lang still vor sich hin.

»Wusste er es?«

»Ich glaube nicht.«

»Vielleicht ist es … du weißt schon …«

Besser so, will ich sagen, doch es erscheint mir heuchlerisch und geistlos, und ich bringe es nicht fertig, den Satz zu Ende zu sprechen. Zoe versteht dennoch, was ich sagen möchte.

»Zunächst war ich dankbar, dass ich es ihm nie gesagt hatte, aber … jetzt bin mir nicht mehr so sicher. Dieses Gefühl, dass er mit einer Lüge gestorben ist … Ich schäme mich so dafür.«

»Dich trifft keine Schuld.«

»Aber weißt du, wenn ich es ihm gesagt hätte, dann würde ich vielleicht nicht in sieben Wochen auf Reisen gehen. Vielleicht hätte ich dich nicht kennengelernt? Und …«

Ich könnte sagen, dass ich sie verstehe, und Zoes Hand halten, während sie weint. Aber es auszusprechen ist zu einfach und letztlich bedeutungslos. Zu beweisen, dass ich sie verstehe dagegen, ihre Aufrichtigkeit zu erwidern und ihr zu zeigen, dass ich ihr schlechtes Gewissen und ihre Verwirrung nachempfinden kann, wäre das nicht das Beste, was ich tun könnte? Das einzig Richtige?

»Bevor ich nach London zog«, sage ich, »war ich verlobt.«

Zoe richtet sich auf, wischt sich die Augen und sieht mich an. »Verlobt wie in *verliebt, verlobt, verheiratet*?«

»Ich nicke. »Nur dass …«

»Du hast sie nicht geheiratet?«

»April. Nein, ich habe sie nicht geheiratet.«

»Weil?«

»Ich habe sie nicht geliebt«, sage ich.

Zoe lächelt, traurig und – wie mir scheint – mitschuldig. »Üble Lage.«

»Kann man sagen.«

»War sie hübsch?«

Ich nicke. Zoe tritt mich.

»Sorry. Du bist natürlich auch hübsch. Offensichtlich.«

»Offensichtlich. Also, was ist passiert?«

Wohin soll all die Aufrichtigkeit führen? Uns bleiben sieben Wochen, und ich bin es leid, Geheimnisse zu haben und vorzugeben, jemand zu sein, der ich nicht bin. Gleichzeitig jedoch frage ich mich, wie viel Aufrichtigkeit genug ist, wie viel zu viel und wie viel davon jemand auf einmal verkraften kann.

»Was ist los?«, fragt Zoe, als könne sie Gedanken lesen.

»Ich habe es abgeblasen«, sage ich.

»Einfach so?«

»Na, lief nicht so gut wie der Antrag …«

Zoe lacht, und ich hasse mich dafür, dass ich so albern über das spreche, was ich April angetan habe.

– – – – – – – – – – – – –

»Und …?«

»Ich kenne sie schon von Kindesbeinen an«, sage ich. »Wir gingen auf dieselbe Schule. Und es ist ein kleines Kaff, wo ich herkomme. Sehr klein.«

»Verstehe. Und …« Zoe streckt einen Daumen zur Seite. »Bist du gegangen?«

»So in etwa.«

»Sorry, ich will nicht sagen, dass … es muss schrecklich gewesen sein. Mein Gott, das arme Mädchen. Tut mir leid, ich … *Gott!*«

»Ich weiß. Aber hätte ich es nicht getan, dann wären wir einander nicht begegnet, stimmt's?«

Zoe schüttelt den Kopf. »Ich bin froh, dass du es getan hast«, sagt sie. »Na ja … irgendwie.«

»Ja«, sage ich. »Irgendwie.«

ZOE

Da ist etwas

Nach all dem Sex, der Seeluft und dem Wein kann ich nicht schlafen.

Abgesehen von der Kamera sind Alex' Sachen alle verkauft. Sein Rad, seine Decks, sogar seine Platten. Sie haben ein paar hundert Pfund weniger eingebracht als gehofft, aber mit den zusätzlichen Schichten im *Duck* und dem angesammelten Urlaubsgeld von meinem Arbeitgeber steht meine Kalkulation noch, und ich kann es mir nach wie vor leisten, Henry zurückzulassen. Es ist total frustrierend. Henry trägt alles mit vornehmer Fassung. Nein, vornehm ist das falsche Wort, irritierend trifft es besser. Etwas mehr Trübsal wäre nicht fehl am Platz, ein bisschen mehr »Bitte geh nicht«.

Irgendwie, hat er gesagt.

Ich bin froh, dass ich dich kennengelernt habe … *irgendwie*.

Ich meine, komm schon, Henry. Ich mache es dir doch ganz leicht. Vier kleine Wörter, mehr verlange ich doch nicht.

Ich werde dich vermissen.

Ich verlange doch nicht zu sagen, dass er …

Obwohl, da ist etwas, uns verbindet etwas, das auf dem Scrabble-Brett mehr Punkte bringt als ein einfaches »MÖGEN«. Etwas, das nur ein richtiger Vollidiot in den Wind schießt. Und vielleicht ist das der wahre Grund dafür, dass ich nicht schlafen kann – die Sorge, dass ich sieben Wochen davon entfernt bin, einen Riesenfehler zu begehen.

Draußen heult der Wind vom Meer her, lässt die Pforte knallen und die Wäscheleine jammern wie einen gequälten Geist. Normalerweise genieße ich die Geräusche des rauen Wetters, aber bei der elementaren Kakophonie, die heute Nacht zu hören ist, werde ich zum verängstigten Kleinkind.

Henry dagegen schläft wie ein Baby.

Weil ich die Zeit, die uns bleibt, bis zur letzten Sekunde nutzen möchte, lehnte ich ab, als Mum mich einlud, mit ihr und Dad nach Kopenhagen zu fahren. Henry jedoch hat mir heute eröffnet, dass er in ein paar Wochen in seine Heimat fahren wird. Und ich bin nicht eingeladen. Er hat es zwar nicht ausdrücklich so genannt, doch genauso wenig hat er gesagt: *Hey, nachdem du mich in das Haus eingeladen hast, in dem du aufgewachsen bist, würde ich dir gern das meine zeigen*. Ich spielte mit dem Gedanken, mich selbst einzuladen, aber, man mag es Stolz nennen, ich will, dass es von Henry kommt. Es war nicht so, dass ich ihm keinen Wink gegeben hatte: *Ich weiß noch gar nicht, was ich an dem Wochenende mache. Ich war noch nie in den Peaks. Ich wandere so gern.* Doch der Köder wurde ignoriert.

Der Wind rüttelt an den Fenstern, und die Pforte knallt noch einmal, diesmal so laut, dass sogar Henry sich regt.

»Was 'n das?

– – – – – – – – – – – – – –

»Sturm«, sage ich zu ihm. »Seelenhauch der Seeleute.«

Ein weiterer Knall, ein metallenes Geräusch und dann …

»War das die Tür?«

»Mist, Henry! Ich … ich weiß nicht … vielleicht.«

Henry springt, ohne zu zögern, aus dem Bett, zieht seine Boxershorts an, bringt mich mit einem Finger auf den Lippen zum Schweigen und heißt mich zu bleiben, wo ich bin.

– – – – – – – – – – – – – – –

HENRY

Ein unmissverständliches Geräusch

Im Idealfall hätte Zoe in der Schule Hockey gespielt; oder Schlagball oder Golf, meinetwegen auch Billard. Aber der einzige waffenähnliche Gegenstand in ihrem Zimmer ist ein Badmintonschläger mit gerissenen Saiten. Aller Wahrscheinlichkeit nach ist mein Gegner niemand anders als der Wind, doch Zoe ist nervös, und außerdem ahne ich die Chance, das Holzhackdebakel wettzumachen.

Die Treppe knarrt unter meinen Füßen, aber der Wind heult derart ungestüm, dass sein Lärm nicht zu übertönen ist. Die Haustür ist geschlossen.

Gerade als ich den Griff meiner Hand, die den Schläger fest umklammert, lockern will, höre ich etwas aus der Stiefelkammer im hinteren Teil des Hauses. Ein unmissverständliches Geräusch und daraufhin das Fluchen einer männlichen Stimme. Sofort sind sämtliche Systeme in höchster Alarmbereitschaft, und mein erster Gedanke ist, dass Mad George mich an der Küste aufgespürt hat, um mir den Rest zu geben. Mein zweiter Gedanke gilt dem Wunsch, etwas Robusteres zu tragen als Boxershorts. Neben der Tür steht ein Regenschirm, und ich wäge

– –

seine Eignung als Verteidigungsmittel gegen die eines Badmintonschlägers ab, als das Geräusch schlurfender Schritte mich plötzlich aktiv werden lässt.

»Raus hier, verdammt noch mal!«, schreie ich. »Ich bin bewaffnet!«

Eine weibliche Stimme kreischt in furchterregend schriller Harmonie mit dem Wind.

»Nicht schießen!«, schreit nun eine männliche Stimme. »Bitte nicht schießen.«

Die Frau kreischt erneut.

Inmitten der Geräusche von Gepolter und Rückzug sagt die männliche Stimme: »Wir … wir gehen, wir gehen. Machen Sie jetzt keine Dummheiten, ganz ruhig, wir gehen.«

»Rodney!«, sagt die Frau. »Raus hier!«

Zoe kommt halb die Treppe herunter.

»Dad?«

ZOE

Henry und ich

Ach«, sagt Mum, »das ist ja … nett.«

Man hat sich einander vorgestellt, die Waffen sind beiseitegelegt, nackte Körperteile bedeckt worden. Die Sofakissen liegen noch über den Boden verstreut, und um zu schlussfolgern, dass es hier heute Abend zum Äußersten gekommen ist, bräuchte man keine Miss Marple.

»Aha«, sagt Dad, »Zahnarzt?«

»So ist es«, sagt Henry. »Tut mir leid, dass ich Sie … Sie wissen schon. Tut mir leid.« Er schwingt einen unsichtbaren Badmintonschläger.

»Immerhin war er nicht geladen«, sagt Mum lachend.

»Arrh!«, sage ich und spiele Panik. »Bitte nicht schießen!«

»Das war eine verdammt große Überraschung, Zoe. Dachte, du seist beschäftigt.«

Ich nicke zu Henry. »Beschäftigt beschäftigt«, sage ich. »Wie auch immer, ihr wolltet erst Montag zurück sein.«

»Tut mir leid, dass wir dir solche Umstände bereiten«, sagt Mum, ohne zu verbergen, dass sie scherzt. Sie legt die Hände an meine Wangen, sieht mich angestrengt an, als wollte sie das

– – – – – – – – – – – – –

Rätsel meines Gesichtsausdrucks lösen. Sie tut das nicht zum ersten Mal, und ihre Augen sind blutunterlaufen, als hätte sie geweint oder getrunken – ich bin leicht irritiert.

»Möchte noch jemand Tee?«, fragt Henry und klopft auf die Kanne. Sein Hemd ist schief geknöpft.

Es ist fast zwei Uhr, und wir sitzen da und trinken Tee wie an einem Sonntagmorgen. Was, wenn ich darüber nachdenke, ja auch der Realität entspricht.

»Danke, Henry«, sagt Mum, die von meinem neuen Freund sichtlich eingenommen ist. Vielleicht weil sie ihn in seiner Rolle als Wachmann in Unterhosen gesehen hat.

»Mussten früher zurückkommen wegen eines …«, Dad sieht Mum an.

»Einer Besprechung«, schließt sie ab. »Montagmorgen. Also …«, sagt sie und blickt wieder zu Henry, »das ist ja nett.«

»Tut mir leid, dass ich euch nicht nach Kopenhagen begleitet habe«, sage ich. »Henry und ich … Es ist … Ich wollte euch bald davon erzählen, aber …«

Mum und Dad sitzen jetzt stocksteif in ihren Sesseln, in den Gesichtern ein Ausdruck zwischen Furcht und Erwartung.

»Nein, nein, nein«, sage ich, »nicht so etwas. Ich werde reisen …«

»Ein Urlaub?«, fragt Dad.

»Reise«, sage ich kopfschüttelnd.

»Oh.«

»Aha.«

»Wohin?«

»Wann?«

– – – – – – – – – – – – –

»Nach überall und nirgends«, sage ich und anschließend: »September?« Als würde ich um ihre Erlaubnis bitten.

»Zoe«, sagt meine Mutter, »das ist ja … wunderbar. Ganz wunderbar.«

Dad nickt zustimmend, auch wenn der rührselige alte Narr eine Träne wegzudrücken scheint. »Und, äh … was ist mit Ihnen?«, sagt er zu Henry. »Reisen Sie mit?«

Henry schüttelt den Kopf. »Nein, ich bin …«

»Ein Freund«, sage ich. »Henry ist … Er ist ein Freund.«

Mum blickt auf die verstreuten Kissen vor dem Kamin, zu Henry, dann wieder zu mir. Sie nickt, lächelt. »Ich freue mich für dich«, sagt sie, und nun weint sie ebenfalls. Sie wischt sich übers Auge und zwinkert.

»Alles in Ordnung mit dir?«, fragt Dad etwas besorgt.

Mum nickt. »Geht mir gut.«

»Mum? Dad? Habe ich was verpasst?«

HENRY

Weitreichendes Leiden

Im Laufe einer Stunde haben wir erfahren, dass Zoes Mutter unter Uveitis leidet, einer Regenbogenhautentzündung, die geheilt werden oder zur Erblindung führen kann. In Julie Goldmans Fall ist man sich nicht sicher, welcher Verlauf wahrscheinlicher ist. Sie hat die Diagnose vor sechs Monaten erhalten, wollte jedoch ihre trauernde Tochter vorerst nicht einweihen – nicht, bevor klar war, was sie bedeutete. Zoes Eltern warten schon lange auf die richtige Gelegenheit, um mit ihr zu reden, und obwohl auch die Situation heute Abend nicht ihren Vorstellungen entsprach, kam alles heraus. Die Geschichte vom vorzeitigen Abbruch ihres Urlaubs wegen eines Treffens war nur die halbe Wahrheit. Es besteht die Möglichkeit, dass Julies Zustand im Zusammenhang mit etwas anderem steht, und sie haben einen Termin bei einem Neurologen, der Untersuchungen wegen des Verdachts auf Multiple Sklerose durchführen möchte. Der Termin ist erst am Dienstag, doch nach fünf Tagen bei durchgehendem Sonnenschein schmerzten Mrs Goldmans Augen so sehr, dass sie kaum das Hotel verlassen mochte. Daher haben sie den nächstmöglichen Flug nach Hause genommen.

– – – – – – – – – – – – –

»Auf dem Nachtflug schien endlich mal nicht die Sonne«, scherzt Mrs Goldman, und man ahnt, woher Zoe ihren Humor hat.

Jetzt ist sie besorgt, verwirrt, aufgebracht.

»Ich sollte hierbleiben«, sagt sie.

Wir liegen wieder im Bett. Gute-Nacht-Umarmungen und Küsse auf der Treppe, aber ohne die verkrampfte Diskussion darüber, wo ich (Zoes »Freund«) schlafen wird. Ein bisschen zu spät dafür, in jedem Sinne des Wortes.

»Sie könnte wieder gesund werden.«

»Oder sie könnte nicht wieder gesund werden. Oder sie könnte gesund werden, und es könnte zurückkommen, du hast gehört, was sie gesagt haben.«

»Aber du hast doch schon dein Ticket gekauft.«

Zoe schüttelt den Kopf, als sei es schwieriger, mit mir umzugehen als mit den Fakten. »Was, wenn sie erblindet? Was, wenn es MS ist und sie im Rollstuhl landet? Was dann, Henry? Manchmal frage ich mich ernsthaft, ob du dich vielleicht freust, mich von hinten zu sehen.«

»Warum sagst du so etwas?«

»Warum nicht? Ich meine, ernsthaft, warum sollte ich das nicht sagen?«

»Weil es nicht die Wahrheit ist.«

»Ich kann eben keine … du weißt schon …«

»Gedanken lesen?«

Zoe lacht. Ich greife ihre Hand, lege den Arm um ihre Schultern.

»Habe ich dir von dem Unfall meines Vaters erzählt?«

– – – – – – – – – – – – – –

Zoe schüttelt den Kopf.

»Beide Handgelenke gebrochen, eine kaputte Rippe und Lungenkollaps.«

Zoe setzt sich auf, reibt sich die Augen. »Ist das beim Boxen passiert?«

Ich lache. »Mit zu viel Whiskey im Blut beim nächtlichen Verstauen gestohlener Bierfässer im Keller.«

»Nein!«

»Er fiel, und dabei gingen die Handgelenke drauf; dann folgten ihm die Fässer von oben und erledigten den Rest.«

»Scheiße!«

»Ja, Scheiße. An diesem Handgelenk« – ich zeige auf mein linkes – »stachen beide Knochen durch die Haut. Und bei dem anderen war es richtig schlimm.«

»Wie bitte? Und ein offener Bruch ist etwa nicht schlimm?«

»Ungefähr zwei Monate lang trug er am Handgelenk ein Gestell mit etwa einem halben Dutzend Metallstäben, die durch seine Haut hindurch den Knochen zusammenhielten.« Zoe macht ein Geräusch, als müsse sie sich übergeben.

»Genau. Und mit zwei gebrochenen Handgelenken gibt es nicht mehr viele Dinge, die man selbst erledigen kann. Er konnte weder allein essen noch sich waschen, rasieren. Du ahnst, was los war.«

Zoe nickt verbissen, die Nase gekräuselt, als müsse sie einen schlechten Geruch ertragen. »Aber jetzt ist er okay?«

»Ja, fit wie ein Turnschuh. Was ich sagen will – und ich habe das noch niemandem erzählt –, aber als es passierte, hatte man mir gerade einen Job in Australien angeboten.«

»Was?«

»Ich hatte es noch keinem gesagt, weil das Angebot erst zwei Wochen alt war. Ungefähr vier Wochen später wollte ich mich eigentlich auf den Weg machen.«

»Und dann ...«

»Und dann stürzte mein Dad. Meine Eltern konnten sich keinen weiteren Mitarbeiter leisten, und Dad ist eine Gefahr für sich selbst, daher ...«

»... bist du geblieben?«

Ich schüttle den Kopf. »Ich schob es um einen Monat auf, doch dann bekam er eine Lungenentzündung, die ihn beinah erledigt hätte. Die Genesung dauerte ein halbes Jahr, und mittlerweile ... Du weißt schon, das Leben geht weiter, nicht wahr?«

»Also stimmst du mir zu? Du denkst auch, ich sollte bleiben?«

»Ich wäre überglücklich, wenn du bleibst. Aber ... ich denke, du solltest es nicht tun.«

»Aber was war mit deinem Dad? Du bist bei ihm geblieben.«

»Ich arbeitete und wohnte in Sheffield, und nur an den Wochenenden fuhr ich nach Hause, um zu helfen. Als er zusammenbrach, war nicht ich es, der ihn fand. Es war ... jemand anders.«

Zoe starrt mich an, während sie langsam begreift. »Sie?«

»April, ja. Rettete ihm das Leben.«

»O Gott, das ist ...« Zoe schüttelt den Kopf, als würde sie ein Spinnennetz abschütteln wollen.

»Deine Mum stirbt nicht«, sagte ich.

»Aber sie könnte erblinden. Oder im Rollstuhl landen.«

– – – – – – – – – – – – –

»Ja, ob du hier bist oder nicht. Und wenn etwas Schlimmes passieren sollte, dann wärst du in London genauso wenig eine Hilfe wie in Thailand. Es sei denn, du hast vor, wieder in deine Heimat zu ziehen.«

»Bereust du es, nicht nach Australien gegangen zu sein?«

»Ehrlich gesagt, weiß ich es nicht. Aber, hör mal, falls du gehst – und ich hoffe, dass du gehst –, werde ich dich vermissen.«

Ich werde dich sehr vermissen.

ZOE

Es kann viel passieren

Eines von Mums Symptomen ist Müdigkeit; eines meiner Symptome ist Hyperaktivität. Henry und ich stehen vor meinen Eltern auf, und nachdem wir die Küche aufgeräumt haben, machen wir einen langen Strandspaziergang, auf dem wir die meiste Zeit schweigen. Es könnte einem weitaus Schlimmeres zustoßen, als jeden Tag so zu beginnen.

Als wir wieder nach Hause kommen, ist Dad gerade dabei, Würstchen zu braten.

»Morgen«, sagt er. »Noch einmal. Hunger?«

»Bärenhunger«, sagt Henry. »Kann ich helfen?«

»Sie können den Tisch decken«, sagt Dad.

»Ist Mum schon auf?«

»Schläft aus. Wir dachten, wenn ihr Zeit habt, könnten wir euch mittags zum Essen ausführen, bevor ihr nach Hause fahrt.«

»Das wäre schön«, sage ich. »Danke.«

»Morgen zur Arbeit?«, fragt Dad, doch die Frage ist an Henry gerichtet.

»Hab eine ziemlich lange Liste vor mir«, sagt er, weil er meine mimischen Signale, nicht gleich alles zu erzählen, richtig versteht. Dass ich auf Reisen gehe, ist eine Sache, dass ich einen »Freund« habe, eine andere, aber ein Haare schneidender Zahnarzt wäre für den Anfang zu viel.

»Prima. Rührei okay?«

»Rührei ist gut«, antwortet Henry. »Perfekt, danke.«

»Dad. Ich habe mir Gedanken gemacht.«

»Über was, mein Kätzchen?«

Kätzchen? formt Henry mit den Lippen und lächelt.

»Ich werde nicht auf Reisen gehen«, sage ich.

Dads Reaktion kann ich nicht sehen – er dreht mir den Rücken zu, während er die Eier in eine Schüssel schlägt –, aber Henry rutscht das Lächeln aus dem Gesicht.

»Quatsch«, sagt Dad.

»Aber ich habe …«

»Zoe, Liebling, deine Mutter hat das kommen sehen, und sie hat zu dem Thema eine ganz klare Haltung. Wenn du nicht in das Flugzeug steigst, tauschen wir die Schlösser aus. Ich nehme an, du wirst nach Australien fliegen?«

»Ich habe noch nicht so richtig … ja, ich glaube schon.«

»Gut. Deine Mum wollte immer mal die Sydney Harbour Bridge sehen. Wir treffen uns dort mit dir, wenn das in Ordnung ist. Am besten irgendwann, wenn dort Winter ist.«

»Aber was ist mit ihren Augen? Die Sonne?«

»Nun, Kätzchen, das ist noch lange hin. Bis es so weit ist, kann viel passieren. Wollen wir ausnahmsweise über die Stränge schlagen und uns Brot knusprig braten?«

Henry sieht mich fragend an.

»Klar«, sage ich, »warum nicht?«

ZOE

Ein rosa Umschlag

In den letzten beiden Tagen müssen wir zwölf Stunden im Zug verbracht haben. Ein weiter Weg für einen Strandspaziergang, und in meinem Kopf herrscht ein großes Durcheinander. Und doch fühle ich mich irgendwie leichter.

Während ich mich unter heißes Wasser stelle, kocht Henry eine Bolognesesauce. Und dann, als er mit der Dusche dran ist, setze ich die Spaghetti auf und mache mich am halbfertigen Puzzle einer gewaltigen Zebraherde zu schaffen.

Ich fange fast an zu schielen, als es an Henrys Tür klopft. Weil ich auf dem Kopf einen Handtuchturban trage und am Leib nur eine Unterhose und ein T-Shirt, sitze ich still und halte den Atem an. Es klopft erneut, begleitet von einer leisen Stimme:

»Hallo? Henry, mein Lieber?«

Die Stimme ist dünn und brüchig, und daher pfeife ich auf jede Vorsicht und öffne die Tür ein paar Zentimeter.

»Ach hallo. Zoe, stimmt's?«

»Äh, ja, stimmt.« Weil die Frau klein ist und außerdem unbewaffnet, öffne ich die Tür ganz. »Henry duscht gerade, kann ich Ihnen helfen?«

– – – – – – – – – – – – –

»Sie sind eingezogen, stimmt's? Ich meine, ich nehme an, das geht in Ordnung, solange es nicht zu … zu laut wird.«

»Tut mir leid, stören wir Sie?«

»Ich bin die Vermieterin, meine Liebe. Dorothy. Sie können mich Dot nennen.«

»Ja, Dot. Nein, ich ziehe nicht ein, ich bin nur eine … Freundin.«

Dot betrachtet mein mit dem Handtuch umwickeltes Haar, die nackten Beine, Henrys T-Shirt, und mir wird plötzlich bewusst, dass ich keinen BH trage.

»Es ist nur, dass …« Dot hält mir einen rosafarbenen Umschlag hin. »Sie haben Post, meine Liebe.«

»O danke.«

»Sehen Sie«, sagt Dot und zeigt auf meinen Namen, der durch ein schwungvolles Und-Zeichen mit Henrys verbunden ist. »Henry und Zoe.«

»Ich gebe ihn weiter«, sage ich.

»Gewiss, ja. Grüßen Sie ihn von mir. Sagen Sie ihm, wir sehen uns Dienstag«, sagt sie und fasst sich an die Haare.

Henry selbst, der so gut wie keine Haare mehr auf dem Kopf hat, braucht in der Dusche dennoch doppelt so viel Zeit wie ich. Als er herauskommt, ist es weit nach zehn Uhr und damit wirklich zu spät, um eine kohlenhydratreiche Mahlzeit zu sich zu nehmen. Zum Glück war ich so umsichtig, die Pasta anbrennen zu lassen.

»Du bist ein solcher Geheimniskrämer«, sage ich zu ihm.

Henry inspiziert seinen nackten Oberkörper und die sauberen weißen Boxershorts nach Anhaltspunkten. »Wie bitte?«

»Ich habe deine Vermieterin kennengelernt.«

»Dot?«

»Dot.«

»Ist alles in Ordnung?«

»Sie dachte, ich sei eingezogen.«

Henry lacht. »Sie ist ein Schatz.«

»Sie hat eine gute Frisur.«

»Sie hat einen guten Friseur«, sagt Henry, küsst mich auf die Stirn und setzt sich neben mich ans Erkerfenster. »Keine Spaghetti?«

»Ist ein bisschen spät«, sage ich zu ihm.

Henry nickt und nimmt eine Gabelvoll Bolognese.

»Und ich dachte immer, *ich* sei dein großes Geheimnis.«

»Okay, jetzt kann ich dir nicht mehr folgen, wovon sprichst du?«

Ich nicke in Richtung des aufgerissenen Umschlags und der Karte, die auf der halbfertigen Zebraherde liegen.

Auf der selbstgemalten Karte sind unter den Worten *40 verdammte Jahre* zwei rote Sektgläser abgebildet.

»Was ist das?«, fragt Henry und zeigt mit der Gabel auf die Karte, als sei sie mit Blut geschrieben.

»Sorry, ich hätte sie wahrscheinlich nicht öffnen sollen, aber sie war an *uns* adressiert.«

»*Uns?*«

»Es ist eine Einladung«, sage ich. »Wann wolltest du mir davon erzählen?«

»Dir was … wovon erzählen?«

»Gott, du bist so ein Scherzkeks.«

– – – – – – – – – – – – –

Henry nimmt die Karte in die Hand, öffnet sie, liest laut vor: »Lieber Henry, liebe Zoe, können es nicht abwarten, Euch zu sehen … beide. Tragt etwas Rotes. Küsschen, Küsschen, Küsschen. Liebe Grüße, Mum und Dad …«

»… Sheila und Clive.«

Henry bewegt stumm die Lippen, während er die Karte noch einmal liest.

»Ehrlich, Henry, was bist du nur für ein Geheimniskrämer.«

»Ja«, sagt er. »Liegt in der Familie.«

HENRY

Doh je

Anscheinend gibt sich das Universum erst dann zufrieden, wenn mindestens eine Frau im Umkreis von eineinhalb Metern um Henry Smith weint. Jenny vergießt seit dreißig Minuten Tränen und umklammert dabei mit der einen Hand ein Taschentuch, mit der anderen einen kleinen Spiegel. Dabei ist es ein Rätsel, wie sie durch all die Tränen hindurch überhaupt etwas erkennen kann.

Das neue Lächeln bei ihr einzusetzen, hat keine zwei Stunden gedauert, aber die Vorarbeiten für diesen Moment waren langwierig. Beginnend bei den hinteren Backenzähnen mussten wir uns bis zum Einser vorarbeiten, vom Ober- zum Unterkiefer wechseln, ein Puzzle mit achtundzwanzig weißen Teilen. Nur dass man nicht weiß, ob alle Teile hineinpassen werden – erst wenn das letzte eingesetzt ist, kann man sicher sein. Sie passen. Und sehen perfekt aus.

»*Doh je, doh je*, Henry.«

»*Mh sai haa, hei*«, sage ich. Gern geschehen.

Die kantonesischen Zeichen für »danke« bestehen aus einer hübschen, fast mosaikhaften Anordnung scharfkantiger Balken

— — — — — — — — — — — — —

und spitzer Halbmonde, die den weichen, dankerfüllten Silben kaum gerecht werden – *doh je*.

Zwischen den Durchgängen, in denen sie weinte und ihre neuen, übernatürlich weißen Zähne aus nächster Nähe untersuchte, präsentierte Jenny mir eine kleine Schriftrolle, um die eine lilafarbene Schleife gebunden war. Ich betrachte noch einmal ihre krummen, arthritischen Finger und bewundere, dass etwas so Schmerzbesetztes diese präzise und elegante Kalligraphie fertigen konnte.

Im Kantonesischen gibt es zwei Arten, danke zu sagen, erklärte Jenny mir, je nachdem, ob es sich um eine Dienstleistung handelt oder um ein Geschenk. »*Doh je*, Geschenk«, sagte sie. »Das hier« – sie zeigt mir ihre Zähne – »Geschenk für mich.«

Ich erwog, sie daran zu erinnern, dass sie mir dafür noch ein paar tausend Pfund schuldete, doch das hätte ihr nur die Stimmung verdorben.

»Kann jetzt lächeln, wenn Asche verstreuen«, sagt Jenny, ohne die Speisung der Salzwasserbäche auf ihren Wangen zu vernachlässigen.

Nach ein paar sehr emotionalen Wochen habe ich Zoe seit unserer Abreise aus Cornwall nicht mehr weinen sehen. Wir treffen uns nach wie vor jeden Abend, um die Tage und Nächte bis zum Ablauf unserer Zeit voll auszuschöpfen. Aber wer weiß, wann es so weit ist. Abreisen wird Zoe erst Mitte September, doch vorher müssen wir noch die Kleinigkeit der Rubinhochzeit meiner Eltern durchstehen. Über die Aussicht, meine Eltern kennenzulernen, freut Zoe sich wie ein Kätzchen im Wollladen – ich habe keine Ahnung, warum. Ganz sicher habe ich nie irgendetwas Nettes über sie gesagt. Sie ist auch nervös, denn sie weiß, dass April da sein wird (vorausgesetzt, das Baby kommt nicht zu früh, aber natürlich bete ich zu Gott, dass es sich beeilt) und Brian und verschiedene andere Menschen, bei denen ich kein hohes Ansehen genieße. Ich habe bei jeder Gelegenheit darauf beharrt, dass es eine miese Feier wird, dass mit hoher Wahrscheinlichkeit Gläser fliegen werden, aber Zoe hält diese Informationen für eine weitere Spielart meines trockenen Humors. Ich habe zu erklären versucht, dass ich keinen besitze, was von Zoe jedoch als weiterer Beweis für dessen Existenz gedeutet wurde.

»Warum sollten deine Eltern uns einladen, wenn sie glaubten, damit eine Szene heraufzubeschwören?«

»Weil sie blöd sind?«

»Ehrlich, Henry, du bist ein komischer Vogel. Mir war nicht klar, wie komisch.«

Im selben Moment, als Zoe am Montagmorgen zur Arbeit ging, rief ich meine Mutter an.

»Du hast einfach einen kleinen Stups gebraucht, mein Schatz.«

»Mum, auf dein Eingreifen kann ich verzichten. Und ich kann es wirklich nicht gutheißen, dass du ein Drama anzettelst.«

»Wirklich, Henry? Du kannst es nicht gutheißen, dass ich ein Drama anzettle? Das sagt der Richtige.«

»Mum …«

»Du scheinst ein schlechtes Gedächtnis zu haben, Henry Smith.«

– – – – – – – – – – – – – –

»Nein, Mum, ganz bestimmt nicht. Was zum Teufel glaubst du, wie April sich …«

»Spar dir den Teufel, Henry. Hüte deine Zunge.«

»Mum, beruhige dich …«

»Dass du's weißt, Henry, mit April habe ich gesprochen.«

»Hast du?«

»Es ist vorbei, Henry. Schnee von gestern.«

»Hast du auch mit George gesprochen, Mum? Hast du ihn angerufen und gebeten, eine Kofferraumladung Ziegelsteine zu deiner kleinen Feier mitzubringen?«

»Dein Ton gefällt mir nicht, Henry.«

»Mum, hör mal, ich …«

»Ich habe mit April gesprochen, und sie wird mit George reden. Alles erledigt, mein Schatz.«

»Aber Mum …«

»Henry, Schatz, du kannst dich nicht für immer verstecken.«

»Ich weiß, aber Zoe … Es ist kompliziert.«

»Eilmeldung, Henry, das Leben ist kompliziert. Man wird damit fertig und macht weiter.«

»Aber …«

»Henry, ich will dich hier haben, dein Dad will dich hier haben, und wenn es in deinem Leben jemanden gibt, der dir wichtig ist, dann möchten wir diese Person auch hier haben.«

»…«

»Henry?«

»Okay.«

»Guter Junge. Und tragt etwas Rotes.«

Trotz allem gibt es in mir einen Teil, der das Unvermeidliche

– – – – – – – – – – – – –

willkommen heißt. Es wird so ausgehen oder völlig anders, und danach wird es – so oder so – vorbei sein. Noch acht Tage.

Behutsam löse ich Jennys Finger von dem Spiegel, den sie umklammern.

»Es wird noch eine Weile etwas empfindlich sein, okay? Ihre Zähne müssen einander finden, sich wieder anfreunden, und das kann ein paar Tage dauern.«

»Kann essen?«

»Ja, essen können Sie. Aber warten Sie ein paar Tage, bevor Sie Steak oder kandierte Äpfel probieren, in Ordnung?« Jenny lächelt mit den nagelneuen Zähnen und nickt, weil sie verstanden hat. »Ich gebe Ihnen meine Telefonnummer«, sage ich. »Und wenn Sie ein Problem haben, irgendein Problem, rufen Sie mich einfach an, okay?«

»Freunde.«

»Ja, genau, Freunde.«

»*Doh je*«, sagt Jenny, legt eine Hand an jede Seite meines Gesichts und küsst mich schnell auf die Lippen. »*Doh je.*«

»*Mh sai haa, hei*«, sage ich erneut. »Wo haben Sie das gelernt?«, frage ich und zeige auf die Schriftrolle.

»Gelernt?«

»Kalligraphie«, sage ich und schreibe in die Luft. »Das ist sehr hübsch.«

»Nix Kalligraphie. Kaufen bei Amazon, fünf Pfund, sehr günstig, nich?«

ZOE

Voller Wut

Weil Henry erst in einer Stunde Feierabend macht, verbringe ich etwas Zeit unter meiner Bettdecke. Allerdings entwickle ich keine Filme, sondern sehe mir auf dem Smartphone Videos von Menschen an, die vorübergehend den Verstand verloren haben. Sucht man nach »Ausraster«, erhält man eins Komma zwei Millionen Treffer, »Verkehrsrowdy« ergibt neunhunderttausend, und »durchgedrehte Frauen« tauchen über sechzehn Millionen Mal auf. Ihre Wut und ihre Schmach werden online gestellt und wieder und wieder geteilt. Eine Million Mal angeklickt, um sich daran zu ergötzen, wie eine hysterische Mutter wie am Spieß schreit, weil ihr jemand einen Parkplatz vor der Nase weggeschnappt hat. Hunderttausend Mal »Gefällt mir« für einen Speichel sprühenden Rentner, der geifernd von johlenden Teenagern Respekt verlangt. Aber man sollte lieber nicht zu laut lachen. Eines Tages könnte man selbst an der Reihe sein.

Während der Rest meiner Kollegen einen Pub ansteuerte, machte ich mich auf den Weg zur Klinik für Reisemedizin in der Tottenham Court Road, um mich impfen zu lassen – Gelbfieber, Typhus und ein ganzes Alphabet von Hepatitisformen.

– – – – – – – – – – – – –

Auf dem Rückweg ins Büro sah ich, wie ein Typ mit Baseballkappe und Kopfhörern unvermittelt vom Gehweg auf die Straße trat, so dass ein Autofahrer voll auf die Bremse steigen musste.

Nächste Woche wäre Alex dreißig geworden. Der Mann, der ihn anfuhr, musste sechzig Pfund Strafe wegen mangelnder Vorsicht und Wachsamkeit im Straßenverkehr zahlen und kassierte überdies drei Strafpunkte. Freunde reagieren stets mit Wut und Empörung, wenn sie das hören – *eine Schande ist das. Er sollte Fahrverbot kriegen. Eingesperrt gehört der Kerl.* Aber in Wahrheit ist Alex ihm vors Auto gelaufen. Niemand ist so taktlos, es explizit auszusprechen, doch der Fahrer hatte keine Chance. Er fuhr nicht zu schnell, telefonierte nicht, war nicht betrunken. Obwohl mich dabei das schlechte Gewissen plagt, muss ich eingestehen, dass der Mann mir leidtut.

In der Tottenham Court Road hupte der Fahrer kräftig: einmal, zweimal, dreimal. Der Typ mit den Kopfhörern hebt den Schirm seiner Kappe an, formte mit den Lippen die Worte *Fuck off* und unterstrich seine Dankbarkeit mit dem Mittelfinger.

Ohne nachzudenken, ging ich auf den Typen zu und schrie wie eine Wahnsinnige. »Pass auf, wohin du gehst! Du könntest tot sein.« Er sah mich an, lachte herablassend und ging weiter. Aber ich folgte ihm. »Ich spreche mit dir. Hey, du kannst mich nicht einfach ignorieren. Was ist mit dir los?«

»Verpiss dich, okay?«

»Verpiss dich? Ich könnte jetzt einen Krankenwagen für dich alarmieren. Du könntest tot sein, Herrgott noch mal.«

»Bin ich aber nicht, oder? Also, verzieh dich.«

– – – – – – – – – – – – – –

»Verzieh dich?«

»Ja«, sagte der Typ, hielt an und streckte mir das Kinn entgegen. »Genau das.«

Ich schlug kräftig zu, fegte ihm die Kappe vom Kopf. Eine volle Sekunde lang war der Kerl starr vor Schreck, und dann begann Wut sein Gesicht zu verzerren. Er machte einen Schritt vorwärts.

»Komm schon!«, schrie ich ihm zu. »Na los!«

Mittlerweile hatten wir Zuschauer, zwei oder drei Leute hielten ihre Mobiltelefone in die Höhe.

»Verdammte Psychotussi«, sagte der Typ und hob seine Kappe vom Boden auf. Er war jedoch so klug, sich zurückzuziehen, während er das sagte.

»Was gibt's hier zu glotzen?«, fragte ich in den Halbkreis der Schaulustigen, eine dumme Frage, die gut als Pointe dienen dürfte, sollte meine Performance ein größeres Publikum erreichen.

Ich bezweifle nicht, dass sie irgendwo im Netz kursiert, aber viel Glück jedem, der diese Verrückte finden will. Das Beste an diesen Online-Ausrastern ist ihr unglaublich häufiges Vorkommen. Es gibt fast so viele, dass man das Gefühl hat, völlig normal zu sein.

HENRY

Flugschwierigkeiten

»Denkt daran«, flüstert Gus, »ihr seid nicht eure Gedanken …«

»Hmmm.«

Ich fühle mich, als bestünde ich aus nichts anderem als meinen Gedanken, rempelnden, jammernden, feindseligen Gedanken.

Heute ist Walgesang an der Reihe, aber für mich klingt es nach einer Zusammenkunft von Dämonen.

Gestern kamen die Kontoauszüge von meiner Bank. Wie sich zeigte, sind 17 646 Pfund von meinem Konto verschwunden. Aprils Vater wird mir nicht verziehen haben, dass ich seine einzige Tochter habe sitzen lassen, aber anscheinend hat sich sein Hass so weit abgekühlt, dass er mein Geld anzunehmen vermag. Die Wirkung auf mein Gewissen ist bislang nicht so stark, wie ich es erhofft hatte.

»Hängt die lästigen Sorgen nun an euren Ballon. Ich glaube, ich entscheide mich heute für Orange. Nein, ich hab's mir anders überlegt – Rosa. Und jetzt schickt euren Schihiiiihiss auf die Reise.«

Es ist zwecklos.

– – – – – – – – – – – – – –

Im Korb meines kolossalen Heißluftballons stehen Zoe, April, Brian und eine nervöse Hebamme; Mad George fummelt am Brenner; meine, Aprils und Zoes Eltern machen sich miteinander bekannt. Sie können sich kaum rühren, so voll ist es. Ungeduldig starren sie mich an und warten, dass etwas passiert, aber dieser Ballon will einfach nirgendwo hinschweben.

AUGUST

5. August, 00:31
Von: Audrey <audreywilliams56@mymail.net>
An: Alex Williams

Mein lieber Sohn,
nun ist der da, der Monat, vor dem ich mich gefürchtet habe. Heute wärst Du dreißig Jahre alt geworden – genau genommen, in wenigen Stunden. So jung, mein Schatz. Es kommt mir einfach nicht richtig vor. Noch immer nicht.

Mit Dir habe ich lange in den Wehen gelegen, aber das habe ich Dir schon so oft erzählt. Die Nabelschnur hatte sich um Deinen Hals gelegt, und eine Zeitlang war es sehr beängstigend. Es können nicht mehr als ein paar Minuten gewesen sein, doch es kam mir wie eine Ewigkeit vor, und man sah den Gesichtern der Ärzte an, wie sie besorgt waren. Am Morgen nach Deiner Geburt trug ich Dich zur Kapelle, um zu beten und Gott dafür zu danken, dass er Dich beschützt hat. Ich kniete und hielt Dich eng an mich gedrückt, als Dein kleiner Kopf plötzlich erschlaffte und wie ein Stein auf meine Schulter fiel. Ich rief laut um Hilfe, ernsthaft, denn ich Dummerchen begriff nicht, dass Du einfach nur eingeschlafen warst. Du warst mein erstes Baby.

Der Gedanke an damals stimmt mich doch nachdenklich.

– – – – – – – – – – – – –

Was für ein Glück ich hatte, Dich überhaupt bekommen zu haben. Jedes Jahr Deines Lebens war für mich ein Geschenk. Es tut mir leid, mein Liebling, ich kann nicht weiterschreiben.

Herzlichen Glückwunsch zum Geburtstag, mein kleiner Junge,

Mum xx

ZOE

Schlimmer als gedacht

Der Zug braucht etwas weniger als zwei Stunden, um durch die Landesmitte bis zu einer kleinen Marktstadt östlich der Peaks zu rumpeln. Von dort fährt man in weiteren zwei Stunden noch einmal die Hälfte der ersten Etappe, bevor man schließlich das Dorf erreicht, in dem Henry aufgewachsen ist. Er ist still heute, wird mit jedem Bahnhof, den wir hinter uns lassen, noch schweigsamer, starrt aus dem Fenster, scheinbar hypnotisiert von den Rinnsalen horizontalen Regens. Gestern Abend sahen wir uns *Die Reifeprüfung* auf DVD an, und Henry war so stumm, dass ich es fast bereute, keine Extraschicht im Pub übernommen zu haben. Aber wir haben nur noch fünf Wochen, und daher hat, was immer ich im *Duck* jetzt noch verdiene, keinen Einfluss mehr auf den Verlauf oder die Dauer meiner Reise. Dass ich weiterhin dort arbeite, ist der vertrauten Gewohnheit ebenso geschuldet wie den sechs Pfund die Stunde und den Unmengen Cholesterin, die man dort essen kann. Außerdem möchte ich mit Henry zusammen sein, auch wenn er in letzter Zeit nicht viel spricht. Vielleicht ist er nervös, und nach allem, was er mir erzählt hat, kann ich das durchaus verstehen.

– – – – – – – – – – – – –

Es ist kurz nach drei Uhr nachmittags, und wir sind bereits bei Gin Tonic Nummer zwei. Vielleicht schmollt er trotz aller gegenteiligen Beteuerungen doch wegen meiner bevorstehenden Abreise. Wenn dem so wäre, wünschte ich, er würde mit mir darüber sprechen.

Für mich sind die besten Szenen in der *Reifeprüfung* die mit Dustin Hoffman und Anne Bancroft; zwischen ihnen existierte so eine besondere Anziehungskraft, anders als bei dem jüngeren Paar. Obwohl Hoffman ständig um sie herumschleicht und zur Kirche rennt, war es für mich beim besten Willen nicht nachvollziehbar, was ihn an der langweiligen Elaine so reizte. Dennoch fieberte ich mit ihm, als er ihr quer durchs Land folgte, sie auf dem Campus aufspürte, mit den Fäusten an die verglaste Kirchenempore hämmerte. Ich weinte, als sie im Bus zusammen wegfuhren, Elaine im Hochzeitskleid, der derangierte Ben, endlich einmal lächelnd. Und denken konnte ich dabei nur eines: *Wir haben so viel mehr als sie – warum fällt es ihm so leicht, mich gehen zu lassen*?

Für mich ist es alles andere als leicht. Die Frage ist zu einer quälenden Stimme in meinem Kopf geworden, und ich muss mir regelrecht auf die Zunge beißen, um nichts zu sagen. *Nimm mich mit*. Das ist es wohl, was ich Henry so gern würde sagen, fragen, fordern hören. Aber was würde ich eigentlich darauf antworten? Genau darum ging es doch, allein zu reisen, mich mit mir selbst zu konfrontieren. Kann das auch mit jemand anderem im Schlepptau gelingen? Hängt wohl davon ab, wer dieser andere ist.

»Freust du dich?«, frage ich.

– – – – – – – – – – – – – –

Langsam, fast widerwillig wendet Henry den Blick vom Fenster ab. Er merkt, dass er ausgetrunken hat und schüttelt die leere Dose. »Willst du was von der Bar?«

»Sprich mit mir«, sage ich und ziehe den Blick der Frau, die neben Henry und mir schräg gegenübersitzt, auf mich. Ich reiche über den Tisch, greife seine Hände. »Nervös?«

Henry nickt, und ich hebe die Augenbrauen, um ihn wissen zu lassen, dass die Frage damit noch nicht beantwortet ist.

»Ja«, sagt Henry. »Ein bisschen.«

»Es ist nur eine Rubinhochzeit. Du musst ja keine Rede halten oder so etwas.« Ein kleiner Lacher, um die Stimmung aufzulockern, aber Henry springt nicht darauf an.

Die Frau gegenüber trägt Kopfhörer, doch nun fummelt sie an ihrem Telefon herum, und es ist offensichtlich, dass sie die Lautstärke verringert.

»Sie liegt noch nicht in den Wehen, nehme ich an?«

»Meine Mutter?«, sagte Henry lächelnd.

»Du weißt, wer – *sie, deren Name nicht genannt werden darf.*«

Henry schüttelt den Kopf. »Falls doch, hat mir niemand davon erzählt. Aber warum sollten sie auch.« Er wirft mir einen bedeutungsvolleren Blick zu, als der Aussage angemessen erscheint.

»Wird sie dir einen Drink ins Gesicht schütten?«, frage ich. »Gott, das gäbe ein gutes Foto. Gib mir ein Zeichen, wenn du es kommen siehst.«

Henry findet diese Möglichkeit anscheinend nicht so lustig wie ich.

»Ich weiß, du warst verlobt«, sage ich und senke meine Stim-

– – – – – – – – – – – – –

me so weit, dass ich beim letzten Wort nur noch flüstere, »aber ich meine« – mir fällt die *Reifeprüfung* wieder ein – »es ist ja nicht so, dass du sie vorm Altar hast stehen lassen oder so.«

HENRY

Schön blöd

Das Schicksal reicht mir also die Hand. Oder vielleicht sollte ich sagen: Es schleicht sich an und versetzt mir einen heftigen Schlag zwischen die Schulterblätter.

»Du hast sie ja nicht vorm Altar stehen lassen«, sagte Zoe.

Jetzt gibt es kein Zurück mehr. Wenn ich vor diesem Zeitpunkt log, dann war es ein Verschweigen von Informationen, eine Notlüge, ein gut gemeintes Vermeiden potentiell verstörender Einzelheiten. Aber ab jetzt gibt es kein Zurück mehr: Zoes rhetorischen Vorstoß unbeantwortet und unkorrigiert zu lassen, wäre nichts als eine schamlose Täuschung. Ich selbst tat den ersten Schritt auf dem Weg der Wahrheit, indem ich Zoe eröffnete, ich sei Zahnarzt, und den zweiten, als ich meine Verlobung erwähnte. Gestern Abend hätte ich auch jeden beliebigen Film in den DVD-Player schieben können, aber ich wählte *Die Reifeprüfung*. Bei der Schlussszene, als Ben und Elaine das Gemetzel der ruinierten Hochzeit hinter sich ließen, weinte Zoe, und die Worte lagen mir schon auf der Zunge, doch wie so viele Male zuvor schafften sie nicht den Weg über die Lippen.

– – – – – – – – – – – – – –

Es ist nicht als Frage gemeint, aber Zoe hat mit einem Lächeln gesprochen und wartet nun mit hochgezogenen Augenbrauen darauf, dass ich diese höchst skurrile Vorstellung mit einem Lachen abtue. Mich über den Witz amüsiere. Stattdessen presse ich die Lippen zusammen und beobachte, wie Zoes Lächeln von den Augen abwärts aus dem Gesicht verschwindet. Sie öffnet den Mund, um etwas zu sagen, überlegt es sich anders und dreht den Kopf, um aus dem Fenster zu blicken.

»Zoe.« Ich beuge mich über den Tisch und ergreife ihre Hände, aber Zoe lehnt sich zurück und windet die Hände aus meinem Griff.

»Das …« Zoe sieht sich im Waggon um, als müsse sie entscheiden, wie heftig eine Szene auf so engem Raum ausfallen darf. »Das ist nicht dein Ernst«, sagt sie und beißt dann die Zähne zusammen, um die Wut besser im Zaum zu halten.

»Zoe, lass mich erkl…«

»Du hattest Wochen, Monate, um mir das zu erklären.«

Ich nicke zu der Frau neben uns und lege die Stirn in Falten, um daran zu erinnern, dass wir uns zivilisiert verhalten sollten.

»Was, Henry? Bin ich dir peinlich?«

»Nein, natür…«

»Denn wenn wir gerade von peinlich sprechen. Hast du mal an *mich* gedacht? Wolltest du mich einfach mitten ins Geschehen werfen, ohne mich aufzuklären, ohne Warnung?«

»Zoe. Ich wollte es dir erzählen. Aber es ist wohl kaum etwas, ich meine … Es ist nichts, was man einfach so fallenlässt.«

»Was, dass du deine Verlobte vorm Altar … *Mein Gott*, Henry. Fuck!«

– – – – – – – – – – – – – –

»Zoe, bitte, es passte einfach nicht, so wie du es auch über Alex gesagt hast. Es war einfach nicht …«

»Tu das nicht!« Und jetzt ist auch der letzte noch vorgetäuschte Anstand über Bord geworfen. »Wag es nicht. Wag es nicht, Alex ins Spiel zu bringen.«

»Zoe, es tut mir leid. Das war wirklich dumm von mir, so etwas zu sagen. Ich wollte nur …«

»Lass es«, sagt Zoe ruhig. Sie verschränkt und löst die Arme, wirkt, als fühle sie sich zunehmend unbehaglich und durch den Sitz eingeengt. Sie sammelt die leeren Becher, Dosen und Tonicflaschen zusammen, rutscht vom Sitz und geht den Gang hinauf in Richtung Bar. Die Frau neben mir hat bis jetzt nur so getan, als hörte sie Musik, aber mangels Aussicht auf Fortsetzung des Spektakels dreht sie die Lautstärke auf und wendet sich wieder ihrer Zeitschrift zu.

Die Wahrheit ist heraus, offenbart wie eine schlechte Diagnose, aber sie muss noch erklärt und verarbeitet werden. Uns bleiben zwei weitere Bahnhöfe, bis wir für die letzten beiden Stunden der Fahrt noch einmal in eine Provinzbahn umsteigen, die sich durch die Hügellandschaften und Dörfer und Felder der Peaks schlängelt. Und keine Geheimnisse mehr. Ich werde alles erklären und gestehen, was zwischen mir und April vorgefallen ist. Ich werde Zoe sagen, wie viel sie mir bedeutet, wie verdammt frustrierend ich es finde, dass uns nur noch wenige Wochen bleiben, und dass ich Angst hatte, die kurze Zeit, die uns noch vergönnt war, zu ruinieren. Ich erwarte nicht, dass alles vom Tisch sein wird, wenn wir ankommen, doch ich glaube, Zoe wird mich verstehen. Ich bin nicht so dämlich, es ihr

– – – – – – – – – – – – –

nahezulegen, aber ich denke, sie könnte es sogar lustig finden. Schließlich bogen wir uns vor Lachen, als Ben an die Verglasung in der Kirche trommelte und sich Elaines Familie mit einem Kruzifix erwehrte. Zugegeben, Zoes Lachen wandelte sich zu Tränen, aber darum geht es doch – sie freute sich für die beiden. Liebe überwindet und rechtfertigt alles. Oder etwa nicht?

Der Zug rollt in seinen vorletzten Halt dieses Abschnitts unserer Reise. Der Regen ist stärker geworden, und die ausgestiegenen Passagiere, die ob des Wetters die Schultern hochgezogen und die Mäntel über die Köpfe gestülpt haben, eilen dem überdachten Bereich vorm Fahrkartenschalter entgegen.

Nur Zoe nicht.

Teilnahmslos steht sie im peitschenden Regen, legt ihre Tasche zu ihren Füßen ab und nimmt schließlich die Klammern mit den roten Rosen aus dem Haar und lässt sie in einen Mülleimer fallen.

Der Wärter pfeift, und eine Stimme teilt uns mit, dass der Zug abfahrbereit ist und wo er als Nächstes hält. Ich trommle ans Fenster und rufe laut Zoes Namen, aber entweder hört sie mich nicht, oder es ist ihr egal. Da die Fenster sich nicht öffnen lassen, trommle ich erneut dagegen, so heftig, dass ich das Vibrieren der Scheibe unter meiner Faust spüre. »Zoe! Komm zurück, Zoe!«

»Vorsicht«, sagt die Frau neben mir. »Sie schlagen die Scheibe ein.«

Wenn ich könnte, würde ich es wahrscheinlich tun. Als ich zum dritten Mal aufs Fenster einhämmere, sieht Zoe auf. Wie Elaine in der *Reifeprüfung* starrt sie mich in katatonischem Un-

– – – – – – – – – – – – –

verständnis an, aber anders als Elaine geht sie mir nicht entgegen. Sie dreht sich um und läuft langsam Richtung Fahrkartenschalter.

Die Frau neben mir dreht sich um neunzig Grad und macht es mir damit nicht sehr viel leichter, aus dem Sitz zu kommen. Als ich mich an ihr vorbeizwänge, protestiert sie lautstark. Ich erreiche endlich das Ende des Waggons, doch da fährt der Zug bereits und nimmt Fahrt auf. Die Türen sind natürlich geschlossen, doch die Fenster lassen sich öffnen, immerhin. Ich rufe erneut Zoes Namen, aber sie ist schon außer Sichtweite.

Ich bin ausgemustert worden.

*

Drei Stunden später steige ich aus einem anderen Zug und betrete das vertraute Fleckchen Hügellandschaft, das ich seit jeher meine Heimat nenne. Als wären die Wolken mir von London hierher gefolgt, spritzt mir vom Boden kalter Regen entgegen und schwängert die Luft mit intensiven Duftnoten von Gras und Erde und endloser Landschaft. Ich atme tief durch und marschiere los. Ich habe Nachrichten hinterlassen: *Es tut mir leid. Können wir reden? Ich kann es erklären.* Aber selbst wenn ich es tatsächlich könnte, Zoe hebt nicht ab.

Ich habe Rachel angerufen.

»Henry, was für eine Überraschung. Hör mal, ich kann gerade nicht sprechen, weil ich meine beste Freundin auf der anderen Leitung habe. Ihr Freund hat sich als ein echter Mistkerl von Lügner entpuppt.«

– – – – – – – – – – – – –

»Ist sie okay?«

»Nein, Henry, sie ist verdammt noch mal ganz und gar nicht okay.«

»Ist sie in Sicherheit?«

»Mein Gott, sei nicht so eingebildet. Sie ertränkt ihre beschissene Enttäuschung in Gin und heult in einem überfüllten Zug Rotz und Wasser.«

»Würdest du sie bitten, mich anzurufen?«

»Nein, würde ich nicht. Und sie hat mich gebeten, dich zu bitten, sie *nicht* mehr anzurufen. Im Ernst, meinst du, du könntest sie verdammt noch mal einfach in Ruhe lassen?«

»Sagst du ihr …«

Rachel hatte aufgelegt.

Als ich durch die Vordertür des Pubs gehe, bin ich müde, deprimiert, verärgert und nass bis auf die Haut. Man liest, dass Menschen, die etwas unterschlagen oder ihren Partner betrogen haben, geradezu aufatmen, wenn sie endlich entlarvt werden. Ich dagegen fühle mich kein bisschen erleichtert, denn die von meinen Schultern genommene Last hat sich anscheinend auf mein Herz und meine Eingeweide gelegt. Dass es mit Zoe irgendwann vorbei sein würde, war klar, aber nicht jetzt schon und nicht auf diese Weise. Könnte ich die Zeit für einen weiteren Monat mit Zoe zurückstellen, würde ich es, ohne zu zögern, tun. Die Wahrheit hat mich nicht erlöst, sie hat mir lediglich meine verdiente Strafe beschert.

Der Pub ist mit roten Papierketten geschmückt, roten Luftschlangen und jeder Menge roter Luftballons – vierzig insgesamt, wenn ich eine Schätzung wagen sollte. Aber keine

– – – – – – – – – – – – –

Smiths. Die Barfrau habe ich noch nie gesehen, und sie sieht mich an, als sei ich ein Herumtreiber, als ich nach Clive und Sheila frage.

»Ich bin Henry«, kläre ich sie auf.

»Der Junge«, sagt sie mit leichtem osteuropäischem Akzent.

»Ihr Sohn, ja.«

»Derjenige, der« – sie lässt ihre Finger über den Tresen springen – »ssssstt!«

»Der bin ich.«

Sie schürzt die Lippen, dieses Mädchen, das vermutlich zehn Jahre jünger ist als ich, und schüttelt den Kopf, als sei alles so verdammt vorhersehbar. »Mutter oben«, sagt sie und nickt mich nach hinten durch.

Ich finde Mum auf dem Sofa, wo sie *Begegnung* etwa bis zur Hälfte gesehen hat und mit einer Flasche Wein und einem gigantisch großen Kübel Philadelphiakäse ähnlich weit gekommen ist. Sie bereitet Sandwiches zu, aber dem erbärmlichen Stapel ungleichmäßiger Dreiecke auf dem Teller nach zu urteilen, war die Weinflasche schon eine Weile entkorkt, bevor sie mit dem Schmieren begann.

»Hungrig?«, frage ich.

Mum blickt auf, überrascht, mich zu sehen. »Mein Junge«, sagt sie. Ihre Stimme ist vor Rührseligkeit und Chardonnay belegt. »Komm, und gib deiner Mum einen Kuss. Dann wasch dir die Hände.«

»Was ist los, wo warst du?«

»Wange«, sagt sie und schwenkt dabei ein käseverschmiertes Messer. Auf dem Küchentisch stapeln sich XXL-Chipstüten,

– – – – – – – – – – – – –

Gläser mit Dips und kübelweise Nüsse in allen erdenklichen Geschmacksvariationen.

»Für heute Abend?«

»April und Bri bringen die warmen Sachen mit«, sagt Mum. »Kartoffelecken, Würstchen im Schlafrock, Hühnchenspieße.«

Im Fernsehen rudern Laura und Dr. Harvey über einen See, und in Kürze wird Dr. Harvey über Bord gehen und im Wasser stehen, während die Feuchtigkeit in seinen imposanten Tweedhosen emporkriecht und Laura dazu ihr schrilles, wenig überzeugendes Lachen wiehert.

»Du bist nass«, sagt Mum, nachdem ich mich zu ihr aufs Sofa gesetzt und mir Wein eingeschenkt habe.

»Bin in einen See gefallen«, erzähle ich ihr.

Sie zieht die Augenbrauen hoch und ist kurz verwirrt, bevor sie die Anspielung begreift. »Sehr spaßig.«

»Ich fand ihn noch nie besonders attraktiv«, sage ich und nicke zum Fernseher.

Mum zuckt mit den Achseln. »Zu schneidig, nehme ich an. Also …«, sie dreht mir den Kopf zu, »… wo ist Zoe?«

Ich schüttle den Kopf. »Kommt nicht.«

Mum seufzt, wendet sich wieder dem Film zu. »Was ist passiert?«

»Hab die Wahrheit erzählt«, sage ich.

»Das wird dir eine Lehre sein. Hier, ich die Butter, du den Käse.«

»Hast du keine Gurken?«

»Hört, hört, so vornehm, der Herr. Nein, die weichen nur das Brot auf.«

– – – – – – – – – – – – –

»Wo ist Dad?«

Mum setzt mit großem Bedacht ihr Glas ab, weil sie wohl befürchtet, es an die Wand zu knallen.

»Was?«, frage ich.

Zornig starrt sie mir ins Gesicht, als wären alle meine Sünden in den letzten beiden Sekunden offenbar geworden. »Wie der Vater, so der Sohn. So heißt es doch, oder?«

»Wo ist er?«

»Nun, mein Sohn, das wäre die beschissene Eine-Million-Dollar-Frage.«

»Mum, was ist passiert?«

»Was passiert ist? Du fragst *mich*, was passiert ist?«

»Habt ihr euch gestritten?«

Mum attackiert eine Brotscheibe mit Butter und geht mit so großer Entschlossenheit ans Werk, dass sie ein Loch hineinreißt. »So könnte man es auch ausdrücken«, sagt sie, klappt das zerfetzte Stück Brot zusammen und beißt hinein.

Laura und Dr. Harvey erklären einander jetzt ihre Liebe. »Es klingt absolut albern«, sagt Laura, und wenn ich mir ihre gestelzten Dialoge anhöre, muss ich ihr zustimmen.

Mum hebt ihr Glas, anscheinend zuversichtlich, jetzt daraus trinken zu können und es nicht an der Wand zerschellen zu lassen. »In vierzig Jahren geschehen Dinge«, sagt sie.

»Dinge?«

»Niemand ist perfekt«, sagt sie, als wolle sie meinen Widerspruch herausfordern. »Wir machen alle mal Fehler, auf beiden Seiten des Bettes.«

Ob diese Aussage umgangssprachlich, elliptisch oder wört-

– – – – – – – – – – – – – –

lich gemeint ist, will ich gar nicht wissen, aber da ich weiß, wie meine Mutter tickt, kann ich mir die Antwort denken.

»Mum, ich … was auch immer … wann war …«

»Vierzig Jahre sind eine lange Zeit, mein Sohn. Dinge passieren, oben wie unten, und man macht weiter, oder man macht sich davon, verstehst du?«

»Ich glaube, ja, aber ich will nicht …«

»Man vergibt und vergisst, so gut man kann, zumindest. Es mag einen Namen geben, den man nicht erwähnt, oder einen Ort, einen Song oder eine Farbe.«

»Eine Farbe? Wie viele Fehler hast du begangen?«

»Da, in diesem dämlichen Scheißfilm«, sagt sie, und Wein schwappt aus ihrem Glas, als sie erhitzt auf Dr. Harvey zeigt. »Sie landet doch am Ende beim Ehemann, oder nicht?«

»Ja.«

»Und der weiß es, aber reibt es ihr nicht unter die Nase. Er sagt …«

»›Danke, dass du zu mir zurückgekehrt bist.‹«

»Genau, mein Guter. Weil er um jeden Preis mit ihr zusammen sein will, ganz gleich, welche Fehler sie begangen hat.«

»Mum, hast du … einen Fehler begangen?«

Mum seufzt, ist genervt wegen meiner Unfähigkeit, dieser sprunghaften Beichte oder Anschuldigung oder was es auch sein mag zu folgen. »Stell dir vor, Henry, deine Frau – falls du jemals eine finden solltest, die dich heiratet, was, na ja, wir wollen realistisch sein, nicht gerade vielversprechend aussieht – stell dir also vor, dir sei aufgefallen, dass deine Frau zu viel Zeit mit, sagen wir mal, einem Maler verbringt?«

– – – – – – – – – – – – –

»Einem Künstler?«

»Oder einem Handwerker. Spielt keine Rolle, aber, ja, einem Handwerker zum Beispiel.«

»Okay.«

»Im Interesse der Diskretion und des häuslichen Friedens würde deine Frau vermutlich in Zukunft keinen großen Wirbel machen, wenn der Flur mal wieder gestrichen werden könnte. Nur, wenn er sich in einem wirklich schlimmen Zustand befände, würde sie über ein paar Wochen subtile Hinweise platzieren und sich dann rar machen, sobald die Maler ins Haus kämen.«

Mum schmiert wieder Butter auf Brote, achtet jedoch darauf, sie mit sanften Bewegungen gleichmäßig zu verteilen. Laura sitzt derweil im Zug zu ihrer Familie, starrt glückbeseelt aus dem Fenster und stellt sich vor, wie Dr. Harvey im Frack und sie selbst in Ballkleid und Diadem unter Kristallkronleuchtern tanzen, während an ihrem Hals die Diamanten funkeln. Sie malt sich aus, dass sie eine Oper besuchen, in Venedig übers Wasser gleiten, in einem Cabriolet ohne Verdeck fahren, an einem tropischen Strand unter Palmen stehen. Eine insgesamt schönere Reise als Zoes, denke ich mir. Und falls sie sich eine Situation vorstellt, in der ich eine Rolle spiele, wird darin vermutlich mindestens ein scharfes Utensil vorkommen.

»Muss der Fernseher laufen, Mum?«

»Du hast recht«, sagt sie und schaltet ihn aus. »Sein Gesicht ist doch ein wenig zu kantig. Würde einen guten Psycho abgeben. Egal, wo war ich stehengeblieben?«

»Bei dir und dem Maler, glaube ich.«

»Zum Beispiel«, sagt Mum, betrachtet ihre perfekt mit Butter bestrichene Scheibe Brot und schiebt sie mir zu, damit ich den Käse auftrage. »Und außerdem«, sagt sie, »ist das vor langer Zeit passiert, und vierzig Jahre, das ist eine sehr lange Ehe.«

»Aber wo ist Dad?«

Mum will sich nachschenken. »Hat er dir von seinem Plan erzählt?«

»Wann? Nein.«

»Für unseren großen Tag.«

Ich zeige auf die Sandwiches auf dem Tisch. »Sind wir nicht …«

»Wir waren gestern in der Stadt«, sagt Mum. »Nur wir beide.«

»Wie schön.«

»Es war schön. Er hatte sich rasiert, trug ein Hemd, benutzte die Gabel …«

»Was ist passiert?«

»Nun, nehmen wir mal an, du und« – sie schnipst mit den Fingern in der Luft – »Zoe.«

»Es gibt kein ich und Zoe, Mum.«

»Ja, ja, alles zu seiner Zeit. Aber nehmen wir einmal an, sie hätte zum Beispiel den Ohrring einer anderen Frau in der Sofaritze gefunden.«

»Mum, wovon redest du?«

»Können wir uns das bitte einfach mal vorstellen, Henry?« Ihre Stimme wird höher, und sie schwenkt das Messer jetzt sehr lebhaft.

»Gut.«

– – – – – – – – – – – – –

»Danke. Also, was wär das *verflucht* Allerletzte, was du ihr zu eurem Hochzeitstag schenken würdest?«

»Weiß ich nicht.«

»Rate, Henry.«

»Ohrringe?«

»Danke. Verfluchte Rubinohrringe. Keinen Ring, kein Armband, keine verfluchte Scheißhalskette, sondern Ohrringe, Henry.«

Und jetzt fällt es mir wieder ein: dass Dad am Telefon flüsternd fragte, ob er Mum einen Ring, ein Armband oder eine Halskette kaufen soll. Und dass ich vorschlug …

»Freitag?«, sage ich. »Willst du mir sagen, dass er schon seit gestern fort ist?«

»Nein, wo sollte er hin? Egal, gestern habe ich noch nichts gesagt, wollte den Tag nicht verderben. Vierzig Jahre – «

»Ich weiß.«

»Und außerdem hat man, du weißt schon, an den Hochzeitstag gewisse Erwartungen.«

»Mum, bitte!«

»Was, meinst du, nur junge Leute haben das Anrecht auf ein bi…«

»Mum! Ich hab's kapiert.«

»Gut. Und erwarte jetzt nicht von mir, dass ich mich dafür entschuldige, eine Frau zu sein.«

»Also«, sage ich, nach einer mir angemessen lang erscheinenden Pause. »Du hast es ihm heute ins Gesicht gesagt, stimmt's?«

Mum zuckt mit den Achseln, fährt mit dem Finger durch den Philadelphiakäse und steckt ihn in den Mund.

– – – – – – – – – – – – –

»Er wollte wissen, warum ich die Ohrringe nicht trage«, sagt sie. »Da habe ich ihm natürlich gesagt, warum.«

»Na großartig.«

»Vergreif dich nicht im Ton. Ich warne dich. Vergreif dich ja nicht im Ton.«

»Hast du dich jemals gefragt, Mum, ob du und Dad …«

»Mein lieber Junge, das frage ich mich die ganze Zeit. Aber« – sie richtet ihr Messer auf den abgeschalteten Fernsehapparat – »kannst du dir einen Ehemann wie ihren an meiner Seite vorstellen? Mit Schnurrbart und Nadelstreifen?«

Ich lache. »Nein, wirklich nicht.«

»Siehst du«, sagt sie. »Man kann froh sein, wenn man seinen Deckel gefunden hat.«

»Was ist mit heute Abend?«, frage ich. »Sagst du die Feier ab?«

»Henry, mein Lieber, die Leute waren extra beim Friseur.«

»Dann …?«

»Kümmere dich jetzt um den Brotaufstrich.«

*

Natürlich haben sie Karaoke gebucht.

April singt »Sweet Home Alabama«, Brian schmettert »Livin' on a Prayer«, und ich trällere »Islands in the Stream«, wobei meine Mutter die Zeilen beisteuert, die sie eigentlich mit ihrem Ehemann singen sollte. Wo auch immer der abgeblieben ist. Infolge von Tod und Geburtenkontrolle (natürlicher oder künstlicher) haben meine Eltern außer dem eigenen Sohn keine Familie. Dafür tummeln sich im Pub jede Menge Freunde, Stammgäste und Einheimische. Die Stimmung ist so gut wie die Musik laut, und falls Dads Abwesenheit je eine betrübende Wirkung hatte, wurde durch mehrere Kisten Prosecco Rosé und einen Tisch voller Würstchen im Schlafrock alles wettgemacht. Selbst Mum scheint den Abend zu genießen, und als ich sie frage, ob wir uns Sorgen machen sollten, flüstert sie mir ins Ohr, dass Dad selbst auf sich aufpassen kann. »Wenn er allerdings«, sagte sie, »noch viel länger braucht, bekommt er es mit mir zu tun, und dann kann er sich auf etwas gefasst machen.«

»Na«, sagt April. »Wo ist diese mysteriöse Frau? Zoe, oder?«

Mit Mum, Brian und einer höchst schwangeren Exverlobten am Tisch zu sitzen ist weniger demütigend, als ich es mir vorgestellt habe.

»Sie konnte nicht kommen.«

»Hast sie doch nicht sitzen lassen?«

»Krass«, sagt Brian.

»Wohl kaum«, sagt Mum. »Wenn du über krasses Benehmen sprechen möchtest, mein Lieber …«

»Um ehrlich zu sein«, sage ich, »ich habe ihr von dir erzählt.«

April zieht die Augenbrauen hoch. »Schön blöd.«

Brian nickt.

»Schande«, sagt April.

»Danke.«

»Ich meine«, fährt April fort, »ich hatte mich darauf gefreut, dein Gesicht zu sehen, wenn ich es ihr selbst erzähle.«

Mum lacht und stößt April mit dem Ellenbogen an. »Mein Gott, kannst du dir das vorstellen?«

– – – – – – – – – – – – –

April starrt geradewegs durch mich hindurch und nickt langsam.

Und ich kann es auch. Ich vermute, dass Zoe die Nachricht in der lautstarken Intimität dieses Pubs, konfrontiert mit den echten und lebenden Protagonisten, gelassener aufgenommen hätte als in einem vollbesetzten Zug. Möglicherweise hätte sie gelacht. Aber vielleicht auch nicht. Wie immer liege ich mit meinem Timing und meiner Urteilsfähigkeit weit daneben. Trotz Rachels nachdrücklicher Aufforderung, es nicht zu tun, schickte ich Zoe noch eine weitere Nachricht, bevor ich heute Abend auf die Party ging – eine abschließende Entschuldigung und die Bitte um ein Gespräch. Sie hat weder angerufen noch eine Nachricht gesendet.

ZOE

Die letzte Flasche

Ich reiße mir wieder an den Haaren – sitze in der Badewanne, massiere Spülung bis zu den Wurzeln ein, greife zwei Handvoll Haare und ziehe die Hände von der Kopfhaut weg –, und die Empfindung ist mir willkommen wie ein alter Freund.

Acht Stunden in Zügen und auf kalten Bahnsteigen, nur um wieder in London zu landen, und das auch noch um einen Freund ärmer, der ohnehin kein richtiger Freund war. Ich hatte viel Zeit zum Nachdenken, zu viel wahrscheinlich, aber meine Gedanken und Gefühle sind nicht weniger verworren, als sie es zum Zeitpunkt meines U-Turns mehrere Stunden zuvor waren. Das Innere meines Kopfes fühlt sich an wie verknotet. Und vom Champagner ist es definitiv nicht besser geworden. Habe ich überreagiert? Möglich, ich bin mir nicht sicher. Doch welche Rolle spielt das jetzt noch? In nur fünf Wochen ist es ohnehin vorbei. Was auch immer *es* war. Ich bin mir dessen noch nicht sicher. Fest steht, dass ich ihn nicht zu einer Hochzeit mitnehmen kann, denn das wäre, als zeigte man dem Schicksal den Stinkefinger.

Rachel wollte, dass ich zu ihr komme, aber Steves Familie ist

– – – – – – – – – – – – – –

zu Besuch und – man stelle sich die Begegnung vor: *Ihr Sohn heiratet, das muss für Sie so eine große Freude sein. Mir ist heute übrigens etwas Seltsames passiert.*

Nein, danke.

Rachel bestand jedoch darauf, und als ich die Einladung strikt ablehnte, bot sie an, zu mir zu kommen. Aber als ich sagte, ich wolle allein sein, meinte ich es auch so, und ich nehme an, dass sie es am Klang meiner Stimme gehört haben muss. Als ich nach Hause kam, entdeckte ich Post für Alex. Zwei Sendungen: die eine ein Katalog mit DJ-Ausstattung, die andere ein Angebot über die kostenlose Bewertung unserer Immobilie. *Wir haben Käufer, die in Ihrer Gegend suchen.* Vielleicht hätte ich das Haus doch verkaufen sollen, dann wäre ich jetzt schon halb um die Welt gereist. Wie auch immer, ich glaube nicht, dass ich nach meiner Abreise im September noch einmal hier wohnen werde.

Wie kann man jemanden vorm Altar stehen lassen? Und was sollte das Theater mit der *Reifeprüfung*? Als habe er mich reinlegen und meine Gefühle manipulieren wollen. Mein Gott, man stelle sich vor, ich wäre April auf der Feier begegnet!

Nach dem Entwickeln einer Schwarzweißfilmrolle schneide ich den Film in Streifen zu je sechs Bildern und verstaue sie in Plastikmappen, um sie später zu scannen, beschneiden, vergrößern, zu manipulieren. Ich habe keine Abzüge gemacht und werde es auch nicht mehr tun. Sieben Umschläge, sieben Filmrollen wandern zusammen mit Braut und Bräutigam aus Zuckerguss und der Post meines toten Freundes aus den letzten zehn Monaten in den Müll.

– – – – – – – – – – – – – –

Es war kein Wein im Haus, aber ich brauchte Alkohol. Die letzte Flasche Champagner stand ungeduldig in dem kleinen Regal. Vielleicht hatte ich sie irgendwann mit Henry trinken wollen, doch weil das jetzt nicht mehr stattfinden würde, brachte ich den Korken zum Knallen, nahm die Flasche mit nach oben und ließ sehr heißes Wasser in die Badewanne laufen.

Möglicherweise bin ich nur neidisch. Henry hat getan, wozu es mir an Mut fehlte. Ganz gleich, wie er sich dabei verhalten hat, konnte er sich aus einer Beziehung befreien, die offenbar schlecht war. Doch Zoe, die Glückspilzin, brauchte nie zwischen ja und nein zu wählen.

Die Flasche Champagner ist leer, meine Fingerspitzen sind mittlerweile schrumpelig, und das Wasser aus dem neuen Boiler hat sich abgekühlt. Weil ich mit den Händen dicke Strähnen aufgedreht habe, spüre ich auf der Kopfhaut tausend Stecknadeln, aber immerhin sind keine Haare ausgerissen, was man wohl als Fortschritt sehen darf.

Als ich in den Spiegel schaue, sehe ich eine Fremde vor mir. Das Gesicht ist schmaler geworden, und wegen meines finsteren Blicks prangt zwischen den Augen eine vertikale Falte. Während ich mein Abbild missmutig mustere, wird die Furche tiefer und länger. Nur schwer vorstellbar, dass irgendjemand dieses Mädchen hatte Zoe Bubbles nennen können. Und dieser gestufte Bob, Henrys Handwerk, dessen Strähnen jetzt in nassen Locken herunterhängen.

Im Badschrank liegt eine Schere, nicht ideal für den Zweck, aber das ist nichts Neues. Ich ziehe einen Strang Haare vom

– – – – – – – – – – – – –

Kopf weg und schneide ihn fünf Zentimeter von der Kopfhaut entfernt ab. Dann greife ich den nächsten und säble auch diesen ab.

HENRY

Ein aussichtsloser Kampf

Es gibt Boxer, und es gibt Raufbolde, heißt es. Raufbolde beißen fest auf den Mundschutz und suchen die direkte Konfrontation, schlagen wie wild zu. Boxer täuschen an, locken, parieren, bewegen sich; sie kämpfen taktisch, zermürben dich und warten, bis du nicht mehr kannst. Dad wusste zu boxen – seine wonnige Wissenschaft nennt er es –, doch als Fähigkeiten und Beweglichkeit nachließen, baute er immer stärker auf sein Durchhaltevermögen und seine rechte Hand, so dass er in den letzten sechs Kämpfen vermutlich mehr einstecken musste als in allen anderen zuvor. Aber selbst jetzt hat Big Boots sich noch ein wenig von der Kunst im Ring erhalten.

Das erste Anzeichen seiner Heimkehr wird uns um kurz nach neun in Form eines Mikrofons präsentiert, das Keith, der Karaoke-Mann, auf unserem Tisch platziert und dazu in Richtung der kleinen Möchtegernbühne nickt. Die ersten Takte von Sonny und Chers »I Got You Babe« scheppern aus den kistenartigen Lautsprechern, und Dad streckt seiner Frau ein Mikrofon entgegen. Dad mag irgendwann einmal Ähnlichkeit mit einem gewissen Schnulzensänger aus Memphis besessen haben,

\- - - - - - - - - - - - -

doch falls noch irgendwelche armseligen Gemeinsamkeiten übrig sind, zeugen die Stimmbänder ganz sicher nicht davon. Ich will nicht behaupten, dass Dad nicht singen kann; es ist eher so, dass er es nicht tut, nicht richtig jedenfalls. Er produziert den Text – *They say we're young and we don't know* – mit gerade so viel Melodie und Schwung, dass er sich vom gesprochenen Wort unterscheidet. Sein Stimmumfang ist sehr begrenzt, doch was aus seiner Kehle ertönt, passt zu ihm: rau und ein wenig ramponiert, aber aufrichtig. Mums Timing ist perfekt, wie aufs Stichwort antwortet sie mit dem Text, den normalerweise Sonny abliefert. Und sie kann singen. Mum stellt sich an Dads Seite und nimmt – *Baby, I got you* – seine Hand. Mit einer Mischung aus Liebe, Resignation und Vorwurf schüttelt sie den Kopf. Dad zuckt charmant mit den Achseln, und ohne ein Zeichen der Absprache wechseln sie nahtlos zu ihren jeweiligen Gesangsparts: Mum sorgt sich um die Miete, er kauft ihr im Frühling Blumen. Das Einzige, was mich vom Weinen abhält – denn Gott weiß, ich bin kurz davor –, ist Brians Sorge um April, die sich beim Anblick meiner wiedervereinten Eltern an den Rand des Hyperventilierens schluchzt, und das mit womöglich genug Energie, um die Wehen einzuleiten. Beim finalen *Babe* halten wir ihr jeder eine Hand, während Mums Hände heftig links und rechts um die Koteletten von Big Boots fliegen, woraufhin der alte Mann sanft seine großen Pranken um ihr Gesicht legt und sie küsst, wie er es heute vor vierzig Jahren vermutlich auch getan hat. Aprils Hand rutscht aus meiner, und ich sehe bewusst nicht zu ihr oder Brian, bis meine Mutter mit Dad im Schlepptau zum Tisch zurückkehrt.

— — — — — — — — — — — —

»Sieh mal einer an, was die Katze hereingeschleppt hat«, sagt April.

»Wen nennst du Katze?«, fragt Dad und wirft Mum einen flüchtigen Blick zu. Sie lächelt verkniffen, macht jedoch immer noch den Eindruck, als könne sie jeden Moment explodieren. Dad legt mir eine Hand auf die Schulter. »Mein Sohn.«

»Dad.«

»Nun«, sagt er und blickt in die Runde. »Das ist … ihr wisst schon …«

»Irgendwie komisch?«, fragt Brian.

»Ja, das ist es. Nur wir … ist das alles?«

»Sie hat ihn sitzengelassen«, sagt April süffisant.

»Stimmt das?«

»Sieht so aus«, sage ich. »Alles Gute zum Hochzeitstag, nehme ich an?«

Dad sieht Mum an, die noch kein Wort gesagt hat, seit sie wieder am Tisch sitzt.

Brian will aufstehen. »Vielleicht sollten wir …«

Mum legt eine Hand auf sein Knie. »Du gehörst jetzt zur Familie«, sagt sie.

Brian sieht mich fragend an.

Ich zucke mit den Achseln.

»Also?«, sagt meine Mutter und schwenkt den Blick zu meinem Vater.

Dad legt ein kleines längliches Kästchen auf den Tisch. »Herzlichen Glückwunsch zum Hochzeitstag, meine Schöne.«

Mum blickt auf das Kästchen, zu meinem Dad, wieder auf das Kästchen. Sie öffnet es, schließt es, fängt zu weinen an.

»Was ist es?«, fragt April.

Mum schiebt das Kästchen dem Mädchen zu, in dem ich immer mehr ihre Tochter sehe, und April klappt es auf.

»Keine Ohrringe«, sagt Dad mit einem Zwinkern.

»Hübsche Halskette«, sagt Brian.

Mum legt den Arm um Dads Schultern und küsst ihn. »Sie ist wunderschön.«

»Wie du es verdient hast«, sagt der alte Mann.

Ein Schmuckstück ruft Gedanken an ein anderes wach.

»April?«, sage ich und wende mich meiner Exverlobten zu.

»Du kennst doch die Felder hinter Mums und Dads Haus?«, sagt sie, weil sie offensichtlich schon weiß, worauf ich hinauswill.

»Jahaa.«

»Tja, wenn dort nächstes Jahr keine Diamanten sprießen, dann weiß ich auch nicht.«

*

Es ist nach zwei, als Big Boots die letzten Gäste nach draußen begleitet. Etwa eine halbe Stunde später haben wir Mum die Treppe hinauf und ins Bett bugsiert. Während ich ihr die Schuhe ausziehe, nimmt Dad ihr vorsichtig die Rubinhalskette ab und legt sie ins schwarze Samtkästchen zurück. Nachdem meine Mutter nachmittags ihrem Ärger Luft gemacht hatte, war er nach Manchester gefahren und konnte nach leichtem Schluckauf die Ohrringe gegen etwas mit weniger Zündstoffcharakter austauschen. Sie haben getanzt, einander geküsst, ein wenig ge-

_ _ _ _ _ _ _ _ _ _ _ _ _

stritten und erneut im Duett gesungen: »Baby, It's Cold Outside«, »It Takes Two« und zur leichten Verblüffung aller auch noch »Ebony and Ivory«. Brian und April gelang eine passable Neuauflage von John Travolta und Olivia Newton-John, und ich habe zu viel Prosecco Rosé getrunken. In der leeren Bar dröhnen mir nach so viel Geplapper, Gelächter und schlechter Musik die Ohren. Dad hat vor einer Stunde das Barpersonal nach Hause geschickt, und die Tische sind übersät mit Gläsern, der Boden klebt von verschütteten Drinks und festgetretenen Buffetresten.

»Nächstes Jahr wieder?«, frage ich Dad.

»Sollten wir öfter machen«, sagt er und lacht.

»Vielleicht könntest du dann auch dabei sein.«

Dad versetzt meinem Kinn einen neckischen Schlag.

»Und was ist mit dir? Lässt dir die Frauen immer wieder aus den Fingern gleiten?«

»Soll ich mich um die Gläser kümmern?«

»Du würdest sie wahrscheinlich fallen lassen. Wie auch immer, hab für morgen früh ein paar Leute engagiert.« Dad setzt sich auf einen Barhocker. »Gibst du deinem alten Herrn einen aus?«, fragt er und klatscht aufs Holz.

Ich schenke zwei Whiskeys ein, setze mich neben meinen Vater und erzähle ihm alles, was es über Zoe zu erzählen gibt. Über Alex, Thailand, Cornwall, das *Duck and Cover,* die weiße Strähne in ihrem Haar, die Art und Weise, wie sie prustet, wenn sie lacht. Ich erzähle ihm, dass ich wünschte, ich hätte sie zwei Jahre früher getroffen.

»Ja«, sagt Dad und lacht. »Hätte uns allen so manchen Ärger erspart. Und was willst du jetzt tun?«

– – – – – – – – – – – – – –

»Ich wüsste nicht, was ich noch tun könnte. Und selbst wenn, im September reist sie ab, daran ändert sich nichts. Vielleicht ist es so einfacher.«

»Ist wirklich hart.«

Dad legt die gespreizten Finger auf den Tresen und starrt auf seine vorstehenden, schwieligen Knöchel. Dort, wo das rechte Handgelenk einst von einem Gestell zusammengehalten wurde, sind noch Narben erkennbar.

»Konnte mich nicht daran erinnern, wo ich sie gekauft hatte«, sagte er.

»Was gekauft, Dad?«

Als er aufblickt und mich ansieht, sind seine Augen müde und traurig.

»Die Ohrringe«, sagt er. »Bin aus dem Laden gestürmt, ohne eine Tüte oder den Bon mitzunehmen. Nur Ohrringe in einem schwarzen Kästchen. War nur eine Woche her, aber ich konnte mich nicht erinnern, wo ich sie gekauft hatte.«

»Hast du deswegen so lange gebraucht?«

»War wohl bei so ziemlich jedem Juwelier in Manchester.«

»Ein Wunder, dass man dich nicht verhaftet hat. Warum hast du mich nicht angerufen?«

Dad zuckt mit den Achseln. »Schlüssel, Namen. Was wollte ich im Keller? Gedächtnis wie ein Sieb, mein Sohn.«

»Das geht uns allen so.«

Dad tippt auf den Rücken seiner linken Hand, und ich bemerke ein kleine, mit schwarzer Tinte geschriebene »3«. »Parkhaus«, sagt er.

»Wie schlimm ist es?«

– – – – – – – – – – – – –

Dad dreht die Hände um und ballt sie zu Fäusten. »Beim Kämpfen ist das Herz genauso wichtig wie die Hände. Wusstest du das?«

Ich nicke.

Dad klopft sich auf die Brust. »Zähne zusammenbeißen und alles geben«, sagt er. »Aber früher oder später steckst du in einem Kampf, den du nicht gewinnen kannst. Bist erledigt, siehst die Fäuste nicht kommen, kannst deine Hiebe nicht platzieren. Wirst nur getroffen und verletzt und lädiert. Es gibt zwar kaum jemand zu, aber jeder Boxer hat's schon mal gedacht: einfach nur raus hier.« Dad entspannt die linke Hand und sieht mir in die Augen. »Man muss nur die Führhand ein bisschen senken, das Kinn anbieten, und schon ist es vorbei.«

»Hast du jemals?«

»Das Problem mit mir ist, mein Sohn, ich bin ein sturer Hund. Sieht man auch an den Narben.« Dad leckt einen Finger an und wischt die Nummer von seinem Handrücken. »Bin froh, dass du mit dem Boxen aufgehört hast«, sagt er. »Ich bin stolz auf dich. Das weißt du, oder?«

»Ja, weiß ich.«

Dad will mir einen Klaps aufs Ohr geben, nimmt jedoch stattdessen meinen Kopf in die Hände und küsst mich.

»Hast du's Mum erzählt?«, frage ich und lege mir einen Finger auf die Schläfe. »Das mit … du weißt schon.«

»Noch nicht, aber sie ahnt es. Dachte, wir bringen das hier erst mal hinter uns. Ganz guter Abend, wie?«

»Ja, war am Ende ganz gut.«

»Nicht wahr«, sagt Dad. »Soll vorkommen.«

ZOE

Au revoir

Der Wind stemmt sich mit so viel Kraft gegen mich, dass ich mich beängstigend weit nach vorn lehnen kann, ohne umzufallen. Sollte der Wind plötzlich nachlassen, könnte ich mit den Zähnen zuerst auf die Reling fallen oder, schlimmer noch, drüber hinweg und in den Ärmelkanal. Rachel und Vicky flankieren mich, beide in Richtung Frankreich gelehnt.

»Du hast zu viel Gewicht verloren«, sagt Vicky.

»Von zu viel Gewicht möchte ich nichts hören«, sagt Rachel, die immer noch auf ihre Uhr blickt. »Und … piep. Noch genau vierundzwanzig Stunden als unverheiratete Frau.«

Sie ist mittlerweile sichtbar schwanger, und diese Tatsache wird sich auch mit kilometerlangen Stoffbahnen Seide nicht kaschieren lassen. Aber zumindest scheint sie sich mit ihrem Zustand angefreundet zu haben.

Vicky nimmt einen Schluck aus dem Flachmann und reicht ihn an mich weiter.

»Das ist süß«, sagt sie. »Dein Baby ist auf deiner Hochzeit dabei.«

»Wäre süßer, wenn es Blumen streuen würde, statt meine

Taille zu ruinieren. »Gib her«, sagt sie und streckt die Hand nach dem Flachmann aus.

»Du trinkst doch nicht«, sage ich, drehe mich seitwärts aus dem Wind und suche mein Gleichgewicht.

»Natürlich nicht, aber ich werde doch mal schnuppern dürfen, oder?«

»Also«, sagt Vicky, »wo waren wir stehengeblieben?«

»Muss das sein?«

»Das ist Therapie, Zoe. Was haben wir? Gebrochene Nase«, sagt sie und streckt den Daumen in die Luft, um Position eins auf der Liste mit all den Fehlern von Henry Smith zu markieren.

»Rasierter Schädel«, sagt Rachel.

»Ich mag seine Nase«, sage ich.

»Nicht hilfreich, Zoe. Ah, richtig, Zahnarzt; definitiv ein Minuspunkt.«

»Er puzzelt«, sage ich und lächle über das Bild in meinem Kopf.

»Schräg«, sagt Vicky.

»Eindeutig«, sagt Rachel. »Und er ist nicht gerade trendy.«

»Da hast du recht«, stimmt Vicky zu. »Schlabbrige Jeans. Obwohl … ganz netter Hintern.«

»Stimmt«, sagt Rachel.

»Hat seine Verlobte vorm Altar stehenlassen«, sage ich und nehme den Flachmann an mich. »Ende der Liste.«

»Ich würde ihn verdammt noch mal umbringen«, sagt Rachel. »Ich schwöre bei Gott, ich würde ihm sein Dingsbums abschneiden.«

»Jammerschade«, sagt Vicky. »Ich meine, er ist ein Drecksack, aber … ich mochte ihn.«

»Ich auch«, sage ich.

»Weißt du …«, Vicky nimmt den Flachmann, »… besser so, als später die Strapazen einer Scheidung durchzumachen.«

»Eigentlich …«, sage ich und ziehe die Augenbrauen hoch.

Rachel schnippelt mit einer unsichtbaren Schere in die Luft, greift das abgetrennte Körperteil und wirft es über Bord. »Au revoir, 'enry.«

»Au revoir.«

»So«, sagt Rachel und reißt mir die Wollmütze vom Kopf. »Was soll das all… ach du Schei… Zoe!«

Vicky weicht einen ganzen Schritt zurück, als sei mein abgehacktes Haar eine ansteckende Krankheit. »Was hast du getan?«

»Was – hast – du – getan!?«

Ich kann nur mit den Achseln zucken. »Wollte eine Veränderung?«

»Guter Gott, Zoe. Färb's rot, binde eine Schleife rein, aber nicht … o mein Gott, was wird aus den Bildern, verdammt?«

»Tut mir leid. Ich halte Blumen vor meinen Kopf, ich stell mich nach hinten.«

»O ja, das wirst du«, sagt sie und nimmt einen tiefen Atemzug aus dem Whiskyflachmann. »Verdammt.«

»Können wir noch irgendwas …« Vicky inspiziert meinen Kopf, als läge er halbtot am Straßenrand.

»Ich schwöre bei Gott«, sagt Rachel, während ihre imaginäre Schere schnippt und schnappt. »Wenn ich diesen Mann noch jemals zu Gesicht bekomme.«

HENRY

Überraschungen

Das Überraschungsmoment ist entscheidend.

Ich weiß das aus der *Reifeprüfung*. Hätte Ben seine Elaine angerufen, ihr einen Brief geschickt oder mit Blumen vor der Tür gestanden, wäre er ohne Happy End fortgeschickt worden. Auch *Die große Liebe meines Lebens* und *Harry und Sally* haben bewiesen, dass dies die einzige Chance ist. Nur so bekommt der Held sein Mädchen.

Das bedeutet: Ich habe noch eine Chance.

Wichtig sei zu wissen, wann man aufhören und wann man alles geben muss, sagte Dad. Ich bin nicht bereit aufzuhören. Das zwischen Zoe und mir mag mit Qualen verbunden sein und unter einem schlechten Stern stehen, doch vorbei ist es erst, wenn sie in ein Flugzeug steigt. Oder wenn sie mich in etwa drei Stunden auslacht. Aber was soll's, ich habe eh nichts Besseres vor.

London reibt sich noch den Schlaf aus den Augen, das Flughafenpersonal ist müde und zeigt sich meiner übermütig guten Laune gegenüber gleichgültig. Da ich jedoch seit vier Stunden starken Kaffee trinke, ist mir ihre Gleichgültigkeit gleichgültig – schließlich bin ich auf einer Mission. Während die Turbi-

– – – – – – – – – – – – – –

nen dröhnen und vibrieren, verfärbt sich vor meinem Fenster der Horizont von Schwarz zu Lila und von Lila zu Gelb. Die abschließenden Kontrollen sind ausgeführt, und die Flugbegleiter haben ihre Plätze eingenommen. Unter Berücksichtigung der Zeitverschiebung werden wir um sieben Uhr fünfzig in Paris landen. Wenn ich von dort per Métro zum Bahnhof fahre, einen Zug nehme, einmal umsteige und das letzte Stück bis zum Weingut in Bois de Saint-Benoît im Taxi zurücklege, sollte ich zur dortigen Mittagszeit das Ziel erreicht haben. Oder ich investiere einen Betrag von etwa hundertfünfzig Euro für einen direkten Transfer zum Hotel, um am Ziel zu sein, bevor Zoe aus dem Bett ist. Am Flughafen werde ich ein Pain au Chocolat kaufen.

ZOE

Auf der Suche

Christophe rührt sich im Schlaf, sein dichtes schwarzes Haar liegt noch immer in wohl definierten Büscheln, und von seinem Haargel kleben mir die Finger. Ich fühle mich in meiner Haut mehr als unwohl.

Die Schuld gebe ich Vicky und ihrem Flachmann. Gott, bitte lass sie nicht dahinterkommen – mit meinem eigenhändigen Haarschnitt habe ich schon genügend Chaos angerichtet. »Wie ein Kobold, eine …« Christophe schnipste mit den Fingern, »… Fee, du weißt schon, die Elfe. *Très parisienne.*«

Schmeichelhaft, wenn man bedenkt, dass ich in Wahrheit aussehe wie eine genesende Chemotherapie-Patientin. Aber ja, *très* schmeichelhaft aus dem Mund dieses attraktiven Franzosen. *Attraktiver als Henry? Peut-être; peut-être pas.* Kein annähernd so guter Liebhaber jedoch. Nichts gegen seine … sagen wir mal Technik, und auch sein Durchhaltevermögen war mehr als beeindruckend, aber … da war etwas, das nicht *passte.*

Aus irgendeinem Grund weine ich.

Nichts Dramatisches. Eigentlich nur ein Vorstadium, hinter dem Fleisch meiner Wangen spüre ich ein Gewicht, hinter den Augenlidern aufsteigende Feuchtigkeit. Angesichts meines dehydrierten, schläfrigen Zustands fast erfrischend. Es ist auf tragische Weise komisch, aber dieser Seitensprung – wenn es denn einer ist – erinnert mich an Alex. Bei diesem Thema mag ich nicht verweilen, doch manchmal taucht der Gedanke unaufgefordert auf. Alex war in den Wochen vor seinem Tod nicht er selbst … er war … *abwesend*, so fühlte es sich an, wenngleich diese Erinnerung mittlerweile verblasst, genau wie die an sein Gesicht zunehmend auf eine visuelle Gedächtnishilfe angewiesen ist. Ich weiß noch, dass ich befürchtete, er könnte mich betrügen, doch im Nachhinein erscheint mir die Vorstellung zwar nicht unwahrscheinlich, aber vielleicht paranoid. Eher Ausdruck meiner Unsicherheit oder meiner Enttäuschung über Alex' Verhalten. Gewissheit werde ich nie haben, doch spielt das jetzt noch eine Rolle?

Es ist genau wie mit dem flachgelegten Franzosen.

Welche Rolle spielt dieser Zwischenfall?

Gestern Abend sagte ich mir, es sei völlig egal, aber die nüchterne Zoe (wenn auch *très* verkaterte Zoe) findet es nicht mehr ganz so belanglos. Mit Gelegenheitssex an sich habe ich kein Problem, solange man es nicht übertreibt. Doch das hier, dieser schwitzige Zusammenprall mit einem Fremden, ist weniger als das – es ist so gefühllos wie freudlos.

Ich schlüpfe aus dem Bett und gehe ins Bad, um die Hände von Christophes Haargel zu befreien, mir die Zähne zu putzen, das Gesicht zu reinigen, den Körper zu schrubben und die Überreste meiner Haare zu waschen. Zwar bin ich von mir enttäuscht, gleichzeitig jedoch spüre ich eine innere Ruhe, als sei

– – – – – – – – – – – – –

der ganze Konflikt jetzt überstanden. Auf Reisen zu gehen, ist meine wohl erste gute Entscheidung seit langem, und in weniger als einem Monat werde ich diesen Plan in die Tat umsetzen.

Als ich aus der Dusche trete, ist es bereits kurz vor neun, aber mir bleiben noch zwei Stunden, bis ich irgendwo zu sein habe. Das Hotelgelände liegt inmitten von mehreren Hektar Wald und Weinbergen, und dringender als Nahrung, Wasser oder Aspirin brauche ich eine gehörige Dosis Einsamkeit.

Zuerst jedoch muss ich einen gewissen Monsieur aus meinem Zimmer entfernen, wenn möglich, unbeobachtet. Er sitzt aufrecht im Bett und raucht eine E-Zigarette, was mir ebenso enttäuschend wie lächerlich erscheint und das gesamte Fiasko recht gut auf den Punkt bringt. Als er mir den Glimmstängel aus Plastik hinhält, muss ich laut lachen.

»*Pardon?*«

»Nichts, sorry, bin noch ein bisschen …«, ich wackle mit dem Kopf, »… duselig.«

»Duselig?«

»Beschwipst, durcheinander, sorry …«, und ich lache wie eine Betrunkene. Bis ich tatsächlich pruste.

Christophe, so viel ist klar, findet mein Lachen nicht liebenswert. Das ist für ihn jedoch kein Grund, eine weitere Runde Hotelbettwälzen zu verschmähen.

»Du ’ast noch eine Stunde«, sagt er und schlägt eine Ecke der Bettdecke auf.

Ich schüttle den Kopf. »Tut mir leid.«

»Dreißisch Minuten?«

»Nein, danke. »Ich muss jemanden suchen.«

– – – – – – – – – – – – –

»Wen?«

»Ihr Name ist Zoe.«

Christophe zieht eine Augenbraue hoch. Wie Bond persönlich. »Zoe?«, sagt er. »Wie du?«

»Ein wenig«, sage ich.

Christophe zuckt in einer Weise mit den Achseln, die jeder französische Junge vermutlich schon in der Grundschule lernt. *»À bientôt.«*

Ich bemühe mich, sein nonchalantes Achselzucken so gut wie möglich zu erwidern, ruiniere meinen Auftritt jedoch durch einen erneuten Lachanfall.

HENRY

Ein Zeitreisender

Die Dame an der Ausweiskontrolle in Paris lässt das verschlafene Bodenpersonal in London wie Cheerleader aussehen. Nachdem sie sich jede einzelne Seite meines Passes angesehen hat, überprüft sie nun zum zweiten Mal gewissenhaft mein Foto, mustert mich aus zusammengekniffenen Augen, als wolle sie die leibhaftige Version mit jedem Quadratmillimeter des Lichtbildes abgleichen.

»Frisur«, sage ich lächelnd und fahre mir mit der Hand über den rasierten Schädel.

»*Pardon?*«

Die Frau sieht aus, als würde sie sich die Haare mit einem Brotmesser schneiden, sich vorher jedoch zwanzigmal auf der Stelle drehen, um es interessanter aussehen zu lassen. »Ich meine, mein Haar. Ist nicht so wie auf dem Foto«, sage ich und strecke die Hand nach dem Pass aus.

Die Frau hält das Dokument gegen das Licht.

»*Qu'est-ce que c'est? Ici?*«

»Sorry, mein Französisch ist … *mal*?«

»*Il y a un trou. Ici.*«

– – – – – – – – – – – – –

»Tut mir leid, ich verstehe Sie wirklich nicht.«

Die Frau legt den aufgeschlagenen Pass auf den Tresen, dreht ihn um hundertachtzig Grad und tippt auf mein teilnahmsloses Antlitz. »*Sur les yeux.*«

»Ja«, sage ich. »Das bin ich.«

Die Frau schüttelt den Kopf. »*C'est troué. Regardez*, sehen Sie.« Sie zeigt auf ihre Augen, erst das eine, dann das andere. Also sehe ich mir das Gesicht noch einmal an, und ich muss zugeben, dass in meinem Augenausdruck eine gewisse Leblosigkeit herrscht.

»Lööscher«, sagt sie, dreht die Seite mit dem Foto um und weist auf zwei Vorwölbungen hin, die der Position meiner Augen entsprechen. Um die Sache noch weiter aufzuklären, klappt die Frau den Rückendeckel von der Seite weg und hält mein Bild ans Fenster. Sonnenlicht scheint durch die beiden punktierten Stellen im Foto und verwandelt mich in Henry Smith, den unheimlichen Androiden.

»Ah«, sage ich, »Löcher.« Dann erinnere ich mich daran, meinen Pass vor Aprils Elternhaus auf Bearbeitungsspuren durch Filzstifte, Schere oder Feuerzeug untersucht zu haben. Kurz bevor George einen Burger an meine Brust schleuderte. Hätte ich ihn fünf Sekunden länger geprüft, wären mir die winzigen Löcher vielleicht aufgefallen, die entstanden waren, weil April glaubte, mir die Augäpfel mit Nadeln ausstechen zu müssen. Und jetzt fällt mir auch ein, wie sie lachte, als ich nach meinem Pass fragte. Bravo, April. Bravo.

»Ist nicht gut«, sagt die Frau und klappt den Pass zu.

»Nein, das ist in Ordnung, ich bin es.«

– – – – – – – – – – – – –

»*Mais, c'est troué.*«

»Das war ein Witz.«

»Witzig?« Sie sieht nicht begeistert aus.

»Okay, offenbar nicht, nein.«

»Sie waren das?«

»Ich? Nein! Gott, nein.«

»Wer getan?«

»Nun, das wird wohl meine Freundin getan haben. Also, Verlobte eigentlich.«

»Ah! Verlobte, Sie heiraten, ja.«

»Eigentlich nicht, nein, die Beziehung ist kaputt.«

»Kaputt?«

Ich zerbreche einen unsichtbaren Bleistift und imitiere dazu das entsprechende Geräusch.

»Oh.«

Ich nicke der Frau zu, deren Ton jetzt, da wir einander endlich verstanden haben, sanfter wird. »Ja, sie ist ein wenig …« Ich ziehe eine verrückte Grimasse.

Die Frau schüttelt den Kopf und hebt den Hörer ab.

*

Ich bin ein Zeitreisender.

Mein Rückflug von Paris nach London geht erst um sieben Uhr abends. Und etwa zur selben Zeit lande ich in London. Doch man glaubt nicht, wie viel Gin Tonic man von einem Augenblick zum anderen trinken kann, besonders wenn man sich für Dreifache entscheidet. Ich weiß nicht, ob Zeitreisen

— — — — — — — — — — — — —

die Wirkung von Alkohol verstärken, aber als ich in Heathrow von meinem Sitz aufstehe, kommt es mir vor, als sei das Flugzeug in ein Bodenloch mit mittelschweren Turbulenzen geraten. Vermutlich ließe sich über dieses Thema eine ganz Doktorarbeit schreiben. Sobald ein mutwillig zerstörter Ausweis identifiziert wurde, ist der weitere Ablauf keine Ermessensfrage mehr – die zuständigen Behörden stecken dich ins erste Flugzeug nach Hause, der Fluglinie wird ein Ordnungsgeld verpasst, deine eigene Strafe jedoch verbüßt du in Zeiteinheiten – kurzes Einsitzen in der Abflughalle, anschließend in der Economy-Klasse und dann noch bei der Gepäckausgabe. Heute Morgen bin ich hierhergefahren, vor jetzt vierzehn Stunden oder vielleicht sechzehn, wenn man den Unsinn von Zeitverschiebung berücksichtigt. Über die Frage, ob ich ankomme oder abreise, ließe sich diskutieren. Jedenfalls bin ich zu betrunken, um geradeaus zu gehen oder womöglich durch den Londoner Verkehr nach Hause fahren zu können. Aber auch dieses Problem lässt sich mit Zeitreisen lösen. Zehn Monate zuvor, fast auf den Tag genau, buchte ich am Flughafen Manchester ein Zimmer im Hilton, nachdem ich meine Verlobte an ihrem Hochzeitstag sitzengelassen hatte. Etwa dreihundert Tage später buche ich ein Zimmer im Heathrow Hilton, nachdem ich ein anderes Mädchen bei einer anderen Hochzeit zurückgelassen habe.

Das reicht, um schwindlig zu werden.

Das reicht, um krank zu werden.

ZOE

Die große romantische Geste

Wir gehen durch den Ausgang, über dem NICHTS ZU VERZOLLEN steht, und ich muss mir auf die Lippe beißen, um nicht loszuprusten. Vom Zoll aufgehalten zu werden wäre das Letzte, was ich brauche. Vicky trägt eine dunkle Sonnenbrille, und die Weinfahne umhüllt sie wie ein schimmliger Umhang. Ich sollte mir nichts einbilden (*besonders, weil es noch keine achtundvierzig Stunden her ist, dass ich mit einem Franzosen ins Bett gehüpft bin*), aber dass ich einen Kater vermeiden konnte, macht mich fast ein wenig stolz. Ich war bislang auf fünf oder vielleicht sechs Hochzeiten zu Gast, doch meine Erinnerungen daran gleichen jeweils einem verschwommenen Mosaik aus Blumen, Tanzen und schmerzhaften Tagen danach. Diese aber habe ich, von einem Glas Champagner zum Anstoßen abgesehen, mit so harmlosem Treibstoff wie Orangensaft und Kaffee durchgestanden. Es ist erstaunlich, wie viel man mitbekommt, wenn die Augen auch später am Abend noch scharf sehen können. Sich herumtreibende Singles, abgestumpfte Paare, liebende Partner. Trotz allem vermisste ich Henry.

Ein Teil von mir fragte sich, ob er zur großen romantischen

— — — — — — — — — — — —

Geste greifen und unangekündigt auftauchen würde, wie der Held in einem dieser alten Filme. Aber vielleicht war er am Ende doch froh, unserem Schlamassel entkommen zu sein. Ich würde es ihm nicht verdenken. Wenn ich ehrlich bin – eines meiner neuen Versprechen an mich: Ich will immer zu hundert Prozent ehrlich zu mir sein –, war ich enttäuscht, dass er nicht durch die Schwingtür gepoltert kam und meinen Namen brüllte. Eine Woche nachdem mein Freund getötet wurde, schlief ich mit dessen bestem Kumpel. Eine Woche nachdem ich Henry davongelaufen war – ihn sitzengelassen hatte, wenn ich es mir recht überlege –, schlief ich mit irgendeinem Hochzeitsgast. Wie sollte ich da über jemanden urteilen dürfen? Die Zeremonie und die Reden rührten mich zu Tränen, Freudentränen über die aufrichtige und einmalige Zuneigung zwischen Rachel und Steve. Vielleicht mischte sich etwas Neid in mein Gefühl, aber wenn man sich auf einer Hochzeit nicht leidtun darf, wann dann, verdammt! Christophe machte sich zum ersten Tanz von neuem an mich heran, doch nachdem ich seine Hand von meinem Hintern entfernt hatte, suchte er sich eine andere. Besser so für ihn. Vicky knutschte mit jemandem von einer ganz anderen Gesellschaft, und ich war vor Mitternacht im Bett.

Heute Morgen, als die anderen Gäste ihren Kater ausschliefen, ging ich spazieren, dachte nach und war ganz ruhig. In der Stille der französischen Wälder dachte ich über Zukunft und Vergangenheit nach. Über Entscheidungen, Versehen und Zufälle; über die Zeit, die hinter mir lag, und die, die kommen sollte. Und ich dachte, nicht zum ersten Mal, dass ich zu viel denke.

– – – – – – – – – – – – –

Ich studierte das Muster des Lichts, das zwischen den Blättern über meinem Kopf hindurchschien, ließ die grüne Wärme auf mich einwirken und dachte an nichts.

Vicky zupft an meinem Ärmel. »Ist das nicht Drecksack?«

Inmitten eines Haufens wartender Familien und Taxifahrer steht Henry. Genau wie die Fahrer hält er ein selbstgemaltes Schild in die Höhe – ein DIN-A4-Blatt, auf das er nur ein Wort geschrieben hat: SORRY.

Sobald Henry lächelt, verändert sich sein Gesicht vollkommen. Die launisch wirkende Zurückhaltung, die ich am Anfang so attraktiv fand, ist verschwunden, an ihre Stelle ist einfache, strahlende Aufrichtigkeit getreten. Und es funktioniert: Ich will nur noch in seine Arme springen wie im Film.

HENRY

Komplizierte Geschichte

Zoe stürzt auf mich zu, schlingt die Arme um meinen Hals und reißt mir fast den Kopf ab. Es fühlt sich an, als drohe meine Wirbelsäule zu brechen, doch dieser warme, Vergebung signalisierende Körper ist mehr, als ich gehofft hatte – mehr, als ich verdient habe –, und daher sehe ich den Zeitpunkt gekommen, mich weit aus dem Fenster zu lehnen und meinen Mann zu stehen. Wenn, dann jetzt.

»Hab dich vermisst«, sage ich, umarme sie fest und kann damit den Kräften, die meinem Rückgrat zusetzen, etwas entgegenwirken.

»Ja«, sagt Zoe und scheint die Anspannung in meiner Stimme nicht zu bemerken. »Ich habe dich auch vermisst.«

»Nehmt – euch – ein – Zimmer.«

Vicky sieht mich über den Rand ihrer Sonnenbrille an. Der Blick aus ihren blutunterlaufenen Augen lässt sich nur schwer deuten, eine Mischung aus Unmut und Resignation vielleicht.

»Hab eins«, sage ich über Zoes Schulter hinweg zu ihr.

»Wie bitte?«

»Komplizierte Geschichte«, sage ich.

– – – – – – – – – – – – –

Zoe lockert den Griff um meinen Hals, und ich setze sie wieder auf die Füße. »Etwas anderes hätte ich von dir auch nicht erwartet«, sagt sie, lächelt jedoch noch immer. Ich hatte kaum Zeit, es zu registrieren, so schnell war sie auf mich zugestürzt gekommen, aber sie hat sich, seitdem ich sie das letzte Mal gesehen habe, einen neuen Haarschnitt verpassen lassen. Keinen guten.

»Das ist … interessant«, sage ich und fahre mit den Fingern durch ihr Haar.

»Komplizierte Geschichte«, sagt sie.

»Und? Wie war die Hochzeit?«

Obwohl sie nur für zwei Nächte in einem anderen Land war, antwortet Zoe mit einem liebenswerten authentischen Achselzucken, das eigentlich nur Franzosen beherrschen.

»Ich trinke nie wieder was«, sagt Vicky. »Das steht fest.«

»Das glaube ich dir.«

»Gut gefeiert?«, fragt Vicky mit einem Anklang von Spott in der Stimme.

»Ich hab das Auto dabei«, sage ich. »Lasst uns euer Gepäck holen, dann erzähle ich euch alles.«

Zoe hebt die Augenbrauchen. »Du hast ein Auto?«

»Es ist …«

»Schon klar«, sagt Vicky. »Kompliziert.«

ZOE

Wahrscheinlich bringe ich dich morgen früh um

Henry fährt mit den Händen durch mein Haar, und ich weigere mich, daran zu denken, dass Christophe vor nicht einmal achtundvierzig Stunden dasselbe getan hat. Ich weigere mich.

Auf der Fahrt zurück nach London erzählte Henry uns alles über seinen exzellenten Plan, den perforierten Ausweis und die Schnellabschiebung aus Frankreich. Er schlief an dem Abend im Flughafenhotel und verbrachte den Sonntag damit, auf dem Rücken liegend durch den Pool zu treiben. »Musste nachdenken«, sagte er, nachdem wir Vicky bei sich zu Hause abgesetzt hatten. Sie sträubt sich stärker als ich, Henry zu vergeben – ihr »Auf Wiedersehen« richtet sie nur an mich, Henrys Abschiedsgruß wird ostentativ ignoriert, und seine Autotür schlägt sie mit Nachdruck zu. Der Unterschied ist wohl der, dass ich seine Misere nachempfinden kann. Ich kann mir vorstellen, wie er die Hochzeitspläne hat zu weit voranschreiten lassen, wie er sich im Zimmer auf dem Schloss wiederfand und sich schlaflos wälzte, nicht weil er zweifelte, sondern weil er genau wusste, dass die Heirat ein Fehler sein würde. Henry erzählte mir von April, wie sie zusammenkamen, sich trennten, erneut ein Paar wurden. Es

– – – – – – – – – – – – – –

war eine lange Geschichte, und wir überquerten ein ums andere Mal die Themse, fuhren hin und her über die Brücken, drehten irgendwo wieder um, wählten beliebige Straßen und Ausfahrten, um uns einfach nur beim Fahren unterhalten zu können. Der Wagen trägt deutliche Spuren von Vandalismus, Rillen, die man entlang beider Seiten mit voller Absicht tief eingemeißelt hat – ein Geschenk vom entrüsteten Bruder seiner Exverlobten. Der Mann macht einiges mit. April wird jeden Moment das Baby seines Trauzeugens zur Welt bringen, was auf mehr als eine Weise befremdlich sein muss. Ich hörte mir Henrys Geschichte an, als handelte sie von einem anderen Mann als dem neben mir. Und irgendwie war es ja auch so.

»Zu mir oder zu mir?«

Auf dem Weg zu meinem Haus kauften wir etwas zu essen ein und hielten dann kurz an Henrys Apartment, um Klamotten und seine Schere einzusammeln. Jetzt in meinem Garten, einen Spiegel an den Schuppen gelehnt, beobachte ich Henry, während der meine Haare inspiziert. Er hebt an, was von meinem Pony übrig ist, und schnippelt mit der Schere daran herum.

»Bist du dir sicher, dass du noch mehr abschneiden solltest?«, frage ich.

»Wenn ich es verlängern könnte, würde ich es tun. Aber was geschehen ist, ist geschehen.« Und schneidet unbeirrt weiter.

»Was hast du vor?«

Er zupft an einer Strähne. »Ist das eine große Frage, oder eine große Frage?«

»Beides, nehme ich an.«

– – – – – – – – – – – – –

»Ich werde versuchen, das Beste aus dem Desaster zu machen«, sagt er.

»Wirst du in London bleiben?«

Henry schüttelt den Kopf. »Ernsthaft habe ich noch nicht darüber nachgedacht. Mich eher bemüht, es zu vermeiden. Wirklich schade, dass du die Feier verpasst hast«, sagt er. »Mein Dad hätte dich gemocht.«

»Deine Mum nicht?«

»Sie würde … sie würde dich lieben«, sagt er. Sein Gesicht zeigt einen Anflug von Verlegenheit, dann wendet er den Blick ab. Henry widmet seine Aufmerksamkeit meinem Hinterkopf, nimmt das kurz gehackte Haar zwischen zwei Finger und kürzt die Spitzen um Millimeter. »Es tut mir leid, dass ich's dir nicht erzählt habe«, sagt er.

»Warum hast du's nicht getan?«

Henry zuckt mit den Achseln, schüttelt den Kopf.

Es war spät, als ich von dem abgebrochenen Ausflug zu seinen Eltern heimkehrte, und ich beschränkte meinen Vandalismus auf Objekte im Haus – Fotonegative, Braut und Bräutigam aus Zuckerguss, meine Haare. Das Vogelhäuschen, das Henry gebaut hat, hängt jedoch noch am Schuppen, unbewohnt, aber intakt.

»Als ich bei meinen Eltern ankam«, sagt Henry, »erzählte meine Mum mir … sie gestand mir mehr oder weniger, eine Affäre gehabt zu haben. Oder was auch immer.«

»Unangenehm.«

»Und nicht nur sie, auch mein Dad, wenn ich sie richtig verstanden habe. Aber was ich getan habe, ist schlimmer. Ich glau-

– – – – – – – – – – – – –

be, ich kenne niemanden, der jemals etwas so Schlimmes getan hat. Und daher …« Er seufzt schwer. »… ist es nichts, was man jemandem erzählt, der einem wichtig ist.«

»Ich habe mit jemandem geschlafen«, sage ich, bevor ich entschieden habe, was genau ich eigentlich beichten will. Henry entgleisen die Gesichtszüge. Er öffnet die Lippen, sagt jedoch nichts.

Ich schüttle den Kopf, greife seine Hand. »Nachdem Alex gestorben war«, sage ich.

Henry entspannt sich schrittweise und hockt sich zu meinen Füßen hin.

»Ungefähr eine Woche nach seinem Tod«, fahre ich fort. »Ich … wir feierten – das stimmt nicht, wir dachten gemeinsam an ihn. Trauerfeier würde man es wohl nennen. Und es war einer von Alex' besten Freunden.«

Henry sagt nichts, lächelt nur und nickt. Er scheint von dieser Enthüllung völlig unbeeindruckt, und ich glaube, dass – nein, ich spüre ein tiefes und leidenschaftliches und körperliches Gefühl der Liebe zu ihm. Ich spüre es unter der Kopfhaut und in der Brust und überall in meinem Körper.

»Was ich zu sagen versuche, ist, ich verstehe das. Ich verstehe, warum wir gewisse Dinge tun. Fehler machen.«

»Es tut mir leid, dass ich's dir nicht gesagt habe«, sagt er noch einmal. »Ich habe mich geschämt.«

»Was geschehen ist, ist geschehen«, sage ich.

Henry lächelt, küsst mich, fummelt wieder an meinem Haar herum.

»Lass es«, sage ich zu ihm. »Es hat ein Jahr Zeit zu wachsen.«

– – – – – – – – – – – – – –

Und damit bringe ich, welche Blase auch immer wir gerade aufzublasen versuchten, zum Platzen.

Henry kocht, während ich dusche, und wir essen mit dem Teller auf dem Schoß vor dem Fernseher.

»Mein Dad legt viel Wert auf Tradition«, sage ich.

»Wie? Weihnachten und so?«

»Hauptsächlich, ja. Drachen steigen lassen am Neujahrstag …« Ich schweife ab, begreife, dass ich bei dem Ritual dieses Mal nicht dabei sein werde.

»Wir streiten uns zu Weihnachten immer«, sagt Henry. »Ohne Ausnahme. Und an Neujahr. Und Ostern.«

»Kennst du den Film *Die Braut des Prinzen*?«

»Klingt ziemlich mädchenmäßig.«

»Würde dir gefallen, glaube ich. Piraten und so. Den haben wir immer am zweiten Weihnachtstag gesehen, jahrelang. Und die besten Texte ruiniert, indem wir sie laut mitsprachen. *Unvorstellbar. Wie Ihr wünscht. Mein Name ist Inigo Montoya* und so weiter. Das kommt auch vor: *Gute Nacht, Westley. Schlaf gut. Wahrscheinlich bringe ich dich morgen früh um*. Oder so ähnlich.«

»Okay?«

»Westley ist ein Schiffsjunge auf dem Kahn des grausamen Piraten Roberts. Und Roberts sagt diesen Satz jeden Abend zu ihm.«

»*Wahrscheinlich bringe ich dich morgen früh um*?«

»Drei Jahre lang jeden Abend. Aber die Sache ist die, er macht die Drohung nie wahr. Tötet ihn nicht. Sie setzen ihr Abenteuer einfach immer weiter fort. Er liebt ihn wohl.«

\- - - - - - - - - - - - -

Henry wendet sich mir zu, und seinem Blick nach zu urteilen, dämmert ihm etwas. »Er lebt also weiter?«

Ich nicke. »Und wenn er nicht gestorben ist …«

»Klingt nett.«

»Was ich sagen möchte, Henry Smith, ist, dass ich dich nicht verlassen möchte.«

Henry mustert seine Hände, erst die Handflächen, dann die Handrücken, als würde er nach Antworten suchen.

»Verdammt noch mal, Henry, kommst du mit nach Thailand, oder was?«

Henry lacht, nickt.

»Ist das ein Ja?«

»Ist es«, sagt er. »Aber ich brauche einen neuen Pass.«

HENRY

Postkardos

Geht's Zoe gut?«, fragt Gus.

Er rollt sich eine Zigarette, während ich einer Kundin Strähnchen färbe.

»Ihr geht es prima«, antworte ich.

»Wird dir fehlen, was?«

Ich wende mich ihm zu. Verziehe das Gesicht.

Er legt den Tabak zur Seite. »Nein?«

»Sorry.«

»Wann?«

Ich halte vier Finger in die Höhe.

Gus nimmt wieder Tabak und Papier in die Hand und rollt weiter. »Schick Postkarten, Mann. Jede Menge Postkardos.«

SEPTEMBER

1. September, 7:21 Uhr
Von: Audrey <audreywilliams56@mymail.net>
An: Alex Williams

Mein lieber Sohn,
letzten Monat wurde mir schöne Überraschung zuteil. Kurz nach Deinem Geburtstag schrieb mir Zoe. Es war schön, nach all den Monaten von ihr zu hören, traurig zwar, doch gleichzeitig auch schön. Manchmal schwelgen wir geradezu in unserem Schmerz und vergessen dabei, dass andere Menschen ebenfalls leiden. Als Dein Vater starb, hat er mir schrecklich gefehlt. Aber ich hatte Dich und Pat, und wir hielten einander aufrecht. Zoe hat das nicht, und deswegen muss das Leben für sie sehr schwer sein.

Sie hat sich entschieden, auf Reisen zu gehen. Wie Du es nach deinem Studium getan hast. Mich hat ihr Plan zuerst schockiert, doch ich verstehe, dass es ihr helfen wird, nach vorn zu schauen und über den Verlust hinwegzukommen. Es mag vielleicht etwas eigenartig klingen, aber wenn ich einen Wunsch für Zoe frei hätte, wäre es, dass sie jemanden findet, mit dem sie das Leben teilen kann. Ich weiß doch, wie sehr Du sie geliebt hast, Alex, und ich weiß, dass Du Dir wünschst, sie möge dasselbe noch einmal erleben. Das habe ich ihr auch

– – – – – – – – – – – – –

gesagt, ich habe ihr gesagt, das Leben sei dazu da, gelebt zu werden und es mit jemandem zu teilen und zu lieben. Und ich habe ihr geraten, sich hinauszuwagen und jeden Augenblick zu nutzen.

Ich finde, dass Zoe ungeheuer tapfer ist, und dafür bewundere ich sie. Wenn wir nämlich nicht weitermachen und nach vorn schauen, nun, dann verkümmern wir, oder? Daher habe auch ich beschlossen, in die Zukunft zu blicken. Ich werde aufhören, Dir diese Briefe zu schreiben. In vielerlei Hinsicht waren sie tröstlich für mich, aber ich glaube nicht, dass es gesund ist, zu lange daran festzuhalten – es hält die Trauer am Leben, und das ist nicht der Teil von Dir, den ich bewahren möchte.

Ich brauche keine Briefe zu schreiben, um Dich in meinem Herzen zu behalten – dort warst Du schon vor deiner Geburt, und Du wirst dort wohnen, solange es schlägt. Das wäre es also.

Adieu, mein wundervoller Junge.

Ich wünsche Dir von ganzem Herzen alles Liebe.

Mum xx

HENRY

Etwas Verborgenes

Zoes Glühbirnen waren schwieriger zu ersetzen als ich.

Buchstäblich: Eine von ihnen war so alt, dass die Metallfassung mit dem Bakelitgehäuse verschmolzen war und ich das ganze Ding ersetzen musste. Vom Erlöschen des Lichts bis zum Wiederaufflammen, einschließlich eines Ausflugs zum Baumarkt und eines Stromschlags der milderen Art, erstreckte sich das Glühbirnen-Projekt über drei Tage. Gus hingegen schaffte es mit Hilfe eines einzigen dreiminütigen Telefongesprächs, Ersatz für mich zu finden. Die Zahnarztpraxis brauchte immerhin einen Nachmittag. Dorothy hatte ihre Mühe und benötigte ganze anderthalb Tage, einen Nachmieter für mein Zimmer zu finden.

April ist inzwischen Mutter geworden, und ihr kleines Mädchen heißt Violet Sheila. Brian rief mich persönlich an (er stand nicht unter Aufsicht, denn April verbrachte die Nacht zusammen mit ihrer Tochter im Krankenhaus) und teilte mir die wesentlichen Daten mit. Ziemlich angetrunken und gefühlsduselig informierte er mich, dass »Vi« die Augen ihrer Mutter geerbt habe – was für ein Glück für das kleine Wesen.

– – – – – – – – – – – – –

Der Großteil von Zoes Sachen ist eingelagert, den Rest fahren wir an diesem Wochenende an die Küste, wo ich eine zweite Chance bekomme, bei ihren Eltern einen guten Eindruck zu machen. Diesmal als Mann, der mit ihrer Tochter um die Welt reist, und nicht als der, der mit ihr auf einem Schaffell tollt. In ungefähr zwölf Monaten werden wir dann das Stück »Willkommen bei den Smiths« geben.

Zoes Mieter ziehen in fünfzehn Tagen ein, einen Tag nachdem wir vom Terminal Five abfliegen. Wenn sie ihre Kartons die Treppen hinauftragen, werden wir bereits fünftausendneunhundertneunundzwanzig Meilen entfernt sein. Trinken Bier in Bangkok, lieben uns, genießen den Sonnenuntergang oder schwimmen im Meer. Was auch immer es sein wird, wir tun es gemeinsam. Wir leben nun seit zwölf Tagen zusammen, verbringen unsere Abende mit Pläneschmieden, studieren Reiseführer, bereiten das Haus für die Neuankömmlinge vor. Wir säubern die Öfen, ölen die quietschenden Türangeln, wechseln kaputte Glühbirnen aus. Im Schlafzimmer ist stellenweise dunkle Farbe unter der hellen Deckschicht sichtbar, aber als ich vorschlage, das zu überstreichen, lehnt Zoe es so rigoros ab, dass ich nicht weiter darauf zu dringen wage. Heute ist sie bester Laune, singt zur Radiomusik mit und bessert Schrammen an den Wohnzimmerwänden mit Farbe aus, während ich ein Trio knirschender Dielen repariere.

Ich wurde irgendwann einmal Zeuge, wie mein Dad einen Nagel durch ein Wasserrohr trieb. Es muss wohl das einzige Mal gewesen sein, dass ich Big Boots sprach- und hilflos erlebt habe. Er war mit derselben Reparaturarbeit beschäftigt wie ich jetzt

– – – – – – – – – – – – –

und trieb einen Fünf-Zentimeter-Nagel mit einem einzigen Hammerschlag durch ein lockeres Dielenbrett und ein Kupferrohr. Das unter Druck stehende Wasser schoss zwischen den Brettern hervor und weitete sich zu einem nassen Fächer aus, bis es die Decke erreichte. Dad sprang auf, ließ den Hammer fallen, rotierte auf der Stelle und ließ eine Schimpfkanonade los, wie sie eine hysterische Tussi in einer TV-Komödie nicht besser hingekriegt hätte. Da ich nicht denselben Fehler machen will, hebe ich die Dielen vollständig heraus, befreie sie von den alten Nägeln und zeichne mit dem Bleistift kleine Kreuze an die Stellen, wo die neuen eingeschlagen werden sollen. Die Diele im Gästezimmer ließ sich leicht lösen, die alten Nägel rutschten reibungslos aus dem Trägerbalken. In dem Hohlraum darunter fällt mir sofort auf, wie aufgeräumt er ist. Keine Knäuel aus vergilbtem Zeitungspapier, keine halben Rollen Isolierband, leere Zigarettenschachteln oder Staubflocken.

Ich ziehe einen kleinen Beutel aus steifem schwarzen Papier hervor, an dessen Seite in silbernen Lettern der Name des Juweliers zu lesen steht. Ich merke, wie mir der Atem stockt, und spüre meinen Puls in der Brust. Die Tüte ist mit einer durchsichtigen kreisrunden Klebefolie verschlossen. Ich sollte sie eigentlich nicht öffnen, aber etwas – Neugier, Eifersucht, blanke Furcht – lenkt meine Finger. Zum Vorschein kommt eine schwarze Schmuckschachtel. Es liegt ein Ring darin.

Ich denke daran, alles zurückzulegen und die Diele ein für alle Mal festzunageln, entscheide mich jedoch anders.

*

– – – – – – – – – – – – –

Ich umklammere den Beutel, als enthielte er eine Schnellimbiss-Mahlzeit und keinen Verlobungsring. Zoe hockt neben einem Eimer weißer Farbe und überpinselt einen schwarzen Abdruck auf einer Fußbodenleiste.

»Ich hab da was gefunden«, sage ich, um gleich klarzustellen, dass es sich nicht um eine Überraschung handelt, die von mir stammt. Laut der Quittung im Beutel hat Alex den Ring vor elf Monaten gekauft, Anfang Oktober, ein oder zwei Tage nach der Lohnauszahlung. Zwei Wochen bevor ihn ein Auto zu Tode gequetscht hat.

Zoe wendet sich mir zu und steht auf. Ich bin sehr darauf bedacht, einen neutralen Eindruck zu machen. »Was denn?«

»Unter der Diele im Gästezimmer«, sage ich ihr. »Alex – er muss es da versteckt haben.«

Ich strecke Zoe den Beutel entgegen, dessen Ecken, an denen ich ihn in geballten Fäusten gepackt hatte, zerknautscht sind. Zoe schaut ihn an, macht aber keine Anstalten, ihn an sich zu nehmen. Ihr Gesichtsausdruck spiegelt Schock, Furcht und Ungläubigkeit zugleich.

»Was ist das?«

»Setz dich«, fordere ich sie auf.

Zoe legt den feuchten Pinsel vorsichtig auf den Boden. Weiße Farbe tröpfelt von den Borsten auf die gerade gescheuerten Bodenbretter.

»Würdest du den Beutel öffnen?«, sagt sie. »Bitte.«

Ich setze mich neben sie aufs Sofa, ziehe die Ringschachtel hervor und reiche sie – so ungezwungen, wie ich kann – an Zoe weiter.

– – – – – – – – – – – – – – – –

»Ist das … o mein Gott … ist das ein Ring?«

Ich nicke, und Zoe umschlingt die Schachtel mit beiden Händen. Öffnet sie nicht. »Von Alex«, wiederhole ich.

Gedankenversunken erinnere ich mich daran, wie ich um Aprils Hand angehalten habe, weiß noch genau, wie enttäuscht sie wirkte, als sie den Ring sah. Zoe öffnet die Schachtel. Tränen strömen ihr über die Wangen. Sie nimmt den Ring und hält ihn behutsam zwischen Daumen und Zeigefinger.

»Ein Ring«, sagt sie, nickt sich zu, und die Tränen fließen noch heftiger. »Ein Ring.«

Zoe streift den Ring über den Finger ihrer rechten Hand und dreht ihn, bis der Diamant genau in der Mitte funkelt. Ich lege ihr die Hand aufs Knie, aber sie dreht das Bein zur Seite.

»Kann ich dir etwas Gutes tun?«

Zoe schüttelt den Kopf. »Vielleicht Tee, Kaffee.«

»Okay, was von beiden?«

»Wie soll ich das wissen?« Sie mustert mich gereizt und widmet sich wieder dem Ring. »Wie soll ich überhaupt etwas wissen?«

Ich mache beides und stelle zwei Becher auf den Tisch.

Der Diamantring fängt das Licht ein, als Zoe wahllos nach einem der Becher greift.

»Danke«, sagt sie. »Tut mir leid.«

»Schon gut. Alles okay.«

Während ich uns die Getränke bereitete, hat Zoe einen Pappkarton mit altem Papierkram von oben geholt. Diverse Dokumente bedecken den Couchtisch. Zoe stellt ihren Tee ab und stöbert in dem Karton, bis sie etwas herausholt, das aussieht wie

– – – – – – – – – – – – –

Kontoauszüge. Sie blättert darin und folgt mit dem Finger den Spalten der Abbuchungen. Und dann hält sie inne.

Ich sehe nicht, worauf sie gestoßen ist, aber Zoe sieht sehr lange wie gebannt auf den Auszug. Unaufhaltsam tropfen ihr die Tränen von Wangen und Kinn, ansonsten ist sie still. Ich habe meinen Kaffee getrunken, bevor Zoe einen tiefen Seufzer ausstößt, den Auszug zur Seite legt und die restlichen Dokumente wieder im Karton verstaut.

»Ich hab überlegt …«, sagte sie und dreht den Verlobungsring um den Finger, »vielleicht sollte ich doch allein fahren. Zu meinen Eltern.«

ZOE

Was nie geschah

Mum und Dad lassen Drachen steigen. Sie lachen und schreien wie Kinder, und der Klang ihrer Stimmen wird durch Entfernung und Wind verzerrt. Immer noch verliebt, so scheint es. Geschützt in der Strandhütte richte ich die Kamera auf meine Eltern. Wenn ich sie heranzoome, sehe ich, dass sich Mums Lippen bewegen, kann jedoch die Wörter nicht ablesen. Ihr Augenlicht war schon mal besser, sagt sie mir, dennoch trägt sie eine große dunkle Sonnenbrille.

Gestern auf der Fahrt habe ich geweint und zu den Songs im Radio mitgesungen und Selbstgespräche geführt. Ich habe mit mir gerungen, ob ich meinen Eltern von dem Diamantring erzählen sollte, der ein wenig zu eng ist, sich jedoch mit leichtem Kraftaufwand auf meinen Finger schieben lässt. Es gab einen Moment, da konnte ich vor lauter Tränen in den Augen nichts mehr sehen und musste auf einem Rastplatz halten, um die Fassung wiederzugewinnen.

Alex wollte mir einen Antrag machen.

Und was hätte ich ihm gesagt? Am liebsten hätte ich nein gesagt, dessen bin ich mir sicher. Aber ob ich das geschafft hätte – das ist nicht so klar. Wie auch immer meine Antwort ausgefallen wäre, es hätte kein gutes Ende genommen. Doch das ist Schnee von gestern, und niemand hat etwas davon, sich darüber den Kopf zu zerbrechen.

Mum ist nicht die Einzige mit verräterischen Augen, und gestern Abend fragte sie mich, ob ich okay sei. Ich sagte ihr, ich sei traurig wegen Alex. Was der Wahrheit entsprach.

Wir kochten, aßen, tranken, unterhielten uns. Je später der Abend wurde, desto unbeschwerter lachte ich über Dads Scherze. Mum hatte ihren Scrabble-Ehrgeiz wiederentdeckt, und das hielt ich in jeder Beziehung für ein gutes Zeichen. Dad versuchte zum wiederholten Mal, mir Geld für meine Reise zu geben, verstand mich aber, als ich es ablehnte. Sie sind enttäuscht, Henry nicht wiedergesehen zu haben, da er doch nun eigentlich vom Freund zum Boyfriend und Reisegefährten befördert wurde, aber ich log und erklärte ihnen, er habe dringende geschäftliche Probleme zu lösen. Natürlich eine Notlüge, ein schlechtes Gewissen plagte mich deswegen jedoch nicht. Außerdem arbeitet er tatsächlich, er übernimmt ja meine Schichten im *Duck*. Die ganze Sache ist mir mächtig auf den Magen geschlagen und hat mir Krämpfe beschert, aber wie beschissen muss sich Henry erst gefühlt haben? Wir haben nicht viel geredet, haben das große Unaussprechliche unangetastet gelassen. Und was immer jetzt geschehen wird: Ich liebe ihn dafür, dass er mir so unaufdringlich zur Seite steht. Er hat mich in den Arm genommen, hat mir Essen gebracht und die Rest wieder weggetragen. Keine Belehrungen, kein Selbstmitleid, keine bohrenden Fragen. Aber selbst das wurde mir nach zwei Tagen zu viel. Henry gab

– – – – – – – – – – – – –

mir seine Autoschlüssel, half mir beim Einladen meiner Kartons und gab mir einen Abschiedskuss. Ein trauriger Abschied, als habe etwas sein Ende gefunden.

Mum ruft meinen Namen, fordert mich auf, zu ihnen an den Strand zu kommen.

Ich ziehe den Kontoauszug aus der Gesäßtasche und sehe darauf Triviales ebenso wie Herzzerreißendes: Sandwiches bei Pret, U-Bahn-Tickets, das Feinkostgeschäft und den Blumenhändler. Fünfundvierzig Pfund hat er in einem Weinladen ausgegeben, selbst für eine Flasche Champagner reichlich, und über dreitausend Pfund bei einem Juwelier in Hatton Garden. Den Champagner trank ich allein in der Badewanne, bevor ich mir das Haar mit einer stumpfen Schere absäbelte. Alex und das heimlichtuerische Verhalten, das seinem Tod vorausging, die innige und zärtliche Art, wie er mich an jenem Morgen liebte, das Frühstück im Bett (geplant), Rosen (auf dem Bett verteilt), ein Ring unter den Dielenbrettern (versteckt). In der letzten E-Mail an seine Mutter erwähnte er, ein »Schwachkopf« gewesen zu sein, es Weihnachten jedoch in jedem Fall wiedergutmachen zu wollen. Und jetzt weiß ich auch, wie.

Letzte Nacht habe ich den Ring im Bett getragen, aber es war das letzte Mal, dass ich ihn mir über den Finger gestreift habe. Die Geschichte, die nie geschah, ist jetzt am Ende.

Ich richte das Objektiv auf meine Eltern und knipse, bis die Filmrolle voll ist. Die Kamera ist in jeder Beziehung zu schwer. Ich nehme die Filmrolle heraus und stecke sie in die Tasche. Am Strand liegt jede Menge Müll: Schnorchel, Wellenbretter, ein Windschutz und eine Picknickdecke. Strandspielzeug, Schlä-

– – – – – – – – – – – – –

ger, Bälle, Wurfringspiele. Ich stecke die Leica in zwei Plastiktüten, die ich fest zuknote, bevor ich sie ganz tief in meinen alten Rucksack stopfe. Vielleicht wird sie eines Tages von meinen Kindern in einer Ecke in meinem Haus entdeckt.

HENRY

Einander nicht verlieren

Zoe betritt am Samstagabend das *Duck and Cover*, als die Runde »Allgemeinwissen« zur Hälfte durchgespielt ist.

»Hallo fremde Frau«, sage ich.

Sie beugt sich über den Tresen und küsst mich. »Zur Stelle«, sagt sie und reicht mir eine Tragetasche.

Flipflops.

»Gefallen mir sehr«, sage ich. »Und sie sind so schön pink.«

»Damit ich dich nicht verliere«, sagt Zoe und küsst mich nochmals.

ZOE

Sein Name

»Ach du lieber Gott! Er sah ja aus wie sein Dad.«

»Sein Ebenbild.«

Das Foto im Familienalbum zeigt Alex, wie er auf den Schultern seines Vaters thront. Beide tragen die gleichen rot-weiß gestreiften Fußballschals.

»Wie alt war er da?«

»Ich schätze mal vier, Liebes. Bruce muss auf dem Bild ungefähr dreißig sein, so alt wie Alex, als er …«

Audrey wirft einen Blick auf den Kaminsims. Dort steht die Urne: ein dezenter Zinnzylinder, auf den Alex' Name sowie sein Geburtsdatum und das Sterbedatum eingraviert sind. Ihre kalte Präsenz verstört mich, ich weiß nicht, wie Audrey es erträgt, sie ständig vor sich zu sehen. Vielleicht fühlt sie sich ihrem Sohn dadurch nahe.

Sie blättert um. »Das Problem mit diesen Digitalkameras«, sagt sie, »ist ja, dass man nichts ausdruckt. Jedenfalls nicht genug. Zum Beispiel habe ich kein einziges Foto, auf dem ihr beide zusammen seid.«

»Ich hab ein paar. Ich schick dir welche, bevor ich abreise.«

– – – – – – – – – – – – –

»Danke, Liebes. Bist du nervös?«

Ich nicke. »Sehr, aber eher aufgeregt.«

»Ich finde, du bist sehr mutig, ganz allein so weit zu reisen.«

Audrey weiß nichts von Henry. Zwar hat sie in ihrer E-Mail an Alex geschrieben, das Leben sei da, um zu lieben, doch ich habe das Gefühl, es wäre zu früh, ihr zu eröffnen, dass sich da bereits etwas anbahnt.

»Danke, ich fühle mich gar nicht mutig.«

Audrey nimmt meine Hand. »Du wirst das schon hinkriegen. Und vielen Dank, dass du hier bist. Es bedeutet mir viel.«

»Es tut mir leid, dass ich nicht schon früher gekommen bin«, sage ich.

»Ich weiß, Darling. Und du bist sicher, dass du heute hierbleiben möchtest?«

»Ganz sicher. Und sowieso brauchen wir für all das hier doch mehr als einen Nachmittag, oder?«

»Das stimmt. Schau dir dies an.« Ein Bild von Alex mit vielleicht vier Jahren, in Positur mit einer Spielzeuggitarre.

»Er hat Musik so sehr geliebt«, sage ich.

»Das tat er.« Audrey wischt sich über die Augen.

»Eine Tasse Tee, Liebes?«

»Soll ich ihn für uns machen?«

»Vielen Dank, Liebes. Aber wenn ich zu lange sitze, werden meine Knie steif. Im Juli bin ich sechzig geworden, kannst du dir das vorstellen?«

»Das sieht man dir nicht an«, sage ich, doch Audrey winkt nur ab.

»Ich sehe viel älter aus, Liebes. Pat und Aggy haben mir zum

Geburtstag eine Gesichtsbehandlung geschenkt. Ich bin sicher, die arme Frau hat nicht gewusst, wo sie anfangen soll.«

Ich komme mir vor wie eine Schwindlerin, weil ich hier sitze und vorgebe, das alles sei mir neu, obwohl ich es in den Mails gelesen habe, die Audrey an ihren verstorbenen Sohn schickte. Fast gestehe ich es ihr, aber damit wäre niemandem geholfen – es wäre nur uns beiden gleichermaßen peinlich. Dasselbe gilt für den Ring, den Alex unter den Fußbodendielen versteckt hat. Vielleicht wäre es sogar noch schlimmer. Manche Geheimnisse sollten nie gelüftet werden, und wenn ich es schaffen könnte, diesen speziellen Teil der Tragödie völlig aus meinem Gedächtnis zu streichen, würde ich es tun, ohne einen Gedanken zu verschwenden.

»Wie trinkst du ihn?«, fragt Audrey.

»Milch, kein Zucker, bitte.«

»Kommt sofort. Und heute Abend sollten wir uns eine Flasche Wein gönnen. Was hältst du davon?«

»Eine ausgezeichnete Idee. Vielleicht könnte ich uns etwas kochen.«

»Kommt nicht in Frage. Ich werde kochen, und du sorgst dafür, dass mein Glas nicht leer wird.«

»Das passt«, sage ich. »Ich bin nämlich eine miese Köchin.«

Audrey legt mir eine Hand an die Wange. »Du bist ein gutes Mädchen«, sagt sie und streichelt mit dem Daumen meinen Hals. »Ich bin froh, dass Alex dich gefunden hat.«

Ich nicke, weil ich zu mehr im Augenblick nicht in der Lage bin. Audrey nickt zurück, wischt sich wieder die Augen und geht hinaus in die Küche.

– – – – – – – – – – – – –

Während Audrey uns Tee macht, schließe ich das Album und gehe zum Kamin. Die Urne fühlt sich so kalt an, wie sie aussieht.

»Hey«, sage ich leise und streiche mit dem Finger über seinen eingravierten Namen.

– – – – – – – – – – –

HENRY

Alles außer ihr

»Ferien?«, sagt Jenny und nickt in Richtung meines riesigen Rucksacks. »Mit Mädchen Sie gehen?«

»Mit Zoe«, sage ich ihr. »Ja.«

»Wo gehen Sie?«

»Thailand«, sage ich, um es nicht kompliziert zu machen. In vier Stunden fliegen wir, in zwei Stunden müssen wir einchecken.

Rachel ist inzwischen aus ihren Flitterwochen zurück, und während Zoe den Abschiedsabend mit ihren Girls verbrachte, fuhr ich den Wagen nach Norden. Ließe ich ihn auf dem Parkplatz des *Black Horse* stehen, wäre in einem Jahr nichts mehr davon übrig. Also wird Dad ihn verkaufen und mir das Geld hinterherschicken. Jetzt, da Mum zu einer Art Ersatzgroßmutter geworden ist, scheint sie endgültig den Ärger über mich begraben zu haben – sie zeigt mir Fotos und redet endlos über Violets Augen, ihre Rosenknospenlippen, ihre winzigen Finger und ihre Pausbäckchen. Und ich spüre einen Anflug väterlicher Zuneigung. Selbstverständlich war der Input Aprils und Brians von größerer Bedeutung, aber wäre ich nicht so ein dämlicher und wankelmütiger Scheißkerl gewesen, würde Violet wahrscheinlich auf meine Schulter sabbern und nicht auf die eines anderen Mannes. Sie ist wirklich ein abenteuerlich hübsches Baby. Mum weinte heute Morgen, als ich mich verabschiedete, und das ist eine Erlösung. Tagelang herrschte eine beunruhigende Tränenebbe, und ich dachte, das Universum habe den Pakt in Sachen weinender Frauen vergessen. Aber alles ist gut. Mum und Dad sehen glücklicher aus, als ich sie seit einer Ewigkeit erlebt habe, und gestern Abend haben sie so gut wie nicht gestritten. Big Boots hat Mum noch nichts von seinen Gedächtnisausfällen erzählt, beteuert jedoch, dass er es tun wird – »Wenn ich's nicht vergesse, Junge.«

Im Haus ist alles repariert, geputzt und erneuert. Alles außer Zoe. Ich erinnere mich daran, wie wir vor vier Monaten auf der Albert Bridge standen und mir auffiel, dass ihr Lächeln so melancholisch war. Eine Zeitlang schien es mir anders, aber sie ist wieder da – die Schwermut, die sich über ihren Blick legt. Wir sind einander immer noch nahe, innig verbunden und zärtlich zueinander. Sie kuschelt sich auf dem Sofa an mich, und im Bett ruht ihr Kopf auf meiner Brust. Doch zu spüren ist auch ein bedrückendes, beinahe schon physisch zu greifendes Schweigen. Wir lassen Musik laufen oder hören Radio, während wir das Haus putzen, aber das Gewicht dieses Schweigens lastet ständig auf uns. Seit ihrem Besuch bei Alex' Mutter scheint Zoe von einem Mantel der Gefasstheit umhüllt zu sein. Gelegentlich zieht sie sich in sich zurück, verabschiedet sich still aus dem Augenblick und taucht in ihre innere Welt ab. Vor zwei Tagen weinte sie leise, als sie schmuddelige Fingerabdrücke beseitigte,

– – – – – – – – – – – – –

die sich an den Lichtschaltern gesammelt hatten. Und ich habe mich so manches Mal gefragt, ob es vielleicht nicht besser gewesen wäre, die Dielen so zu vernageln, dass der Verlobungsring versteckt geblieben wäre.

Der Flug nach Bangkok dauert elf Stunden und sechsundzwanzig Minuten, und ich hoffe, dass der Schlaf, den ich in der vergangenen Woche nicht bekommen habe, oben über den Wolken zu mir findet. Als Zoe mir das erste Mal von Alex erzählte, redeten wir die ganze Nacht lang. Wir sprachen über ihre Reisepläne. Darüber, dass sie sich finden wollte – finden musste –, dass sie unabhängig sein wollte. Auf niemanden angewiesen als auf Zoe Goldman. Ich verstand sie, beneidete und bewunderte sie. Und obwohl ich die eine Frage zu ignorieren versuche, drängt sie sich ständig auf: *Was hat sich geändert?*

Heute Morgen habe ich Jenny angerufen. Sie war ein wenig überrascht, als ich einen Hausbesuch anbot, doch man hörte ihr die Freude an, Gesellschaft zu bekommen. Bei der Führung durch ihre kleine überladene Wohnung wurde ich mit viel Kunsthandwerk, mit Bildern, Alben und Souvenirs bekannt gemacht. Ich hätte gern den Rest des Tages dort verbracht, aber ich musste einen Flug erwischen.

»Und, wie geht es mit Ihren Zähnen?«

»Sind wieder Freunde«, sagt Jenny mit breitem Grinsen. »Jeder sehr glücklich.«

Ihre Wohnung ist sepiafarben gestrichen, Netzgardinen vor den Fenstern, Pflanzen und Bücher und Regale schlucken das staubgeschwängerte Licht. Keine idealen Bedingungen, die Implantate zu überprüfen, aber deswegen bin ich ja auch nicht

– – – – – – – – – – – – –

hier. Dennoch werfe ich einen kurzen Blick auf ihre Zähne und kann bestätigen, dass allem Anschein nach alles in Ordnung ist.

»Ich muss ein Geständnis ablegen«, sage ich zu Jenny.

»Was Sie machen?«

Statt zu antworten, öffne ich meinen Rucksack und hole ein kleines Lederetui hervor, aus dem ich meine Schere ziehe. »Wann hat man Ihnen das letzte Mal die Haare geschnitten?«, frage ich.

Die Zeit verrinnt, und es dauert länger als geplant, Jenny davon zu überzeugen, dass ich nicht gekommen bin, sie zu ermorden, sondern um ihr zu beweisen, dass ich einen sehr guten gestuften Bob schneiden kann.

»Ist teuer?«, fragt Jenny. »Wie Zähne?«

»Ein Abschiedsgeschenk«, sage ich. »Wann fliegen Sie?«

»Drei Woche.«

»Aufgeregt?«

»Angst wirklich. Langer Flug ich allein.«

»Was ist mit Ihren Kindern? Wollen die nicht auch fliegen?«

»Kinder böse, ja. Wollen Sarg, haha.«

»Ist er das«, sage ich und deute auf den Kaminsims und die Urne.

»Spazierte gern«, sagt Jenny. »Stunde um Stunde. Auslauf, sagt er. Hat nicht viel Auslauf in Sarg.«

»Verstehe.«

»Also verstreuen besser, ist doch so. Aber anders mit den Kindern. Gut nur für mich, glaube ich.«

»Ja«, pflichte ich ihr bei. »So wird es wohl sein. Aber jetzt sitzen Sie bitte still.«

– – – – – – – – – – – – –

Jenny ringt nach Luft, als die erste Strähne zu Boden fällt.

»Ist viel«, sagt sie.

»Aber jetzt gibt es kein Zurück mehr.«

*

Während wir auf mein Taxi warten, macht Jenny uns Tee und zeigt mir Schwarzweißfotos, auf denen sie und ihr Mann vor vierzig oder fünfzig Jahren zu sehen sind.

»Süß doch, oder?«, sagt sie und deutet auf ihre jüngere Ausgabe.

»Sehr, Jenny.«

»Ehemann mag bestimmt, ich glaube«, sagt sie und berührt ihre neue Frisur. »Neue Dame.«

»Die Männer werden sich um Sie reißen«, sage ich.

Jenny lacht. »Sehr schnittig«, sagt sie und berührt mit der Hand meine Wange.

Ich sehe auf meinem Telefon nach der Zeit und stelle fest, dass mir nicht mehr ganz eine Stunde bis zum Einchecken bleibt.

Ich habe auch eine Nachricht von Zoe:

Ich liebe Dich.

Zum ersten Mal hat einer von uns beiden es gesagt. Und ich flüstere in Gedanken meine Antwort: *Ich liebe Dich auch.*

»Happy?«, sagt Jenny.

»Ja«, gestehe ich ihr.

»Schönes Lächeln«, sagt Jenny. »Schade wegen Nase. Aber schönes Lächeln, denk ich.«

_ _ _ _ _ _ _ _ _ _ _ _ _

Ein Auto fährt draußen vor. Eine Hupe ertönt.

»Zeit«, sagt Jenny.

»Zeit.«

ZOE

Tage, die man hinter sich lässt

Die Mädels boten an, mich zum Flughafen zu begleiten, und Rachel meldete sich freiwillig, mich zu fahren, aber ich wollte den Weg allein hinter mich bringen. Sie sagen, dass sie Henry verziehen haben, doch wir stehen am Beginn unseres gemeinsamen Abenteuers, und ich möchte, dass es nur uns beiden vorbehalten bleibt.

Der Taxichauffeur betrachtet mein Abbild im Rückspiegel. »Alles in Ordnung da hinten?«

»Alles gut«, antworte ich ihm. »Ist nur eine … Wimper im Auge. Jetzt hab ich sie.«

»Fliegen Sie an einen schönen Ort?«

»Will ich doch hoffen«, sage ich und lache, um zu überspielen, was er vielleicht als zu brüsk empfinden könnte.

Der Fahrer lacht höflich, scheint jedoch zu verstehen. Ich werfe wieder einen Blick auf mein Telefon, aber Henry hat immer noch nicht auf meine Nachricht reagiert.

Ich liebe Dich.

Er liebt mich auch. Glaube ich.

Vielleicht wartet er am Schalter, um es mir persönlich zu sagen. So wie in den Filmen, die ihm gefallen. Während der letzten beiden Wochen haben wir sie alle gesehen – *Das Appartement, Vom Winde verweht, Ist das Leben nicht schön?* und die vielen anderen aus seiner Sammlung, die Henry am nächsten Morgen auf dem Weg zur Arbeit im Briefkasten irgendeines Caritasladens verschwinden ließ. Die Filmsammlung verflüchtigt sich ebenso schnell wie die bis zu meiner Abreise abzuhakenden Tage. Und dann ist keiner mehr übrig.

Gestern Abend ließ Rachel Pizza kommen, und wir aßen sie unter den Augen von Patrick Swayze und Keanu Reeves. Steve übernachtete bei einem Freund, und daher hatten wir das ganze Haus für uns. Wir schwelgten in Erinnerungen, lachten, versuchten, uns die Zukunft auszumalen. Ich schlief in Rachels Gästezimmer, und Vicky nahm das Sofa. Bevor wir uns endgültig hinlegten, bat ich Rachel flüsternd in mein Zimmer, ließ sie auf meiner Bettkante Platz nehmen und zeigte ihr den Ring, den Alex mir nicht mehr hat geben können. Wir schluchzten gemeinsam, leise, und wir hielten die Hände vor den Mund, um Vicky nicht zu wecken. Es ging nicht darum, sie auszuschließen, sondern darum, mich zu schonen. Ich hätte es auch Rachel nicht erzählt, doch ich brauche jemanden, der den Ring verkauft oder einer Wohltätigkeitsorganisation spendet. Ideal für Witwen. Er steckt in meiner Tasche, seit Henry ihn gefunden hat, und ich konnte die Tränen nicht zurückhalten, als Rachels Hand sich um die Schachtel schloss. Aber jetzt, da er weg ist, wiegt der Verlust weniger schwer als erwartet.

Vielleicht, weil Alex immer noch ein ganz klein wenig bei mir ist.

HENRY

Casablanca

W*ie verhalte ich mich richtig?*

Diese Frage raubt mir seit mindestens einer Woche den Schlaf.

Als ich April verließ, habe ich mich falsch verhalten, aber aus dem richtigen Grund. Ich liebte sie nicht. Oder war es doch das Richtige, nur auf die ganz falsche Art ausgeführt?

Zoe sagt, sie liebt mich, und zumindest glaube ich, dass sie sich selbst glaubt. An meiner Liebe zu ihr hege ich keinen Zweifel. Ich bin so sicher, weil es etwas ist, das ich noch nie zuvor verspürt habe. Sie wird jetzt unter den Anzeigetafeln stehen, ihr Ticket und ihren Pass vielleicht zum zehnten Mal überprüfen. Auf meine Ankunft warten, damit wir gemeinsam abreisen können.

»Welches Terminal?«, fragt der Taxichauffeur.

»Fünf, bitte.«

»Irgendwohin, wo's schön ist?«

»Thailand.«

»Sehr exotisch«, sagt er. »In fünf Minuten sind Sie da.«

Am Himmel lärmen startende und landende Flugzeuge. Un-

– – – – – – – – – – – – –

ser Check-in-Schalter ist geöffnet, und die Bodencrew wird unseren Jumbojet startklar machen. Aber ist es nicht eine weitere eigennützige Handlung, dieses Flugzeug zu besteigen? Zu meinem Vorteil zweifellos, doch ist es auch gut für Zoe? Ist es das Beste für Zoe?«

Im Laufe der vergangenen zehn Tage haben wir uns durch meine kleine Sammlung alter Filme gearbeitet. Nur *Casablanca* haben wir ausgelassen. Zoe hat den Film noch nie gesehen, aber ich kenne ihn und weiß nur zu gut, wie er endet. Ich ließ den Klassiker in meiner Tasche verschwinden und schmuggelte ihn aus dem Haus, als sei er das reine Gift.

»Da wären wir, mein Freund. Wann fliegen Sie?«

Der Fahrer hält vor dem Terminal und zeigt den Fahrpreis an.

»In etwas weniger als zwei Stunden«, sage ich.

»Perfektes Timing.«

»Für alles gibt's ein erstes Mal«, sage ich, reiche ihm das Geld und klettere hinaus auf den Asphalt.

Auf der Schutzhülle von *Casablanca* ist Rick Blaine zu sehen, die Hände in den Taschen seines Regenmantels. Hinter ihm steht das zweimotorige Flugzeug bereit, das ihn und die Liebe seines Lebens in die Freiheit bringen soll. Aber Rick wird das Flugzeug nicht besteigen. Denn Rick kennt die Antwort. Er weiß, wie er sich richtig verhalten muss. Am Heathrow Airport herrscht nicht die verstaubt romantische Stimmung von *Casablanca*. Die Flugzeuge sind zu groß, zu zahlreich und zu unpersönlich. Und ich trage weder einen Regenmantel noch einen Filzhut auf dem Kopf. Aber mir bietet sich die Chance, mich einmal richtig zu verhalten.

– – – – – – – – – – – – –

Zoe hat gesagt, sie müsse zu sich selbst finden. Ich habe sie bereits gefunden. Und ich liebe sie, und das ist kein romantischer Einfall, sondern eine tiefgehende Überzeugung. Ich habe Zoe gefunden. Jetzt ist sie an der Reihe.

*

Die automatische Tür öffnet sich, und der Lärm und die Hast der Reisenden fallen über mich her. Etwas wie Panik ergreift mich – die Versuchung, umzukehren, das nächste Taxi herbeizuwinken und mich auf den Weg zu machen. Wohin, weiß ich nicht. Aber der Drang ist so flüchtig wie instinktiv.

Nein, ich muss Zoe entgegentreten.

Ich muss ihr sagen, dass ich sie liebe. Und dann muss ich davongehen.

TEIL DREI

Epilog

Sie steht auf einem kleinen Felsplateau in halber Höhe einer steilen Klippe und blickt auf die grotesken geologischen Formationen, die sich aus dem Meer gen Himmel recken. Nach zwei Wochen in Bangkok hat sie eine zehnstündige Busreise südlich nach Krabi und eine kurze, aber furchterregende Überfahrt auf einem Langheckboot nach Rai Leh hinter sich gebracht. Zu guter Letzt watete sie noch fünfzig Meter durchs Wasser, ihren Rucksack dabei über den Kopf gestemmt. Ihre Schultern schmerzen noch immer, und sie dreht den Hals in beide Richtungen, um die Verkrampfung zu lockern. Zoe lässt die Gedanken an alles, was sie hinter sich gelassen hat, verstreichen, ohne sie näher zu erforschen. Sie spürt der stickigen Hitze nach, in der ihre Haut langsam bräunt, sie langsam verändert.

Sie ist anderen Reisenden begegnet, die nett waren, aber bis jetzt ist Zoe froh, mit sich allein zu bleiben. Sie liest, macht Spaziergänge, konzentriert sich auf sich selbst. Wenn sie sich einsam fühlt, und das geschieht selten, schließt sie die Augen und stellt sich ihren hell erleuchteten Lieblingsort vor: die Albert Bridge in der Abenddämmerung, wenn sich das Licht von

– – – – – – – – – – – – –

tausend Glühbirnen auf dem dunklen Wasser der Themse spiegelt. Jetzt ist es mitten am Nachmittag, früher Morgen in London, und sie fragt sich, ob Henry schon wach ist. Ob er an sie denkt. Das hofft sie.

Zoe greift in ihre Schultertasche und holt ein kleines gefaltetes Stück Papier hervor.

Als sie die kalte Urne hielt, während Alex' Mutter im Nebenzimmer Tee machte, war ihr plötzlich eine Idee gekommen. Ohne einen angemessenen Behälter zu haben, hatte Zoe improvisiert und mit dem Deckel eines Lippenstifts eine kleine Menge Asche aus der Urne entnommen. Erst als sie ihren Gürtel ablegte und im Heathrow Airport den Metalldetektor passierte, ging ihr auf, wie dumm die Idee war. Aber es läuteten keine Alarmglocken, es bellten keine Hunde, und niemand schaute in die kleine Hüfttasche ihrer Jeans.

Und jetzt hat sie ihn hergebracht. An den Strand, den zu sehen ihm nicht vergönnt war.

Sie öffnet das gefaltete Papier und gibt die Asche der sanften Brise preis. Als der Wind den feinen Staub aufgreift und auseinandertreibt, schickt Zoe einen Kuss hinaus aufs Meer.

»Danke, dass du mich geliebt hast«, sagt sie. Der winzige graue Schleier steigt in die Höhe, verblasst und verschwindet.

Zoe dreht sich um und steigt die Klippe empor.

Dank

Vielen Dank dem Team von Simon & Schuster, dem dieses Buch seine Existenz zu verdanken hat: Clare Hey, Sara-Jade Virtue, Ally Grant, Rumana Haider, Hayley McMullan, Dominic Brandon, Lara Hough, Sally Wilks, Emma Capron und Jamie Criswell.

Außerdem Dank an meine Freunde, meine Familie und all die Experten, die mir ihre Zeit schenkten, ihre Erfahrung und ihr Wissen: Chris Forder, Mark Rolfe, Louise Cuming, Jane Griffiths, Jessica Walker, Sunjay Suni, Keith Juden und Nicola Kennedy.

Dank an die Gebrüder Molyneux – Ben, Sam und Matt.

An Bruce Cox und Piotr Rozanski im Friseursalon *Love and Dye* in Raynes Park.

An Lucie Brownlee, Autorin des mutigen und brillanten *Wife After Death*.

An meinen Agenten Mark »Stan« Stanton dafür, dass er mein Agent ist und Stan dazu.

An Sarah Jones – auf vielerlei Weise haben wir das hier gemeinsam geschrieben. Du warst bei mir, als ich die Idee hatte,

Du hast mir während der langen Arbeit zur Seite gestanden und warst eine helfende Hand bei der Geburt. Du hast jeden Entwurf gelesen, hast mich ermutigt und kritisiert, beraten und inspiriert. Du hast Ideen beigetragen und Bacon-Sandwiches gemacht.

Dank an Mum – für das überaus ehrliche Feedback, den Glauben an mich, die positive Stimmung, all die Liebe und den Rückhalt. Für lange Telefongespräche bei einer Flasche Wein, auch wenn ich wohl deinen Anteil mitgetrunken habe.

Dank an alle. Ohne euch hätte ich es nicht geschafft.

LESEPROBE

Kapitel eins

Wenn man heimlich mit dem eigenen Chef liiert ist, dann bleiben Fragen offen, die andere Frauen sich gar nicht erst stellen müssen. So kommt es denn auch, dass ich am Sonntagmorgen in Olivers Bett liege und nicht schlafen kann. Die grünen Ziffern der Digitaluhr auf dem Nachttisch zeigen, dass es auf sechs zugeht, und ich beschließe, dass ich lange genug gewartet habe. Es wird Zeit für ein paar Antworten.

»Oliver?«, raune ich und drehe mich dabei auf die Seite. Der blondgelockte Mann neben mir im Bett brummt leise, macht aber keine Anstalten, mir zu verraten, ob er nun plant, mich zu heiraten, oder ob er mich befördern will. Dass eines von beidem kurz bevorsteht, dessen bin ich mir nach langer Debatte mit meiner besten Freundin Matilda sicher. In anderthalb Jahren Beziehung hat mein geliebter Vorgesetzter mich schließlich noch nicht ein einziges Mal ausgeführt, erst recht nicht so opulent wie gestern Abend: Erst ein teures Restaurant in Mitte, dann eine romantische Bootstour auf der Spree und zum Abschluss zwölfeinhalb Minuten Sex mit Licht an. Ein zumindest phasenweise spektakuläres Programm, und wenn ich eines genau weiß, dann das, dass Oliver so etwas nicht umsonst veranstaltet. Während ich hoffe und vermute, dass er mit diesem Abend meine Beförderung zur Moderatorin unseres Lokalsenders einläuten wollte, glaubte Matilda fest an einen Heiratsantrag. Doch bisher: nichts.

Na ja, ein paar ominöse Andeutungen, dass zu Hause noch was ganz Großes passieren würde, die hatte er gemacht, aber nach dem Sex hatte Oliver nicht Klartext geredet, sondern war spontan in einen totengleichen Tiefschlaf gefallen.

»Oliver?«, gurre ich ihm ins linke Ohr. Er grunzt. Ich stupse ihn mit dem Fuß an, und er grunzt ein weiteres Mal.

»Oliver?«, sage ich wieder, diesmal so laut, dass selbst der Banker im Nachbar-Loft davon wach geworden sein dürfte. Auch Oliver schlägt jetzt endlich die Augen auf. Sie sind zwar ein wenig gerötet, aber trotzdem sehr anziehend. Vom ersten Moment an bin ich in seinen kühnen blauen Blick vernarrt gewesen. Auch alles andere an ihm finde ich mindestens so attraktiv wie am ersten Tag: seinen konsequent eleganten Kleidungsstil, die kompromisslose Art, mit der er unsere Entscheidungen trifft, und nicht zuletzt das unerschütterliche Selbstbewusstsein, mit dem er allem und jedem gegenübertritt.

»Lotte?«, murmelt er, »was ist denn los?«

»Warum das alles?«, frage ich. Eigentlich ist es nicht meine Art, mit der Tür ins Haus zu fallen, aber meine Geduld habe ich in den Stunden aufgebraucht, in denen mein werter Partner gemütlich vor sich hin geschlafen hat. »Warum der ganze aufwendige Abend? Was steckt dahinter?«

Oliver runzelt die Stirn. Dann dreht auch er sich auf die Seite und gähnt. »Ach Lotte«, seufzt er, »du und dein Spürsinn.«

Ich werde rot, peinlich, dass ich mich bei dem kleinsten Kompliment von ihm immer noch geschmeichelt fühle … »Der wird den Leuten in der Redaktion bestimmt fehlen«, fügt er hinzu, und ich blinzle entzückt. Außer Oliver hat bei uns nur eine einzige weitere Person ein eigenes Büro: die Moderatorin. Die Redakteure dagegen hocken hinter lachsfarbenen Aufstellwänden wie Hühner auf der Stange. Also doch die Beförderung! Mein Herz nimmt Fahrt auf. Bei aller Liebe für Glockengeläut und Sträuße werfen: Von Oliver träume ich erst seit einundzwanzig Monaten – von dem Job als Moderatorin dagegen schon mein ganzes Leben.

»Wird es das?«, säusel ich und lasse meine Lider auf Halbmast sinken. Wie immer, wenn ein sehnsuchtsvoller Wunsch nach langer Zeit in Erfüllung geht, fühlt sich das sehr surreal an. Surreal, aber wunderbar. So wie damals, als ich nach jahrelangem Betteln endlich den Drei-???-Detektivkoffer zum Geburtstag bekommen hatte. Den ersten selbstgenommenen Fingerabdruck habe ich heute noch an der Wand hängen.

»Ja. Ich sehe da beim besten Willen keine andere Möglichkeit«, Oliver richtet sich auf und fasst meine Hände, »es fehlt einfach das Geld.«

Wunderbar war einmal: Ich schlage verwirrt die Augen auf und lege den Kopf schief. »Das Geld? Was meinst du denn damit?«

»Kerstin Bayer ist ein Name, und ein Name kostet.«

»Kerstin Bayer?«

»Unsere neue Moderatorin für die Abendschiene.«

Mir wird heiß. Dann kalt. Dann kotzübel. Ich kann nicht fassen, was ich da gerade gehört habe. Ich bekomme eine Gänsehaut, und zwar nicht die von der guten Sorte.

»Unsere neue Moderatorin?!«

»Genau. Ein Talent vom Wetterkanal. Hübsch, seriös, ein echter Blickfang und außerordentlich begabt. Wirklich ein Glücksfall, dass ich sie überreden konnte, zu uns zu wechseln. So ein Name wie Kerstin Bayer, der kann uns weit bringen. Aber wie gesagt, das kostet natürlich.«

Ich schlucke vernehmlich.

»Natürlich«, wiederhole ich. Was Besseres fällt mir gerade nicht ein: In meinem Kopf ist Chaos, in meinem Herzen auch. Mir ist, als hätte ich auf einen Schlag komplett die Orientierung verloren, als wüsste ich nicht mehr länger, wo oben und unten und was richtig und falsch ist. Alles, was ich noch fühlen kann, ist eine bittere Enttäuschung, die ein riesiges schwarzes Loch in mein ganzes Leben reißt.

Oliver redet weiter. »Und deshalb«, sagt er beherzt, »muss ich dich leider entlassen. Ich weiß, das hört sich erstmal grausam an, aber Lotte, ich habe keine andere Wahl – und werde es wiedergutmachen, versprochen.«

»Entlassen?!«, rufe ich und setze mich erschrocken auf. Eben dachte ich den Tiefpunkt meines Daseins erreicht zu haben, doch jetzt wird mir klar, dass ich nicht mal in seiner Nähe gewesen bin. »Entlassen?«, wiederhole ich ungläubig, »was soll denn das heißen? Wie meinst du das?«

»Lotte, es tut mir wirklich unsagbar leid, aber *Kiez TV* kann dich nicht länger beschäftigen. Wir müssen die Ressourcen umverteilen. Mir sind da die Hände gebunden. Ich kann schließlich nicht Helene kündigen. Wie würde das auf die Anderen wirken, wenn ich eine alleinerziehende Mutter auf die Straße setze?«

»Aber …«, piepst meine Stimme, »aber du weißt doch, dass ich unbedingt selbst Moderatorin werden will. Nur deshalb bin ich doch überhaupt zu deinem Sender gekommen! Weil ich moderieren will!«

»Lotte«, Oliver tätschelt zärtlich meinen Arm, »nun sei doch nicht albern.«

»Wieso ist das denn albern?«